DUMONT

Nach seinem irgendwo auch nicht ganz unverdienten Erfolg im allerersten Mordfall seiner Karriere erfreut sich Anwalt Fickel eines gewissen Ruhms in Meiningen und Umgebung. Dieser macht sich vor allem durch die ungewohnte Nachfrage potenzieller Mandanten bemerkbar. Um sich von der vielen Arbeit zu erholen, begibt sich der Fickel in den weltberühmten Kurort Oberhof. Doch siehe da: Kaum angekommen, schlingert er auf dünnem Eis in seinen nächsten Fall. Manfred Kornhaß, ein alter Freund Fickels und Chef der Rodelbahn, hat offenbar aus Unachtsamkeit den Tod einer hochdekorierten Boblegende verschuldet und soll wegen fahrlässiger Tötung angeklagt werden. Doch Kornhaß beharrt auf seiner Unschuld. Also macht sich der Fickel an die Ermittlungen. Bald verdichten sich die Hinweise, dass hier ein kaltblütiger Bobmörder am Werk ist. Und spätestens jetzt nimmt der Fickel als ehemaliger Anschieber des Bobs Oberhof II die Sache persönlich …

Hans-Henner Hess wurde 1973 in Berlin-Mitte geboren und ließ sich ebendort wegen einer verlorenen Wette zum Volljuristen ausbilden. Da der Rechtsstaat auf seine weitere Mitwirkung dankend verzichtete, schlug er sich als Autor und Dramaturg bei diversen Fernsehformaten durch. Nebenher verfasste er Lang- und Kurzgeschichten, schrieb Theaterstücke und Songtexte. 2013 erschien sein Roman ›Herrentag‹ bei DuMont.

Hans-Henner Hess

DER BOBMÖRDER

Anwalt Fickel ermittelt

DUMONT

Von Hans-Henner Hess ist im DuMont Buchverlag außerdem erschienen:
Herrentag

FSC
www.fsc.org
MIX
Papier aus verantwortungsvollen Quellen
FSC® C083411

Originalausgabe
Oktober 2014
DuMont Buchverlag, Köln

Umschlag: Lübbeke Naumann Thoben, Köln
Umschlagabbildung: © plainpicture/Lubitz + Dorner
Gesetzt aus der Haarlemmer
Druck und Verarbeitung: CPI books GmbH, Leck
Gedruckt auf säurefreiem und chlorfrei gebleichtem Papier
Printed in Germany
ISBN 978-3-8321-6247-4

www.dumont-buchverlag.de

Im Gedenken an Erich Creutzburg
(1906 Cabarz – 1993 Tabarz)

Der Bobsport ist unter allen Wintersportarten generell und unter den Kufensportarten im Besonderen jene Disziplin, die, was die Präzisionsmeisterung von als unüberwindbar geltenden Schwierigkeiten betrifft, dem sogenannten nackten Leben am nächsten kommt (…).

(Hermann Burger, »Die Glazionauten«)

Prolog

Der Südthüringer Landkreis Schmalkalden-Meiningen ist einerseits für den unstillbaren Appetit seiner Bewohner auf allerlei Wurst- und Kloßspezialitäten bekannt, andererseits auch als Heimat unzähliger Olympiasieger. Inwiefern das eine mit dem anderen zu tun hat, darf zumindest jenseits des Thüringer Waldes als umstritten gelten.

Selbst unter Einheimischen ist jedoch kaum bekannt, welch gewichtige Rolle die Sportbildungsstätte der Thüringer Landespolizei in Meiningen als Kaderschmiede für die künftige Sportelite spielt. Berühmte Helden des Asphalts wie Tony Martin und John Degenkolb, aber auch bekannte Kufensportler wie Thomas Florschütz oder Andi Langenhan hatten in der ehemaligen Kaserne am Drachenberg einst die Schulbank gedrückt und Gewichte gestemmt, bevor sie zum Ruhme ihres Sportes, ihres Landes und irgendwo auch ihrer selbst in die Welt hinauszogen.

»Die Polizei – dein Freund und Helfer«, so heißt es auch und vor allem im Spitzensport. Schließlich bieten die Sicherheitsbehörden jungen Bewegungstalenten vorzügliche Trainingsmöglichkeiten und einen gewissen Grundverdienst – sowie nicht zu vergessen: eine schicke Uniform. Zugleich bildet die solide Ausbildung zum Polizeimeister eine willkommene Absicherung für den Fall, dass es mit dem sportlichen Durchbruch nicht so klappt wie geplant. Dann kann solch ein perfekt durchtrainierter junger Mensch nämlich immer noch als Streifenhörnchen *bella figura* machen und auf dem Parkplatz an der Reithalle Knöllchen hinter Scheibenwischer klemmen.

Kriminalrat Recknagel war schon vor vielen Jahren bei der Kripo gelandet, obwohl er eigentlich nie besonders sportlich gewesen war. Dies unterschied ihn erheblich von jenem jungen Polizeianwärter, der sich an diesem milden Sommertag auf der Herrentoilette des Sportbildungszentrums mit einer Übungswaffe in den Kopf geschossen hatte. Immerhin hatte der Selbstmörder zum A-Kader des Deutschen Bobverbandes gehört und trotz seiner Jugend schon große Hoffnungen auf eine erfolgreiche Karriere geweckt. Jetzt lag seine für diesen Sport fast ein wenig schmächtig erscheinende Leiche seitlich neben der nicht ganz sauberen Kloschüssel, eingeklemmt zwischen Bürste und Reservepapiertrommel. An die Tür der Toilettenkabine, an deren Wänden Blut, Hirn und Exkremente klebten, hatte jemand mit Kugelschreiber »RWE for ever« gekritzelt. Ein unbekannter Poet hatte »Scheiß Rot-Weiß« daneben gemalt und »Wir sind heiß auf den FC Carl Zeiss« dazu gedichtet. Was viele nicht wissen: In Thüringen wird nämlich auch Fußball gespielt.

Wie man sich als junger Mensch von vielleicht einundzwanzig Jahren selbst in den Schädel schießen kann, erschien dem Kriminalrat unbegreiflich. Abgesehen von der nackten, rein physischen Abscheu vor einer solchen Tat hatte er das Leben in diesem Alter persönlich durchaus in bester Erinnerung. Man verfügte über einen gesunden Appetit, einen reuelosen Durst und steckte voller Pläne und Eroberungsfantasien. Nicht zu unterschätzen auch die Abwesenheit von Schmerzen und anderen Beeinträchtigungen, die ab spätestens Mitte vierzig zuverlässig einsetzen. Von solch einer Lebensqualität konnte man später nur noch träumen.

Gerichtsmediziner Haselhoff bog um die Ecke. »Es gibt Schmauchspuren an der Schläfe, spricht alles für einen aufgesetzten Schuss.«

»Also klarer Suizid?«, fragte der Kriminalrat.

»Sieht so aus«, antwortete Haselhoff. »Würde mich auch nicht wundern, so wie sie den Knaben in der Presse fertiggemacht haben.«

Erst jetzt kapierte auch der Recknagel, um wen es sich bei dem Toten handelte: Daniel Krech – so hieß der Sportler, um den sich im letzten Winter die nach ihm benannte Affäre gedreht hatte. Wenn die Berichte stimmten, die in der Presse zu lesen gewesen waren, hatte Daniel Krech zusammen mit seinem Anschieber Ronald Bradschetl, einem Ingenieurstudenten der Technischen Universität Ilmenau, einen Bob entwickelt, der dank einiger streng geheimer Verbesserungen am Fahrwerk und an der Lenkung plötzlich ein bis zwei Zehntelsekunden schneller unterwegs war als der brandneu entwickelte Gala-Bob der FES[1]. Während ein bis zwei Zehntel im normalen Leben keinen großen Unterschied machen, bedeuten sie im Bobsport – wie es so schön heißt – »Welten«, praktisch den Unterschied zwischen einem Esel und einem Rennpferd.

Doch trotz seines überlegenen Materials war Daniel Krech in der Qualifikation wegen eines Fahrfehlers geschei-

1 Institut für Forschung und Entwicklung von Sportgeräten, 1962 in Berlin/Ost gegründet, Garant für den Nachschub wichtiger Rohstoffe wie Gold, Silber und Bronze, zumindest bis Sotschi 2014.

tert. Nur auf seinen Bob hatte er nichts kommen lassen. Schließlich war es durch eine Serie von Regeländerungen, die Abmessungen, Gewicht und Kufenmaterial einheitlich regelten, fast ein Ding der Unmöglichkeit geworden, sich noch entscheidend von der Konkurrenz abzusetzen. Deswegen wurden Bobs, die immerhin einen kleinen Vorteil beim Wettkampf versprachen, von den Herstellern praktisch mit Gold aufgewogen.

Doch weil es nicht sein konnte oder sein durfte, dass zwei Jungspunde bessere Arbeit ablieferten als ein staatlich gefördertes Forschungslabor, waren die Deutschen wie gewohnt mit ihrem FES-Modell in den Weltcup gestartet – und grandios gescheitert. Denn irgendwie waren die Konstruktionspläne von Krechs Bob in die Hände des kanadischen Herstellers Bobsleigh & Sledge Inc., kurz B&S, gelangt, der den Schlitten gleich in Serie produziert hatte, Stückpreis zweihunderttausend Dollar. Dummerweise waren andere Nationen weniger traditionalistisch, was die Wahl ihrer Ausrüstung anging.

Nachdem also die deutschen Kufensportler plötzlich nicht mehr die gewohnten Erfolge abgeliefert hatten, wurde natürlich überall nach einem Sündenbock gesucht – und der war in Daniel Krech schnell gefunden. Jetzt wurde ihm vorgeworfen, seine Entwicklung an die Konkurrenz weitergegeben zu haben. Obwohl sich in Deutschland vorher niemand dafür interessiert hatte. Praktisch Hochverrat.

»Wir haben einen Abschiedsbrief gefunden«, erklärte Recknagels Mitarbeiter und reichte dem Kriminalrat einen Computerausdruck in einer Folie.

»Danke, Chris…« Recknagel unterbrach sich selbst. Er

wollte keinen Fehler machen. Welcher von beiden war das jetzt: Christian oder Christoph? Die Chancen standen exakt fifty-fifty.

»-toph«, vervollständigte der andere, ehe der Kriminalrat sich entscheiden konnte.

»Weiß ich doch«, log Recknagel. »Wo haben Sie den Brief gefunden?«, schob er schnell eine dienstliche Frage hinterher.

»Na, in seinem Spind natürlich«, erwiderte Christoph.

Der Recknagel überflog die nichtssagenden, ungelenk formulierten Zeilen: »... immer für den Sport gelebt ...«, »... die Schande nicht ausgehalten ...« und weiter unten: »... habe ich mich nach langem Ringen entschlossen, aus dem Leben zu scheiden ...«

Kein Wort über Liebeskummer, keine Beschuldigungen, keinerlei Hinweise auf ein Motiv für den Selbstmord, das nicht auch aus der Zeitung zu erfahren gewesen wäre.

»Hm«, machte der Recknagel. »Wo ist das denn geschrieben worden?«

»Auf seinem Laptop. Er hatte das Dokument gelöscht, aber ich hab's wiederhergestellt.«

»Wann hat er das Schreiben denn verfasst?«

»Heute Morgen, so gegen sieben.«

Doktor Haselhoff nickte zustimmend. »Könnte passen. Todeszeitpunkt circa halb neun.«

»DNA?«

»Klären wir noch ab. Scheint aber 'n klarer Fall von Suizid zu sein.«

Recknagel blickte nachdenklich auf die Leiche. »Komisch.«

»Was?«

»Er muss sich im Stehen erschossen haben.«

»Was ist denn daran bitte komisch?«

»Ich hätte den Deckel runtergeklappt und mich hingesetzt. Ist doch bequemer.«

Christoph blickte seinen Chef an, als habe der nicht mehr alle Klammern an der Leine.

»Ich will Ihnen ja nicht zu nahe treten, aber der Kerl war halt Spitzensportler«, erklärte Christoph mit unterdrücktem Grinsen. »Der war noch zu ganz anderen körperlichen Höchstleistungen fähig.«

»Die Tür war nicht verriegelt?«

»Nein, aber … Ist einem das nicht egal, wenn man sich sowieso umbringen will?«

Der Kriminalrat blieb eine Antwort schuldig. Mit gewissen Kollegen konnte man einfach nicht vernünftig reden. »Ich glaub, ich hab hier alles gesehen«, brummte er und trat den Rückweg an. Im Gehen fiel ihm noch etwas ein. »Wer hat ihn eigentlich gefunden?«, erkundigte er sich bei seinem Mitarbeiter.

»Ich, Herr Kriminalrat«, tönte es vom Flur her, ehe Christoph antworten konnte. Ein junger, äußerst muskulöser Mann mit Kurzhaarfrisur und in Polizeiuniform stand von einem Stuhl auf und nahm fast militärisch Haltung an. Recknagel machte das Spiel mit.

»Name?«

»Storandt, Ole«, kam es wie aus der Pistole geschossen zurück.

»Storandt, wie *der* Storandt?«

»Ich *bin* der Storandt. Zweifacher Europameister im Zweier- und Viererbob. Und Vizeweltmeister, eigenhändig an den Seilen.«

»Und Olympia?«, hakte der Recknagel hinterlistig nach.

»Da ist es leider nicht so gelaufen«, brummte Ole Storandt. »Technische Probleme.«

»Davon habe ich gehört«, erklärte der Recknagel und unterdrückte ein Lächeln. »Stehen Sie bequem!« Der Muskelprotz lockerte sich etwas, aber in Anwesenheit eines höheren Dienstranges nicht zu sehr, wie er es auf der Polizeischule gelernt hatte.

»Erzählen Sie doch mal, wie Sie ihn gefunden haben«, schlug der Recknagel vor.

»Also«, holte der andere aus, »ich musste mal … für kleine Polizeischüler, 'ne größere Veranstaltung, Sie verstehen?«

Der Kriminalrat nickte, und Storandt setzte geradeheraus fort: »Ich gucke immer erst in alle Kabinen rein, ob die frei sind. Wenn einer neben mir in der Kabine sitzt, kann ich nämlich nicht. Das ist so 'n Tick von mir.«

»Aha«, brummte Recknagel, »das ist mir ehrlich gesagt ein bisschen viel der Information.«

»Verzeihung?« Der Bobchampion blickte ihn fragend an.

Der Kriminalrat ging nicht weiter darauf ein und setzte die Vernehmung fort: »Sie haben also alle Kabinentüren geöffnet und Ihren Sportkameraden tot aufgefunden?«

»Genau«, bestätigte Storandt. »War natürlich 'n Schock. Denni und ich kannten uns schon 'ne halbe Ewigkeit.«

»Sie waren Konkurrenten?«

»Kollegen, so würde ich es nennen.«

Recknagel musterte den jungen Athleten prüfend. »Was hatte es eigentlich auf sich mit dieser Bob-Affäre?«

Storandt winkte ab. »Das hätte sich bestimmt noch alles aufgeklärt. Denni war alles Mögliche, aber kein Verräter.«

»Was war denn da genau vorgefallen?«

Ole Storandt zuckte mit den Schultern. »Künstlerpech. Ich meine, Denni war halt 'n Tüftler. Überall hat er Kleinigkeiten gesehen, wo er noch 'ne Hundertstelsekunde rausholen konnte. Als Pilot war er auch gar nicht mal so schlecht.« Er grinste. »Gegen mich hätte er trotzdem keine Chance gehabt, der Hänfling.«

»Aber die anderen hatten gegen Sie eine Chance – mit dem von Krech entwickelten Schlitten«, stellte der Kriminalrat fest.

»Das ist letzte Saison irgendwie blöd gelaufen«, wehrte Storandt ab. »Aber dieses Jahr greifen wir wieder an. Unser neuer Prototyp ist ein echtes Geschoss. Die werden sich noch alle wundern!«

Recknagel sah den Glanz in Storandts Augen. Selbst in Anbetracht des Todes seines Kameraden, mit dem er sogar mal zusammen in einem Bob gesessen hatte, dachte er schon wieder an seine nächsten Rennen. Das meinte man vermutlich, wenn man davon sprach, dass Sportler gut fokussieren können.

»Glauben Sie, dass Daniel Krech sich wegen dieses Skandals um seinen Bob umgebracht haben könnte?«

Ole Storandt dachte kurz nach. »Kann schon sein. Er war ein bisschen … Wie soll ich sagen? Sensibel. Melancholiker, oder wie das heißt. Hat sogar Gedichte geschrieben.« Er lächelte, als wäre das ein wer weiß wie exotisches Verhalten.

»War er vielleicht unglücklich verliebt?«, spekulierte Recknagel, der eine kleine Schwäche für Lyrik hatte.

»Kann schon sein …«, erklärte Ole Storandt. »Da haben wir nicht so drüber gesprochen.«

»Obwohl Sie die ganze Zeit zusammen trainiert haben?«, erkundigte sich der Kriminalrat.

»Das heißt ja nicht, dass wir viel miteinander quatschen«, erwiderte Storandt. »Jeder macht halt sein Ding.«

»Verstehe. Spitzensportler sind eben Einzelkämpfer«, fasste der Kriminalrat zusammen und blickte sich um. »Wieso hat eigentlich niemand im Gebäude den Schuss gehört?«, erkundigte er sich dann. Storandt zuckte die Schultern. »Hier knallt's öfter mal«, erklärte er lapidar.

»Denni?!«, schallte es über den Flur. Aus Richtung der Zimmer kam eine junge, schon auf den ersten Blick ungewöhnlich hübsche Frau mit nassen roten Haaren herangeeilt, die nur in ein knappes feuchtes Handtuch gewickelt war. Sie blickte irritiert in Richtung Herrentoilette, von wo sich Christoph und Doktor Haselhoff in weißen Plastikanzügen näherten. Recknagel blickte zu Storandt.

»Krechs Freundin?«

Ole Storandt machte eine vage Geste. Auf den ersten Blick brachte die Rothaarige wirklich alles mit, einem jungen Mann das Herz zu brechen. Sogar Sommersprossen.

»Was ist denn passiert?«, fragte sie erschrocken.

»Stell dir vor, Svenja, Denni ist tot«, rief ihr Storandt entgegen.

»Ist das wahr?«, fragte die Rothaarige mit vor Entsetzen geweiteten Augen in die Runde.

»Tut mir sehr leid, Ihr äh … Kollege hat sich offenbar entschlossen, freiwillig aus dem Leben zu scheiden«, bestätigte Doktor Haselhoff.

»Waren Sie enger mit ihm befreundet?«, erkundigte sich der Recknagel. Die Rothaarige blickte erst kurz zu Storandt, zögerte, schüttelte dann ihren rot belockten Kopf. Es konnte aber fast genauso gut ein Nicken sein. Offenbar wusste sie selbst nicht so genau, wie sie zu Daniel Krech gestanden hatte. Aber das konnte einen lebenserfahrenen Beamten wie den Recknagel nicht weiter verwundern. Mit der Macht der Hormone, insbesondere in der Jugend, war er durchaus vertraut, zumindest in der Theorie. Er selbst hatte diese Phase allerdings übersprungen. Kaum hatte er den Mopedführerschein in der Tasche gehabt, hatte er allen Mut zusammengekratzt und das zweithübscheste Mädchen der Klasse gefragt, ob er sie mit seiner roten Simson S51[2] nach Bettenhausen in die Disco mitnehmen dürfe. Inzwischen war er mit dem zweithübschesten Mädchen seit über dreißig Jahren verheiratet. Das hübscheste Mädchen hatte inzwischen drei Scheidungen hinter sich. Schönheit kann manchmal auch eine Last sein.

Dem Kriminalrat fiel bei diesem Gedanken plötzlich auf, dass alle anwesenden Männer sanfter wirkten als sonst, irgendwie weichgespült. Sogar Doktor Haselhoff hielt sich mit seinem professionellen Zynismus zurück und sah mitleidig auf die trauernde junge Frau. Christoph gaffte unverhohlen auf die schlanken, aber ungemein kräftigen nackten Beine und die wohlgeformten Hüften, die sich unter dem Handtuch abzeichneten. Erst jetzt merkte der Recknagel, dass er selbst offenbar auch lächelte. Natürlich total unpas-

2 Legendärer Hühnerschreck *made in* Suhl.

send, sowohl von der Situation als auch vom Alter her. Doch irgendetwas war mit ihnen allen geschehen. Das junge Ding schien alle anwesenden Männer zu verzaubern wie die Stimmen der Sirenen aus der griechischen Mythologie.

»Was machen Sie eigentlich hier?«, erkundigte sich der Kriminalrat. »So allein unter Männern?«

»Ich trainiere«, entgegnete die Rothaarige. »Wie die anderen auch.«

»Noch nie was von Frauenbob gehört?«, fragte Ole Storandt beinahe vorwurfsvoll.

»Äh, doch … schon«, erwiderte der Kriminalrat und blickte verwundert auf die schlanke und eher zierlich wirkende junge Frau. Auch Doktor Haselhoff wirkte erstaunt.

»Nehmen Sie's mir nicht übel, aber bei Ihrer äh … Konstitution … Sind Sie sicher, dass das wirklich Ihr Sport ist?«

»Ich bin amtierende Juniorenweltmeisterin und Deutsche Vizemeisterin bei den Senioren, dieses Jahr greife ich im Weltcup voll an«, erklärte sie selbstbewusst.

»Komm, Svenja, zieh dir erst mal was an«, meinte Ole Storandt abschließend, legte fürsorglich seinen Arm um ihre Schultern und führte sie Richtung Zimmertrakt davon.

»Wegen der würde ich mich zur Not auch umbringen«, erklärte Doktor Haselhoff, und unter den beiden anderen anwesenden Herren war keiner dabei, der ihm in dem Punkt widersprochen hätte.

I

Wer hätte gedacht, dass sich der Fickel noch mal mit einem Mordfall rumschlagen muss? Manch einer mag da behaupten, eher würden die Uhren am Meininger Kirchturm rückwärtslaufen, als dass eine Terminhure[3] vom Amtsgericht als Strafverteidiger Karriere macht. Aber das hatte sich der Fickel nun wirklich nicht ausgesucht.

Immerhin erfreute sich der Fickel nach seinem ersten Mordfall plötzlich einer gestiegenen Aufmerksamkeit in der Stadt, insbesondere beim anderen Geschlecht. Selbst gestandene Rechtshelferinnen kicherten plötzlich, wenn er die Geschäftsstelle betrat, wie sonst eigentlich nur in Anwesenheit eines waschechten Richters im heiratsfähigen Alter. Nur die Schreibkraft Therese, einstmals Fickels treueste Verbündete, war ganz die Alte geblieben und erklärte nüchtern, er solle sich jetzt bloß nicht einbilden, er sei was Besseres.

Aber obwohl der Fickel weit davon entfernt war, etwas Besseres zu sein oder sich auch nur so zu fühlen, lernte er bald die Schattenseiten seines frischen Lokalruhmes kennen. Schließlich konnte er weder im Schlundhaus noch im Bratwurstglöckle mehr essen gehen, ohne von zufällig An-

3 Prekärer Anwalt, der sich für keinen Fall zu schade ist. Kommt selten über den Antrag hinaus.

wesenden über dieses oder jenes Rechtsproblem ausgefragt zu werden.

Leider hatte der Fickel einst an der juristischen Fakultät in Jena nur DDR-, also praktisch Un-Recht studiert und war also gar kein richtiger Rechts-, sondern eher eine Art Un-Rechtsanwalt. Und bei der Fortbildung war er natürlich immer krank gewesen. So blieb ihm einstweilen nichts anderes übrig, als seine Lieblingsrestaurants zu meiden und sich bis auf Weiteres daheim von seiner Vermieterin, der rüstigen Frau Schmidtkonz, verköstigen zu lassen, was kalorienmäßig allerdings ungefähr auf dasselbe herauskam.

Der größte Einschnitt war jedoch, dass den Fickel auf einmal niemand mehr als Terminvertreter einsetzen wollte. Schließlich verfügen Anwälte über ein feines Gespür für Hierarchien sowie einen gesunden Fressneid. Und nach dem Geschmack der meisten Kollegen hatte der Fickel in letzter Zeit genug Lorbeeren geerntet, natürlich total unverdient. Da konnte er jetzt ruhig mal sehen, wo er blieb. Selbst die Schreibkraft Therese bevorzugte neuerdings aus unerfindlichen Gründen Fickels ärgsten Konkurrenten, Rechtsanwalt Amthor, obwohl der im Anwaltszimmer heimlich seine KARO-Zigaretten quarzte und als Bestechungsgeschenk nur Trüffelpralinen im Angebot hatte.

Während der Amthor ihm als Terminvertreter im Justizzentrum langsam den Rang ablief, musste sich der Fickel mit Studienräten, Apothekern und anderen Meininger Hochintellektuellen rumschlagen, die nun einen rechtlichen Rat bei ihm suchten, nur weil sein Name kürzlich in der Zeitung gestanden hatte. Diplomjurist[4] Fickel half, wo er konnte, doch meistens konnte er nicht.

Obwohl der Stapel unbearbeiteter Akten in der Wohn-Kanzlei am Töpfemarkt immer mehr anwuchs, zog sich der Fickel auf seine Datsche im Spartenverein Werratal II zurück, vorgeblich, um Schriftsätze zu verfassen, tatsächlich jedoch, um den lieben Herrgott einen braven Mann sein zu lassen. Tagsüber zog er aus Stecklingen eine neue Generation Kakteen heran, abends drosch er in der Goetzhöhlenbaude epische Skatrunden mit dem Höhlenmicha und Justizwachtmeister Rainer Kummer. Und auch wenn sein Hightechhandy von vor acht Jahren noch so piepte und surrte, der Fickel stellte sich tot und genoss das Leben.

Eines schönen Tages im Spätsommer, als der Fickel gerade gemütlich auf der Hollywoodschaukel lag und den Wespen zusah, wie sie sich über die reifen Zwetschgen hermachten, rief die Therese mit leicht schnippisch klingendem Tonfall aus dem Justizzentrum an, wo der »feine Herr« denn eigentlich so stecke. Wenn er nicht gerade auf Mallorca ein Interview gebe und/oder sich für ehrliche Arbeit zu schade sei, dann solle er sich doch bitteschön gefälligst auf den Weg ins Justizzentrum machen: ein dringender Fall, es gehe mal wieder um Leben und Tod, besser gesagt um Scheidung. Aber bei Gericht natürlich mal wieder Personalnotstand. Wenn er nicht sofort erscheine, drohten unabwendbare Nachteile – und so weiter und so fort. Allgemeine Panik. Man kennt das ja.

Angesichts seiner finanziellen Situation ließ sich der Fickel natürlich nicht zweimal bitten. Schließlich kannte er

4 Fossil aus roter Vorzeit.

sich mit Scheidungen bestens aus, wenn auch weniger juristisch, mehr so lebenspraktisch, insbesondere seit seiner schmerzhaften Trennung von der Oberstaatsanwältin Fickel-Gundelwein, geborene sowie inzwischen auch wieder glücklich geschiedene Gundelwein. Zudem war es *die* Gelegenheit, sich als Helfer in der Not zu bewähren und verlorenes Terrain in der Geschäftsstelle des Amtsgerichts zurückzuerobern. Dass die Therese eigens bei ihm anrief, konnte man mit einer gehörigen Portion guten Willens durchaus als ein erstes Anzeichen neu erwachter Sympathie deuten.

Ohne lange zu überlegen, zog der Fickel trotz der sich anbahnenden Hitze sein repräsentatives Cordsakko über, setzte sich in seinen beige-braunen Wartburg 353 Tourist und brauste so schnell, wie es die drei Zylinder beziehungsweise die Geschwindigkeitsbegrenzung plus Toleranz hergaben, über die Werrabrücke und die Leipziger Straße bis in die ehemalige Zentralkaserne, dem heutigen Justizzentrum, wo früher blutjunge Angehörige der Roten Armee unter menschenunwürdigen Zuständen, wie man in Meiningen munkelte, gedrillt wurden und heute nicht mehr ganz so junge Juristen unter etwas menschenwürdigeren Bedingungen den Rechtsstaat durchexerzierten.

Der Fickel raste mit quietschenden Reifen auf den Parkplatz an der Straße der Justiz und parkte seine überdachte Zündkerze schnittig zwischen zwei süddeutschen Repräsentierschlitten ein. Im Laufschritt hetzte er über das Gelände und keine Viertelstunde nach dem Anruf betrat er auch schon seinen vertrauten Arbeitsplatz, das Anwaltszimmer des Amtsgerichts. Aber schon am notdürftig mit einem Siebzigerjahre-Aftershave getarnten typischen Geruch des

KARO-Kettenrauchers erkannte er, dass er inzwischen unlautere Konkurrenz bekommen hatte.

»Zu spät«, rasselte ihm der Amthor an der Tür aus allen Lungenbläschen keuchend entgegen. »Ich habe das Mandat soeben übernommen.«

Der Amthor versuchte, mit seinem Leib eine Frau abzuschirmen, was ihm allerdings nur mittelmäßig gelang. Trotz Konfektionsgröße sechsundfünfzig und riesigem Bauchumfang wurde er in puncto Länge von seiner Mandantin noch um einen halben Kopf überragt. Es handelte sich um eine sportlich gekleidete Frau in roten Lack-Pumps, Größe vierundvierzig. Sie war jung, zumindest nach Meininger Maßstäben, also ungefähr Ende dreißig, und auf den ersten Blick nicht direkt unattraktiv – oder doch zumindest *interessant*. Ihre Haare waren abwechselnd blond und dunkel gefärbt und aufwendig geföhnt, sodass man sofort eine ganz bestimmte Hunderasse assoziierte. Für eine Frau ihres jugendlichen Alters hatte sie reichlich Make-up aufgetragen. Besonders ein pinker Lippenstift schien es ihr angetan zu haben, was im Ergebnis einen bemerkenswerten Kontrast zu den roten Schuhen und der violett schimmernden Seidenbluse bildete. Offenbar hatte sie sich für ihre Scheidung extra fein herausgeputzt.

Das trotz aller Farbenpracht eher biedere und miezenhafte Outfit der potenziellen Mandantin stand jedoch in einem krassen Gegensatz zu ihrer überaus athletischen Figur. Durch den gespannten Stoff der Stretchjeans konnte der anatomische Kenner gut durchgebildete Schenkel und Waden erahnen, sodass man sich unwillkürlich fragte, wie sie in ihre engen Beinkleider überhaupt hineingekommen war. Die semitransparente Seidenbluse fiel lässig von ihren breiten Schultern auf eine ungewöhnlich muskelbewehrte Taille. Irgendwie kam dem Fickel die Person gleich bekannt vor, ohne dass er sagen konnte, wo er sie schon mal gesehen hatte.

Rechtsanwalt Amthor schien offenbar gewillt, seine Mandantin gegen jedermann – zur Not sogar auch mit körperlicher Gewalt – zu verteidigen. »Wer zu spät kommt, den bestraft das Leben«[5], deklamierte er drohend und nahm eine Boxerstellung ein. Der Fickel sah ein, dass hier jede Diskussion vergebens war, und trat den geordneten Rückzug an, allerdings nur, um sich auf schnellstem Wege in die Geschäftsstelle zu begeben und sich zu beschweren. Einen Auftrag doppelt vergeben – wo kommen wir denn da hin? Man hatte schließlich auch noch anderes zu tun. Jedenfalls theoretisch.

Immerhin hatte der Fickel wirklich alles richtig machen wollen und extra noch Eierlikörpralinen für die Geschäftsstellenmitarbeiterinnen mitgebracht. Allerdings hatte er natürlich nicht einkalkuliert, dass die Therese nicht nur mit dem Rauchen aufgehört hatte, sondern inzwischen auch strengste Diät hielt. Schließlich hieß es in ihrem Stellenprofil nicht umsonst: überwiegend sitzende Tätigkeit.

Als der Fickel die Büroräume betrat, wurde er von der Therese prompt mit dem immer noch irgendwie leicht schnippisch klingenden Satz begrüßt: »Na bitte, da ist ja unser Staranwalt.«

5 Ebenso legendäres wie hellsichtiges Bonmot von Michail Gorbatschow, als Erich Honecker sich weigerte, die DDR neu zu tapezieren.

Die teuren Eierlikörpralinen würdigte sie keines Blickes, ebenso wenig wie Rechtsanwalt Fickel, sondern hackte weiter auf ihrem ergonomischen Neunzigerjahre-Keyboard, *made in Taiwan*, irgendwelche Daten in den Computer. Aber wie der Fickel wusste, war zur Schau gestellte Ignoranz bei gewissen Frauen ein Zeichen für besondere Zuneigung.

»Bitte übernehmen Sie Ihren Mandanten, aber sofort«, bat die Therese sichtlich genervt, ohne aufzusehen. »Der Kerl heult mir hier schon die ganze Zeit über die Ohren voll!«

In der hintersten Zimmerecke hockte ein Häuflein Elend auf dem Besucherstuhl, erst auf den zweiten Blick erkennbar als ein in sich zusammengesunkenes männliches Wesen in den zynischerweise als die »besten« bezeichneten Jahren, dem schütteren Haar und den geplatzten Äderchen unter der Haut zufolge knappe fünfzig. Offenbar bildete er den traurigen Gegenpart zur scheidungswilligen Amazone aus dem Anwaltszimmer. Doch obwohl der Fickel selbst auch eher der saloppe Typ war, modisch gesehen, befremdete es ihn schon ein bisschen, dass jemand ausgerechnet im Trainingsanzug zu seiner eigenen Scheidung ging. Zumal in einem eher antiquierten Modell, Typ Ballonseide.

Der potenzielle Mandant sprang jetzt auf und tapste mit ausgebreiteten Armen auf den Fickel zu wie ein zu groß geratener Teddybär.

»Manfred?«, entfuhr es dem Fickel, gerade noch rechtzeitig, bevor er von dessen kräftigen Armen umfangen wurde. »Sarajevo 1984!«, ergänzte der andere, ohne zu erwähnen, dass sie als Besatzung des Viererbobs Oberhof II damals die Qualifikation für die Winterspiele natürlich verpasst hatten und als Ersatzleute daheim im Thüringischen geblieben waren. Die glänzenden Erfolge der Sportkameraden hatte der Fickel wie immer nur am Robotron-Fernseher in Schwarz-Weiß mitverfolgt.

Bei dem Riesenbaby im Trainingsanzug handelte es sich also um niemand Geringeren als den ehemaligen Bobpiloten Manfred Kornhaß, mit dem der Fickel als Anschieber einst Kopf an Kopf beziehungsweise Knie an Kopf im erfolglosesten Schlitten gesessen hatte, der jemals im Namen des ruhmreichen Thüringer Bobverbandes übers Eis gekratzt war. Der Fickel spürte, wie die Pranken seines ehemaligen Vordermannes pausenlos auf seinen Rücken hämmerten, und versuchte, sich mithilfe eines Ringergriffs zu befreien, was jedoch nur eine noch festere Umarmung zur Folge hatte.

»Mensch, du hast dich gar nicht verändert«, erklärte der Fickel, denn so eine Höflichkeitsfloskel kam in der Regel gut an, wenn man sich länger nicht gesehen hatte. Dabei handelte es sich natürlich um eine schamlose Lüge.

»Du aber auch nicht«, log Manfred Kornhaß seinerseits, ohne mit der Wimper zu zucken. Er wusste nämlich, was sich gehört. Allerdings gab er dazu direkt an Fickels Ohr Geräusche ab, die fast wie ein unterdrücktes Schluchzen klangen.

»Können Sie vielleicht draußen weiterkuscheln? Es gibt Menschen, die hier arbeiten müssen«, schimpfte die Therese ohne jeden Funken Sensibilität. Weinende Männer in der Telenovela gut und schön, aber doch bitte nicht live am Arbeitsplatz!

»Wie lange ist das jetzt her?«, fragte der Kornhaß rhetorisch, als er gemeinsam mit dem Fickel auf den Gang trat, aber das wollte der lieber gar nicht wissen. Ein paar Informationen über das Privatleben konnten vor so einer Scheidungsverhandlung allerdings nie schaden, und so nahm der Fickel seinen alten Vordermann erst mal gründlich ins Verhör, wie dessen Leben, insbesondere das Eheleben, in den letzten Jahrzehnten verlaufen war.

Immerhin hatte der Kornhaß nach einer eher durchwachsenen aktiven Karriere erfolgreich seinen »Ingenieur« an der Technischen Hochschule in Ilmenau gemacht und es in den Wendewirren irgendwie geschafft, den Posten des Bahnchefs der Oberhofer Rodelbahn zu ergattern, wobei ihm sicher seine technischen Kenntnisse genauso geholfen hatten wie seine Vernetzung im Oberhofer Bobmilieu. Damals sprach man noch eher von Seilschaften, aber aus den vorhandenen Seilen waren auch schnell Netzwerke geknüpft worden, besonders in Oberhof.

Als Bahnchef hatte der Kornhaß natürlich einen absoluten Traumjob: ein gutes Auskommen, viel frische Luft, aber auch – nicht zu unterschätzen – guten Kontakt zur nachwachsenden Sportlergeneration beziehungsweise Sportle*rinnen*generation.

So hatte er schließlich auch seine spätere Frau, die junge und talentierte Rodlerin Mandy Meissner vom Rodelclub Zella Mehlis, kennengelernt. Die Thüringer Athletin war Anfang des Jahrtausends in ihrem Sport sage und schreibe die Nummer vier in der Welt gewesen – was allerdings bedauerlicherweise gleichbedeutend war mit der Nummer vier in Deutschland. Das wiederum hatte der ehrgeizigen Jungrodlerin auf Dauer natürlich nicht genügt, und deshalb hatte sie auf den väterlichen Rat von Manfred Kornhaß hin erfolgreich auf Bobpilotin umgeschult. Denn erstaunlich: Selbst in den Randsportarten gibt es noch Nischen. Hinter vorgehaltener Hand wurde von männlichen Kollegen anfänglich zwar gelästert, Frauenbob sei von der Natur ebenso wenig vorgesehen wie beispielsweise Herren-Synchronschwimmen oder Senioren-Skispringen. Aber das Gleiche hatte man früher von anderen Sportarten auch behauptet, ob Fußball, Boxen oder Bundeskanzler. Da konnte ein bekannter Sportmoderator angesichts der ersten weiblichen Pioniere in der Eisrinne noch so ätzend lästern, Frauenbob sei im Grunde auch nur eine Männersportart – für die eine oder andere Athletin, wie beispielsweise Mandy Meissner, spätere Kornhaß, hatte sich das Aufkommen der neuen Disziplin trotz anfänglicher Akzeptanzprobleme als geradezu historischer Glücksfall erwiesen, in einem Atemzug zu nennen mit der Einführung des Frauenwahlrechts, dem Fall der Mauer oder der Erfindung des Internets. Auch Manfred Kornhaß profitierte auf seine Art, denn sein Schützling hatte sich in jeder Hinsicht als lernwillig erwiesen, insbesondere zwischenmenschlich. Und schon bald nachdem Kornhaß die junge Mandy mit ihrem Bob auf Touren gebracht hatte, stand er mit ihr auch schon vorm Altar beziehungsweise vor einem Pressspan-Schreibtisch im Standesamt der Stadt Oberhof. Immerhin mit Tischdecke.

Trotz eines gewissen Alters- und Fitnessunterschieds war das Ehepaar Kornhaß über viele Jahre hinweg glücklich miteinander gewesen oder doch zumindest nicht direkt unglücklich, wozu ja bekanntlich schon eine ordentliche Portion Glück gehört. Während sich Manfred um die Oberhofer Rodelbahn kümmerte und an den Hüften immer mehr aus dem Leim ging, legte seine Frau stetig an Muskelmasse zu, praktisch Zugewinngemeinschaft im besten Sinne des Wortes.

Dank ihres Trainingseifers sammelte Mandy fleißig Weltcupsiege und alle sonstigen Titel ein, die es beim Frauenbob zu gewinnen gab, außer einer Medaille bei Olympia, ausgerechnet. Niemand hätte sich also gewundert, wenn Mandy Kornhaß mit ihren neununddreißig Jahren ihre erfolgreiche Karriere beendet hätte. Schließlich war das Kornhaß'sche Einfamilienhaus in Oberhof inzwischen endlich fertig, mit Folterkammer im Keller, Gäste-WC im Erdgeschoss und Kinderzimmer unterm Dach. Aber statt daheim mit ihrem Mann Familiengründung zu betreiben, hatte es Mandy nach dem sportlichen Debakel von Sotschi vorgezogen, weiter fröhlich durch den Weltcup zu ziehen, großes Ziel: eine Medaille bei den nächsten Olympischen Spielen in Pyeongchang.

Als er mit diesem Plan konfrontiert wurde, hatte Manfred Kornhaß zum ersten Mal in seiner Ehe mit der Faust auf den neuen IKEA-Tisch geschlagen und gesagt, noch vier Jahre Entbehrungen, Diätpläne und Trainingslager mit Gemeinschaftsduschen, das machte er nicht länger mit. Entweder Olympia oder er, basta Canasta! Und guck mal einer an: Schon drei Tage später reichte seine Frau die Scheidung ein. Da hatte der Manfred einfach die Prioritäten falsch eingeschätzt.

Irgendwo hatte es dem Kornhaß wohl schon länger gedämmert, dass die Mandy zu den gewissen Frauen gehört, die immer höher hinauswollen. Allein die Extras, die sie bei der Hausplanung verlangt hatte: Fußbodenheizung, amerikanische Küche und anderen Schnickschnack. Aber im Moment kam die Scheidung besonders ungelegen, wie der Kornhaß seinem alten Sportfreund Fickel auf dem Gang zum Gerichtssaal verriet. Denn das Haus in Oberhof war natürlich bis hinauf zur Spitze des Blitzableiters verschuldet. Und wenn so eine Ehe liquidiert wurde, dann wurde eben nicht nur das Konto, sondern der gesamte Besitzstand durch zwei geteilt, vom Eierlöffel bis zur Luxusimmobilie – und wenn es sich dabei nicht gerade um ein Doppelhaus handelte, musste eben auch der frisch fertiggestellte Familienpalast zu Geld gemacht werden. Allerdings war solch ein sauteures Objekt in Oberhof im Moment praktisch unverkäuflich, trotz Traumveranda und Einlieger-Ferienwohnung. Daher hatte der Kornhaß neben seinem Liebeskummer jetzt also auch noch finanzielle Sorgen am Hals. Schlimmer geht nimmer.

Der Fickel, der natürlich auf einen kurzen Prozess gehofft hatte, musste mit ansehen, dass sich plötzlich ein riesiger Berg Probleme vor ihm auftürmte. Denn inzwischen war der Kornhaß ernstlich ins Grübeln gekommen, ob das mit der Scheidung wirklich so eine gute Idee gewesen war. Immerhin liebte er seine Mandy noch, zumindest kam das Gefühl, das er für seine Noch-Ehefrau hegte, von allen ihm bekannten der Bezeichnung »Liebe« am nächsten. Kurz und gut, Manfred Kornhaß hätte wahrlich eine fachgerechte juristische Beratung gebrauchen können. Nur leider war der Fickel dafür komplett der falsche Ansprechpartner. Ganz besonders im Familienrecht, wo es bekanntlich nur vierstellige Paragrafen gibt, praktisch durchweg Dunkelnormen[6].

Vor dem Saal, in dem die Scheidung stattfinden sollte, wartete schon der Amthor mit seiner Mandantin. »Gratuliere zum Mandat«, knurrte er, als der Fickel sich mit dem Kornhaß näherte, und natürlich meinte er das als Warnung. Auch Mandy Kornhaß blickte finster entschlossen aus ihrer farbenfrohen Wäsche. Insgesamt war die Situation eher angespannt, zwischen den Anwälten genau wie zwischen den Parteien, gewissermaßen *High Noon* – und das auf dem Flur des Amtsgerichts! Manfred Kornhaß versuchte tapfer, den Killer-Blicken seiner zukünftigen Exfrau standzuhalten, doch instinktiv trachtete er zugleich danach, sich in Bobfahrermanier hinter dem Rücken vom Fickel zu verstecken, obwohl es dafür unter den gegebenen Voraussetzungen im Grunde keine aerodynamische Notwendigkeit gab.

Eine schiere Ewigkeit saßen sich die Noch-Eheleute mit ihren Anwälten auf den hölzernen Bänken vor dem Gerichtssaal gegenüber, einerseits gefasst, man ist ja schließlich erwachsen, andererseits peinlich berührt: Vor ein paar Monaten hatte man noch die Zahnseide miteinander geteilt, und von heute auf morgen war jedes Band zerschnitten. Zehn endlose Minuten später wurde endlich die Verhandlung Kornhaß gegen Kornhaß aufgerufen. Mit respektvollem beziehungsweise Sicherheitsabstand begaben sich die Parteien in den Saal.

Der frischgebackene Amtsgerichtsdirektor Leonhard hatte einen langen und aufreibenden Tag hinter sich. Trotz aller Bittgesuche hatte man im Ministerium in Erfurt noch keinen Anlass gesehen, frische Kräfte nach Südwestthüringen

6 Gesetze, die nur besonders hellen Juristen bekannt sind.

zu schicken, um den jüngst eingetretenen Mangel an Amtsrichtern auszugleichen. Vielleicht vertrat man dort auch den Standpunkt: Wenn die Meininger Richter es für angezeigt hielten, sich gegenseitig zu dezimieren, dann sollten sie doch gefälligst selbst sehen, wie sie zurechtkommen. Also musste das alte niederbayrische Schlachtross Leonhard plötzlich selbst mit ran, obwohl er als ausgewiesener Strafrechtsexperte und routinierter Untersuchungsrichter seit fast dreißig Jahren keinen Zivilprozess mehr geleitet hatte, geschweige denn einen Familienrechtsprozess. Seit seiner eigenen nicht unkomplizierten Scheidung hatte er sogar einen direkten Widerwillen gegen diesen Zweig der Justiz entwickelt. Trotz aller gebotenen Objektivität war seiner Rechtsprechung eine gewisse Grundsympathie für die rechtlichen Positionen von Vertretern seines eigenen Geschlechts durchaus anzumerken.

Da es spätsommerlich warm war, trug Richter Leonhard unter der Robe nur seine bequemen Bermudas sowie seine berühmte weiße Hemdattrappe, über deren Verwendung bei den Damen in der Geschäftsstelle die kühnsten Gerüchte kursierten. Dabei ist die Hemdattrappe eine höchst praktische Vorrichtung, die man einfach nur über den Kopf ziehen muss, um am Ausschnitt der Robe das Vorhandensein eines Hemdes zu simulieren. Dabei deckt dieses Kleidungsstück gerade einmal Hals, Schultern und den obersten Teil der Brust ab und hört knapp unter dem Kragensaum der Robe auf. Trotzdem erfüllte Leonhards Aufzug vollkommen seinen Zweck: äußerlich ganz Respektsperson, was darunter vor sich ging, hatte niemanden zu interessieren. Auch Richter haben eine Privatsphäre.

»Wie ich sehe, spricht hier alles für eine kurze Verhandlung«, brummte Richter Leonhard also zufrieden, als sich die Parteien vor dem Richtertisch versammelten, denn zwei Terminhuren bei einer Scheidung waren selbst in Meiningen kein alltägliches Bild. Immerhin musste man sich bei der Konstellation weder auf Profilierungsversuche noch auf einen profunden juristischen Schlagabtausch gefasst machen. Antrag stellen, Antrag annehmen, so in etwa stellte sich der Leonhard die nächsten zehn Minuten vor.

»Dann wollen wir das mal schnell hinter uns bringen«, erklärte der Leonhard gut gelaunt und schloss gleich die nicht vorhandene Öffentlichkeit aus, wie es Vorschrift war, und überprüfte die Personalien des Ehepaars Kornhaß. »Sie kenne ich doch von irgendwoher …«, meinte er, als die Reihe an Mandy war, und kniff die Augen zusammen, vielleicht auch, um einem Farbschock vorzubeugen. »Meine Mandantin ist eine erfolgreiche Bobathletin«, erklärte der Amthor stolz. »Amtierende Europa- und Weltmeisterin.«

»Aha.« Leonhards Blick war ein einziges Fragezeichen. Mit an Sicherheit grenzender Wahrscheinlichkeit hatte er nie in seinem Leben ein Frauenbobrennen im Fernsehen verfolgt.

»Vor ein paar Jahren war ich mal ›Girl der Woche‹ in der *Superillu*«, fügte Mandy Kornhaß hinzu. »Auf die Fotos werde ich heute noch ständig drauf angesprochen.«

»Ach so, das erklärt natürlich einiges«, brummte der Leonhard launig, »angezogen hätte ich Sie fast nicht erkannt.«

Woanders hätte er sich für solch eine Bemerkung vielleicht einen Befangenheitsantrag eingehandelt, aber in einem weniger sittenstrengen Ort wie Meiningen kam ein flotter Spruch erfahrungsgemäß gut an, insbesondere bei dem handverlesenen Personal, das da gerade im Saal anwesend war.

Nachdem alle, abgesehen von der Mandy Kornhaß, kurz geschmunzelt hatten, durfte der Amthor endlich den Scheidungsantrag seiner Mandantin verlesen. Und damit hatte er im Wesentlichen seinen Job erledigt. Zumindest glaubte er das in dem Moment noch. Denn jetzt war eigentlich nur noch der Fickel an der Reihe, dem Scheidungsantrag im Namen seines Mandanten zuzustimmen. Drei Augenpaare blickten den Fickel erwartungsvoll an. Doch der zögerte seinen im Grunde sehr einfachen Satz bis zum Gehtnichtmehr hinaus. Schließlich brauchte er jede Sekunde zum Nachdenken.

»Namens meines Mandanten beantrage ich …«, erklärte er schließlich und blickte zögernd zu seinem Mandanten und einstigen Sportgefährten hinüber, der schicksalsergeben im Trainingsanzug neben ihm hockte. Aller Kampfgeist, der ihn als Athleten ausgezeichnet hatte, war aus seinem immer noch stattlichen Körper gewichen.

»… den Antrag abzulehnen«, vollendete der Fickel seinen begonnenen Satz – und hätte sich in dem Moment am liebsten selbst in den Allerwertesten gebissen. Aber als Anwalt ist man eben immer zuerst dem Wohl des Mandanten verpflichtet und erst an zweiter Stelle dem eigenen. Und der Kornhaß war im Moment einfach nicht reif für eine Scheidung, weder gefühlsmäßig noch finanziell. Dafür musste man kein Psychologe sein respektive Bankberater.

»Bitte?« Der Leonhard blinzelte verwundert von seinem Richtertisch herunter. Mandy Kornhaß wiederum blickte fragend zu ihrem Rechtsbeistand Amthor, der seinerseits jedoch auch nur mit den Achseln zucken konnte. Selbst Fickels eigener Mandant guckte einigermaßen konsterniert aus der Wäsche. Eine Fliege, die durch den Raum surrte, hatte den Auftritt ihres Lebens.

»Wenn Sie die Scheidung wirksam machen wollen, müssen Sie den Antrag schon annehmen, Herr Kollege«, erläuterte der Leonhard die Sachlage sicherheitshalber noch einmal auch für den Laien verständlich. Aber der Fickel war ganz gegen seine Gewohnheit juristisch vollkommen im Bilde.

»Mein Mandant ist der Auffassung, dass seine Ehe mitnichten zerrüttet ist«, erklärte er im Brustton einer woher auch immer gewonnenen Überzeugung in die gespannte Stille hinein, was bei Mandy Kornhaß nur heftiges Kopfschütteln auslöste.

»Die Meinung hat er wohl ziemlich exklusiv«, brummte der Leonhard. »Laut Aktenlage ist das Trennungsjahr offenbar eingehalten worden.«

Mandy Kornhaß flüsterte dem Amthor etwas ins Ohr.

»Das Gericht hat völlig recht«, erklärte der Amthor. »Die Eheleute hatten seit über einem Jahr keinen …« Er stockte, um in seinem Sprachzentrum nach einem der Würde des Gerichts angemessenen Wort zu forschen. Obwohl er keineswegs prüde war, weder in der Sauna noch beim FKK, gab es Begriffe, die wollten ihm einfach nicht so leicht über die Lippen. »… keinen ehelichen Kontakt mehr«, vollendete der Amthor schließlich seinen Satz.

»Sie meinen, keinen Geschlechtsverkehr«, konkretisierte der Leonhard in aller gerichtlich gebotenen Sachlichkeit.

»Genau«, bestätigte der Amthor, und seine Mandantin schlug noch tiefer in die Kerbe: »Ich kann mich eigentlich gar nicht mehr dran erinnern.« Und dann fügte sie nach einer kleinen Pause überflüssigerweise hinzu: »Na ja, so dolle war es sowieso nie.«

Der Fickel beeilte sich zu erklären, dass in der Hinsicht im Spitzensport ohnehin andere Regeln gälten, weil schließlich jede Intimität auch Rückwirkungen auf die Leistungsfähigkeit habe beziehungsweise umgekehrt: die am Tage erbrachten sportlichen Trainingseinheiten sich negativ auf die abendliche Bereitschaft auswirkten, seinen geplagten Körper auch noch anderweitig zum Einsatz zu bringen.

Manfred Kornhaß sackte mit jedem Wort mehr in sich zusammen. Er rieb mit seinen Pranken so fest auf seinen Oberschenkeln herum, dass sich die Ballonseide seines Trainingsanzugs elektrostatisch auflud und leise knisterte. Fast hätte sich der Amthor eine Zigarette daran anzünden können. So eine Scheidung war wahrlich nichts für schwache Nerven.

»Immerhin haben die Parteien den Sommer gemeinsam in einer Wohnung verbracht und bis zuletzt den Bau eines Einfamilienhauses zusammen geplant«, hielt der Fickel dagegen. »Damit haben beide hinlänglich ihren Wunsch nach einer gemeinsamen Zukunft dokumentiert.«

»Mit Kinderzimmer!«, rief Manfred Kornhaß der Vollständigkeit halber.

»Mein Mandant will damit auf höfliche Weise sagen, dass aus seiner Sicht das Intimleben in der Ehe bei Weitem nicht so darniederlag, wie es die Gegenseite darstellen will«, ergänzte der Fickel keck.

Das war der Moment, in dem Mandy Kornhaß in ein derart gehässiges Gelächter ausbrach, dass es selbst dem Fickel kalt über den Rücken lief. Amtsgerichtsdirektor Leonhard stützte sein Kinn schwer auf seinen Handrücken. Auch wenn Fickels Argumentation eine ziemlich durchschaubare Lüge darstellte, gab sie ihm immerhin die Möglichkeit, Zeit zu gewinnen. Bei einer sofortigen Scheidung blieben die komplizierte Vermögensauseinandersetzung und der Versorgungsausgleich an ihm als zuständigem Richter hängen. Würde die Ehe aber erst ein paar Monate später gelöst, wäre dann womöglich schon familienrechtliche Verstärkung aus Erfurt eingetroffen und der Kelch ginge an ihm vorüber.

»Tja«, erklärte der Leonhard salopp, »ich weiß auch nicht, was bei Ihnen im Schlafzimmer los war. Ich war ja *leider* nicht dabei.«

Er grinste die Mandy Kornhaß wohlgefällig an, denn in der Robe steckte schließlich auch nur ein Mann. Der Amthor spürte, dass die Dinge sich in eine für ihn und seine Mandantin ungünstige Richtung entwickelten. Aber ihm fehlten im Moment einfach die durchschlagenden Argumente. »Selbst wenn es innerhalb des Trennungsjahres zwischendurch zu Intimitäten gekommen sein sollte, wäre das unschädlich«, erklärte er dennoch mit selbstgewisser Strebermiene. »Schließlich ist durch höchstrichterliche Rechtsprechung anerkannt, dass ein Versöhnungsversuch das Trennungsjahr nicht unterbricht.«

Obwohl der Amthor genau wie der Fickel dem Terminhurengewerbe nachging und ausschließlich damit seinen Lebensunterhalt bestritt, las er doch zuweilen Fachlektüre und kannte sich in gewissen populären Rechtsgebieten ganz ordentlich aus. Das nützte ihm im aktuellen Fall jedoch leider überhaupt nichts. Denn Richter Leonhard hatte seine Entscheidung längst getroffen und schlug mit seinem Hämmerchen kurz auf den Tisch. Nachdem alle sich erhoben hatten, verkündete er seine für alle Anwesenden überraschende Entscheidung: »Im Namen des Volkes! Der Antrag wird zurückgewiesen.«

Im Anschluss erklärte er in amtlichem Tonfall, dass er die Ehe Kornhaß bei der gegenwärtigen Sach- und Beweislage trotz offenkundiger Differenzen leider nicht als endgültig gescheitert betrachten könne. Dazu gehörten, wie er aus eigener Anschauung durchaus hätte beitragen können, was er aber aus privaten Gründen wohlweislich unterließ, noch ganz andere Zerrüttungsszenarien. Er schloss mit dem versöhnlich klingenden Vorschlag: »Versuchen Sie's doch einfach noch mal miteinander! So eine Ehe wirft man doch nicht einfach weg, net wahr?« Und dann musste er selbst über seine Bemerkung herzlich lachen.

Manfred Kornhaß konnte es nach der Verhandlung überhaupt nicht fassen: »Heißt das etwa, wir sind jetzt gar nicht geschieden?« Der Fickel setzte ihm in aller Eile auseinander, weshalb es für ihn zumindest aus wirtschaftlicher Sicht günstiger war, die Scheidung noch ein wenig hinauszuzögern. So hatte er immerhin Zeit gewonnen, in aller Ruhe seine Angelegenheiten zu ordnen und vielleicht sogar einen Interessenten für das bislang unverkäuflich scheinende Haus zu finden. Manfred Kornhaß strahlte plötzlich über das ganze Gesicht: »Und vielleicht überlegt es sich die Mandy ja auch noch mal anders.« Der Fickel konnte da nur den Kopf schütteln. Des Menschen Einfalt ist sein Himmelreich.

Amthors Mandantin fand die Angelegenheit allerdings weniger witzig. Mit zornesrotem Kopf kam sie nach der Verhandlung auf ihren verhinderten Exmann zu. »Was sollte die Kacke eben?«, legte sie gleich auf wenig damenhafte Weise los, und ehe der Kornhaß oder der Fickel etwas sagen konnten, schlug sie ihrem noch amtierenden Ehemann mit der Faust frontal gegen den Schädel. Auch als Bobsportlaie kann man sich vorstellen, dass dem Kornhaß bei den hierbei wirkenden Kräften nicht eben viele andere Optionen übrig blieben, als augenblicklich k.o. zu gehen. Nur mit Müh und Not konnte der Fickel sich dazwischenwerfen und verhindern, dass Mandy Kornhaß ihren am Boden liegenden Mann weiter misshandelte. Sie schüttelte den Fickel ab wie eine lästige Fliege und ging mit großen Schritten in ihren roten Pumps davon.

Der Fickel beugte sich zu seinem am Boden liegenden, etwas benommen wirkenden Sportkameraden hinunter und reichte ihm die Hand, um ihm aufzuhelfen. Doch in dem Moment, als er die zwei Zentner Lebendgewicht von Manfred Kornhaß ruckartig nach oben ziehen wollte, mochte es ihm plötzlich scheinen, dass ihm jemand ein Messer in den Rücken stieß.

Statt eines Schreis kam nur ein kurzes Röcheln über Fickels Lippen, dann sank er direkt neben seinem alten Sportkameraden auf den frisch gebohnerten Linoleumboden des Amtsgerichts nieder.

»Was ist denn hier los?« Richter Leonhard blickte verwundert auf die sich vor seinen Füßen auf dem Boden wälzende ehemalige Besatzung des Bobs Oberhof II. Der Fickel hörte noch, wie die herbeigerufene Therese hysterisch rief:

»Oh Gott, ich glaube, das ist ein Herzinfarkt!« Dann schloss er die Augen.

Die Oberstaatsanwältin registrierte das Blaulicht vor dem Fenster, das von dem auf dem Hof des Justizzentrums parkenden Rettungswagen herrührte, ohne dem eine Bedeutung beizumessen. Auf jemanden wie die Gundelwein, die sich gewissermaßen ständig in Alarmstimmung befand, wirkte das flackernde Licht geradezu wie ein Lebenselixier – es passte perfekt als optische Untermalung ihres momentanen Gemütszustands. Das Freibad hatte wegen leerer öffentlicher Kassen und eines Sanierungsstaus bereits zum Ende der Sommerferien geschlossen, und das Hallenbad mit seinen Fünfundzwanzig-Meter-Bahnen hatte für eine berufstätige Frau leider völlig unpassende Öffnungszeiten – die Vormittagsstunden waren für Schulkinder oder fürs Babyschwimmen reserviert, am Abend terrorisierten die Senioren mit ihrer Aqua-Gymnastik die Sportler. Ohne ihr regelmäßiges Schwimmtraining befand sich die Gundelwein einfach nicht im emotionalen Gleichgewicht.

Ihr gegenüber saß Kriminalrat Recknagel, wie immer leicht angespannt, wenn er mit der Oberstaatsanwältin über eine aktuelle Ermittlungsakte sprach. Noch gesteigert wurde dieses Gefühl der Anspannung dadurch, dass sich genau dies nicht ereignete: ein Gespräch. Statt sich wie sonst über Details in den Polizeiberichten auszulassen und vermeintliche oder tatsächliche Fehler anzuprangern, um schließlich in einer unausweichlichen Dramaturgie die Fähigkeiten des Kriminalrats und seiner Mitarbeiter infrage zu stellen, blätterte die Oberstaatsanwältin anscheinend desinteressiert in der Akte herum. Dabei handelte es sich immerhin um die kriminalistischen Erkenntnisse zum vermutlichen Selbstmord des jungen Thüringer Bobpiloten Daniel Krech, der von einem beispiellosen Mediengewitter begleitet worden war.

Wie immer, wenn es um den ungeklärten Tod eines Kollegen ging, war man bei der Polizei besonders akribisch vorgegangen, hatte alle Hintergründe bis ins Privateste durchleuchtet. Kriminalrat Recknagel hatte sich nichts vorzuwerfen, aber bedingt durch das Schweigen der Gundelwein beschlich ihn trotzdem das unangenehme Gefühl, er sitze wieder auf der Schulbank und die Lehrerin lese justament seine ungenügenden Hausaufgaben.

»Sie sind also überzeugt, dass sich der junge Mann selbst das Leben genommen hat?«, begann die Gundelwein schließlich nach circa fünfminütigem Schweigen.

»Das ist das Ergebnis unserer Ermittlungen«, bestätigte der Recknagel.

»Ich habe aber nicht nach dem Ergebnis der Ermittlungen gefragt«, erwiderte die Oberstaatsanwältin. »Das kann ich hier ja schwarz auf weiß lesen. Ich wollte wissen, ob Sie *persönlich* davon überzeugt sind.«

Der Kriminalrat schwieg verdutzt. Nicht ganz ohne Grund vermutete er eine neue perfide Strategie hinter den Fragen seiner Chefin, die streng genommen gar nicht seine Chefin war, sondern eher seine Herrin, wie sie immer wieder betonte. Die Staatsanwaltschaft – Herrin des Ermittlungsverfahrens von Gesetzgebers Gnaden. Und die Polizei ihr Knecht.

»Wenn ich von dem Ergebnis nicht überzeugt wäre, hätte

ich die Ermittlungen nicht mit diesem Ergebnis abgeschlossen«, erwiderte der Kriminalrat, zumindest äußerlich die Ruhe selbst.

»Aber wie ich sehe, gibt es noch eine ungeklärte DNA-Spur«, insistierte die Oberstaatsanwältin.

»Wir haben am Tatort siebenundzwanzig DNA-Spuren gesichert«, erklärte der Kriminalrat besonnen. »Sechsundzwanzig davon konnten wir den Polizeischülern oder dem dort tätigen Personal zuordnen. Eine einzige ist ungeklärt.«

»Männlich, eher jung ... Das könnte doch durchaus der Mörder sein«, erklärte die Gundelwein.

»Genauso gut wie jeder andere, der eine Herrentoilette im Polizei-Bildungszentrum benutzt«, beharrte der Kriminalrat. »Jedenfalls war er nicht bei uns in der Datei. Und alle männlichen Polizeischüler und Bediensteten haben freiwillig eine DNA-Probe abgegeben. Da war kein Treffer dabei.«

»Das schließt die Möglichkeit nicht aus, dass sich jemand von außen eingeschlichen haben könnte«, insistierte die Oberstaatsanwältin ihrerseits.

Kriminalrat Recknagel machte nun eine Pause, die etwas länger dauerte, als es in einem Gespräch üblich oder auch höflich wäre. »Wollen Sie mir unterstellen, dass ich meine Arbeit nicht richtig beherrsche?«, erkundigte er sich endlich.

Die Oberstaatsanwältin zog eine Augenbraue hoch. »Es ist mein gutes Recht und sogar meine gesetzliche Pflicht, alle denkmöglichen Szenarien durchzugehen«, dozierte sie dann.

»Meine auch«, konterte der Kriminalrat. »Auch wenn ich nicht studiert habe.«

Draußen war es ziemlich warm. Im Werra-Talkessel staute sich seit Tagen die Hitze. Der Recknagel hatte allen

Grund und jedes Recht der Welt zu schwitzen, zumal als Mann seines Alters. Das musste keineswegs mit einer eventuellen inneren Anspannung zu tun haben.

»Ich glaube kaum, dass dies der passende Rahmen ist, um Ihre Minderwertigkeitsgefühle auszuleben«, sagte die Gundelwein, und es klang nicht einmal besonders herablassend, eher analytisch – als säße er bei seiner Therapeutin auf der Couch. Dabei hatte er gar keine Therapeutin, er war schließlich seit über dreißig Jahren glücklich verheiratet und pflegte darüber hinaus zwei bis drei langjährige Freundschaften. Der Tonfall, den die Gundelwein gewählt hatte, war ihm instinktiv suspekt.

»Meine Arbeit besteht darin, Sachverhalte aufzuklären. Deshalb haben wir selbstverständlich alle Möglichkeiten in Erwägung gezogen«, bemerkte der Kriminalrat ruhig, als würde er seiner Frau aus dem Wetterbericht vorlesen, »doch alle Zeugenaussagen besagen übereinstimmend, dass am betreffenden Tag kein Fremder im Bildungszentrum gesehen wurde.«

Die Oberstaatsanwältin schwieg, anscheinend ein wenig ausgebremst, und blätterte weiter in der Akte. Der Kriminalrat verbuchte das als Punktsieg für sich. Er schwitzte jetzt deutlich gelassener in sein Hemd.

»Was haben Sie denn als Motiv für den Selbstmord von Daniel Krech ermittelt?«, fragte die Gundelwein, obwohl sie es genauso gut in der Akte hätte nachlesen können.

»Wir vermuten eine Depression als Auslöser, vor allem verursacht durch eine latent unglückliche On-and-off-Beziehung mit einer Kollegin. Einer sehr attraktiven, nebenbei bemerkt.«

Ein deutlicher Blick der Gundelwein belehrte ihn darüber, dass er sich seine Einschätzung besser gespart hätte.

»Er selbst spricht in seinem Abschiedsbrief vielmehr von einer Medienhatz und vom Druck, der auf ihn ausgeübt wurde wegen eines vermeintlichen Fehlverhaltens im Zusammenhang mit einem von ihm konstruierten Bob.«

»Das ist auch eine Möglichkeit«, bestätigte der Kriminalrat. »Aber ich persönlich halte einen privaten Auslöser für wahrscheinlicher.«

Die Oberstaatsanwältin hüllte sich in unheilvolles Schweigen, bevor sie einwandte: »Krech hat seinen Bob an einen ausländischen Hersteller verkauft. Deswegen wurde sogar gegen ihn ermittelt.«

Der Kriminalrat winkte ab. »Das Thema ist medial total hochgekocht worden. Innerhalb der Trainingsgruppe und des Verbandes war das Problem längst beigelegt.«

»Manch einer hat das Verhalten von Krech als Landesverrat gewertet. Wenn sich da jemand an ihm rächen wollte …«

»Das halte ich für ausgeschlossen«, unterbrach sie der Recknagel ungeduldig. »Für so eine Annahme sehe ich nicht den geringsten Ansatzpunkt.«

Plötzlich schlug die Oberstaatsanwältin mit der flachen Hand auf den Schreibtisch.

»Und *ob* es den gibt, verdammt noch mal!«

Kriminalrat Recknagel war zusammengezuckt. Er spürte plötzlich genau, wo sich sein Herz im Brustkorb befand. Keine Schmerzen, nur so eine Ahnung, eine Warnung vielleicht, solch eine Art von Schreck in Zukunft nach Möglichkeit zu vermeiden.

»Ich habe die Ermittlungen gegen Daniel Krech damals

höchstpersönlich geleitet. Ich muss sagen, die Unterhaltungen mit ihm waren äußerst aufschlussreich.«

»Haben Sie denn Anzeichen für ein strafbares Verhalten gefunden?«, fragte der Kriminalrat ehrlich überrascht. Die Gundelwein verneinte.

»Offenbar hat er sich korrekt verhalten. Aber dank dieser Ermittlungen bin ich auf eine noch viel größere Sache gestoßen.« Die Oberstaatsanwältin setzte einen Blick auf, der keinen Zweifel über die Tragweite dessen zuließ, was sie ausgegraben hatte. »Am Olympiastützpunkt in Oberhof sind enorme Geldsummen in irgendwelchen dunklen Kanälen verschwunden.«

Der Recknagel atmete insgeheim auf. Wirtschaftsdelikte fielen nicht in seinen Aufgabenbereich. Dass in gewissen Sphären gemauschelt wurde, überraschte ihn hingegen nicht. »Ach ja?«, nuschelte er mit vorgeschobenem Interesse.

»Sagt Ihnen der Begriff ›Osti‹ vielleicht etwas?«

Der Recknagel schwieg verdutzt. War das eine Falle? Wollte ihn die Oberstaatsanwältin mit seiner Herkunft vorführen? Der Recknagel verneinte.

»Erst dachte ich, es handele sich um einen Decknamen«, erklärte die Gundelwein, »aber dann kam ich dank Daniel Krech dahinter, dass es sich um eine Abkürzung handelt.« Sie ließ eine dramaturgische Pause, um die Wirkung zu erhöhen. »Die Oberhof Sport und Tourismus Immobilien GmbH«, vollendete sie.

»Ach so, davon habe ich schon mal gehört«, pflichtete der Recknagel bei. »Ist das nicht die Betreibergesellschaft, in der die Stadt ihre privatwirtschaftlichen Aktivitäten bündelt?«

»Genau«, bestätigte die Gundelwein. »Aber wenn mich mein Gefühl nicht trügt, dann ist diese Gesellschaft vor allem ein Bereicherungsinstrument in den Händen einer oligarchischen Funktionärsriege! Allen voran eines gewissen Edwin Bradschetl.«

»Der ehemalige Biathlet?«

»Früher Sportler, heute Bürgermeister. Und was für einer!« Die Augen der Oberstaatsanwältin blitzten gefährlich wie eben noch das Blaulicht auf dem Hof. Sie warf ein paar Fotos auf den Tisch. »Sehen Sie sich das einmal an!«

Auf den Aufnahmen sah man Bradschetl, einen nicht mehr jungen, wegen beginnender Fettsucht aber im Alter nur schwer einzuordnenden Mann, vor einem riesigen Auto und einer noch größeren Doppelgarage stehen. Dahinter sah man ein Haus, nein, vielmehr eine Villa, die man eher in Beverly Hills als am Rennsteig[7] vermutet hätte.

»Und das alles bei seinem mickrigen Gehalt«, kommentierte die Gundelwein.

»Haben Sie ihn observieren lassen?«, erkundigte sich der Kriminalrat.

»Das ist ein Privatfoto«, erklärte die Gundelwein. »Habe ich aus einem sozialen Netzwerk kopiert. Es war für jeden zugänglich.«

»Bis jetzt liegt also noch nichts Konkretes gegen ihn vor, sehe ich das richtig?«, hakte Recknagel nach.

7 Sagenumwobener Thüringer Höhenwanderweg, berühmt für seine Kennzeichnung mit dem charakteristischen »R«, gerannt wird dort aber nur selten, z. B. beim Rennsteiglauf.

»Dieser Mann lebt in Saus und Braus, während die Stadt den Bach runtergeht. Das ist mir konkret genug«, erwiderte die Oberstaatsanwältin.

»Hm«, machte der Recknagel, ohne seine Vorbehalte zu verbergen. Sehr zum Missfallen der Oberstaatsanwältin.

»Was grunzen Sie denn da so rum? Hier deutet alles, aber auch wirklich alles darauf hin, dass da ordentlich in die eigene Tasche gewirtschaftet wurde, insbesondere bei den ständigen Bauarbeiten, zum Beispiel an dieser Bobbahn.«

»Rodelbahn«, verbesserte Recknagel und brachte die Gundelwein damit kurz aus dem Konzept. Seit ihrer kurzen und für ihren Geschmack trotzdem noch viel zu langen Ehe mit einem Bob-Anschieber reagierte die Gundelwein allergisch auf eine gewisse Detailfreudigkeit beim Thema Kufensport.

»Auf der Oberhofer Rodelbahn wird Bob nur zu Trainingszwecken betrieben, weil die für Wettkämpfe nötige Anschubfläche fehlt«, erläuterte der Kriminalrat zu allem Überfluss.

»Erst wird die Bahn für Millionen und Abermillionen saniert, und hinterher merken sie plötzlich, dass sie nicht mal eine Anschubfläche haben, und setzen mal eben für *zig* Millionen eine Trainingshalle hin, in der das fehlende Stück simuliert wird?!«, rief die Oberstaatsanwältin zornig. »Das ist ja geradezu grotesk!«

Der Recknagel wollte sich auf keine weitere Diskussion einlassen. Dass man in der topmodernen Starthalle auch im Sommer auf Eis trainieren konnte sowie andere vernünftige Argumente waren hier im Moment nicht gefragt. Er kannte die persönliche Betroffenheit der Gundelwein beim Thema Bob. »Gesetzt den Fall, dass Sie mit Ihren Vermutungen recht haben: Wo ist der Zusammenhang zum Tod von Daniel Krech?«, erkundigte sich der Kriminalrat deshalb in gebotener Zurückhaltung.

»Ich hatte ihn fast so weit, als Kronzeuge gegen den ganzen Klüngel dort aufzutreten«, erklärte die Gundelwein. »Ist doch seltsam, dass er sich kurz vorher selbst umbringt, oder?«

Dazu fiel dem Kriminalrat kaum mehr eine Erwiderung ein, zumindest keine halbwegs sachgerechte. Wenn er ehrlich zu sich war, war ihm der Selbstmord von Daniel Krech von Anfang an nicht ganz geheuer gewesen. Aber trotz eifrigster Bemühungen hatten sich nicht die geringsten Hinweise auf ein Verbrechen gefunden.

»Wenn die Aussagen lauten, es sei zum Tatzeitpunkt kein Fremder im Bildungszentrum gesehen worden, muss die Frage erlaubt sein, wer in dem Umfeld überhaupt als fremd empfunden würde und vor allem wer *nicht*«, erläuterte die Oberstaatsanwältin.

»Was schlagen Sie also vor?«, fragte Recknagel. Innerlich hatte er längst eine Kapitulationsurkunde unterzeichnet.

»Solange wir die siebenundzwanzigste Spur nicht aufgeklärt haben, können wir diese Sache nicht abschließen«, erklärte die Oberstaatsanwältin. »So viel dürfte selbst Ihnen klar sein.«

»Natürlich«, pflichtete der Kriminalrat seufzend bei. So viel war selbst ihm klar.

»Sie suchen weiter nach dem Träger der letzten DNA – und ich gehe derweil den Hinweisen nach, die ich von Daniel Krech zu diesem Bob-Klüngel erhalten habe.«

Recknagel erhob sich von seinem Platz und verließ das

Büro mit knappem Gruß und ohne einen Händedruck, wie er es in den letzten gut zwanzig Jahren im Umgang mit Angehörigen anderer Kulturkreise gelernt hatte. Dieser Fall hatte wirklich alle Zutaten, eine echte Dauerbaustelle zu werden.

II

Nie hätte der Fickel gedacht, dass Sterben so weh tut. Andererseits gab es auch nur sehr wenige glaubhafte Berichte darüber. Ganz offenbar hatte sich der Sensenmann feige von hinten angeschlichen und sich in seinem Rücken festgekrallt. Doch der Schmerz verhinderte zunächst, dass der Fickel sich seinen Mitmenschen verbal in gewohnter Weise mitteilen konnte. Während er sich auf dem Linoleumboden des Amtsgerichts krümmte, hielt die Therese auf melodramatische Weise seine Hand, als wolle sie ihn mit Gewalt im Diesseits festhalten – und zwar nicht nur wegen der Eierlikörpralinen, die ihr bei einem vorzeitigen Dahinscheiden vom Rechtsanwalt Fickel möglicherweise zu entgehen drohten. »Halten Sie durch, Hilfe ist unterwegs«, flüsterte sie in das Ohr des Dahinscheidenden. Klassefrauendrama[8] pur.

Der Notarzt, den Richter Leonhard nach der missglückten Scheidung gerufen hatte, nahm Manfred Kornhaß wegen des Verdachts auf eine gebrochene Nase und zur Abklärung einer vermuteten Gehirnerschütterung mit ins Krankenhaus. Doch den Fickel verwies er nach einer flüchtigen Untersuchung an den Hausarzt, da keinerlei Lebensgefahr ersichtlich sei. Kurzum: falscher Alarm. Das wiederum

8 Von Ehemännern gefürchtetes Fernsehgenre, läuft meist als Gegenprogramm zu Krimi und/oder Fußball.

veranlasste die Serviceeinheit Therese zu der gewagten Aussage, da könne man mal wieder sehen, Rechtsanwälte seien sowieso durchweg Simulanten und Schwindler, Terminhuren ausdrücklich nicht ausgenommen.

Mit letzter Kraft und schmerzverzerrtem Gesicht, flankiert und gestützt vom schnaufenden Kollegen Amthor auf der einen und Justizwachtmeister Rainer Kummer auf der anderen Seite, schleppte sich der Fickel wenig später in die Straße der Gesundheit, die aus politischen Gründen seit 1990 wieder Charlottenstraße heißt, obwohl die Gesundheit selbst in Meiningen kommunistisch nicht vorbelastet war, eher im Gegenteil.

Doktor Pfannschmidt, der dem Fickel bereits während seiner lange zurückliegenden Schulzeit bisweilen mit exotischen Diagnosen aus der Patsche geholfen hatte, ging langsam auf die siebzig zu und war inzwischen selbst sein bester Patient. Leider wollte es ihm partout nicht gelingen, einen Nachfolger für seine Praxis zu finden, was womöglich mit dem eklatanten Mangel an Privatpatienten in Meiningen zu tun haben konnte.

Als der Fickel bei ihm mit den höllischen Kreuzschmerzen auf der Matte stand oder besser gesagt: zusammengekrümmt wie eine Mottenlarve auf der Behandlungsliege lag, zuckte Doktor Pfannschmidt nicht mal mit der Augenbraue. Schließlich hatte jeder, der sich aus jugendlichem Leichtsinn in einen Bob gezwängt hatte, um in geduckter Haltung ohne Stoßdämpfer eine Eisrinne hinunterzurasen, früher oder später Probleme mit den Bandscheiben. Insbesondere die Bremser waren in dem Punkt anfällig; da konnten sie sich bei Dietmar Schauerhammer, dem legendären Anschieber von Wolfgang Hoppe, bedanken, der einst beim Herumexperimentieren die aerodynamischen Vorzüge einer nicht bandscheibengerechten, nach vorn gekrümmten Haltung der hinteren Bobbesatzungen entdeckt hatte und später konsequenterweise wegen Rückenschmerzen seine Karriere beenden musste.

Doktor Pfannschmidt tastete ein bisschen an Fickels Wirbelsäule herum, fragte dies und das über allgemeines Befinden, schädliche Gewohnheiten, Appetit- und Schlaflosigkeit. Tja, und der Fickel machte aus seinem Herzen keine Mördergrube, was seine Zipperlein anging. Schließlich Arztgeheimnis. Pfannschmidt hörte sich alles an, brummte ab und zu etwas in seinen Bart und meinte, im vorliegenden Fall hätten sie es zweifellos mit einer akuten Lumbalgie, vulgo Hexenschuss, zu tun, einer typischen Spätfolge des Leistungssports, aber genauso gut auch ein Zeichen für innere Verspannungen, zum Beispiel infolge einer nicht oder ungenügend verarbeiteten Scheidung. Hinzu kam eine geschwächte Allgemeinkonstitution durch den kaltblütigen Anschlag auf das Leben in Ausübung des Anwaltsberufes, daraus resultierend Appetitlosigkeit und Verstärkung einer angeborenen Antriebsschwäche – auf gut Deutsch: Burnout.

Der Fickel schwieg einen Moment, gewissermaßen von der Diagnose bis ins Mark erschüttert, wagte dann aber immerhin einzuwenden, dass er im Allgemeinen nicht so der Workaholic-Typ sei und von Hause aus eher eine geringe Neigung verspüre, sich ohne Not zu überanstrengen, weder körperlich noch geistig. Aus Laiensicht war vielleicht genau das ein Teil des Problems. Aber Doktor Pfannschmidt wischte alle berechtigten Zweifel mit einem »Papperlapapp« beiseite, verordnete eine Luftveränderung und verdonnerte ihn kurzerhand zu drei Wochen Reha respektive Kuraufenthalt zwecks Verbesserung der psychischen und physischen Konstitution.

Fickels Protest fiel angesichts der Aussicht auf ein bisschen Abwechslung und freundliche junge Schwestern, die ihm mit charmantem Lächeln Fangopackungen und Massagen verabreichten, insgesamt eher zurückhaltend aus. Außerdem verfügte er praktischerweise über so eine sauteure Krankentagegeldversicherung, die ihm ein windiger Vertreter vor einiger Zeit mal aufgeschwatzt hatte. Angesichts der momentanen Flaute im Terminhurengeschäft bot die Kur praktisch eine Win-win-Situation – gewissermaßen bezahlter Urlaub.

Zu Fickels eigenem Erstaunen wurde sein Antrag vom zuständigen Rententräger, dem Anwaltsversorgungswerk, dank Doktor Pfannschmidts einmaligem Know-how im schwammigen Formulieren präziser Diagnosen ebenso rasch wie anstandslos bewilligt. Zudem profitierte der Fickel von der Tatsache, dass Anwälte im Allgemeinen nicht besonders häufig Kuranträge stellen, da sie sich selbst im Hinblick auf den Rechtsfrieden normalerweise für unersetzlich halten. Er hatte nach dem positiven Bescheid nun nichts weiter zu tun, als sich unter einer Vielzahl nobler Kur- und Reha-Kliniken in den angesagtesten europäischen Kurorten wie Baden-Baden, Davos oder Karlovy Vary zu entscheiden.

Rechtsanwalt Fickel wog alles Für und Wider gründlich ab, rechnete Aufwand und Nutzen gegeneinander, überlegte, wo überall er in seinem Leben noch nicht gewesen war, machte sich in Reiseratgebern schlau, was man in der Welt alles mal gesehen habe sollte, und entschied sich letztlich für eine Reha-Einrichtung im weltberühmten Wintersport- und Luftkurort Oberhof im wunderschönen Landkreis Schmalkalden-Meiningen. Neben zahlreichen anderen Überlegungen wie »Warum in die Ferne schweifen?« oder »Zu Hause schmeckt es immer noch am besten« hatte der Fickel natürlich noch im Hinterstübchen, dass in Oberhof Anfang Oktober der erste Teil der sogenannten »Selektion« stattfinden würde, ein unvergleichliches Spektakel, praktisch ein Muss für jeden Kufensportfreund.

Jeden Herbst versammelte sich aus diesem Anlass die Crème de la Crème der deutschen Bobelite, um aus den besten Athleten die Teams Deutschland I und Deutschland II für den Weltcup zusammenzustellen. Wer bei Weltmeisterschaften und Olympiade reüssieren wollte, musste sich bei den Anschubwettbewerben gegen die innerdeutschen Konkurrenten durchsetzen – im Grunde also knallharte darwinistische Auslese im brüderlichen Geiste des Sports. Nebenbei ging es natürlich um die auch nicht ganz unwichtige Frage, welcher Freistaat die Vorherrschaft in der Bobszene für sich beanspruchen durfte: Thüringen, Sachsen oder Bayern.

Eine besondere Attraktion an der Selektion war wie bei allen sportlichen Großereignissen natürlich das Rahmenprogramm inklusive diverser Ehemaligentreffen, zu denen die Crews vergangener glorreicher Tage eigens aus Altenberg, Berchtesgaden und anderen Wintersportzentren anreisten. Die Kur war für den Fickel im Prinzip eine willkommene Gelegenheit, den ganzen Stress in Meiningen hinter sich zu lassen, alte Freunde zu treffen, mit Manfred Kornhaß über Eheprobleme und die neuesten Entwicklungen in der Bobszene zu fachsimpeln und sich nebenbei durch eine gesunde und bewusste Lebensführung im sportlichen Umfeld körperlich und seelisch zu sanieren, zum Beispiel am Glühweinstand.

Bestens gelaunt verabschiedete er sich an einem sonnigen zweiten Oktobertag von den Kollegen im Amtsgericht und bekam von der Therese immerhin einen freundschaftlichen Drücker und von seinem besten Freund, dem Justizwachtmeister Rainer Kummer, eine Flasche Rhöntropfen sowie ein nagelneues Skatblatt mit auf den Weg. Nur der Amthor zeigte sich mal wieder von seiner missgünstigen Seite. Er konnte sich einfach nicht erklären, warum ausgerechnet ein kerngesunder Mensch wie der Fickel eine Kur verschrieben bekam.

»Da sieht man mal wieder: Wer jammert, der kurt«, erklärte er brummig. »Und die, die es wirklich mal nötig hätten, beißen ins Gras.« Andererseits gab ihm Fickels Abwesenheit auch die Gelegenheit, weiter seinen Status als meistbeschäftigte Terminhure Meiningens zu festigen. Aber das sagte er natürlich nicht laut.

Umso erstaunter war der Amthor, als der Fickel ausgerechnet ihn zu seiner Kurlaubsvertretung ernannte und ihm für die Zeit seiner Abwesenheit feierlich sämtliche Mandate übertrug. Er witterte natürlich eine Falle, denn so viel Kollegialität unter Anwälten war ihm irgendwo nicht ganz geheuer. Zuletzt überwog allerdings die Gier, schließlich bedeuteten eigene Mandate für eine Terminhure wie den Amthor einen echten Karriereschritt. Dass sein direkter Konkurrent Fickel ihm diesen ermöglichte, wollte ihm zwar partout nicht einleuchten, doch so sehr er sich auch anstrengte, er konnte den Haken einfach nicht entdecken.

Dem Fickel indes ging es, kaum dass er seine komplizierten Akten losgeworden war, schlagartig um einiges besser. Rückenschmerzen weg, Appetit wieder da. Ihm wurde direkt leicht ums Herz, wenn er daran dachte, volle drei Wochen lang nichts von Paragrafen und Mandanten hören zu müssen, sondern einfach mal die Seele baumeln zu lassen.

Um ein Haar hätte er angesichts der herrlichen Aussichten auf die nähere Zukunft sowie die herbstlich farbenfrohen Landschaften, die sich links und rechts neben der A71 entrollten, sogar seinen Proviant vergessen, den er natürlich mit an Bord hatte, obwohl es im Grunde nur lächerliche dreißig Kilometer bis zum Ziel waren. Man konnte schließlich nie wissen, wie die Verpflegung in einer Kur so aussah. Für alle Fälle hatte die besorgte Frau Schmidtkonz ihrem Untermieter daher ein paar original Barchfelder Rotwürste eingepackt. Und der Fickel haute rein, als gäbe es kein Morgen – frisch schmeckt so eine Wurst schließlich am besten.

Die Temperaturen waren trotz der fortgeschrittenen Jahreszeit derart mild, dass der Fickel die Scheibe ein paar Zentimeter runterkurbelte, um den Fahrtwind an den Ohrläppchen zu spüren. Der reinste *Indian Summer*, und das am dritten Oktober!

Bei so einem Sahnewetterchen wird der Mensch auch schon mal übermütig. Einmal scherte der Fickel sogar aus und überholte mit einem waghalsigen Manöver einen Achtzehntonner, der mit fünfundneunzig Stundenkilometern die rechte Spur blockierte. Natürlich machte sich der Fickel damit nicht gerade Freunde unter den anderen Reisenden auf der linken Spur, insbesondere unter den Cabriofahrern, die sich plötzlich in einer Abgaswolke wiederfanden. Aber die sich jetzt über den Fickel aufregten, ahnten wahrscheinlich noch nicht, dass sie gleich kilometerlange stinkende Tunnel durch die Basis des Thüringer Waldes erwarteten, Gotthard nichts dagegen.

Zwischen zwei Tunneln setzte der Fickel den Blinker und verließ zur Freude des nachfolgenden Verkehrs endlich die Autobahn. Auf den steilen Serpentinen hoch zum Oberhofer Ortskern musste er wirklich alles aus dem Zweitaktmotor rausholen, was drinsteckte, inklusive einiger festgefressener Ölreste, die einen besonders imposanten Schweif aus dem Auspuff zauberten. Die drei Zylinder unter der Haube arbeiteten am Limit, und der Auspuff qualmte wie der Kollege Amthor in Bestform. Direkt neben der Straße gähnte bald ein für Mittelgebirgsverhältnisse überraschend tiefer Abgrund, in welchem einst Gevatter Tod übermütigen DDR-Motoristen aufgelauert hatte, die – wenn schon nicht bergauf, dann wenigstens bergab – einmal im Leben einen Geschwindigkeitsrausch in ihrem Auto erleben wollten. Heute, da Menschenleben wieder teurer geworden sind, ziert eine Leitplanke die rechte Begrenzung der Fahrbahn.

Links lockte das Riesenwindbeutelparadies[9] den Reisenden, rechter Hand grüßte im Tal der wie für Eisenbahnromantiker in die Landschaft getupfte Bahnhof, auf dem Wintersportfreunde und andere Reisende einst nach einer ewig

9 Ausflugslokal für alle, für die der Normalwindbeutel nur Luft ist.

erscheinenden Fahrt durch den finsteren Brandleitetunnel stets mit thüringisch näselnder Mundart begrüßt worden waren: »Oobohoof, Oobohoof! Bohnhoof där däutschsowjät'schen Fräundschaft.« Was freilich noch lange nicht erklärt, warum damals die meisten Schnellzüge hier am Freundschaftsbahnhof einfach durchgebrettert waren und erst in der Waffenmetropole Suhl wieder angehalten hatten.

Doch je höher Fickels motorisierte Sardinendose die fast alpin anmutenden Serpentinen hochkletterte, desto mehr verschlechterten sich die Sichtverhältnisse. Und das hatte keineswegs nur mit dem blaugrauen Nebel aus dem Auspuff des Wartburgs zu tun. Was unten im Tal nämlich lediglich eine optische Ahnung gewesen war, ein feiner Dunst über den Gipfeln des Thüringer Waldes, entpuppte sich nun als ein durchaus ernst zu nehmendes Wetterphänomen. Zunächst bekam die Sonne einen milchigen Glanz, ihr Licht wurde immer fahler, bis es ganz und gar vom nebligen Grau verschluckt wurde. An der letzten Rampe hoch zum Rondell musste der Fickel sogar den Scheibenwischer einschalten, um nicht ganz den Überblick zu verlieren. Da konnte man ringsum noch so klare Sicht haben, oben auf dem Kamm des Rennsteigs herrschte wie immer die reinste Waschküchenwetterlage. Bei all dem Nebel fällt es nicht nur den Einheimischen manchmal schwer, den Durchblick zu behalten.

Mit Sichtweiten unter fünfzig Metern ging es erst unter der Loipenbrücke hindurch, am Rondell vorbei und dann noch ein Stück auf der Kammlinie durch den Wald, bevor der Fickel ins Ortszentrum abbog. Wobei Zentrum natürlich relativ zu sehen ist bei einer Anderthalbtausend-Seelen-Gemeinde wie Oberhof, der Heimat von gefühlten tausend

Olympiasiegern, was einen Tourismusmanager Anfang der Neunziger zu dem einmaligen Werbeslogan inspiriert hatte: »Oberhof – unsere Hintern sind so hart wie unsere Winter.«

Leider hatte sich der Slogan nicht durchgesetzt, denn nicht nur die Winter waren mit der Zeit immer milder geworden – Klimawandel in jeder Beziehung. Der einstige Prestige-Kurort, das Kitzbühel Thüringens, war inzwischen zu einer einzigen Großbaustelle mutiert. Anstelle des einstigen Kurparks gähnte inzwischen ein riesiges Loch, vom Aussehen her einem Bombenkrater nicht unähnlich, in dessen Mitte ein einsamer Bagger vor sich hin rostete. Auch sonst eingerüstete Häuser, wohin das Auge reichte. Auf den ersten Blick konnte man fast meinen, Oberhof sei von einem Bauboom südostasiatischen Ausmaßes heimgesucht worden, auf den zweiten Blick lag jedoch eher der Schluss nahe, dass es sich um einen Abrissboom handelte oder, wie es heute so schön heißt: Strukturwandel.

Da er sich erst um drei Uhr in der Kurklinik anmelden sollte, beschloss der Fickel, seiner alten Wirkungsstätte als ehemaliger Anschieber des Bobs Oberhof II einen kurzen Antrittsbesuch abzustatten und mal nachzusehen, wie es um die Vereisung bestellt war. Also orientierte er sich anhand der wenigen ihm bekannten Gebäude, die noch nicht saniert beziehungsweise abgerissen worden waren, Richtung Tambacher Straße, die zu den international bekannten Sportstätten führte: der Rodelbahn, dem mehr oder weniger alpinen Fallbach-Hang, der topmodernen Indoor-Skihalle oder dem durch Biathlon berühmt gewordenen Grenzadler sowie ein Stück weiter der – natürlich auch gerade im

Umbau begriffenen – spektakulären Skisprungschanze im Kanzlersgrund.

Ab und zu tauchten aus dem Nebel die Silhouetten spazierender Rentnerehepaare oder Gruppen von Sportlern mit *Team-Germany*-Trainingsanzügen auf, Rollski und Rollatoren hielten sich etwa die Waage. Auf den Seitenstreifen der Straße wurde großflächig für Biathlonwettbewerbe und Rodelweltcups geworben, die zum Teil schon lange Geschichte waren. Beinahe hätte der Fickel gedacht, er hätte sich verfahren oder sei durch eine Zeitschleuse in die Vergangenheit gereist. Doch weder war er vom Weg abgekommen noch aus der Zeit gefallen, denn nach fünf oder sechs Kurven erblickte er plötzlich ein gleißendes Leuchten im Nebel, eine sich den Berghang hinabschlängelnde Betonröhre, die von Weitem aussah wie ein riesiger phosphoreszierender Lindwurm: die weltberühmte Oberhofer Rodelbahn, Heim- und Trainingsstrecke unzähliger Europa- und Weltmeister.

Flugs stellte der Fickel seinen Wagen in der Parkbucht ab, eilte, ohne abzuschließen, mit der jugendlichen Begeisterung eines angehenden Mittvierzigers auf das vor Kurzem modernisierte Starthäuschen zu und erklomm trotz mittelschweren Bauchansatzes leichtfüßig wie eine Eisprinzessin die Stufen zum sogenannten »Herrenstart« der Rodler.

Die Krux bei der Oberhofer Eisrinne war seit Menschengedenken, dass sie praktisch wie eine Rutsche im Spaßbad direkt vom Start weg in die Tiefe stach und nicht über die für offizielle Bobwettkämpfe notwendige Anschubstrecke verfügte.

Dass die Bahn nicht direkt für den Bobsport vorgesehen

war, zeigte sich auch in der Linienführung. In den Kurven mit ihren engen Radien mussten selbst die wendigen Rodler und Skeletonis aufpassen, dass sie nicht den Abflug machten. Wahrscheinlich wäre ohnehin nie jemand auf die tollkühne Idee gekommen, die enge Rinne mit einem Bob zu befahren, wenn im Jahre 1973 nicht ein paar tapfere Rumänen um den Europameister Ion Panţuru – vermutlich aufgrund von Sprachproblemen – dort einfach hinuntergerast und zur Überraschung der Oberhofer sogar einigermaßen gesund unten angekommen wären.

Bis heute trauten sich nur äußerst versierte Piloten zu, die Bahn mit einem Bob vom Herrenstart ganz oben in Angriff zu nehmen. Mit dem Vierer heil runterzukommen grenzte bereits an ein physikalisches Wunder, wovon selbst hochdekorierte Olympiasieger wie Meinhard Nehmer ein Lied singen konnten. Viele hatten es versucht und nicht wenige bereut. Manch einer erklärte die überragende Erfolgsserie der Oberhofer Kufensportfamilie in der Vergangenheit sogar damit, dass jemand, der in dieser Höllenrinne das Bobfahren erlernt habe, durch nichts mehr zu erschrecken sei. Abgesehen von Cortina d'Ampezzo[10].

Obwohl ringsherum nahezu subtropische fünfzehn Grad herrschten, glänzte das Eis in der Bahn dank des mit Ammoniak gefüllten Rohrsystems wie im tiefsten arktischen Winter. Der Fickel konnte sich noch bestens erinnern, wie zu sei-

10 Die vielleicht gefährlichste Bobbahn der Welt, sprichwörtlich wegen des sogenannten »Cortina-Tattoos«. Ausgerechnet bei Dreharbeiten zum James-Bond-Film *In tödlicher Mission* flog ein Viererbob aus der Bahn und prallte gegen einen Baum, was nicht jeder überlebte.

ner aktiven Zeit als Anschieber des Bobs Oberhof II drüben im Ort stets die Lichter ausgegangen waren, sobald im Oktober die Eisanlage der Rodelbahn angeworfen worden war. Aber für die gute Sache – sprich: olympische Medaillen – hatten die Bürger natürlich gern im Dunklen gehockt. Damals im Kalten Krieg war man in mancher Hinsicht eben noch nicht so verpimpert wie heutzutage im warmen Schoß des Kapitalismus.

Kaum an der Bahn angekommen, ging der Fickel mit arthritisch knackenden Gelenken in die Hocke, berührte mit seinen Händen ehrfürchtig das Eis und kratzte ein wenig mit dem Fingernagel auf der Oberfläche herum, um die Konsistenz zu testen. Das Material wirkte trocken und auch hart genug, stählerne Schlittenkufen zu tragen. In der wärmeren Umgebung schien das Eis die Kälte förmlich auszuatmen. Einerseits ein toller Anblick, glaziologisch gesehen, aber natürlich die Ökobilanz … Im Prinzip hätte so eine Rodelbahn für den frühherbstlichen Betrieb ein eigenes Atomkraftwerk gebraucht, aber so weit hatte man selbst damals zu Zeiten der DDR nicht gehen wollen, Medaillenspiegel hin oder her.

Obwohl die Bahn mitten am Tage hell beleuchtet war, was in diesem infernalischen Nebel allerdings auch nicht viel ausrichtete, war niemand an der Strecke zu sehen. Auch das Starthäuschen schien dunkel und verlassen. Sogar der achteckige Glühweinstand stand einsam und verwaist im Nebel, ein sicheres Zeichen, dass in nächster Zeit kein öffentliches Training angesetzt war.

Als der Fickel sich schon auf den Rückweg machen wollte, sah er, dass sich anscheinend doch jemand auf dem Gelände aufhielt, denn im alten Bobschuppen brannte Licht. Neugierig öffnete der Fickel die Tür, deren Scharniere seit dreißig Jahren nicht geölt worden waren, und musste zweimal blinzeln, um sich an das schummrige Licht zu gewöhnen.

Der Schuppen war von unten bis oben mit Bobs vollgestellt, alle Modelltypen von Zweier bis Vierer, alte und neuere Jahrgänge, an drei Seiten übereinander bis zur Decke geparkt. An der vierten Wand lagerten in einem Regal Hunderte, ja Tausende Kufenpaare – für jedes Wetter, für jedes Eis, für jede Besatzung mit individuellem Querschnitt und Sprung. Dieser Schuppen war ein geradezu mystischer Ort, hier schlug das wahre Herz der Bobfamilie. Wenn Oberhof das Silicon Valley des Schlittensports war, dann war dies die Garage von Steve Jobs.

Denn was die wenigsten wissen oder sich heute nicht mehr eingestehen wollen: Die »Tätärä«, wie manch einer den ersten Arbeiter- und Bauernstaat auf deutschem Boden heute noch – in einer variablen Mischung aus Ironie und Nostalgie – nennt, hinkte der Weltspitze im Fahrzeugbau technisch vielleicht ein Stück weit hinterher, doch in der Bobschlittenfabrikation war sie der Konkurrenz getreu ihrem Motto »Überholen ohne einzuholen« einige Lichtjahre voraus gewesen. Ohne Rücksicht auf Kosten und/oder Aufwand waren seinerzeit vom FES in Berlin unzählige innovative Technologien entwickelt worden, die schließlich in Altenberg und in Oberhof auf Praxistauglichkeit untersucht und entsprechend zurechtgestutzt wurden.

Wie es die Legende wollte, hatte just in diesem Schuppen seinerzeit Wolfgang Hoppe mit den gefederten Kufen herumexperimentiert, die später dann vom internationalen

Verband wegen ihrer überragenden Effizienz verboten wurden, aber glücklicherweise erst, nachdem die Besatzungen mit märchenhaften Erfolgen von den Olympischen Spielen in Sarajevo heimgekehrt waren.

In der Mitte des Schuppens stand ein längliches Gerät, das mit einer Plane abgedeckt war. Neugierig hob der Fickel die Verdeckung an und linste darunter. Zum Vorschein kam ein weiterer Bob in schmucklosem Carbon-Schwarz. Doch seine Front wirkte mit seinen Spoilern noch schnittiger, noch futuristischer als die anderen Geräte. Bei dem Anblick juckte es dem Fickel plötzlich in den Fingern. Mit fast erotischer Bewunderung strich er mit seinen Griffeln über die eleganten, aerodynamisch optimierten Formen und prüfte mit der Fingerkuppe die glatte Oberfläche der Kufen. Mit einem Mal überkam ihn die unbändige Lust, in diesem ästhetischen Ding einfach mal Probe zu sitzen, schlimmer Rücken hin oder her.

Gedacht, getan. Mit einer trotz des kleinen Bauchansatzes immer noch recht gekonnten, um nicht zu sagen: *eleganten* Bewegung schwang sich der Fickel in das Sportgerät hinein. Der Sitz war hart und unbequem, wie es sich gehörte, doch schon beim Griff nach den Lenkseilen spürte er, dass die Konstrukteure dieses Bobs alles perfekt auf den Fahrer abgestimmt hatten. Der Fickel schloss die Augen, und kurz darauf meinte er, den Fahrtwind im Gesicht und die Stöße des Eises in den Knochen zu spüren. Im Geiste raste er die Oberhofer Rodelbahn hinab. Jeder Bobfahrer kannte die Kurven der Strecken, die er befahren hatte, auswendig. Die Bahnen hatten sich praktisch in das vegetative Nervensystem der Sportler einprogrammiert.

Die eigentliche Kunst der Bobbesatzung war es im Grunde, eins mit ihrem Gefährt zu werden. Die Bahnen waren so konstruiert, dass der Schlitten physikalisch gesehen praktisch von selbst in der Ideallinie nach unten rauschte. Wer lenkt, verliert, hieß deshalb der Kernsatz aller Steuerkunst. Denn wer während der Fahrt zu sehr eingriff, arbeitete gegen die Physik der Bahn. Und mit der Physik sollte man sich nicht anlegen.

Der Fickel hatte im Wettbewerb selbst nie an den Lenkseilen gesessen, was nicht hieß, dass er in einem benachbarten Paralleluniversum, in dem es ein kleines bisschen gerechter zuging, nicht durchaus als gefeierter Pilot in den Bahnen von Whistler oder Sankt Moritz unterwegs gewesen war. Selbstvergessen wie ein Kind beim Spielen jagte der Fickel jetzt in Gedanken dem Ziel entgegen: durch die Hundertachtzig-Grad-Kurve zwölf rechts in die Dreizehn hinein, gut ausfahren, in die Gerade! Jetzt bloß keine Bande mitnehmen, dann in den Kreisel, Ziel anvisieren und …

»He, was treiben Sie denn da?«, rief eine tiefe männliche Stimme in seinem Rücken. Der Fickel zuckte erschrocken zusammen. In der Tür stand – nur mit dem Wettkampfanzug behäutet – ein Trapez von Mensch, gebaut wie eine griechische Götterstatue, bei mindestens hundert Kilo Lebendgewicht, das überwiegend in Oberschenkel- und Brustmuskulatur versammelt zu sein schien, und blickte ihn feindselig an.

Der Fickel erkannte sofort den Topathleten, den legitimen Nachfolger eines Meinhard Nehmer, Wolfgang Hoppe oder André Lange, den Kronprinzen des Oberhofer Bobadels: Ole Storandt, der auserkoren war, die beispiellose Thüringer Erfolgsgeschichte fortzuschreiben. Zugleich schoss dem Fickel durch den Kopf, dass das geflügelte Wort »Jedenfalls – ist der Kopf dicker als der Hals« nicht in allen Fällen anatomisch zutreffend sein muss. Durch die gewaltigen Kräfte, die an einem Schlitten während der Fahrt bei über hundertdreißig Kilometern in der Stunde rüttelten, brauchte es eben besondere Halterungen, um den Kopf auf den Schultern zu stabilisieren.

Ole Storandt starrte den Fickel an, als wollte er ihm gleich an die Gurgel gehen. »Sofort raus aus unserem Prototypen!«, befahl er mit aggressivem Unterton. Der Angesprochene beeilte sich, dem nachzukommen. Merkwürdigerweise war es um einiges komplizierter, aus so einem Schlitten hinauszukommen als hinein.

»Äh, ich wollte nur mal Probe sitzen«, erklärte der Fickel, dem von dem Schreck immer noch die Pumpe ging. Als angehender Mittvierziger ist man schließlich per se Herzpatient, der eine mehr, der andere weniger.

»Was hast du hier rumzuspionieren?«, hakte Ole Storandt misstrauisch nach. Dass er in das vertraute »Du« fiel, war nicht unbedingt als gutes Zeichen zu werten. Es konnte sich darin nämlich auch nur die Vertrautheit verbergen, mit der man dem anderen gleich eine Abreibung verpasst. Der Fickel lachte leicht gezwungen. Dann verwandelte sich sein Schreck auf wundersame Weise in Adrenalin. »Hör mal, Kleiner«, begann er, »ich hab hier schon an Schlitten rumgebastelt, da hast du noch in die Windeln gemacht.«

Das war natürlich nur eine grobe Schätzung. Angesichts von Storandts jugendlichem Alter war es weit wahrscheinlicher, dass er zu Fickels aktiven Zeiten noch nirgendwo hineingemacht hatte. Dennoch verfehlte der selbstbewusst hingeworfene Satz seine Wirkung nicht. Ole Storandt war zunächst verblüfft. Und wer verblüfft ist, der schlägt erst einmal nicht zu. Glückwunsch!

»Warum kenne ich dich dann nicht?«, fragte er und ging drohend auf Tuchfühlung. »Raus mit der Sprache! Für wen arbeitest du – Nasirow oder den kleinen Dillinger?«

Dillinger Junior war Storandts bayrischer Konkurrent und zugleich der Sohn des Bundestrainers, Sergej Nasirow ein bobverrückter Oligarch aus einem der unzähligen zentralasiatischen »-stans« aus der Konkursmasse des einstigen sowjetischen Weltreiches, der mit seinem Geld die internationale Bobszene aufmischte. Aus Storandts Sicht beides keine besonders guten Alternativen.

»Weder noch«, erklärte der Fickel eilig. »Ich suche nur meinen alten Freund Manni, den Bahnchef.«

»Den findest du hier aber nicht«, erklärte Storandt barsch. »Ich glaube, du erzählst nur Märchen!«

Schon wollte er den Fickel am Schlafittchen packen. Doch der hatte damit gerechnet und griff blitzschnell nach einer Kufe, die im Regal herumlag, und hielt sie wie ein Schwert abwehrbereit vor sich, praktisch Samurai. Ole Storandt stoppte, im ersten Moment von der unkonventionellen Verteidigungsstrategie irritiert.

»Ach so, fechten willst du?«, brummte er dann. »Kannst du gerne haben!«

Er griff sich ebenfalls eine Kufe, hielt sie allerdings nicht wie ein Schwert, sondern eher wie einen Baseballschläger. Die Lage drohte zu eskalieren. Wer weiß, was passiert wäre, wenn sich nicht erneut die Tür geöffnet hätte?

»Seid ihr wahnsinnig? Das sind die Kufen für den neuen Vierer!«, rief der junge Mann, der zwar kräftig wirkte, aber bei Weitem nicht so muskulös wie Storandt. »Eine Delle, und ihr seid um fünfzigtausend ärmer!«

Der Fickel brauchte einen Moment, um zu begreifen, dass es um eine Delle in der Kufe ging und nicht in seinem Schädel. Aber Storandt schien der Hinweis immerhin zu beeindrucken. Er ließ seine Waffe augenblicklich sinken und legte sie vorsichtig, beinahe andächtig ins Regal zurück. Der Fickel folgte seinem Beispiel. Entspannungspolitik pur.

»Was sollte das denn werden?«, erkundigte sich der Neuankömmling. »*Star Wars* oder was?« Er lächelte zynisch wie jemand, dessen geistreiche Kommentare selten auf fruchtbaren Boden fielen.

»Der Kerl hat hier an unserem neuen Prototypen rumgeschnüffelt«, petzte Ole Storandt humorlos. »Er behauptet, er ist früher hier aktiv gewesen.«

Der Ankömmling blickte fragend zum Fickel. Als der sich jetzt vorstellte, wurde der Blick des anderen etwas freundlicher, um nicht zu sagen: direkt amüsiert. »Der Fickel aus dem Loser-Schlitten in den Achtzigern?«

Fickel bejahte. In Oberhof gab es nämlich Zeiten, da hatte man als Verlierer praktisch ein Alleinstellungsmerkmal. Der andere drückte ihm jetzt freundlich die Hand. »Ronald Bradschetl, freut mich.«

Die Stimmung wurde gleich viel familiärer.

»Dann bist du also der Sohn von Edwin?«, fragte der Fickel, um zu zeigen, dass er sich in den Kreisen auch ein bisschen auskannte, auf gut Deutsch: Namedropping.

Aber der junge Mann wollte auf seinen berühmten Vater,

den ehemaligen Weltklasse-Biathleten und jetzigen Bürgermeister, offenbar nicht so gerne angesprochen werden. Seine Miene verfinsterte sich.

»Bist du mit ihm befreundet oder kennst du ihn noch von früher?«

»Letzteres, aber kennen wäre zu viel gesagt«, relativierte der Fickel. Ronald Bradschetl nickte beruhigt.

»Mein Alter wollte immer einen Biathlon-Olympiasieger aus mir machen. Aber ich tauge nicht mal zum Bob-Anschieber.«

Er lachte, doch es klang eher amüsiert als verbittert.

»Kann ja noch werden«, erklärte der Fickel, ohne es selbst zu glauben. Ronald Bradschetl schüttelte energisch den Kopf.

»Ich konzentriere mich in Zukunft nur noch auf mein Studium. Ist besser so.«

Ole Storandt mischte sich ein. »Ronald baut die besten Schlitten der Welt«, posaunte er.

Ronald Bradschetl winkte bescheiden ab. »Ich studiere Industriedesign in Ilmenau. Deshalb hab ich 'n bisschen Ahnung von der Materie.«

»'n bisschen?«, unterbrach Storandt. »Der Typ ist ein Genie.«

Der junge Bradschetl zeigte wieder sein zynisches Lächeln. »Was soll man machen? Wenn man's nicht in den Beinen hat …«, erklärte er.

»Hast du den Bob da entworfen?«, erkundigte sich der Fickel und zeigte auf das futuristische Modell, in dem er eben Probe gesessen hatte.

Ronald Bradschetl nickte. »Das Teil habe ich noch zusammen mit Denni designt.«

»Der Daniel Krech, der …«, begann der Fickel und wurde beinahe sofort unterbrochen.

»… der sich umgebracht hat, weil er systematisch fertiggemacht wurde. Genau der!«, rief Bradschetl verbittert. »Obwohl die Leute es eigentlich hätten besser wissen müssen.«

»Ich hab davon gehört«, bestätigte der Fickel. Alle drei schwiegen einen Moment andächtig.

»Der Schlitten ist Dennis Vermächtnis«, sagte Bradschetl feierlich. »Der nimmt dem B&S-Bob locker zwei Zehntel ab, bei gleicher Fahrlinie.«

»Mit dem Geschoss hole ich mir bei der WM den Titel«, erklärte Storandt siegesgewiss. »Wenn nicht wieder irgendein Heini die Pläne an die Kanadier durchsteckt.« Er betrachtete den Fickel misstrauisch. »Los, zeig mal dein Handy her!«

Der Fickel kramte mühsam sein Hightechhandy von vor acht Jahren aus der Tasche und reichte es dem erstaunten Storandt. Der versuchte, mit Wischbewegungen auf dem Display an irgendwelche Informationen zu kommen. Ronald Bradschetl grinste spöttisch und drehte sich eine Zigarette. Typisch Intellektueller: alles besser wissen, aber lieber die eigene Gesundheit zerstören, als andere teilhaben zu lassen.

»Versuch's mal mit den Tasten«, schlug der Fickel vor und zeigte Ole Storandt, wie man bei so einem echten Old-School-Slider mit richtigen Tasten vorging. »Mach mal selbst«, befahl der Muskelprotz. »Ich will nur sehen, ob da auch keine Fotos drauf sind.«

Der Fickel trat erfolgreich den Beweis an, dass sich auf seinem Handy keine Spionagedateien befanden. Aber Storandt brummte nur: »Wenn ich dich noch mal an unserem Prototypen erwische, reiße ich dir die Eier ab.«

Froh, sich noch im Besitz sämtlicher Körperteile, auch der delikaten, zu befinden, trat der Fickel kurz darauf wieder ins Freie. Der Nebel hatte, wenn das denn überhaupt möglich war, noch weiter zugenommen. Man sah buchstäblich die Hand vor Augen nicht. Eigentlich wollte der Fickel nur so schnell wie möglich zu seinem Auto zurück, doch da tauchte aus der Suppe plötzlich ein Riese vor ihm auf. Fast wie im Märchen. Oder beim Wrestling.

Als er genauer hinsah, erkannte der Fickel die Silhouette eines enorm kräftigen, um nicht zu sagen: bulligen Endvierzigers. Im Unterschied zum Storandt hatten die Jahre dafür gesorgt, dass aus dem einstigen Trapez eher ein Rechteck geworden war. Hoch aufgeschossen, ausgestattet mit immer noch breiten Schultern, darunter ein Brustkorb wie von einem Pferd, am Bauch kein Gramm Fett – sprich: nichts als Muskeln und Samenstränge.

»Karl-Heinz, bist du das?«, rief der Fickel die Gestalt an.

Der Riese näherte sich, und obwohl der Fickel auch nicht gerade ein Zwerg war, musste der andere sich fast bücken, um ihn anzusehen.

»Da laus mich doch der Affe. Der Fickel! Was treibst *du* denn hier?«

Der freundschaftlich gemeinte Schlag auf den Oberarm zertrümmerte dem Fickel um ein Haar das Schultereckgelenk. Karl-Heinz Menzer war so etwas wie eine lebende Legende, und der Fickel war abgesehen von den Schmerzen direkt ein bisschen stolz, von solch einer sporthistorischen

Persönlichkeit, dem Idol seiner Zunft, nach all der Zeit überhaupt noch erkannt zu werden.

Menzer war der vielleicht talentierteste Bob-Anschieber, den Oberhof je hervorgebracht hatte. Er hatte sämtliche Kraft- und Anschubrekorde gebrochen und, wie der Volksmund unkte, sogar ohne Wundermittel aus der Pillenbox. Der Menzer hatte sich schon immer eigene Ansichten geleistet, damals wie heute. Denn erstaunlich: Was ein echter Nonkonformist ist, der eckt im Grunde immer an, egal, ob damals bei den Kommunisten oder bei denen, die heute gerade oben schwimmen.

In seiner Jugend hatte Karl-Heinz (genannt Ka-Ha) Menzer zunächst eine vielversprechende Karriere als Zehnkämpfer begonnen und war mehrfacher DDR-Juniorenmeister geworden. Wenn es beim Zehnkampf keinen Stabhochsprung und keine tausendfünfhundert Meter gegeben hätte, wäre er vermutlich nie auf die Idee gekommen, sich in einen engen Bob zu zwängen und als Anschieber mit drei verschiedenen Besatzungen Weltmeisterschafts- und Olympiamedaillen zu gewinnen. Im Grunde, so dachte man damals, hätte jeder Dunselmann, der ein bisschen Todesverachtung mitbrachte, in den späten Achtzigern und frühen Neunzigern Bobweltmeister werden können, solange er nur vom Menzer angeschoben wurde.

Später, als seine Piloten einer nach dem anderen ihre Karrieren beendeten, hatte der Menzer sich kurzerhand selbst an die Lenkseile gesetzt und war auch als Vordermann Welt- und Europameister geworden. Er war ein Vollblutathlet, ein Vorbild für die Jugend, kurz: Mensch gewordenes Edelmetall. Als langjähriger Trainer des Oberhofer Bobstützpunktes hatte er unzählige Talente entdeckt und ausgebildet. Nachdem die Erfolge im internationalen Maßstab neuerdings eher rar geworden waren und nach der Schmach von Sotschi, wo die deutsche Bobsportequipe bei Olympischen Spielen zum ersten Mal seit Menschengedenken ohne Medaillen heimgekehrt war, hatte der Menzer gehofft, endlich zum Bundestrainer befördert zu werden. Aber dann hatte doch sein bayrischer Konkurrent Dillinger Senior das Rennen gemacht – der verbuchte natürlich auch den Standortvorteil für sich, schließlich hatte der Bobverband in Berchtesgaden seinen Sitz, und eine Thüringer Eiche wie der Menzer lässt sich eben schwer verpflanzen.

»Ich wollte euch ein bisschen bei der Arbeit zusehen«, erklärte der Fickel und äußerte seine Enttäuschung darüber, dass heute offensichtlich kein Training angesetzt war.

»›Kein Training‹ ist zu viel gesagt«, erklärte der Menzer mit sadistisch angehauchtem Augenzwinkern. »Die Jungs ackern unten in der neuen Halle.« Er deutete gestisch an, wie dort geschuftet wurde, und fügte milde lächelnd hinzu: »Das ist ja alles nicht mehr so wie früher.«

Und jetzt erinnerte sich der Fickel, dass er kürzlich im regionalen Boulevardblatt einen Artikel über die neue Starthalle gelesen hatte, die im Namen und im Auftrag der Oberhofer Sport und Touristik Immobilien GmbH für die eine oder andere Million in den Sand beziehungsweise in den Kalkstein gesetzt worden war. Dort konnten die Sportler jetzt dreihundertfünfundsechzig Tage im Jahr unter idealen Laborbedingungen bei acht Grad Celsius trainieren. Ein kritischer Pressevertreter hatte sich dahingehend eingelassen, dass man für diese Summe die Rodelbahn auch gleich mit einer Anschubstrecke für die Bobfahrer hätte versehen können. Aber dieser Schmierfink hatte natürlich nicht die blasseste Ahnung von den Anforderungen eines ganzjährigen Wintersporttrainings. Denn es heißt nicht umsonst: Wer im Winter siegen will, muss im Sommer schwitzen.

Zu Fickels aktiven Zeiten hatte man in den eisfreien Jahreszeiten noch mit Zementsäcken gefüllte Schubkarren durch schweres Gelände gewuchtet. Mit solchen archaischen Methoden war heutzutage auf internationalem Niveau natürlich kein Blumentopf mehr zu gewinnen. Schließlich war das Anschieben nicht nur eine überaus komplexe und hohe Gesamtkoordination fordernde Übung, sondern im Ergebnis auch die halbe Miete für den Erfolg im Rennen. Denn logisch: Wer oben schneller losfährt, der kommt unten schneller an.

Der Fickel staunte nicht schlecht über die neuesten Entwicklungen im Spitzensport. Da wurde in Oberhof wirklich ganze Arbeit geleistet, Weltniveau mindestens. Der Menzer nickte, allem Anschein nach allerdings ein Stück weniger begeistert. »Von den Bedingungen konnten wir damals nur träumen. Aber da wird auch 'ne Menge am Bedarf vorbeigeplant. Ich könnte dir Geschichten erzählen …«

Aber aus irgendeinem Grund erzählte er sie nicht, und der Fickel wollte auch nicht so unhöflich sein und nachfragen. Und wie das so unter alten Sportfreunden ist, nach der ersten spontanen Wiedersehensfreude hatte man sich irgendwo auch nicht mehr allzu viel zu sagen.

»Tja dann …«, meinte der Fickel im Sinne von »War ein interessantes Gespräch, man sieht sich, und tschüss«. Aber dem Menzer schien noch was auf der Seele zu liegen.

»Bist du nicht unter die Rechtsverdreher gegangen?«, erkundigte er sich, und als Fickel bejahte, denn mit dieser Berufsbezeichnung konnte er an und für sich gut leben, blickte sich sein Gegenüber kurz um, als fürchtete er, aus dem Nebel heraus belauscht zu werden. Als er sich versichert hatte, dass niemand in der Nähe war, kam er sehr dicht an den Fickel heran und raunte, er müsse sich dringend mal mit ihm unterhalten, diskret unter alten Kameraden. »Juristische Fragen und so.«

Abschließend meinte der Menzer, das könne er auf die Schnelle nicht erklären, aber hier in Oberhof stinke gerade mal wieder was gewaltig zum Himmel. Konkreter konnte oder wollte er im Moment nicht werden. Er tat derart geheimnisvoll, dass der Fickel um ein Haar neugierig geworden wäre. Andererseits war er zum Kuren hier und nicht, um sich mit fremden Problemen rumzuschlagen.

Dennoch bot der Fickel dem Menzer an, ihn mit dem Wagen runter zur Halle mitzunehmen, obwohl er nicht sicher war, ob der Riese mit seinen extremen Extremitäten überhaupt hineinpasste. Im Auto könnte man sich ja ungestört unterhalten. Doch der Menzer hatte als Trainer natürlich auch noch andere Verpflichtungen.

»Ich muss erst mal checken, ob das Eis schon was taugt, bei der verdammten Demmse hier«, brummte er. »Sehen wir uns nachher beim Traditionsempfang?« Auf Nachfrage erklärte er, dass der Bobverband aus Anlass des Tags der Deutschen Einheit ein Stammtischtreffen im Hotel Panorama angesetzt hatte. Alles, was im Sport Rang und Namen hatte, fand sich dort ein, um bei einem kleinen Imbiss und Freigetränken über die guten alten Zeiten zu quatschen und verblassten Ruhm ein wenig aufzupolieren. Der Fickel sagte natürlich sofort erfreut zu. Kleiner Imbiss und Freigetränke, das klang vielversprechend.

»Gut, dann bis um acht im Panorama«, kommandierte der Menzer mit befehlsgewohnter Trainerstimme.

Er grüßte kurz, und schon hatte ihn der Nebel wieder verschluckt. Und wenn der Fickel gewusst oder auch nur geahnt hätte, dass er den Menzer zum letzten Mal in seinem beziehungsweise in dessen Leben sah, dann hätte er ihm bestimmt irgendetwas anderes hinterhergerufen als ausgerechnet: »Hals- und Beinbruch!«

III

Die Oberstaatsanwältin befand sich zur selben Zeit nicht weit entfernt in der Blumenstadt Erfurt und fühlte sich ein wenig blümerant, denn sie hatte einen schwierigen Tag vor sich. Am Vorabend hatte sie ein nettes Hotelzimmer in der Altstadt gebucht, um am heute in der Staatskanzlei stattfindenden Festakt zur Deutschen Einheit mit anschließendem Dankgottesdienst teilzunehmen, zu dem sie immerhin eingeladen worden war. Schließlich konnte es nicht schaden, dass die im Ministerium wenigstens ihr Gesicht kannten, wenn der LOStA[11] Siebenthaler irgendwann in Pension ging. Außerdem war es die passende Gelegenheit, ein paar Dinge ins Rollen zu bringen – zur Not auch bergauf. Schließlich sah sich die Gundelwein selbst als weiblichen Gegenentwurf zu Sisyphos.

Siebenthaler, ein bebrillter *Sixty something* mit tadellosem Lebenswandel, abgesehen von einer ungesunden Vorliebe für Schnupftabak, war im Zuge der innerdeutschen Juristenwanderung kurz nach der Wiedervereinigung aus dem Mittelbau der Hessischen Justiz auf den Chefsessel der Meininger Staatsanwaltschaft gelangt – und zu seinem eigenen Leidwesen für den Job hoffnungslos unterqualifi-

11 Leitender Oberstaatsanwalt, wird in der Abkürzung so ausgesprochen wie jemand, der etwas verloren hat.

ziert. Er lebte nun bereits seit fast einem Vierteljahrhundert in der beinahe täglichen Angst, wegen fachlicher Inkompetenz aufzufliegen, und hatte darum ein feines Sensorium ausgebildet, Entwicklungen, die ihm gefährlich werden könnten, im Voraus zu erspüren und rechtzeitig in Deckung zu gehen.

Die Oberstaatsanwältin wusste um die kleinen menschlichen Schwächen ihres Chefs und hatte deswegen einen inoffiziellen Anlass abgewartet, Siebenthaler mit ihren Erkenntnissen zum Todesfall des jungen Polizeischülers Daniel Krech und gewisser Machenschaften in Oberhof zu belästigen. So konnte Siebenthaler zur Not immer noch darauf verweisen, von diesen Dingen nur privat und nicht in dienstlichem Zusammenhang erfahren zu haben. Denn nur dann griff das Legalitätsprinzip[12].

Die Gundelwein hatte gelernt, ihrem Chef in brisanten Angelegenheiten immer einen kleinen Fluchtweg zu lassen. Nur heute kam er ausnahmsweise nicht an ihr vorbei. Als er vor dem Festakt das Hotel verlassen wollte, schritt sie ihm mit einer für ihre Verhältnisse äußerst offenherzigen Bluse in der Hotellobby entgegen.

»Einen wunderschönen guten Tag«, flötete sie. »Wenn das kein Feiertagswetter ist, nicht wahr?«

Siebenthaler zuckte zusammen. »Ach, hallo, Sie auch hier?«, sagte er zunächst noch mehr verdattert als distanziert.

12 Geißel der Staatsanwaltschaft: Wenn sie von einer Straftat erfährt, muss sie ermitteln, auch wenn sie gerade mal keine Lust hat.

Leider kam er nicht einmal auf einen Meter fünfundsiebzig, gemessen an der Scheiteloberkante, weshalb sich seine Augen beim Stehen stets in der Höhe des Busens der Oberstaatsanwältin befanden. »Setzen wir uns doch«, schlug die Gundelwein vor und deutete auf eine Sessel-Sitzgruppe in der Lobby. »Kann ich Sie zu einem Glas Tee oder einer Tasse Kaffee einladen?«

»Tut mir leid, ich muss gleich zum Festakt«, erwiderte Siebenthaler ausweichend.

»Ach, ist es schon so weit?« Die Gundelwein tat überrascht und blickte auf die Uhr. »Ich hab in zehn Minuten ein Taxi bestellt. Ich kann Sie gern mitnehmen.«

Dem LOStA war anzusehen, wie wenig ihm die Vorstellung, mit der Gundelwein beim Festakt zu erscheinen, behagte. Er liebte es, bei offiziellen Anlässen unauffällig in der Menge zu verschwinden. An der Seite der groß gewachsenen Oberstaatsanwältin war genau dies jedoch komplett unmöglich.

»Ich wollte eigentlich zu Fuß gehen. Bis zur Staatskanzlei sind es ja nur ein paar Meter«, wehrte Siebenthaler ab.

»Gute Idee! Bei dem Wetter kann ein bisschen frische Luft nicht schaden …«, erwiderte die Gundelwein unternehmungslustig. »Wenn Sie nichts dagegen haben, begleite ich Sie.«

Natürlich hatte Siebenthaler etwas dagegen, eine Menge sogar. Aber selbst wenn er gesagt hätte, er führe mit der U-Bahn, wäre ihm die Oberstaatsanwältin vermutlich bis in die Kanalisation gefolgt. Also fügte er sich, wie die Gundelwein vorausgesehen hatte, in sein Schicksal und hörte sich an, was ihm die Oberstaatsanwältin in Plaudertonfall mitzuteilen hatte. Seine dunkelsten Vorahnungen bestätigten sich, als die Gundelwein begann: »Im Zusammenhang mit einem anderen Fall bin ich rein zufällig auf ein paar Dinge gestoßen, über die ich mit Ihnen sprechen wollte …«

Und dann berichtete die Oberstaatsanwältin mit zur Schau gestellter guter Laune von ihren erstaunlichen Erkenntnissen über die vielfältigen Tätigkeiten und Unterlassungen der Oberhofer Sport und Tourismus Immobilien GmbH, die mit teilweise gewaltigen Summen die Sportanlagen und andere Immobilien in Oberhof betreibe, ausbaue oder verkaufe, wie es der Geschäftsführung gefalle. Alles, aber auch wirklich *alles* deute auf das Vorhandensein schwarzer Kassen hin. Und damit nicht genug: Die OSTI GmbH habe, so der Verdacht, einigen mehr oder weniger prominenten Oberhofern, Sportlern und Nichtsportlern, ja sogar eigenen Mitarbeitern, Werbeverträge mit stattlichen Summen ausgestellt und Grundstücke an Günstlinge und/oder Familienmitglieder weit unter Marktwert verkauft. Eine andere beliebte Methode sei, Bauaufträge nur gegen einen stattlichen Kickback an Firmen zu vergeben, der mit irgendeiner dubiosen Dienstleistung verschleiert werde, zum Beispiel dem sogenannten »Beratervertrag«.

»Ich bin sicher, wenn wir da mal ordentlich auf den Putz klopfen, bricht dieses ganze nepotistische Gebilde in sich zusammen«, schloss die Gundelwein ihre Ausführungen, just als sie in die Regierungsstraße einbogen. Timing ist alles.

Siebenthaler war mit der Zeit immer blasser geworden.

»Worauf wollen Sie hinaus?«, fragte er und verlangsamte seinen Schritt. Vor der Staatskanzlei hatte sich bereits eine

Menschenmenge gebildet, die die Ankunft des Bundesministers erwartete.

»Ich würde, Ihr Einverständnis vorausgesetzt, gegen ein paar Personen ein Ermittlungsverfahren einleiten, um die Ermittlungsinstrumentarien …«

Siebenthaler war stehen geblieben und räusperte sich. »Und wen hatten Sie da als Beschuldigte im Sinn?«

»Och«, machte die Oberstaatsanwältin, »für den Anfang den GmbH-Geschäftsführer, einen gewissen Alexander Panhans, und den Aufsichtsrat Bürgermeister Bradschetl. Und dann sehen wir weiter, was die Hausdurchsuchungen so ergeben … Irgendjemand von der Landesregierung muss ja auch im Aufsichtsrat vertreten sein. Immerhin gehört die GmbH zu fast einem Viertel dem Freistaat Thüringen.«

Die Oberstaatsanwältin lächelte gewinnend, wozu sie durchaus in der Lage war, wenn's drauf ankam.

»Um Gottes willen«, fasste Siebenthaler seine Gemütslage zusammen. »Wenn Sie das tun, geht die ganze Stadt mitsamt Wintersportzentrum den Bach runter. Wer würde denn da noch Urlaub machen wollen, geschweige denn einen Weltcup veranstalten?«

Die Gundelwein zuckte mit den Achseln. »Ich. Jedenfalls, wenn der Filz erst mal weg ist.«

»Dafür brauchen Sie aber handfeste Beweise.«

»Laut Strafprozessordnung genügt für die Aufnahme von Ermittlungen meines Wissens ein Anfangsverdacht«, erwiderte die Gundelwein in unterschwellig belehrendem Tonfall.

»Es gibt aber *absolut* keinen Anfangsverdacht, haben Sie verstanden?« Siebenthaler hatte eine Verwandlung durchgemacht. Aus dem akkuraten älteren Herrn war ein zorniger Greis geworden.

»Aber …«, wollte die Gundelwein einwenden.

Siebenthaler ließ sie nicht aussprechen. »Falls Sie jemals mit dem Gedanken gespielt haben, meine Nachfolge anzutreten, dann lassen Sie die Finger davon. Das ist sogar für Sie zu groß!«

Die Oberstaatsanwältin schwieg verdutzt. Die Anspielung auf ihre Körpergröße war nicht nur ungalant, sie war eine Grenzüberschreitung, die zeigte, dass Siebenthaler sich ausnahmsweise nicht im Griff hatte. Andererseits war es auch das erste Mal, dass ihr Chef das heikle Thema seiner Nachfolge ansprach.

»Das hat doch nichts mit meinen persönlichen Karriereplänen zu tun«, erklärte die Oberstaatsanwältin vorsichtig.

»Oh doch, hat es. In zwei Jahren gehe ich in Pension. Wenn Sie sich unbedingt profilieren wollen, dann warten Sie gefälligst noch so lange mit Ihren Solotouren«, zischte Siebenthaler und blickte auf eine große Limousine, die sich dem Eingang der Staatskanzlei näherte. »Falls Sie mit Ihrem Dezernat unterfordert sind, weise ich Ihnen gern weitere Aufgaben zu. Und jetzt will ich nichts mehr davon hören!«

Er zog sein Jackett glatt und schritt davon. Die Oberstaatsanwältin blickte ihm verstört hinterher. Sie hatte sich gedacht, dass der LOStA nicht begeistert sein würde, aber diese Abfuhr war ein Affront.

Während des Festaktes hielt sie sich von Siebenthaler fern und lauschte nur mit einem Ohr den feierlichen Reden. Die Nationalhymne sang sie nur leise mit, denn sie mochte ihre Stimme nicht besonders. Nur das mittlere Wort der ersten

Zeile schmetterte sie fast trotzig in den mit Honoratioren gefüllten Saal: das »Recht«, eingebettet zwischen Einigkeit und Freiheit – oder je nach Lesart: von beiden Seiten bedroht. Die Einigkeit einiger weniger, die sich die Freiheit nahmen, das Recht auszuhöhlen. Sie beobachtete, wie Siebenthaler in der Masse der grau melierten Anzugträger auf- oder vielmehr unterging, ein Vertreter des Gesetzes, der aus Angst um seine Pfründe jedes persönliche Risiko vermied. Das war kein Chef, das war eine Karikatur!

Nach dem Festakt schloss sich die Oberstaatsanwältin dem allgemeinen Menschenstrom an, der zum Dankgottesdienst in den Dom führte. Obwohl sie nicht sehr religiös war, wäre es womöglich doch negativ aufgefallen, wenn sie nach dem weltlichen Festakt zum geistlichen nicht mitgegangen wäre. In der Kirche fiel ihr schließlich ein bekanntes Gesicht auf, das sie hier bei diesem hochoffiziellen Anlass am wenigsten vermutet hätte. Gleich vorn in der ersten Reihe, eingerahmt von bundespolitischer Prominenz, saß ein glänzend aussehender Enddreißiger, der charmant mit einer jungen Landesministerin flirtete. In einen unauffälligen grauen Anzug gekleidet, hätte man auch ihn, ebenso wie den LOStA Siebenthaler, leicht übersehen können. Doch die Gundelwein übersah nie jemanden, den sie einmal im Fadenkreuz gehabt hatte, schon gar nicht diesen ungebrochen attraktiven ehemaligen Leistungsschwimmer, abgebrochenen Jurastudenten, demissionierten Landrat von Schmalkalden-Meiningen und Witwer einer Karriererichterin: Peter Kminikowski, seines Zeichens Charakterschwein ersten Ranges, den die Oberstaatsanwältin wegen dunkler Machenschaften zwar aus dem Amt katapultiert, jedoch leider nicht hinter Schloss und Riegel gebracht hatte und der offenbar dabei war, ohne jede Schamfrist bereits an seinem politischen Comeback zu arbeiten.

Die Gundelwein war während des gesamten Gottesdienstes unruhig auf der Kirchenbank hin und her gerutscht und hatte zum ersten Mal in ihrem Leben während eines Gottesdienstes inbrünstig gebetet. Doch in ihren Gebeten ging es nicht um Vergebung und Nächstenliebe, sondern um Rache und Vergeltung. Da sie auch im Sitzen den Rest des Kirchenvolkes um mindestens einen halben Kopf überragte, hatte sie den Adressaten ihrer negativen Gefühle in der ersten Reihe stets im Blick gehabt. Wie er Ergriffenheit und innere Erbauung heuchelte, wie er selbstbewusst fromme Lieder mitsang, ohne im Mindesten Rücksicht auf die Melodie zu nehmen, darin war sich Peter Kminikowski treu geblieben. Die Oberstaatsanwältin erinnerte sich noch zu gut, wie er sich bei der Beerdigung seiner Frau als untröstlichen Witwer inszeniert hatte, nur um kurz darauf zynische Kommentare über die Tote und ihre Familie abzugeben und – auch das hatte die Gundelwein nicht vergessen – sie im Schwimmbad anzuflirten.

Nach dem Gottesdienst wusste es die Oberstaatsanwältin so einzurichten, dass sie mit der Gruppe um den LOStA Siebenthaler bis zum Innenminister vordrang. Siebenthaler begrüßte Kminikowski auf Männerart wie einen guten alten Bekannten und flüsterte ihm kurz etwas zu. Kminikowski hatte die Gundelwein bereits entdeckt und kam kurz darauf mit seinem bekannten Haifischlächeln auf sie zu. »Sieh an, unsere tapfere Staatsanwältin. Was führt Sie denn nach Erfurt? Hier sind Sie doch gar nicht zuständig.«

Das war eine blanke Provokation, nichts weniger als eine eindeutige Kampfansage.

»Und Sie? Wie ich sehe, sind Sie weich gefallen?«, konterte die Gundelwein mit Blick auf den Innenminister.

»Von Fallen kann gar keine Rede sein«, erwiderte der ehemalige Landrat lächelnd. »Ich kümmere mich jetzt um übergeordnete Projekte von nationaler Bedeutung.« Er schien noch ein oder zwei Zentimeter zu wachsen. An die Körpergröße der Gundelwein reichte er dennoch nicht heran.

»Das freut mich aufrichtig für Sie«, erklärte die Oberstaatsanwältin mit maximaler Selbstüberwindung. Insgeheim prägte sie sich das Logo ein, das der ehemalige Landrat auf einer Anstecknadel am Revers trug. Vor den deutschen Farben prangte ein stilisierter Schriftzug: »Oh 2030«. Wenn das Kminikowskis Projekt mit nationaler Bedeutung war, müsste doch rauszufinden sein, worum es sich handelte.

Der Landrat a.D. beugte sich nach vorn, sodass die Oberstaatsanwältin sein wahrscheinlich sündhaft teures Eau de Toilette riechen konnte. »Ich muss mich wirklich bei Ihnen bedanken. Ehrlich gesagt, konnte ich den Meininger Provinzmief eh nie sonderlich ausstehen. Ohne Ihren kleinen Schubser wäre ich wahrscheinlich in dem Kaff verschimmelt.«

Die Oberstaatsanwältin steckte die Treffer ein, ohne mit der Wimper zu zucken. Wenn sie eins konnte, dann warten. Falls ihre Gebete erhört würden, würde Peter Kminikowski jedes einzelne seiner Worte bereuen, und zwar im Fegefeuer der Paragrafen des Strafgesetzbuches. Da konnte er sich noch so tief im Thüringer Wald verstecken.

Aus purer Neugierde und in der Hoffnung, noch ein paar bekannte Gesichter zu treffen, war der Fickel nach seiner Begegnung mit dem Menzer den schmalen Weg hinabgestiegen, der sich serpentinenartig neben der Rodelbahn ins Tal schlängelte. Unten parkten viel mehr Autos als oben, mittendrin ein niegelnagelneuer knallroter Ferrari: flach wie eine Flunder, edles Design, beste Materialien, ein Ausdruck von Schönheit, Dominanz und Stärke – praktisch Schwanzverlängerung. Der Fickel konnte nicht umhin, das Fahrzeug mal aus der Nähe zu betrachten, schließlich sah man so ein PS-Monster in Meiningen nicht jeden Tag. In Oberhof ist das natürlich ganz was anderes.

Das Auto gefiel dem Fickel im Grunde nicht schlecht, ästhetisch gesehen und auch technisch, aber um nichts in der Welt hätte er tauschen wollen, weil: viel zu auffällig. Und dann erst die Benzinkosten. So ein Wagen fraß einem ja die Haare vom Kopf. Deshalb hatten Fahrer von Sportcoupés auch auffällig oft eine Glatze. Beziehungsweise Denkerstirn.

Erleichtert, nicht solch einen PS-Klotz am Bein zu haben, ging der Fickel beschwingten Schrittes rüber zur neuen Starthalle. Die war nämlich nicht nur ein architektonischer Meilenstein im Containerdesign, innen wirkte sie weitaus größer, als man von außen vermutet hätte. Nur klimatisch gesehen war die Atmosphäre ziemlich frostig, direkt winterlich.

Der Grund waren zwei parallel angeordnete Eisspuren, deren Gefälle perfekt den natürlichen Startbedingungen der Iglis-Bahn in Innsbruck nachgebildet war, nur ohne störendes Wetter, dafür natürlich leider auch ohne Alpenpanorama. Eine Startspur war für die Bobfahrer reserviert, die andere, in entgegengesetzter Richtung verlaufende Spur war den Rodlern vorbehalten. Gemeinsam bildeten sie quasi eine Art Halfpipe. Auf der einen Seite fuhr man hinunter, an der gegenüberliegenden wieder hinauf.

In der Halle herrschte ein Mordsbetrieb, und der Fickel brauchte ein paar Sekunden, um sich in der Menge zurechtzufinden. Auch wenn Bobsport in manchen Gegenden der Republik in der öffentlichen Wahrnehmung eher ein Schattendasein fristet, in Oberhof kann Kufensport, böse Zungen behaupten: mangels anderer Attraktionen, eine echte Massenhysterie auslösen, fast wie Biathlon.

Außer den Betreuern waren in der Starthalle auch Presse anwesend sowie ein paar Neugierige, die sich mit hineingeschmuggelt hatten. Aber auch einige örtliche Honoratioren hatten sich eingefunden, die der Fickel zumindest vom Sehen kannte. Überall lagen Sportmaterial und -klamotten herum, es roch nach Männerschweiß und Schmierfetten, ungefähr wie in einer Maschinen-Produktionshalle vor Einführung der Computersteuerung.

Im Zentrum des Geschehens, direkt neben der Startbahn, natürlich der allmächtige GmbH-Chef Alexander Panhans neben dem noch allmächtigeren Oberbürgermeister Edwin Bradschetl, dem Vater des jungen Bobkonstrukteurs, dessen Bekanntschaft der Fickel im Bobschuppen geschlossen hatte. Im Grunde war er eher ein Unter- oder vielmehr Semi-Bürgermeister. Denn weil Oberhof nur tausendfünfhundert Einwohner hatte, hätte sich die Kommune nach Thüringer Verfassung eigentlich keinen vollberuflichen Profi-Bürgermeister leisten dürfen. Da der Ort aber nun mal ein renommiertes Sportzentrum mit internationaler Ausstrahlung war und daher eines erhöhten Verwaltungsaufwandes bedurfte, konnte sich Edwin Bradschetl praktisch einziger Teilzeitoberbürgermeister Deutschlands nennen, aber im Grunde natürlich trotzdem Fulltimejob. Allein die Repräsentationsaufgaben!

Trotz der miesen Bezahlung versah der ehemalige Unteroffizier der NVA und Weltklassebiathlet Bradschetl das Amt nun schon seit vielen Jahren zur allgemeinen Zufriedenheit, insbesondere zu seiner eigenen. Denn auch dank einiger lukrativer Nebenbeschäftigungen konnte er sich anscheinend ganz gut über Wasser halten, inklusive Villa an der Golfwiese und Porsche Panamera in der Garage. Wie er das schaffte, bei einer klammen Kommune wie Oberhof, blieb sein Geheimnis.

Insgesamt vereinigte er auf seine Person eine lokale Amtsfülle, die weltweit ihresgleichen suchte, zumindest jenseits der Grenzen von Nordkorea. So bekleidete er Ämter und Funktionen im Tourismus-, Senioren-, Umwelt-, Energie- und Abwasserverband, um nur einige zu nennen. Doch nicht etwa, weil er sich um die Posten gerissen hätte, nein! In Oberhof gab es einfach niemanden, der die Drecksarbeit sonst erledigen wollte. Alte Drückebergermentalität, gelernt ist gelernt.

Gemessen an seiner Akzeptanz und seinem Einfluss verkörperte Edwin Bradschetl letztlich die Thüringer Version eines Vito Corleone. Äußerlich ähnelte er Marlon Brando sogar ein wenig, zu seinem Leidwesen aber eher in der älteren Version – also weniger Spaghetti, eher Kloß.

Was man bei seiner heutigen Korpulenz allerdings kaum

noch für möglich hielt: Als Jungspund war er ein gertenschlanker Topathlet, Skilangläufer und Meisterschütze gewesen. Zu einer Legende aber war er durch seinen Einsatz als Schlussläufer der Biathlonstaffel bei den Weltmeisterschaften geworden, irgendwann in den Achtzigern: Das Rennen hatte wegen beispielloser Kälte kurz vor dem Abbruch gestanden, aber das wollte natürlich niemand verantworten, zumal die Mannschaft der Sowjetunion unangefochten in Führung lag. Bei fast minus zwanzig Grad war Bradschetl von seinen Kollegen als Siebter ins Rennen geschickt worden. Sportlich natürlich absolut indiskutabel, zumindest für DDR-Verhältnisse. Um beim Schießen keine Zeit zu verlieren, hatte sich der junge Oberhofer Unteroffiziersanwärter gegen den Rat der Trainer sowie den des gesunden Menschenverstandes nur dünne Stoffhandschuhe übergezogen.

Als Einziger im gesamten Teilnehmerfeld hatte Edwin Bradschetl im Rennen sowohl liegend als auch stehend null Fehler geschossen, hatte zudem beim Laufen über zwei Minuten zu den Führenden aufgeholt und in einem dramatischen Zielsprint noch den zweiten Platz errungen, gewissermaßen Erster direkt hinter dem großen Bruder.

Wie erst später bekannt geworden war, hatte Edwin Bradschetl bei dem legendären Rennen aber Erfrierungen an den Fingerkuppen davongetragen, was operativ und mit einem gewissen Substanzverlust hatte versorgt werden müssen. Wer heute dem Bürgermeister unterstellte, er sei ein Langfinger, der – oder die – sollte erst mal einen Blick auf dessen Hände werfen.

Die Episode hatte ihm immerhin den Ruf eingebracht,

über eine gehörige Portion Willenskraft zu verfügen, und daher waren ihm die Oberhofer auch bislang bei allen Wahlen und sämtlichen Projekten stets zu Willen gewesen, ob nun zu ihrem Nutzen oder dem seinen. Über all die Jahre hatte Bradschetl nicht nur sich selbst, sondern auch seine Machtbasis immer mehr verbreitert, zum Beispiel durch die Berufung seines alten Schulfreundes und Haudegens Alexander Panhans als Sportkoordinator und zugleich Geschäftsführer einer der größten lokalen Arbeitgeberinnen, der Oberhofer Sport und Touristik Immobilien GmbH, kurz OSTI, die Liegenschaften im gesamten Stadtgebiet verwaltete, unter anderem auch die Starthalle.

Auch sonst ergänzten sich Bradschetl und Panhans beinahe perfekt. Während der eine vom Biathlon kam, repräsentierte der andere die zweite Oberhofer Erfolgsgeschichte: den Kufensport. Denn Alexander Panhans galt nicht nur der Haarfarbe wegen als graue Eminenz der Bob- und Rodelszene und bekleidete seit Menschengedenken das Amt des Präsidenten des Thüringer Schlittensportverbandes. Einst hatte er mit Karl-Heinz Menzer im Bob DDR I ein erfolgreiches Duo gebildet, doch in den letzten Jahren hatte sich zwischen dem Trainer und dem Vorstand eine Intimfeindschaft herausgebildet, von der eigentlich niemand mehr sagen konnte, wer wem wann warum die Freundschaft aufgekündigt hatte.

Politische und menschliche Schwergewichte wie Bürgermeister Bradschetl und GmbH-Chef Panhans hielten sich natürlich nicht ohne Grund in der Halle auf. In ihrer Gesellschaft befand sich ein schillernder, eher klein und schmächtig wirkender Mann von circa fünfzig Jahren mit Fellmütze,

Modell Breschnew, der eine hochgewachsene, kühle Blondine im Pelzmantel am Arm führte, die entgegen dem ersten Anschein offenbar nicht seine Tochter war. Schräg hinter ihm stand ein martialisch aussehender Hüne von über zwei Metern mit eckiger Kurzhaarfrisur, die die Quadratur seines Schädels noch betonte. Obwohl es nicht sonderlich hell war, trug er eine Sonnenbrille. Von Weitem hätte man die beiden für Vater und Sohn halten können, aber wenn man genau hinsah, dann war der Kleinere ungefähr doppelt so alt wie der Große. So wie der Quadratschädel die Menge musterte, erfüllte er offenbar eher die Rolle eines Leibwächters. Misstrauisch beobachtete er, wie zwei behelmte Bobfahrer ihr Gerät an ihm vorübertrugen und sich auf den Start vorbereiteten.

Ab und zu wehte ein Gesprächsfetzen von der kleinen Gruppe herüber, und an den Konsonanten konnte der Fickel erkennen, dass es sich bei der Sprache zweifelsfrei um Russisch handelte. Da machten sich mal wieder acht Jahre polytechnischer Sprachunterricht bezahlt, auch wenn der Fickel in Moskau oder Sibirien ohne Dolmetscher oder Wörterbuch glatt verhungern würde, selbst in einer Bäckerei.

So wie Bürgermeister Bradschetl charmierte, katzbuckelte und Kratzfüße machte, musste es sich bei der Fellmütze um einen ziemlich bedeutenden Gast handeln, gewissermaßen Staatsbesuch. Aber so sehr Bradschetl auf den Mann auch einredete, er zeigte kaum eine Reaktion, sondern nur sein Pokerface.

»Der Nasirow ist bestimmt nicht zufällig hier«, mutmaßte ein älterer Bobsportfan neben Fickel gegenüber seinem etwa gleichaltrigen Kumpel. Dieser pflichtete ihm bei. »Der

Zwerg soll eine ganze Etage im Panorama gebucht haben, sagt meine Frau. Für die ganze Woche!«

Spätestens jetzt war der Fickel im Bilde. Er hatte schon viel von dem »rasenden Oligarchen« gehört, der in den goldenen Neunzigern ein Milliardenvermögen mit Energieunternehmen aus der Konkursmasse der Sowjetunion gemacht hatte, irgendwo südlich des Ural in Kasach-, Usbeki-, Kirgisi- oder eben einem anderen -stan.

In den letzten Jahren hielt er sich jedoch kaum noch »da unten« in seinem Dingi-stan auf, sondern trat nunmehr vorwiegend als Immobilienspekulant und Inhaber einer internationalen Hotelkette in Erscheinung, mit Dependancen in allen berühmten Touristikzentren des alten, mondänen Europas. Ob sein Geld dort investiert, geparkt oder gewaschen wurde, interessierte vor Ort im Grunde natürlich herzlich wenig, solange es viel war. Und in Nasirows Fall war es immer viel, unvorstellbar viel. Zumindest für Menschen mit begrenztem Bankkonto und/oder begrenzter Fantasie.

Berühmt war Nasirow aber nicht allein wegen seines märchenhaften Reichtums, sondern aufgrund seines Spleens, einer persönlichen Leidenschaft für einen gepflegten Geschwindigkeitsrausch auf Schnee und Eis, auf gut Deutsch: Downhill-Action.

Kurz: Nasirow war ein Verrückter, wie er im Buche steht. Er war mit dem Snowboard vom Elbrus und vom Mont Blanc abgefahren, hatte als einer der Ersten Heliskiing in Kanada und Neuseeland betrieben und ganz nebenbei, sozusagen im Vorbeigehen beziehungsweise eher *Vorbeigleiten*, die Trendsportart Snowkiten miterfunden.

Nachdem es ihm beim Abfahrtslauf in Sankt Moritz dermaßen das Knie zerlegt hatte, dass es nicht mal mehr vom Vereinsarzt von Real Madrid in den Originalzustand zusammengepuzzelt werden konnte, hatte Nasirow inzwischen die Formel Eins des Winters für sich entdeckt, nämlich den Bobsport, wo die Helden der Eisrinne auch ohne Knieeinsatz auf beträchtliche Geschwindigkeiten kamen, vorausgesetzt, man hatte den richtigen Anschieber.

Zuletzt hatte Nasirow sich angeblich in den Kopf gesetzt, für sein Land sogar bei den Olympischen Spielen an den Start zu gehen, obwohl es in ganz Dingistan angeblich nicht einen Hügel mit einer Gipfelhöhe von mehr als hundert Metern über dem Meeresspiegel gibt. Eigens für die Realisierung seines olympischen Traumes hatte er mit viel Geld einen Top-Bremser namens Frolow aus dem russischen Team abgeworben, der jetzt offenbar in Personalunion auch die Funktion des Leibwächters übernommen hatte, praktisch Leibbremser.

Wenn Nasirow sich zu diesem Zeitpunkt des Jahres in Oberhof aufhielt, dann sicher nicht wegen des Wetters. Wenigstens war jetzt geklärt, wem der Ferrari auf dem Parkplatz gehörte. Oligarchen waren schließlich nicht unbedingt für ihr Understatement bekannt.

Vom Start her hörte man jetzt das bekannte vielkehlige rhythmische Einzählen: »Drei, zwo, eins!« Fickels sonst eher träge Nebennieren schütteten augenblicklich eine Jahresration Adrenalin aus. Es war, als erinnerte sich sein Körper ohne eigenes Zutun an weit zurückliegende rasende Fahrten durch Eiskanäle. Beinahe euphorisch drängte er sich durch die Menge und beobachtete am Start die beiden kräftigen Gestalten in ihren eng anliegenden Rennanzügen und

Helmen, welche angesichts der Länge und des Profils der vorhandenen Strecke in der Halle vielleicht ein wenig übertrieben wirkten. In gymnastisch anspruchsvoller Haltung wiegten sie einen Bobschlitten vor und zurück wie eine überdimensionierte Babyschaukel. Dann hallte ein Urschrei der Besatzung durch die Halle, dazu ertönten vielstimmige Anfeuerungsrufe: *Go, go, go!* Die beiden Kerle an den Schubbügeln schnellten nach vorn, und Zentner von Muskelbergen setzten sich und ihr klobiges Gefährt explosiv in Bewegung.

Der Fickel sah gebannt zu, bis der Bremser akrobatisch, mit beinahe grazilem Schwung in den Bob gesprungen war und die Fahrthaltung eingenommen hatte. Durch das Gewicht nahm der Bob schnell ruckelnd Fahrt auf, bevor er auch schon wieder nach circa hundert Metern durch den ansteigenden Verlauf der Kunstbahn jäh abgebremst wurde.

»Bestzeit!«, rief der Zeitnehmer im allgemeinen Jubel der Anwesenden. Sogar Nasirow applaudierte, allerdings nach Magnatenart nur die Finger einsetzend. Die Jungs kletterten aus ihrem Bob, entledigten sich ihrer Helme und klatschten sich ab. Doch Überraschung! Da kamen gar keine Bärte und kantigen Männerkurzhaarschnitte zum Vorschein, sondern wallende Locken, Haarbänder und Strähnchen. Der Fickel war natürlich einen Moment verwirrt. Zu seinen eigenen aktiven Zeiten hatten sich die Frauen noch nicht sonderlich für Bob interessiert, höchstens als Frisur.

Aber irgendwann in den Neunzigerjahren muss das Nationale Olympische Komitee über dem Medaillenspiegel gesessen und gebrütet haben, wo da noch Edelmetall für das Vaterland rauszuquetschen war, wenn es schon bei Biathlon,

Nordisch oder Alpin nicht mehr so klappte. Denn der Deutsche, insbesondere der Thüringer, ist ja nicht unbedingt ein geborener Läufer, sondern bevorzugt es, beim Sport eher zu liegen oder doch wenigstens zu sitzen und sich im Übrigen auf die Überlegenheit seines Materials zu verlassen, wie zum Beispiel in der Formel Eins oder eben im Kufensport.

Beim Nachdenken über stille Reserven im Medaillenspiegel war dann wahrscheinlich jemand vom NOK auf die feministische und zugleich patriotische Idee gekommen, für die Gleichberechtigung im Allgemeinen und im Speziellen beim Bob eine Lanze zu brechen, um den seinerzeitigen Vorsprung im Know-how weiter zu vergolden. Ein paar Freiwillige, die man umschulen konnte, waren schnell gefunden. Inzwischen hatte sich Frauenbob längst auch bei Olympia etabliert, sodass sich sogar andere bedeutende Sitz-und-Liegesport-Nationen fanden, die den deutschen Frauen ihre doch eigentlich für sie reservierten Medaillen streitig machten, allen voran die Kanadierinnen und die US-Amerikanerinnen.

Und jetzt mal Hand aufs Herz: Bei den bemerkenswerten sportlichen Leistungen, die Bobathletinnen inzwischen rund um den Globus abliefern, ist es natürlich ein Skandal ersten Ranges, dass ein interessierter Sportfreund, der unter dem Stichwort »Frauenbob« im Internet sucht, immer noch ausgerechnet beim »Popo-Platzer« landet! Da muss man schon fast an eine Verschwörung oder zumindest Sabotage glauben, wenn man sich vorstellt, dass sich die hautengen Bob-Rennanzüge über Jahrzehnte hinweg an männlichen Körpern, insbesondere den Hinterteilen, als robust, elastisch und reißfest erwiesen hatten und dass dieses High-tech-Material ausgerechnet in dem Moment versagt, in dem eine attraktive Boblady am Start direkt vor der Kamera ganz tief in die Hocke geht, zu allem Überfluss just an der sensibelsten Stelle. Alles natürlich in Großaufnahme im Internet – mit Zeitlupe. Porno nix dagegen.

Wahre Sportsfrauen focht das natürlich nicht an. Die Anschieberin des Oberhofer Bobs war ähnlich kräftig gebaut wie ihre männlichen Pendants, auch im Gesicht, dagegen wirkte die Pilotin trotz ihrer beachtlichen Muskeln eher zierlich, fast grazil, und war in ihrem silbernen Rennkostüm ein echter Eyecatcher. Doch als sie mit den Kolleginnen den Schlitten anhob, um ihn aus der Spur zu wuchten, konnte man erahnen, dass in den schlanken Extremitäten durchaus ungewöhnliche Kräfte schlummern mussten.

Sämtliche Männeraugen in der Halle waren bewundernd auf die junge Athletin gerichtet, die mit ihren schulterlangen rotblonden Haaren, den verwegenen Sommersprossen und ihren weiblichen Proportionen fast wie ein außerirdisches oder zumindest schottisches Model aussah. Selbst Nasirow wirkte bei dem Anblick ein wenig entrückt, wurde jedoch sogleich von seiner blonden Begleitung in Beschlag genommen.

Und während der Fickel so in den Anblick dieser jungen Bobsportlerin vertieft war, passierte ihm das, was im anglophonen Sprachraum *»love at first sight«* und im Französischen *»coup de foudre«* genannt wird – und im Thüringischen »Midlife-Crisis«, nämlich wenn ein Mann in den besten Jahren eine junge Frau in den noch besseren Jahren anstiert und plötzlich auf ganz sentimentale Weise von romantischen Gefühlen heimgesucht wird, für die sich jeder

Siebzehnjährige wahrscheinlich schämen würde. Der Fickel war derart in die Betrachtung der rötlich schimmernden Haarpracht und des bezaubernden Lächelns vertieft, dass er im Prinzip überhaupt nicht mehr mitbekam, was um ihn herum vor sich ging.

Schließlich leidet der Fickel an einer Art erotischer Fokussierung, um nicht zu sagen: Behinderung, die dazu führt, dass er sich schlechterdings ausschließlich von zwei Prozent aller in Thüringischen Landen beheimateten Frauen angesprochen fühlt, nämlich ausgerechnet den rothaarigen, von diesen dafür allerdings umso mehr. Man kann sagen, sobald der Fickel rot sieht, setzt bei ihm der Verstand aus. Das kann zu unerfreulichen Fehlentwicklungen führen, wie zum Beispiel einer kurzen, aber für alle Beteiligten strapaziösen Ehe mit einer ehrgeizigen Staatsanwältin mit getönten Haaren.

In seinem momentanen testosteronalen Ausnahmezustand klebte der Fickel mit seinen Blicken an der rothaarigen Schönheit, die überall mit anerkennendem Schulterklopfen und Gratulationen empfangen wurde. Dass ein paar der anwesenden Herren vielleicht auch ganz gern woandershin geklopft hätten als ausgerechnet auf die Schulter, war bei dem engen Schnitt des Rennkostüms eigentlich kein Wunder. Offenbar wirkte der besondere Charme der Athletin nicht nur auf Spezialisten und Afficionados wie den Fickel. Spätestens jetzt dämmerte ihm, warum die Halle auch bei einem schnöden Anschubtraining so gut besucht war. Nebenan unterhielten sich wieder die zwei alten Bobsportfreunde.

»Die Rote bringt wirklich alles mit«, meinte der eine sachkundig, und der andere pflichtete ihm bei: »Die hat 'ne Menge Gefühl im Hintern.«

Für den Laien klingt so ein Satz möglicherweise ein Stück weit sexistisch. Nicht so für den Bobsachkundigen. Die Bemerkung hatte auch ausnahmsweise nichts mit dem Popo-Platzer zu tun. Als Bobfahrer beziehungsweise Bobfahrer*in* muss man, wie man unter Fachleuten ausdrückt, die Bahn im Allerwertesten spüren, ihre Wellen und Kurven aufnehmen und vorausahnen. Was man durch das Visier des Helmes sehen kann, daran ist man im Zweifel im nächsten Moment schon vorbeigerast. Niemand, der noch bei Verstand ist, verlässt sich bei solchen Geschwindigkeiten auf seine Augen. Der Hintern ist das sensorische Zentrum beim Bobsport, der wichtigste Körperteil, von dem Sieg oder Niederlage abhängen. Daher ist dieses Organ bei dem einen oder anderen Sportler auch besonders stark ausgeprägt.

Während sich die nächste Besatzung, der Bayernexpress mit dem Europameister Dillinger Junior und seinem wie ein Klon des jungen Arnie Schwarzenegger daherkommenden Anschieber Unterhuber, fertig machte, verließ die Rothaarige, freundlich all der ihr entgegengebrachten Zuneigung entfleuchend, eilig die Halle. Der Fickel folgte dem ersten Impuls und setzte ihr beherzt nach. Sein Verhalten erfüllte aber natürlich juristisch nicht den Tatbestand des Stalkings, denn dafür war der Fickel einfach zu behäbig. Bis er sich durch die Menge gekämpft hatte und endlich vor der Halle stand, war die Unbekannte schon längst im undurchdringlichen Oberhofer Nebel untergetaucht. Immerhin hatte der kurze Eindruck genügt, dass der Fickel Frauenbob nun mit ganz anderen Augen sah. Er nahm sich vor, dieser Sportart während seines Kuraufenthalts eine faire Chance einzuräumen.

Ein Blick auf die Uhr belehrte ihn, dass es mittlerweile höchste Zeit war, sich in der Kurklinik vorzustellen. Nur: Jetzt parkte der Wartburg oben am Start, und der Fickel musste den ganzen Hang wieder hochkraxeln. Da hatte mal wieder jemand nicht mitgedacht. Der Fickel keuchte durch den Nebel. Anfangs ging es nur leicht bergan, aber die Steigung nahm immer weiter zu. Plötzlich spürte der Fickel wieder das bekannte Ziehen in seinem Rücken.

Er blieb stehen, streckte sich, bis der Schmerz etwas nachließ. Glücklicherweise lag am Wegesrand ein Knüppel, der sich zum Abstützen verwenden ließ. Während der Fickel durch den Nebel tappte, glaubte er, von der Bahn her Geräusche wahrzunehmen. Ein Schnaufen, Brummen oder Stöhnen – geradezu, als ob dort ein Bär unterwegs wäre. Aber Bären gab es im Thüringer Wald bedauerlicherweise schon seit dem 14. August 1671 nicht mehr. An jenem Tag soll der Revierförster Hans Balthasar unweit von hier bei Gräfenroda den letzten Braunbären erlegt haben, woran heute an der Stelle noch ein Gedenkstein erinnert – wohlgemerkt an den Bären, nicht an den Jäger.

»Hallo?«, rief der Fickel aufs Geratewohl in den Nebel hinein. Er wartete ein paar Sekunden, doch er bekam keine Antwort. Da das rätselhafte Geräusch nicht mehr zu vernehmen war, setzte der Fickel seinen Anstieg ohne weitere Umwege fort. Wenig später wurde er von einem Jogger in einem *Team-Germany*-Trainingsanzug überholt, der allerdings die Kapuze übergezogen hatte und nicht zu erkennen war. Wahrscheinlich als Vorbeugung gegen Autogrammwünsche von Touristen.

Keuchend kämpfte sich der Fickel den Rest des Berges hinauf. Als er bereits fast oben angelangt war, hörte er ein ihm nur zu bekanntes Donnern. Das Geräusch von Kufen auf Eis, das von den betonierten Seitenwänden zurückhallte. Offenbar hatte nun auch das Freilufttraining begonnen. Nur sehen konnte der Fickel wegen des vermaledeiten Nebels leider nichts. Ärgerlich, aber man kann nicht alles haben.

Da! Hatte eben unten am Kreisel nicht jemand geschrien? Das Donnern hatte aufgehört, allerdings ein bisschen zu früh für seinen Geschmack. Der Fickel stoppte und lauschte, bis seine Ohren Füße bekamen, aber um ihn herum herrschte nun wieder absolute Stille. Wahrscheinlich hatte er sich von seinem eigenen Keuchen, einem Pfeifen aus seiner Lunge irritieren lassen. Und das Donnern rührte zweifelsohne von seinem leeren Bauch. Wegen der Rothaarigen hatte er den Hunger gar nicht bemerkt. Womöglich litt er schon unter Halluzinationen.

Wenige Minuten später saß er wieder am Steuer seines beige-braunen Wartburgs 353 Tourist und tuckerte mit angepasster Geschwindigkeit durch die Nebelsuppe. Da er ein wenig vor sich hin träumte, erschrak er wahnsinnig, als ihm in der Kurve plötzlich ein roter Schatten von unten entgegenkam. Erst als der Ferrari vorbei war, hörte er das Röhren des italienischen Zwölfzylindermotors, praktisch Überschallgeschwindigkeit.

Kaum dass Fickels Puls sich wieder beruhigt hatte, brach ein wahres Blaulicht-Inferno los. Erst wurde er von einem Krankenwagen, der ihm mit achtzig Sachen entgegenraste, um ein Haar von der Straße gefegt. Kurz darauf zwang ihn ein Streifenwagen der Polizei in den Straßengraben, ohne Rücksicht darauf zu nehmen, ob man mit einer defekten

Handbremse am Berg überhaupt wieder anfahren konnte. Plötzlich war von überall Sirenengeheul zu hören. Wenig später kam sogar ein Rettungshelikopter im Tiefflug vorbeigeschraubt, der mit einem Scheinwerfer den Nebel durchschnitt wie ein Leuchtturm. Der Fickel dachte, oha, wahrscheinlich wieder mal ein neuer Schanzenrekord bei den Skispringern. Aber dass bei der Rodelbahn etwas passiert sein konnte, den Gedanken blendete er komplett aus.

Auch ohne Navi hatte der Fickel bald sein Ziel gefunden. Die »Rennsteig-Klinik«. Falls er allerdings aufgrund des Namens gehofft hatte, in einer schmucken Hotelanlage, Typ Schwarzwaldklinik, zu landen, dann hatte er sich gründlich geschnitten. Das Kurgelände mit dem quaderartigen postmodernen Zweckbau im Zentrum strahlte den doch eher mitteldeutschen und daher leider etwas spröden Charme der Sachsenklinik aus, ästhetisch Marke Poliklinik.

Auf dem Parkplatz wuchtete der Fickel eilig seine Koffer aus dem Wagen, nicht ohne sich wie üblich an der Heckklappe den Kopf zu stoßen, und eilte ins Gebäude. In der Empfangshalle lungerte eine Anzahl Patienten in Sesseln herum, Krücken und andere Gehhilfen stets in Reichweite. Einige warteten am Feiertag vermutlich noch auf Besuch von ihren Enkeln, einige vielleicht auch gleich auf den Sankt-Nimmerleins-Tag. Der Fickel grüßte in die Runde und wurde mit argwöhnischen, aber auch hoffnungsvollen Blicken empfangen. Erstens: Was will dieser junge Hüpfer ohne Krücken hier?, und zweitens: Ist das vielleicht der neue Oberarzt? Wahrscheinlich aus letzterem Grund grüßten auch einige zaghaft zurück.

»Na, wo wollen wir denn hin, junger Mann?«, donnerte

eine weibliche Baritonstimme hinter ihm, als er auf den Empfang zustrebte. Der Fickel drehte sich um. Die Stimme gehörte einer resolut erscheinenden Frau in ihren Fünfzigern, aber jünger aussehen wollend, mit strengem Dutt und Namensschild: Schwester Margret. Der Fickel grüßte höflich und stellte sich als neuer Kurgast vor. Die Schwester blickte in ihr Notizbüchlein und schüttelte missbilligend den Kopf. »Sie sollen doch nicht so schwer tragen mit Ihren Rückenschmerzen!«

Ehe der Fickel protestieren konnte, hatte die Margret seine Koffer hochgehoben und sagte mit befehlsgewohnter Stimme: »Kommen Sie, ich zeige Ihnen Ihr Zimmer. Danach gebe ich Ihnen einen Laufzettel.«

»Was denn für einen Laufzettel?«, erkundigte sich der Fickel misstrauisch.

»Zu Beginn machen wir erst mal einen gründlichen Checkup mit Ihnen: Stuhl- und Urinprobe, Blutabnehmen, wiegen und so weiter und so weiter.«

Und wie der Fickel Schwester Margret über enge Treppen und lange Gänge hinterhertrottete bis in ein kleines, einer Gefängniszelle nicht unähnliches Zimmer, das ihn die nächsten drei Wochen beherbergen sollte, da kam zum ersten Mal in ihm der Verdacht auf, dass das mit der Kur möglicherweise doch gar nicht so eine brillante Idee gewesen sein könnte.

IV

Kriminalrat Recknagel stand derweil mit seinen Slippers etwas ratlos auf der spiegelglatten Eisfläche und versuchte, sich in der undurchdringlichen Nebelsuppe zu orientieren. Der Tag der Deutschen Einheit hatte für ihn mit drei Spiegeleiern sowie einer Banane begonnen. Die Banane hatte er dem zweifelhaften Humor seiner Ehefrau zu verdanken. Sage noch einer, Ossis seien nicht zur Selbstironie fähig! Der Kriminalrat machte sich aus Bananen genauso wenig wie aus nationalen Feiertagen. Trotzdem hatte er erst beim dritten Mal den Anruf angenommen. Bei Mord riefen sie immer drei Mal an, mindestens. Eigentlich wollte Recknagel am Nachmittag mit seiner Frau einen Ausflug in die Rhön unternehmen. Dorthin, wo sich einst die hochgerüsteten Armeen von NATO und Warschauer Vertrag[13] auf den kahlen Bergkuppen gegenseitig belauert hatten und wo man heute wunderbar friedlich spazieren gehen konnte. Und jetzt das: ungeklärter Todesfall in der Oberhofer Rodelbahn, ausgerechnet heute!

»Hopp-ala!« Er hatte beim Umdrehen eine unvorsichtige Bewegung gemacht und war prompt auf seinen vier Buchstaben gelandet, mitten zwischen den farbigen Markierungen der Spusi. So eine Sauerei! Das gab garantiert bunte

13 Jenseits des Vertragsgebietes auch bekannt als »Warschauer Pakt«.

Flecken auf seiner hellen Übergangsjacke und einen blauen Fleck an seinem Hintern. Recknagel beeilte sich, wieder in die Vertikale zu kommen, ehe ihn jemand auf dem Boden rumkriechen sah. Bei diesem Nebel standen die Chancen, dass sein Stunt unbeobachtet geblieben war, zum Glück recht gut. Eigentlich.

»Dreifacher Rittberger? Sah ja richtig elegant aus. Sind Sie neuerdings unter die Eiskunstläufer gegangen?« Rechtsmediziner Haselhoff lachte meckernd, während er Richtung Ziel im undurchdringlichen Oberhofer Herbstnebel davonschlitterte, um seine Aufzeichnungen zu holen. »Mein Tipp: Tragen Sie lieber Spikes.«

»Klar, die habe ich immer bei mir zu der Jahreszeit«, erklärte der Recknagel. »Sie gehören wahrscheinlich auch zu den Übervorsichtigen, die am dreißigsten September ihre Winterreifen aufziehen.«

Haselhoff parierte mit einem überlegenen Lächeln. »Sagen Sie nachher nicht, ich hätte Sie nicht gewarnt: So ein Steißbeinbruch kann ziemlich schmerzhaft sein!«

Recknagel winkte ab. Angesichts der menschlichen Tragödie, die sich hier offenkundig abgespielt hatte, brachte er es einfach nicht über sich, jetzt über das passende Schuhwerk nachzudenken. Er befand sich direkt vor der Einfahrt auf die Zielgerade, kurz hinter der letzten, besonders engen Kurve der Oberhofer Rodelbahn, dem sogenannten »Köstritzer Kreisel«, vor sich die Bescherung: rotes Blut auf weißem Eis – wie auf dem Cover eines postmodernen skandinavischen Krimis, in dem meist junge und unschuldige, stets auffallend hübsche Mädchen von überwiegend hochintelligenten, aber unfassbar skrupellosen Killern nach einem geheimen System gemeuchelt wurden. Die beneidenswerten Ermittler hatten im Grunde den lieben langen Tag nichts weiter zu tun, als hinter das Rätsel zu kommen, das der Psychopath ihnen mit seinen ausgeklügelten Taten aufgab, dann war der Fall so gut wie gelöst. Keine Berichte, kein Papierkram, keine nervenden Vorgesetzten – und vor allem auch keine unfähigen Untergebenen. Zuletzt musste der Mörder natürlich noch in einer spannenden Verfolgungsjagd, wahlweise mit oder ohne Geiselnahme, zur Strecke gebracht werden. Der Recknagel mochte diese düsteren Krimis, weil sie mit seiner eigenen Arbeit so herrlich wenig zu tun hatten. Das war für ihn die beste Art zu entspannen, auch wenn seine Frau über seinen »Leichenfimmel« nur den Kopf schütteln konnte. Sie las lieber Substanzielles, zum Beispiel Hera Lind.

Angesichts des Nebels und des blutigen Eises fühlte sich der Recknagel an den zweiten Weihnachtsfeiertag von 1981 erinnert, als er mit dem brandneuen Schiguli seiner Schwiegermutter auf der Landstraße zwischen Tabarz und Friedrichroda bei schlechter Sicht auf vereister Fahrbahn ein Wildschwein angefahren hatte. Da das Schwein trotz klaffender Wunden immer noch Regungen von Leben zeigte und ein Tierarzt am Feiertag natürlich nicht aufzutreiben war, hatte der Recknagel dem Tier schließlich höchstselbst den Gnadenschuss geben müssen, was trotz seiner langen Karriere im Dienst der Ermittlungsbehörden des Bezirks Suhl und später des Freistaats Thüringen den einzigen Einsatz seiner Dienstwaffe außerhalb der Schießhalle markierte. Das Fleisch des erlegten Wildschweins hatte sich der Recknagel später brüderlich mit dem Förster geteilt – und seinen Anteil gleich an den Kfz-Meister weitergereicht, der sich im Gegenzug um die verbeulte Frontpartie des Schigulis kümmerte. Eine Hand wusch die andere, damals irgendwo noch unschuldiger als heute.

»Das Opfer heißt Karl-Heinz Menzer, achtundvierzig Jahre, ledig«, referierte Christian, Recknagels junger Mitarbeiter.

»*Der* Karl-Heinz Menzer?«, fragte der Recknagel, den Artikel betonend, um klarzumachen, dass er von einer herausgehobenen Person sprach.

Christian kratzte sich am Kopf. »Sorry?«

»Na, der Bremser von unserem Goldbob in den Neunzigern, x-facher Weltmeister, Olympiasieger und was weiß ich noch.«

Christian hob die Schulter. »Kann sein«, erklärte er teilnahmslos. »Er ist – beziehungsweise er *war* – jedenfalls der amtierende Trainer von dem Stützpunkt hier.«

Recknagel nickte. So viel wusste er auch.

»Das ist schon der zweite tote Bobsportler, und das innerhalb weniger Wochen«, erklärte Christian.

»Soll vorkommen«, erwiderte der Kriminalrat.

»Vielleicht ja ein Serientäter«, vermutete Christian.

Recknagel gab ein Knurren von sich. »Sie glotzen zu viel Krimis«, brummte er. »Außerdem hat sich der junge Krech selbst umgebracht, falls Sie sich noch erinnern.«

»Ich dachte ja nur …«, meinte Christian kleinlaut. »Sie sagen doch immer, wir sollen unseren eigenen Kopf benutzen.«

»Ja, aber zum Denken, nicht zum Spinnen«, erklärte der Recknagel barsch. Dabei war die Hypothese, die Christian geäußert hatte, gar nicht so weit hergeholt. Genau genommen hatte ihn auch gar nicht der Gedanke selbst so aufgebracht, sondern eher die Formulierung »Serientäter«. Eine Nummer kleiner ging es nicht mehr im heutigen Zeitalter, wo Tote zur besten Sendezeit gezählt wurden wie Statussymbole.

»Was hat der Haselhoff hier denn überhaupt am Tatort verloren?«, fragte der Kriminalrat ärgerlich. Er war ganz hübsch in Fahrt. »Der kann seinen Job doch genauso gut in der Rechtsmedizin machen.« Ihn wurmte immer noch, dass Doktor Haselhoff seine unfreiwillige Pirouette beobachtet hatte. Zudem schmerzte ihn sein Hinterteil inzwischen ganz ordentlich. Zum Glück nicht am Steiß, eher seitlich und weiter unten.

»Keine Ahnung, wer den gerufen hat«, erklärte Christian teilnahmslos. »Um den Menzer für tot zu erklären, hätte man jedenfalls keinen Rechtsmediziner gebraucht. Junge, Junge, das war echt 'n Massaker.«

Recknagel hob abwehrend die Hand. »Keine Details bitte. Nur die Fakten.«

Christian räusperte sich und blickte wieder in seine Aufzeichnungen. »Okay. Die andere Unfallbeteiligte heißt Mandy Kornfraß«, rapportierte er. »Die hat den Unglücksbob gelenkt.«

»Korn*haß*, meinen Sie«, berichtigte der Recknagel. Christian blätterte nervös in seinen Unterlagen. »Richtig. Genauso heißt die.«

Obwohl der Kriminalrat ohne eigenes Zutun selbst einen bekannten Thüringer Sportheldennamen trug, interessierte er sich nur mäßig für Wintersport. Aber die hochdekorierten Athleten des Olympiastützpunkts Oberhof waren ihm ebenso geläufig wie seiner Frau beispielsweise die Namen von bekannten Serienschauspielern. Passivwissen, im Falle von Frauenbob sogar passivstes Passivwissen. Er konnte sich nicht einmal daran erinnern, wann und unter welchen Umständen sich für sein Gehirn die Gelegenheit ergeben hatte, sich den Namen der Athletin einzuprägen.

»Kornhaß, Kornhaß … Ist das nicht diese Wahnsinnige?«, murmelte der Kriminalrat, mehr für sich. Christian sah ihn verständnislos an. »Na, die knapp Vierzigjährige, die angekündigt hat, noch mal drei Jahre bis zu den nächsten Olympischen Spielen dranzuhängen.«

Christian zuckte mit den Achseln. Ihm schien diese Nachricht nicht mehr besonders sensationell. Irgendwie schienen die Menschen heutzutage langsamer zu altern. Recknagels Assistenten aus der Generation der Dreißigjährigen, die sich aufführten wie Teenager, Sportlerkarrieren, die keine biologischen Grenzen mehr zu kennen schienen. Nur der Kriminalrat selbst alterte, wie es sich für einen Beinahe-Sechzigjährigen gehörte. Dieses Recht nahm er sich.

»Sorry, ich interessiere mich einfach nicht so für Wintersport«, bekannte Christian offenherzig, denn er stammte gebürtig aus dem Zentrum der norddeutschen Tiefebene. »Höchstens Biathlon, das hat meine Mutter immer geguckt«, fügte er überflüssigerweise hinzu.

»Die Sportlerin hat also ihren eigenen Trainer überfahren«, fasste der Kriminalrat den Sachverhalt noch einmal für sich selbst zusammen. »Mal angenommen, es gab Spannungen in der Trainingsgruppe. Nach dem Debakel von Sotschi hat es doch 'ne Menge Stunk gegeben …«

Christian rieb sich vorfreudig die Handflächen. »Glauben Sie, wir haben's mit Vorsatz zu tun?«

Der Kriminalrat winkte ab. »Immer langsam mit den jungen Gäulen. Wahrscheinlich war es nur ein Unfall. So was kommt ja immer wieder mal vor.«

»Schon klar, *business as usual*«, erwiderte Christian enttäuscht. Der Kriminalrat konnte es ihm nicht verdenken, wenn er die Mediengeilheit der jüngeren Generation im Allgemeinen und die seiner Untergebenen im Besonderen berücksichtigte, die ihr Privatleben in sozialen Netzwerken schillernd darstellten und auch nicht davor zurückschreckten, Interna aus dem Polizeialltag zu posten: »Sind gerade dem Vergewaltiger aus XY auf der Spur – haltet uns die Daumen!« Dazu ein fesches Foto aus dem Auto, sodass jeder Verbrecher sehen konnte, mit welchem Fahrzeugtyp sie unterwegs waren.

Obwohl es sich um ein prominentes Opfer handelte, wäre bei einem Unfall nicht viel Aufmerksamkeit zu ernten, weder vonseiten der Presse noch vonseiten der Vorgesetzten. Bei einem Mordanschlag sah die Sache schon anders aus. Dann sprang vielleicht sogar ein Interview im Regionalfernsehen raus.

»Wo ist Mandy Kornhaß jetzt?«, erkundigte sich Recknagel, das Gespräch auf das Wesentliche lenkend.

»Im Krankenhaus in Dreißigacker. Da haben die Rotkreuzler sie hingebracht. Wegen Schock und so …«

»Kein Wunder, wenn man gerade den eigenen Trainer überfahren hat«, stellte der Kriminalrat fest. »Sonst hat sie keine Verletzungen?«

»Nichts Gravierendes, meint der Doc. Sie saß ja im

Schlitten und hatte einen Helm auf«, referierte Christian, als berichtete er von einem harmlosen Rodelunfall auf einem norddeutschen Flachlandhügel.

Der Kriminalrat betrachtete die Betonröhre, die sich in Schleifen und Kurven den Berg hinaufwand. »Wie ist das denn genau passiert?«, erkundigte er sich.

Christian pumpte sich wichtig auf. »Offenbar ist der Trainer, also das Opfer, hier unten in der Eisbahn unterwegs gewesen. Frau Kornhaß ist vom Damenstart losgefahren und hat Herrn Menzer mit ihrem Monobob etwa da vorne, kurz hinter der Kurve, voll erwischt«, erläuterte Christian.

»Warum ist der nicht einfach über die Bande gesprungen?«, überlegte Recknagel laut. »Der muss den Bob doch gesehen haben.«

»Vielleicht hat er gerade in die andere Richtung geguckt. Außerdem … bei dem Nebel! Oder er hat's einfach nicht mehr rechtzeitig gepackt. So 'n Bob ist ja ziemlich flott unterwegs.«

Der Recknagel betrachtete die nach außen steil ansteigende Bahn und die Banden. Durch die Sonnensegel war die Bahn kaum einzusehen. Seitlich zu entweichen war in der Kurve tatsächlich fast ein Ding der Unmöglichkeit, insbesondere bei der Glätte. Andererseits ist ein Mensch in Panik zu vielem fähig.

»Jedenfalls hat der Coach den Bob voll in die Fresse bekommen«, erklärte Christian. Recknagel zuckte angesichts der Ausdrucksweise seines Assistenten kurz zusammen. »Dass die überhaupt noch versucht haben, den zu reanimieren …« Er schüttelte bei der Vorstellung leicht angeekelt den Kopf. »Die Mühe hätten sie sich sparen können.«

»Was meinten Sie eben eigentlich mit Monobob?«, erkundigte sich der Kriminalrat.

»Das ist so 'n Schlitten mit 'nem Ein-Personen-Chassis. Wird ausschließlich zu Trainingszwecken verwendet. Wusste ich auch nicht, dass es so was gibt.« Christian deutete mit dem Kopf neben die Bahn, wo ein weißer Bob stand, der irgendwie zu kurz aussah, am Heck wie abgesägt, so wie gewisse neumodische Kleinwagen. Am Bug trug das futuristisch aussehende Sportgerät frische Spuren des Aufpralls: Kratzer und Beulen sowie ein wenig verwischtes Blut. Einer der Spoiler war leicht eingedellt.

Recknagel bückte sich und betrachtete die markierte Spur des Unglücksbobs bis zum Ort des Aufpralls, der mit einem Kreuz markiert war.

»Das ist so ähnlich, als ob dich ein ICE erwischt«, erläuterte Christian. »Der Mann wurde hier oben gegen den Abweiser geschleudert und ist da vorn auf dem Eis gelandet. Beziehungsweise das, was da noch von ihm übrig war.« Christian grinste wie ein bildungsferner Teenager beim Konsum eines Splatterfilms. Eine gewisse Schnoddrigkeit gehörte bei der Kripo zum guten Ton. Doch die Geschmäcker waren da durchaus verschieden. Der Recknagel betrachtete den Abweiser am oberen Rand der Kurve, der dafür sorgen sollte, dass die Schlitten nicht aus der Bahn flogen. Die Kühle, die vom Eis hochstieg, ließ ihn schaudern.

»Der arme Kerl hatte nicht die Spur einer Chance«, erklärte Rechtsmediziner Haselhoff, der sich aus Richtung Ziel mit kleinen Schritten über das Eis wieder zu ihnen vorkämpfte, ohne dabei die Füße zu heben, was einigermaßen lächerlich aussah. »Wird nicht leicht, die genaue Todesursache zu ermitteln. Das Abdomen, der reinste Hackepeter … So eine Sauerei habe ich in meinem ganzen Leben noch nicht gesehen.«

»Wenn Sie das schon sagen«, knurrte der Recknagel. Insgeheim war er inzwischen sogar ganz froh, etwas zu spät am Tatort gewesen zu sein. Trotz seiner vielen Dienstjahre und bei aller Professionalität verfolgten ihn die Bilder von Mord- oder Unfallopfern oft noch monatelang im Schlaf. Gerade gestern erst hatte er nachts von Daniel Krech geträumt beziehungsweise von dessen Leiche auf der Herrentoilette des Meininger Polizeibildungszentrums.

»Merkwürdig ist nur das mit seinen Beinen«, setzte der Haselhoff seinen Bericht ungerührt fort. Der Kriminalrat wartete einfach ab. Aus Erfahrung wusste er, dass Doktor Haselhoff gleich präzisieren würde, worin die Merkwürdigkeit genau bestand. Und tatsächlich …

»Die Extremitäten sind so ziemlich das Einzige, was an dem Kerl heil geblieben ist«, dozierte der Rechtsmediziner.

»Und wie erklären Sie sich das?«, erkundigte sich der Kriminalrat, inzwischen schon wieder leicht genervt. Schließlich war das hier kein Krimi. Den Bedarf an Spannung bei der Berufsausübung hatte er längst gedeckt.

»Tja, das ist die große Frage«, erklärte Doktor Haselhoff und machte ein Gesicht wie Günter Jauch bei der Millionenchance. »Eigentlich müssten die Beine ja am meisten betroffen sein. – Falls er gestanden hätte, als der Bob ihn erwischt hat. Nicht wahr?«

»Sie meinen, er hat in der Bahn *gesessen*?«

»Wohl eher gelegen«, erklärte Doktor Haselhoff. »Vermutlich hat er den Bob kommen hören. So ’n Teil macht ja ’nen ziemlichen Krach. Und dann ist ihm das Gleiche passiert wie Ihnen vorhin.«

Der Kriminalrat brauchte eine Sekunde, bevor er die Anspielung erfasst hatte: »Sie meinen, er ist hingefallen?«

Haselhoff nickte. »Im Moment die beste Theorie. Er kraxelt durch die Bahn. Dann hört er was kommen, gerät in Panik und will zur Seite raus, schafft es aber nicht über die Bande … Also rennt er los, rutscht aus und … peng!«

Recknagel überlegte. Es gehörte wahrlich nicht viel Fantasie dazu, sich den Ablauf der letzten Sekunden im Leben des Bobtrainers so vorzustellen.

»Genaueres kann ich allerdings erst nach der Obduktion sagen«, sagte Haselhoff und verabschiedete sich.

Recknagel nickte dem Rechtsmediziner dankend zu und wandte sich wieder an seinen Assistenten. »Und was hat die Spusi rausgefunden?«

»Leider haben die Ersthelfer in der ersten Panik nach dem Unfall so ziemlich alle Spuren auf dem Eis verwischt«, klagte Christian. »Den Rest hat das Rote Kreuz besorgt. Die Kollegen von der Spusi konnten eigentlich nur noch …«

Christian unterbrach sich mitten im Satz und deutete auf die Markierungen der Spusi. Dort, wo der Kriminalrat hingefallen war, waren die Farben verwischt.

»Scheiße, was ist denn da passiert?«

»Halb so wild«, lenkte Recknagel ab und ging in die Hocke, wobei er darauf achtete, die Farbflecken an seiner hellen Jacke möglichst diskret zu verbergen.

»Also, für mich sieht das so aus, als hätte Mandy Kornhaß im letzten Moment noch versucht auszuweichen«, meinte der Kriminalrat und deutete auf eine Stelle an der Seitenbande kurz oberhalb der Kreuzmarkierung, wo ein größeres Stück Eis abgesprengt worden war. Die Höhe korrespondierte mit der Delle am Spoiler des Bobs. Offenbar hatte die Pilotin den Schlitten kurz vor dem Aufprall noch steil gegen die Bande gesetzt, um dem Hindernis auszuweichen und den Schlitten abzubremsen. Natürlich vergeblich bei dem Tempo.

»Ich mache den Kollegen von der Spusi mal ein bisschen Dampf«, meinte Christian. »Spätestens morgen ist der Bericht da.«

»Tun Sie das«, kommentierte der Recknagel und richtete sich wieder auf. »Verdammter Mist«, murmelte er. »Wie kann so was nur passieren? Da muss es doch Sicherheitsvorkehrungen geben!«

»Ich sag's ja immer«, meinte Christian mit anbiedernder Männerbündigkeit. »Frau am Steuer …« Er lachte gezwungen.

»Schreiben Sie das mal so in Ihren Bericht, ich bin gespannt, wie die Oberstaatsanwältin drauf reagiert«, erwiderte der Kriminalrat und sah sich suchend um. »Wo steckt denn unser lieber Freund Christian eigentlich?«

»Christoph«, berichtigte ihn Christian leicht beleidigt. »Der liebe Freund Christian bin ja *ich*.«

»Natürlich«, erklärte der Recknagel. Merkwürdigerweise versagte sein Passivwissen ausgerechnet immer bei seinen eigenen Mitarbeitern. Außer den ähnlichen Namen trugen sie neuerdings auch fast identische Bärte, was die Sache für den Kriminalrat auch nicht direkt leichter machte. Für die meisten jungen Beamten war Meiningen eh nur eine Durchgangsstation. Sie kamen und sie gingen und es lohnte den Aufwand kaum, sich ihre Namen zu merken.

»Christoph vernimmt gerade den Bahnchef«, berichtete Christian.

»Das höre ich mir an«, erklärte Recknagel. »Hier gibt's eh nix mehr für uns zu tun.«

Der Kriminalrat verabschiedete sich und schlidderte über die Eisbahn Richtung Zielhäuschen, keine leichte Übung mit seinen Slippers. Recknagel stieß einen deftigen Fluch aus. Wer konnte morgens schon ahnen, wenn er vor dem Schuhschrank stand, dass er sich an einem fast zwanzig Grad warmen Herbsttag aufs Glatteis begeben musste?

»Guden Dach«, grüßte der Kriminalrat in breitestem Thüringisch, als er es endlich bis in das blau gestrichene, barackenartige Gebäude im Zielraum der Rodelbahn geschafft hatte, in dem es intensiv nach Holz, Wachs, Schlangengiftsalbe und Kräutern duftete. Christoph, sein zweiter Mitarbeiter, sprang sofort auf.

»Hallo Chef«, begrüßte er ihn grinsend. »Alles Gute zum Tag der Deutschen Einheit.«

»Bleiben Sie mal ruhig sitzen«, sagte der Kriminalrat gemütlich und reichte ihm die Hand. Die andere Person war sitzen geblieben und hielt den Kopf gesenkt. »Sie sind der Bahnchef?«

Der Angesprochene nickte. Er trug einen vormodernen Trainingsanzug, Marke Ballonseide. An der Wand hing ein leicht verblasster Wimpel des ruhmreichen ASK[14] Vorwärts

14 Armeesportklub, in frucht-, manchmal auch furchtbarer Konkurrenz zu »Dynamo«, der Sportvereinigung der inneren Sicherheitsorgane.

Oberhof. Der Recknagel fühlte sich sofort an seinen »Ehrendienst« bei der Nationalen Volksarmee erinnert. Es waren durchaus nicht die schönsten Erinnerungen.

»Kriminalrat Recknagel«, stellte er sich vor. »Ihr Name war …?«

»Manfred Kornhaß«, nuschelte der andere, ein kräftiger, vielleicht ein wenig zu kräftiger Mann Ende vierzig, aber älter aussehend, auf die bestimmte Art, wie Männer mit einem riskanten Lebenswandel eben ihrer Zeit voraus sind: rote Äderchen im Gesicht, pockige Nase, Haare, die mehr aus den Ohren als auf dem Schädel wucherten. Er war sehr blass und wirkte niedergeschlagen. Natürlich klingelten bei dem Nachnamen in Recknagels Kriminalistenhirn sofort sämtliche Alarmglöckchen. Denn für gewisse Taten gab es unter sogenannten gestandenen Paaren eine durchaus relevante statistische Häufung.

»Sind Sie mit der Unfallteilnehmerin verwandt oder liiert?«, erkundigte sich der Kriminalrat im Plauderton.

Der andere bejahte. »Mandy und ich sind seit acht Jahren verheiratet«, erklärte er dann.

»Glücklich?«, hakte der Kriminalrat mit freundlich naiver Direktheit nach, und Kornhaß antwortete für Recknagels Geschmack vielleicht eine Spur zu eilig: »Freilich.«

Andererseits: Welcher Mann, der auf sich hielt, gab schon freiwillig Eheprobleme zu?

»Ihre Frau war mal ziemlich erfolgreich«, stellte Recknagel fest.

»Und ob! Sie hat alles gewonnen, was es zu gewinnen gibt«, erklärte der Bahnchef stolz und schränkte gleich darauf ein: »Fast alles.«

»Was fehlt denn?«

»Olympia, ausgerechnet!« Kornhaß pustete genervt durch. »Das ist nun mal das Einzige, was in unserer Sportart zählt. Da kannst du Europa- und Weltmeisterschaften im Dutzend abräumen, aber die Presse und vor allem die Sponsoren interessieren sich nur für das eine große Event alle vier Jahre. Dann kommt Bob sogar mal zur besten Sendezeit im Fernsehen.«

»Das ist wirklich unfair«, konzedierte der Kriminalrat.

»Eigentlich wollte Mandy nach Sotschi aufhören«, fuhr Kornhaß fort. »Mit einer Goldmedaille im Gepäck.«

»Und weil das nicht so geklappt hat, will sie es jetzt noch mal wissen?«, hakte der Kriminalrat mit dem verständnisvollen, fast komplizenhaften Ton des langjährigen Ehemanns nach. »Man wird ja auch nicht jünger, gell?«

Manfred Kornhaß schüttelte anscheinend völlig verständnislos den Kopf. »Meine Frau und ich haben da eine klare Abmachung. Der Sport war uns einfach immer das Wichtigste.«

»Aber irgendwann will man doch auch mal eine Familie gründen, oder etwa nicht?«

Der Bahnchef kaute nervös auf seinem Fingernagel herum. »Wir haben gerade ein Haus gebaut«, erklärte er dann. »Außerdem brauche ich keine Kinder mehr, in meinem Alter.«

»Soso«, brummte der Kriminalrat und wechselte einen Blick mit Christoph. »Können Sie sich denn erklären, wie es zu dem Unfall gekommen ist?«, fragte Recknagels Mitarbeiter nach einer kurzen Pause. »Sie haben hier doch den besten Überblick!«

Kornhaß gab ein Geräusch von sich, das so ähnlich klang wie das Schnauben eines Wals. »Keine Ahnung«, presste er durch die Nase. »Das ist mir alles ein völliges Rätsel.« Er sah den Kriminalrat unglücklich an. »So was ist hier noch nie passiert!«

»Sie müssen auch keine Aussagen machen, die Sie selbst oder Ihre Frau belasten könnten«, erklärte der Recknagel ruhig.

»Ich habe ihm bereits seine Rechte erklärt«, mischte sich Christoph ein. Denn so was lernt man heutzutage auf der Polizeischule als Erstes. »Aber er wollte ja unbedingt reden.«

»Wieso denn auch nicht? Ich hab ja nichts zu verbergen«, rief Bahnchef Kornhaß beinahe trotzig.

»Das wird sich noch rausstellen«, erwiderte Christoph mit aggressiver Stimme. Es handelte sich zweifelsfrei um eine leere Drohung mit dem Ziel, den anderen einzuschüchtern. Unabgesprochen fielen die Ermittler in das Standardvernehmungsmuster *good cop – bad cop*. Das Verwunderliche an der Strategie war, dass sie im Unterschied zu anderen Lehrbeispielen im Polizeihandbuch meistens funktionierte, weil es den Vernommenen in eine kinderähnliche Situation zurückversetzte: hier der strenge Vater, dort die verständnisvolle Mutter. Der eine bekam die Lüge zu hören, die andere, wie es wirklich abgelaufen war.

Der Recknagel hatte so seine Zweifel, ob diese Methode immer noch erfolgreich sein würde, wenn die heutige, praktisch völlig antiautoritär erzogene Generation von Kindern, denen in den Schulen nicht mal mehr Zensuren zugemutet wurden aus Furcht, ihre Persönlichkeit könnte daran Schaden nehmen, dereinst mal strafmündig würden. Mit Autorität, gar väterlicher, wüssten die gar nichts mehr anzufangen, hörte man zumindest von überforderten Lehrern aus den Schulen. Zum Glück würde der Kriminalrat dann bereits in Rente sein.

»Was hatte Karl-Heinz Menzer während des Trainings eigentlich in der Bahn verloren?«, fragte der Recknagel in freundlichem Tonfall. »War der etwa lebensmüde?«

Manfred Kornhaß zuckte mit den Schultern. »Der wollte wahrscheinlich nur das Eis checken. Bei den Temperaturen im Moment hat er wohl befürchtet, dass es noch zu weich ist fürs Freilufttraining.«

»Mir war's hart genug«, erklärte der Recknagel und rieb sich den Allerwertesten, kam aber sofort wieder zur Sache: »Wie kann es eigentlich passieren, dass da eine Athletin losfährt, solange noch jemand in der Bahn rumturnt?«

»Wahrscheinlich ein technisches Problem«, murmelte der Bahnchef in sich hinein, fast ohne den Mund zu öffnen. »Die Ampelanlage muss versagt haben. Vielleicht ein Computerfehler.« Er deutete mit zittriger Hand auf den Überwachungsbildschirm.

»An technische Fehler glaube ich schon mal grundsätzlich nicht«, setzte Christoph seinen Konfrontationskurs fort. »Eigentlich gibt es doch nur zwei Möglichkeiten: Entweder Sie haben Mist gebaut, oder Ihre Frau ist ohne Starterlaubnis losgefahren, habe ich recht?«

Kornhaß blickte erschrocken auf, dann wandte er abwehrend die Handflächen nach außen. »Ich kann's mir ja auch nicht erklären, Herrgott noch mal!«, rief er aus. »Vielleicht hat Mandy bei dem Nebel einfach die Ampel übersehen … Kann man ihr ja nicht vorwerfen.«

»Das können Sie Ihrem Schneider erzählen«, grummelte Christoph.

»Die einzige Möglichkeit ist …«, sagte Kornhaß und brach ab.

»Wir hören«, insistierte Christoph.

»Der Menzer hat aus irgendeinem Grund die Bahn betreten. Vielleicht lag irgendwas auf dem Eis, was da nicht hingehört.«

Recknagel blickte zu Christoph. »Wir haben nichts gefunden.«

»Dann weiß ich auch nicht mehr weiter«, seufzte Kornhaß. Er sah wirklich unglücklich aus. Wie ein begnadeter Schauspieler wirkte er nicht.

»Gibt es vom Start Kameraaufzeichnungen?«, erkundigte sich der Kriminalrat und deutete auf den Monitor.

Manfred Kornhaß blickte mit verhangenem Blick ins Leere. »Die Kameras werden nur beim Wettbewerb eingesetzt«, erklärte er. »Aber wir haben ja gerade erst vereist!«

Recknagel blickte zu Christoph. Der erklärte eilig, dass sämtliche relevanten technischen Geräte bereits sichergestellt und zur kriminaltechnischen Untersuchung gebracht worden seien, natürlich genau nach Vorschrift.

Recknagel wollte die Vernehmung schon beenden, doch Christoph räusperte sich und sah alarmiert zum Kriminalrat hinüber, um ihn auf etwas aufmerksam zu machen. Dessen suchender Blick fiel auf eine kleine Flasche mit einer dunklen Flüssigkeit, die etwas versteckt unter dem Tisch stand: Thüringer Rennsteigtropfen. Daher rührte also der Kräuterduft!

»Wie viel von dem Zeug haben Sie denn zu sich genommen?«, erkundigte sich der Kriminalrat mit nachsichtiger Kumpelstimme, während er nach der Flasche griff, von deren Inhalt gut die Hälfte fehlte.

Der Bahnchef blickte den Kriminalrat mit blutunterlaufenen Augen unschuldig an. »Einen doppelten, vielleicht auch zwei, höchstens«, erklärte er dann. »Aber das war *nach* dem Unfall. Auf den Schreck!«

»Tut mir sehr leid, Herr Kornhaß.« Aus Recknagels Stimme war plötzlich alle Freundlichkeit verschwunden. »Wir müssen Ihnen leider Blut abnehmen lassen. Um ein Ermittlungsverfahren wegen fahrlässiger Tötung von Karl-Heinz Menzer werden Sie wohl nicht herumkommen.«

Selbst Christoph war von der Wendung, die die Vernehmung soeben genommen hatte, offenbar überrascht und griff eilig nach dem Handy, um alles Nötige zu veranlassen. Der Recknagel beugte sich zum Kornhaß und sagte leise: »Ich würde Ihnen dringend empfehlen, sich einen fähigen Anwalt zu suchen.«

V

Rechtsanwalt Fickel hatte in der Zwischenzeit seinen Gesundheitsmarathon mit knapper Not überstanden und seinen Laufzettel, soweit es ihm organisch möglich gewesen war, fast abgearbeitet. Gegen achtzehn Uhr begab er sich in die Kantine, um das Abendessen einzunehmen. Nicht, dass es besonders verlockend gerochen hätte. Natürlich auch kein Wunder: Schwarzbrot riecht schließlich nicht. Das sogenannte »Abendbuffet« stellte letztlich eine Leistungsschau der Aufschnittabteilung des nächstgelegenen Discountmarktes dar: blassrosa, ins Graue spielende Wurst in allen Varianten mit und ohne geometrisches Muster, Schmelzkäse und Gouda, dazu eine bescheidene Auswahl an Kraut-, Bohnen- und Gurkensalaten. Insgesamt sehr gesund, insbesondere wenn man, wie die meisten Kurgäste, wenig bis überhaupt nichts davon zu sich nahm.

Als der Fickel am frühen Abend mit knurrendem Magen die Klinik endlich verlassen wollte, wurde er von Schwester Margret noch einmal gründlich instruiert: »Spätestens zweiundzwanzig Uhr sind Sie zurück, junger Mann! Bevor Sie auf Ihr Zimmer gehen, tragen Sie sich bitte in das Etagenbuch ein.«

Das Etagenbuch war so eine Art Anwesenheitsliste, in Wirklichkeit aber ein Folterinstrument, sprich: die Kugel an der Kette am Bein des Kurgastes. Jeder Patient musste sich in diese Liste ein- und dann austragen, wenn er die Klinik verließ, praktisch Stasimethoden. Wenn sich jemand nach zweiundzwanzig Uhr nicht für die Nachtruhe dort eingetragen hatte, löste er einen komplizierten Mechanismus damit aus, in dessen Abfolge die Nachtschwester erst per Anruf nachprüfte, ob der Betreffende den Eintrag eventuell nur vergessen hatte. Wenn sich niemand meldete, ging sie persönlich zu dem Zimmer, um die Anwesenheit per Augenschein zu überprüfen. Und wenn sie dann niemanden antraf, konnte sich der Kurgast getrost auf etwas gefasst machen, zum Beispiel einen Einlauf von Schwester Margret.

Da es aber erst kurz vor neunzehn Uhr war, freute sich der Fickel auf immerhin drei Stunden in Freiheit, die man allerdings auch nicht überstrapazieren durfte, denn Margret rief ihm hinterher: »Wenn ich Sie noch mal dran erinnern darf: keinen Alkohol und keine Zigaretten!«

Der Fickel ging dennoch sicherheitshalber zu Fuß. Man kann schließlich nie wissen, was so ein Abend bringt, aber vielleicht ahnen. Keine Viertelstunde später befand sich Anwalt Fickel schon mitten im menschenleeren Oberhofer Stadtzentrum mit dem Haus des Gastes, dem Oberen Hof und dem Exotarium. Um diese Zeit saßen die meisten daheim in ihren Stuben und starrten hinaus in den Nebel, andere saßen vor dem Fernseher und guckten Carmen Nebel – oder einfach nur dumm aus der Wäsche, weil der neue Plasmafernseher mal wieder nicht funktionierte.

Ein bisschen kam sich der Fickel vor wie der letzte Mensch. Doch als er kurz hinter Carstens Café-Bistro in die Dr.-Theodor-Neubauer-Straße[15] einbog, änderte sich schlagartig die Szenerie. In der Touristenmagistrale pulsierte das Leben fast wie zu jenen goldenen Zeiten, als Oberhof noch als Inbegriff eines mondänen Gebirgskurortes galt. Hier, ein paar Meter unterhalb des Hotels Panorama, versammelten sich die Nebensaison-, Wander- und Schnäppchenurlauber, um die neueste Outdoorkleidung vorzuführen, Andenken zu shoppen oder einfach nur die Vielfalt der Thüringer Küche zu bestaunen: Rostbrätel mit Bratkartoffeln, Bratwurst mit Bratkartoffeln oder Hausmachersülze mit Bratkartoffeln. Kindergericht: Spiegelei, natürlich mit Bratkartoffeln. Es gab natürlich auch noch andere Gerichte, zum Beispiel italienische, aber die hatten einen schweren Stand.

Während er an den unzähligen Restaurants und Hotels und Pensionen vorbeispazierte, unterbrochen nur von kleinen Geschäften wie dem Bäcker Scheidig oder dem Fleischer Weisheit, lief dem Fickel glatt das Wasser im Munde zusammen angesichts der Gerüche, die von links und rechts auf ihn einströmten. Schließlich hatte er seit seiner Rotwurstmahlzeit auf der Autobahn nicht mehr anständig gegessen. Er beschleunigte seinen Schritt, passierte Haus Vergissmeinnicht, Kauzeneck und Luisensitz, ohne einzukehren, und schon wenig später war durch die Nebelschwaden hindurch die riesige Silhouette des weltberühmten Hotels Panorama mit seiner doppelten Spitze zu erkennen. Ein in jeder Hinsicht erhebender Anblick.

Das ehemalige architektonische Prestigeobjekt, das zwei Rücken an Rücken stehende Skisprungschanzen ästhetisch

15 Nach dem aufrechten Thüringer Antifaschisten benannte Fress- und Flaniermeile mit überragender Gastronomiedichte, insbesondere der weltweit größten Auswahl an Bratwürsten und Rostbräteln.

nachbilden sollte und viele, vornehmlich westdeutsche Touristen eventuell eher an eine Raketenabschussrampe erinnerte, stammte aus einer Zeit, als in Oberhof noch riesige Bettenkapazitäten gefragt und orange getönte Fenster gerade *en vogue* waren, wohlgemerkt nicht nur in der sozialistischen Hemisphäre. Der große Freund und Förderer der Stadt Oberhof, der Staatsratsvorsitzende Walter Ulbricht, hatte seinerzeit Pläne entwickelt, die alte Struktur des Feriendorfes plattzumachen und alles mithilfe des Stararchitekten Hermann Henselmann noch größer und noch schöner wieder aufzubauen. Das mit dem Plattmachen hatte dann so weit auch ganz gut geklappt, aber nach anfänglichen Erfolgen beim Wiederaufbau wurden die Pläne Mitte der Siebzigerjahre kurzfristig geändert. Der neue Staatsratsvorsitzende ging nämlich lieber im Flachland auf die Jagd, zum Beispiel in der Schorfheide.

Der Fickel ließ sich vom Strom der Cluburlauber in die Empfangshalle des Panorama spülen, wo er linker Hand gleich von einem babyblauen Bob mit der Kennzeichnung DDR I empfangen wurde, jenem Modell, das die damalige Weltspitze im Prinzip nur von hinten kannte. Der Fickel betrachtete dieses Schauobjekt einer vergangenen Epoche mit einer gewissen Portion Wehmut, denn leider hatte es für ihn bei den Auswahllehrgängen, wie die Selektion früher hieß, nie für einen Platz in diesem elitären Gefährt gereicht.

Der Fickel drängelte sich mit vollem Körpereinsatz durch die Menschenmasse, die an der Rezeption um ihre Zimmerschlüssel rangelte wie um die letzten Plätze in einem Rettungsboot der Titanic. Vor der Panoramalounge, in dem der Empfang des Bobverbandes stattfinden sollte, befand sich natürlich eine Absperrung. Der Fickel erklärte dem Saaldiener lang und breit, wer er war und weshalb er zu der Gesellschaft unbedingt dazugehörte. Aber der bestand auf einer Einladung, die der Fickel allerdings nicht vorweisen konnte. Erst als der Fickel dem bockbeinigen Kerl seinen Anwaltsausweis unter die Nase hielt und drohte, ihn zu verklagen, und zwar nach dem Diskriminierungsgesetz, durfte er den Saal betreten. Juristisch gesehen natürlich totaler Quatsch, aber so kommt manch Anwalt gut durchs Leben.

Als der Fickel endlich in der Panoramalounge angekommen war, hatte der offizielle Teil des Abends schon begonnen. An den Tischen verteilten sich Ex-Wintersportler aus allen Landesteilen. Einige hochdekorierte WM-Helden und Olympioniken saßen zusammen am »Champion-Tisch«, andere waren gar nicht erst erschienen, weil sie natürlich etwas Besseres zu tun hatten als ihre Zeit mit dem Veteranen-Fußvolk zu verplempern. Der Fickel hielt nach bekannten Gesichtern Ausschau, doch weder entdeckte er den Menzer noch seinen alten Kopiloten Manfred Kornhaß. Offenbar hatten ausgerechnet diese beiden Konsorten sich verspätet.

An den großen Tafeln saßen, streng nach Herkunft beziehungsweise nach Verbänden getrennt, die aktuellen Bobsportler und -sportlerinnen: links die mit Abstand größte Gruppe der bayrischen Athleten sowie ein paar versprengte Sauerländer, rechts die stattlichen Fraktionen der Thüringer und Sachsen. Im Grunde Kalter Krieg. Auch wenn inzwischen Sportler rüber- oder nübermachten, wie es ihnen in den Kram passte, war die Konkurrenz zwischen den Standorten Winterberg, Königssee, Altenberg und Oberhof nach wie vor virulent, um nicht zu sagen: mörderisch.

Unterschwellig spielten dabei kleine Animositäten aus längst vergangenen Zeiten noch eine gewisse Rolle, auch wenn das offiziell niemand zugeben würde, schon gar nicht am Tag der Deutschen Einheit. Überall auf den Tischen standen kleine Fähnchen mit den Bundesfarben, um den feierlichen Anlass optisch würdevoll zu untermalen.

Während der Fickel noch suchend im Saal herumirrte, wurde von den Kellnern bereits in großen Schüsseln der erste Gang des Festessens aufgefahren. Der »kleine Imbiss« entpuppte sich als »Deftiger Wurstgulasch an Kartoffeln«, praktisch aufgewärmtes Letscho[16] mit Jagdwursteinlage. Zwar nicht zu vergleichen mit einem in echtem Schwarzbier marinierten Rostbrätel mit Zwiebelringen, aber immerhin feste Nahrung. Und für den zweiten Gang wurde bereits ein Buffet mit Salaten und kaltem Braten aufgetischt, überwiegend Marke Kassler.

Wenn der Fickel jetzt nicht gewusst hätte, wo er sich hinsetzen sollte, dann hätte ihm schon ein Blick auf die Tischgewohnheiten der Anwesenden einen entscheidenden Hinweis geliefert. Denn an der linken Tafel, wo die Bayern und Sauerländer saßen, wurden die Kartoffeln, wie es sich gehörte, zunächst sorgfältig in kleine, mundgerechte Stücke geschnitten, um sie dann in die Soße zu tunken und anschließend zu verzehren. An der rechten Tafel konnte man hingegen eine ganz andere Technik bewundern: Schließlich hatte man den Sachsen und Thüringern schon im Kindergarten beigebracht, dass man die Soße viel effizienter und

16 Ungarische Paprikatomatenschlunze, für Westdeutsche oft ungenießbar erscheinender, multifunktional einsetzbarer Ketchupersatz.

damit ressourcenschonender vom Teller bekommt, wenn man seine Kartoffeln darin noch bis hin zum letzten Stärkemolekül mit der Gabel zerquetscht, was einem letztlich das noch unfeinere Ablecken des Tellers erspart. Und so gab es im Hotel Panorama auch im dritten Jahrzehnt nach der Einheit immer noch zwei deutsche Esskulturen zu bestaunen: die Kartoffelschnibbler auf der einen und die -quetscher auf der anderen Seite.

An einem Extratisch, praktisch frei zwischen den beiden Tafeln schwebend und diese irgendwo verbindend, hockten die Offiziellen in schöner Eintracht zusammen: der Bundestrainer Dillinger Senior, genannt »Silber-Dilli«, aus Bayern, der sächsische Landestrainer Hans-Uwe Pätzug sowie das Oberhofer Politbüro, vertreten durch GmbH-Chef Panhans und Bürgermeister Bradschetl.

Der Fickel fand endlich einen Platz in der Mitte der rechten Tafel zwischen Sachsen und Thüringern, ein paar Meter entfernt von Ole Storandt, dessen Bekanntschaft er jüngst im Bobschuppen hatte machen dürfen. Links neben ihm saßen sein nicht minder kräftiger Bremser Leyh und zwei weitere Athleten aus dem Vierer, die sich leise miteinander unterhielten. Ganz am Ende der Tafel saß auch Ronald Bradschetl, der Student, der hier etwas verloren wirkte.

Ole Storandt hatte nur Augen für seine Nachbarin zur Rechten – und das konnte der Fickel ihm irgendwo nicht verdenken. Schließlich handelte es sich dabei um keine Geringere als die junge rothaarige Bobathletin, die er selbst am Nachmittag in der Starthalle noch ausgiebig bewundert hatte, unter überwiegend sportlichen Gesichtspunkten natürlich.

Der Fickel war grundsätzlich der Letzte, der anderen ihr Glück nicht gönnte, aber irgendwo auch ein bisschen peinlich, wie der Storandt ganze Wälder an Süßholz raspelte, während das Ziel seiner Aufmerksamkeit eher gelangweilt in eine andere Richtung starrte. Die rothaarige Bobathletin sah in ihrer saloppen Kleidung beinahe noch bezaubernder aus als in ihrem Rennanzug, quasi wie die junge Katharina Witt, nur mit roten Haaren. Mit einer Messerspitze Eifersucht dachte der Fickel: Na guck mal einer an, wenn der Storandt sich beim Training so reinhängen würde wie beim Bezirzen der Trainingskollegin, dann wäre die Laune bei den Verantwortlichen im Saal vielleicht auch ein Stück weit besser.

Denn im Gegensatz zu früheren Feierlichkeiten, denen der Fickel während und nach seiner sportlichen Laufbahn beigewohnt hatte, herrschte in der Panoramalounge gedämpfte, um nicht zu sagen: Grabesstimmung. Im Grunde fast, als wenn einer gestorben wäre. Interessant, was so eine Serie des sportlichen Misserfolgs doch für Auswirkungen hat, dachte der Fickel. Früher waren die Deutschen nicht nur sportlich Spitze, sondern auch beim Feiern – und heute Mittelmaß, wohin man auch blickt.

Andererseits war der Fickel auch froh, an diesem Feiertag wenigstens noch eine halbwegs warme Mahlzeit vorgesetzt zu bekommen. Dazu bestellte er ein Köstritzer und musste sich prompt von der Bedienung anhören, dass nur alkoholfreie Getränke vom Veranstalter übernommen würden. Offenbar hatte die Sportförderung dem Verband der Sotschiversager schon gründlich die Mittel gekürzt. Während die Olympiateilnehmer vom Bobverband mit Selters Vorlieb nehmen mussten, badeten die erfolgsverwöhnten Rodler- und Skispringer*Innen* vermutlich gerade im Champagner, Spitzensport ist schließlich eine knallharte Leistungsgesellschaft.

Irgendwo wurde der Fickel mit fortschreitender Zeit schon ein bisschen sauer, dass der Menzer ihn so mir nichts dir nichts versetzte. Schließlich hatte der ihn ja überhaupt erst auf diese langweilige Veranstaltung bestellt. Dabei wäre der Fickel schon ein bisschen neugierig gewesen, was ihm der Altvordere zu berichten gehabt hätte. Andererseits war er ja zum Kuren hier und nicht, um juristische Ratschläge zu erteilen. Der Fickel überlegte bereits, kurzerhand ein Stück des Kasslers vom Buffet zu entwenden und sich mit der Beute diskret zu empfehlen, aber da erhob sich Bürgermeister Bradschetl geräuschvoll von seinem Stuhl, schlug mit dem Messer gegen sein Glas und räusperte sich ausführlich, bevor er mit seiner denkwürdigen Rede an die »lieben Sportfreunde« begann. Erst einmal unterstrich der Oberhofer Bürgermeister, wie sehr es ihn persönlich berühre, dass man hier so einträchtig beisammensitze, Sportler und Veteranen aus West und Ost, ein Vierteljahrhundert nach der Deutschen Wiedervereinigung – ein einmaliges Symbol, dass nun endlich auch die innere Einheit vor ihrer Vollendung stünde. Da brandete von allen Seiten ein warmer Applaus auf, ob Ex-Dynamo, Ex-ASK oder schon immer auf der richtigen Seite.

Anschließend tat Bradschetl sein Bedauern kund, sich nun einem traurigen Thema zuwenden zu müssen, das er mit dem Hinweis einleitete, sicher hätten ja schon alle von dem Vorkommnis in der Rodelbahn gehört. Aber da waren auch noch einige im Saal, die noch nicht über Twitter oder Facebook vernetzt waren, ewig Gestrige wie der Fickel eben. Und als der jetzt endlich auch die schlimme Neuigkeit erfuhr, dass nämlich die lebende Legende Karl-Heinz Menzer inzwischen zu einer toten Legende aufgestiegen war, da fiel ihm fast das Glas aus der Hand. Natürlich! Die Sirenen, der Hubschrauber, all das fügte sich jetzt in der Erinnerung ganz neu zusammen. Wenn man das geahnt hätte.

Bürgermeister Bradschetl drückte seine tiefste Anteilnahme mit allen Angehörigen und zahlreichen Freunden des Trainers aus und würdigte mit wohlgesetzten Worten Menzers Verdienste sowohl als Aktiver als auch als Verantwortlicher und vor allem als Mensch. Nicht, dass sich das unbedingt ausschließe, aber nicht viele hätten das so gut austarieren können wie der Menzer. Es gab im Saal vor allem an der rechten Tafel nicht wenige, die jetzt in stillem Gedenken eine Träne verdrückten. Der Fickel verdrückte allerdings zunächst den Rest des Wurstgulaschs, erst dann schloss er sich der allgemein vorherrschenden Betroffenheit seiner Umgebung an.

Unfälle in der Bobbahn kamen leider immer wieder vor, doch meistens endeten sie glimpflich – bei den heutigen Sicherheitsstandards war ein Bob fast genauso sicher wie ein Formel-1-Bolide. Dass ein quicklebendiger, mitten im Leben stehender Kerl wie der Menzer vom Tod einfach so hinweggemäht wurde, passte einfach nicht in Fickels Weltbild. Und da begann es in seinem Oberstübchen schon wieder zu rattern. Jetzt erschienen ihm nämlich mit einem Mal die letzten Worte, die der Menzer vorhin an der Bahn an ihn gerichtet hatte, in einem ganz anderen Licht.

»Da stinkt in Oberhof mal wieder was zum Himmel« – so oder so ähnlich hatte sich das einstige Idol der Anschieberbranche ausgedrückt. Und damit hatte er gewiss nicht den Wurstgulasch gemeint.

Bürgermeister Bradschetl versicherte in feierlichem, keineswegs aufgesetztem Tonfall, dass man das Lebenswerk vom Menzer in Ehren halten und nach Möglichkeit fortsetzen werde. Alle Anwesenden seien daher aufgefordert, Oberhof wieder zu dem zu machen, was es einmal war: das Mekka des Wintersports, speziell des auf Kufen ausgeübten. Denn unvergessen: Einst sei dieser stolze kleine Ort am Fuße des Rennsteigs nicht nur das Kitzbühel Thüringens gewesen, sondern auch eine eigene sportliche Großmacht, im Medaillenspiegel auf Augenhöhe mit immerhin doch etwas größeren geografischen Formationen wie den USA oder auch der Sowjetunion.

Bei den Spielen in Sotschi seien die Thüringer sportartübergreifend allerdings nur noch an ganzen vier Medaillen beteiligt gewesen und somit gleichauf mit Schneemuffeln wie den Sachsen oder den Angelsachsen, aber in der Statistik weit abgeschlagen hinter Bergvölkern wie Bayern, Österreichern und, peinlich peinlich, sogar hinter Baden-Württemberg. Vier Medaillen, das müsse man sich mal vorstellen! Dafür hätte zu anderen Zeiten noch ein einziger Biathlet genügt beziehungsweise eine Biathletin.

Der jahrelange schleichende Niedergang der Sportnation Oberhof zehre natürlich am Selbstbewusstsein und -verständnis der Alteingesessenen. Vielleicht hätte die jüngere Generation einfach nicht mehr den Schneid, sondern spiele lieber mit ihren iPhones rum als sich im Training in den anaeroben Bereich zu schinden. Deshalb, betonte Bradschetl aus eigener Erfahrung, sei es immens wichtig, dem Nachwuchs Orientierung zu bieten und ambitionierte Ziele zu setzen. Auch wenn nicht jeder die in ihn gesetzten Erwartungen erfüllen könne. Einige Blicke wanderten jetzt zu Bradschetls Sohn Ronald, der die Rede seines Vaters mit finsterer Miene regungslos verfolgte.

Der Bürgermeister wurde nicht müde zu betonen, wie wichtig das Engagement der Altvorderen für die »gute Sache«, sprich: den Leistungssport, sei und bekräftigte, dies sei auch das Vermächtnis von Karl-Heinz Menzer, dem seine Thüringer Heimat schließlich über alles gegangen sei. Und da geschah es, dass in der bayrischen Ecke jemand einen Hustenanfall simulierte. Bürgermeister Bradschetl ignorierte die Störung und beendete seine Rede mit voller Emphase: »Trotz der widrigen Begleitumstände wünsche ich jetzt allen Anwesenden einen guten Appetit und eine wunderbare Zeit in der erfolgreichsten Wintersportstadt Deutschlands!«

Kaum hatte Bradschetl wieder Platz genommen, brandete Applaus auf, insbesondere an der Thüringer Ecke der rechten Tafel, und interessant: je grauer das Haar, desto größer die Begeisterung. Jetzt fiel dem Fickel auch auf, dass von denjenigen, die jetzt klatschten und wie früher die geballten Fäuste in die Luft warfen, fast jeder einen kleinen Sticker mit der Aufschrift »Oh 2030« trug. Einige von den Älteren akklamierten jetzt im Chor den alten Schlachtruf: »Vorwärts! O-ber-hof! Vor-wärts! O-ber-hof![17]« Ein paar jüngere Athleten, insbesondere die Lokalmatadoren Storandt und Leyh, stimmten ein. Die anwesenden Sachsen, Sauerländer und Bayern trugen es mit Anstand und Fassung. Noch.

Als es im Saal wieder ruhiger geworden war, erhob sich der bayrische Bundestrainer Dillinger Senior von seinem Platz, räusperte sich und hielt nun seinerseits eine Rede auf den Menzer, nur dass er die sportlichen Erfolge etwas weniger rauskehrte, schließlich waren Menzers Erfolge nicht selten zugleich Dillingers Niederlagen gewesen. Überhaupt glaubten einige auf der Thüringer Seite des Saals Krokodilstränen bei Dillinger Senior zu erkennen, schließlich verdankte er seinen Spitznamen »Silber-Dilli« nicht etwa seiner Haarfarbe, sondern den von ihm bevorzugt gewonnenen Medaillen. Selbst einige bayrische Fachleute hatten in Menzer den geeigneteren Bundestrainer gesehen. Das Problem hatte sich nun erledigt.

Dillinger war aber nicht der Typ, der nachkartete. Stattdessen hob er heraus, wie Karl-Heinz Menzer ihm direkt nach seiner Wahl zum Bundestrainer sportlich fair gratuliert und für die Aufgabe viel Glück gewünscht habe. Ein Zeichen menschlicher Größe, nicht nur anatomisch.

Nur besaßen nicht alle Thüringer Veteranen die gleiche menschliche Größe, sodass es an der Stelle sogar ein paar vereinzelte Pfiffe gab. Schließlich ist Landestrainer in Oberhof aus Thüringer Sicht praktisch gleichbedeutend mit Bundestrainer, nur noch besser.

17 Geht auf den alten Vereinsnamen »ASK Vorwärts Oberhof« zurück. Bestrebungen, den Bobclub in »Abwärts Oberhof« umzubenennen, waren nicht von Erfolg gekrönt.

Außerdem war es schon lange kein Geheimnis mehr, dass es in gewissen Sportverbänden inzwischen ungefähr so demokratisch zuging wie damals in der Volkskammer, praktisch gleichgeschaltet. Das konnten die Bayern wiederum so nicht stehen lassen. Aber wie der kleine Disput dann eskalierte, das kam schon für alle überraschend, insbesondere für den Fickel.

Leider war der Silber-Dilli im Reden auch nicht flotter als früher mit seinem Bob, sodass sich im Saal bald eine gewisse Schläfrigkeit einstellte. Doch als der Bundestrainer endlich seine Rede beendet hatte, stand Ole Storandt auf und hob sein Glas: »Auf den mehrfachen Olympiasieger Karl-Heinz Menzer!«

Das war natürlich wieder ein kleiner Seitenhieb gegen Silber-Dilli, denn auf den aktuellen Bundestrainer würden sicherlich viele Attribute zutreffen, nur nicht Olympiasieger. Die Thüringer erhoben sich bereitwillig, ebenso die Sachsen, schließlich auch die Sauerländer und zuletzt auch die Bayern und leerten ihre Gläser, soweit sich noch etwas darin befand.

Irgendwo fühlte sich jetzt aber Dillinger Junior offenbar gedrängt, eine Lanze für seinen Vater brechen zu müssen, und posaunte in den Saal, dass es schon bemerkenswert sei, dass der Oberhofer Stützpunkttrainer ausgerechnet von seinem eigenen Betthupferl niedergekachelt worden sei. »Des is wieder tüppisch.«

Als der Fickel aber hörte, von welchem Betthupferl da die Rede war, bekam er natürlich spitze Ohren wie Mister Spock persönlich, denn dass Mandy Kornhaß ausgerechnet mit dem Menzer eine Affäre gehabt haben sollte, hatte sein

Mandant beim Scheidungstermin neulich offenbar vergessen zu erwähnen. Denn selbst bei wohlwollender Auslegung war es irgendwo schon ein bisschen merkwürdig, wenn der gehörnte Bahnchef an der Ampel vor lauter Hörnern ausgerechnet seinen Nebenbuhler in der Bahn übersieht. Da fragte man sich als kritischer Geist natürlich: Wie kann das nur passieren?

Ein besonders vorlauter Zwischenrufer aus der bayrischen Ecke ließ sich sogar zu der Bemerkung hinreißen, es sei sowieso langsam an der Zeit, dass die marode Oberhofer Todespiste endlich dichtgemacht werde.

»Dass wir in Deutschland vier Boahnen hoam, is' eh oan Schmarrn«, stimmte Dillinger Senior zu. »Wos des allein kostet!«

Da musste er sich von den Thüringern natürlich entgegenhalten lassen, dass Silber-Dilli ja ruhig die Bahn am Königssee stilllegen könne, wenn es ihm zu viele Bahnen im Lande gab. Aber das wollte er auch wieder nicht.

»Wenn euch unsere Piste zu gefährlich ist, könnt ihr ja wieder vom Damenstart losfahren«, rief Ole Storandt den Bayern zu und erntete großes Gelächter im Saal, zumindest bei den Thüringern. Die Sachsen lachten etwas leiser.

Jetzt konnte man genau beobachten, wie die Diskussion langsam unsachlich wurde. Sauerländer, Thüringer, Sachsen und Bayern rechneten einander vor, wer wann mit welchen Mitteln wie viele Medaillen gewonnen und wer wem wie oft die Hinterkufen gezeigt hatte. Rechnungen bis zurück in die Steinzeit wurden aufgemacht beziehungsweise Eiszeit. Besonders die Berchtesgadener und die Oberhofer Veteranen taten sich beim Krakeelen hervor.

Wer genau angefangen hatte, die Streitfragen mittels physischer Gewalt entscheiden zu wollen, ließ sich später nicht mehr genau feststellen. Sicher ist, dass ab einem bestimmten Zeitpunkt erst ein paar Injurien zwischen den Thüringern und den Bayern ausgetauscht wurden, namentlich zwischen den Topfahrern Dillinger Junior und Ole Storandt flogen die Funken. Und einer dieser Funken muss irgendwann ein Munitionsdepot getroffen haben. Jedenfalls prasselte es plötzlich Fäuste, zunächst zwischen Oberhof und dem numerisch unterlegenen Berchtesgaden, das aber rasch tatkräftige Unterstützung aus Winterberg erhielt. Da konnten die Erzgebirgler natürlich nicht zurückstehen und warfen sich ebenfalls ins Getümmel, jedoch ohne eine der beiden Parteien besonders zu bevorzugen.

Denn was man andernorts vielleicht nicht so auf dem Schirm hat: Identitätsmäßig klafft zwischen Altenberg und Oberhof im Prinzip ein mindestens ebenso tiefer Graben wie zwischen ihnen und den anderen beiden Standorten, schließlich waren Dynamo und ASK nie die dicksten Freunde gewesen, vorsichtig ausgedrückt. Viele gestandene Oberhofer hatten nämlich nicht vergessen, dass sie früher mit der Rodelbahn ein Alleinstellungsmerkmal besessen hatten und nur durch Intervention von Staatssicherheitsminister Mielke in Altenberg eine Bahn für die Polizeibehörden hingeklotzt worden war. Praktisch unlautere Konkurrenz.

Jetzt zeigte sich, dass bei dem einen oder anderen Veteranen noch ein klitzekleines Ressentiment aus früheren Zeiten hängen geblieben war. Die Emotionen kochten hoch. »Scheiß Dachse[18]« schallte es aus der sächsischen Ecke, »Stasiknechte« donnerte es aus Thüringen zurück.

Kurz darauf konnte man überwiegend grau melierte ehemalige Angehörige der bewaffneten Organe der DDR beobachten, die einerseits aufeinander und zugleich gemeinsam auf den ehemaligen Klassenfeind aus dem Westen einprügelten. Um das Bratenbuffet war es bereits geschehen, und auch der Nachtisch wurde jetzt als Wurfgeschoss serviert. Ehe man sichs versah, war die schönste Saalschlacht im Gange. Bayern, Sachsen, Sauerländer und Thüringer schlugen in der Panoramalounge fröhlich aufeinander ein wie im schönsten Italo-Western. Und das ausgerechnet am Tag der Deutschen Einheit.

Der Fickel indes war rechtzeitig unter einem Tisch in Deckung gegangen und löffelte eilig sein Dessert aus, eine köstliche rote Grütze mit Vanillesoße. Die Thüringer behaupteten sich auch ohne sein Zutun, und mit seinem schlimmen Rücken wäre er bei der Keilerei sicher auch keine große Hilfe gewesen. Der Fickel war natürlich im Grunde kein Hasenfuß, sondern – obwohl früher beim Armeesportklub – vom Ergebnis her eher Pazifist. Und als Anwalt vertrat er natürlich irgendwo auch das Gesetz, selbst wenn er sich damit nicht so gut auskannte. Das Recht des Stärkeren war seine Sache jedenfalls nicht. Immerhin war er da auch nicht der Einzige. Aus seiner Deckung heraus konnte der Fickel beobachten, wie der junge Bobdesigner Ronald Bradschetl aufrecht die Veranstaltung verließ, als ginge ihn das alles nichts an, während sein Vater wenige Meter weiter inzwischen griechisch-römisch mit dem Dillinger senior rang.

18 Pejorativ für frisch eingezogene NVA-Angehörige, wahlweise auch für ASK-Mitglieder.

Der Oberhofer Anschieber Leyh und sein bayrischer Kollege Unterhuber versuchten, sich gegenseitig den Daumen ins Auge zu stechen, eine Sächsin und eine Bayerin trachteten danach, sich gegenseitig auszuhebeln. Aus den Augenwinkeln beobachtete der Fickel, wie sich die rothaarige Bobfahrerin Rücken an Rücken mit Ole Storandt gegen zwei Angreifer verteidigte, eine echte Thüringer Jeanne d'Arc. Doch dann geriet Storandt in eine Rauferei mit seinem direkten bayrischen Konkurrenten Dillinger Junior hinein und wurde vom allgemeinen Gewühl davongetragen.

Der Gegner der Rothaarigen ließ von ihr ab, doch jetzt wurde sie gleich von zwei kräftigen sauerländischen Bobfahrerinnen, walküreartigen weiblichen Kampfmaschinen, attackiert. Nach seiner letzten Erfahrung mit der wütenden Boblady im Amtsgericht Meiningen war der Fickel keineswegs in der Stimmung für eine Heldentat. Andererseits war es eine einmalige Gelegenheit, sich als Gentleman und Ritter zu erweisen. Die Rothaarige wurde von den beiden Walküren in die Zange genommen. Während die eine die Arme festhielt, zog die andere an den wundervollen langen roten Haaren. Das konnte der Fickel unmöglich durchgehen lassen, Pazifismus hin oder her.

Wild entschlossen krabbelte er unter seinem Tisch hervor und begab sich mitten hinein ins Kampfgeschehen, ohne dabei recht auf Deckung zu achten.

»Aber meine Damen, ich bitte Sie«, versuchte er beschwichtigend auf die Walküren einzuwirken. Aber plötzlich tauchte Arnie Schwarzenegger vor dem Fickel auf, genauer gesagt der bayrische Terminator. Und schwuppdiwupp – schon hatte er die mächtige Faust vom Unterhuber am Kinn und dann gleich eine zweite am Schädel. Es schepperte gewaltig, in Fickels Kiefer knackte es beunruhigend, und um ihn herum wurde es schwarz.

Als Nächstes erinnerte sich der Fickel, wie er auf der Schulter eines einzelnen Menschen aus dem Getümmel herausgeschleppt wurde, Antikriegsfilm nichts dagegen. Zunächst hatte er dabei mit Orientierungsproblemen zu kämpfen. Erstens wird man ja nicht jeden Tag k.o. geschlagen, zweitens war es schon ein paar Jahrzehnte her, dass er so auf den Schultern durch die Gegend getragen worden war, praktisch Gesicht an Gesäß.

Wie war das überhaupt physikalisch zu erklären? Gut zwei Zentner, zuletzt gemessen vor vier Jahren auf der historischen Personenwaage am Meininger Bahnhof, verteilt auf knapp zwei Meter Körpergröße sind gar nicht so ohne Weiteres zu stemmen, nicht mal für einen voll im Saft stehenden Bobanschieber. Aber dem Träger schien sein Gewicht nicht viel auszumachen. Beschleunigten Schrittes brachte er den Fickel aus der Gefahrenzone und legte ihn auf einem Tisch zwischen Wurstgulaschschüsseln ab. Jetzt erst sah der Fickel, wem er seine Rettung aus der brizzeligen Situation zu verdanken hatte, und zwar niemand anderem als der ebenso zierlichen wie bezaubernden Jeanne d'Arc, die sich besorgt über ihn beugte.

»Geht's wieder?«, erkundigte sie sich besorgt.

Der Fickel bejahte, so gut es ihm mit seinem Brummschädel möglich war. Er zog ernsthaft in Betracht zu träumen, doch dafür waren die Schmerzen im Kiefer eindeutig zu stark.

»Der Unterhuber hat Sie voll erwischt«, erklärte Fickels

Retterin und betrachtete ihn genauer. »Ihr Auge sieht echt nicht gut aus.«

Erst jetzt bemerkte der Fickel, dass er überhaupt nur aus dem linken Auge etwas sah. Das rechte war schon in der kurzen Zeit völlig zugeschwollen. An den zweiten Treffer konnte er sich nicht einmal mehr erinnern.

»Warten Sie mal«, befahl die junge Frau und verschwand Richtung Küche. Kurz darauf kam sie mit einer Zwiebel zurück und presste sie dem Fickel auf das Auge. Aber das war irgendwo auch kontraproduktiv.

»Tut es doll weh?«, fragte die Rothaarige eher interessiert als mitfühlend. »Sie heulen ja!«

»Das ist nur wegen der Zwiebel«, erklärte der Fickel. Die Rothaarige nickte. »Halb so wild«, erklärte sie. »Ich bin übrigens Svenja. Du kannst Du zu mir sagen.«

»Angenehm«, meinte der Fickel und meinte damit ausdrücklich nicht die Zwiebel in seinem Auge.

»Was hattest du eigentlich vor?«, erkundigte sich Svenja. Aber das war dem Fickel jetzt doch ein wenig unangenehm, dass er ursprünglich eigentlich seine Retterin hatte retten wollen. Welch größenwahnsinniges Unterfangen! Der Fickel betrachtete staunend den schmächtig wirkenden Körper, der eben sein gesamtes Körpergewicht geschultert hatte. Wie war das möglich? Vielleicht hatte er ja abgenommen.

»Ich wollte nur einem Kumpel beispringen«, behauptete er. Plötzlich stand Ole Storandt hinter der Rothaarigen. Er hatte Nasenbluten, wirkte aber amüsiert.

»Ach hier steckst du, ich hab mir schon Sorgen um dich gemacht.«

Er legte besitzergreifend seinen Arm um Svenjas Schultern und zog sie weg vom Fickel, ohne diesen weiter zu beachten. »Dem Dillinger hab ich eine eingeschenkt«, erklärte er zufrieden.

Svenja nickte dem Fickel zum Abschied zu. »Pass das nächste Mal besser auf dich auf!«

Ehe der Fickel sie diesbezüglich beruhigen konnte, waren die beiden wieder im Getümmel verschwunden. Die Kampfgeräusche hatten ein wenig nachgelassen, hier und da wurde mit Servietten oder Tischtüchern Blut gestillt. Eine Schar Hotelangestellter stürzte herein und versuchte, die restlichen Kombattanten zu trennen. In Anlehnung an das zerstörte Bratenbuffet sollte die handfeste Auseinandersetzung zwischen Sauerländern, Bayern, Sachsen und Thüringern wenig später als die »Schlacht an der Schlachteplatte« in die Annalen des Sports eingehen.

Als sich der Rauch gerade etwas verzogen hatte, stand auf einmal Bahnchef Manfred Kornhaß mitten im Raum. Seine Trainingshose hing in den Kniekehlen. Er hielt eine Flasche Rennsteigtropfen in der Hand und hatte sichtlich Schlagseite. Kornhaß versuchte, sich an den letzten Geplänkeln der Rauferei zu beteiligen, richtete aber wegen seines Zustandes keinen Schaden an.

»Kommt doch her, oder habt ihr etwa Angst vor mir?!«, rief er, begleitet von einem irren Lachen. »Ich bin nämlich der Bobmörder!«

Mit einem Schlag verstummte auch der letzte Schlachtenlärm. Alle blickten zum Kornhaß, zum Teil fragend, zum Teil vorwurfsvoll oder noch schlimmer: mitleidig.

»Hört jetzt mal alle her! Ich hab den Menzer auf dem Gewissen«, lallte der Kornhaß und fügte mit drohender Stimme hinzu: »So geht es jedem, der mir die Mandy wegnehmen will. Habt ihr verstanden, was ich euch sage?«

Jeder im Saal hatte es verstanden. Leider. Er schlug mit der Flasche um sich, dass ein paar der Leute zurückweichen mussten. Die Menge gaffte nun mit offener Abscheu auf den Betrunkenen im Trainingsanzug. Erstaunlich: Eben noch hatten sie sich selbst die Köpfe eingeschlagen, jetzt waren sie wieder vereint in der Ablehnung eines Zivilisationsbruchs.

»Ich werd's euch allen noch zeigen«, keuchte Manfred Kornhaß. »Ihr Arschgeigen!«

Spätestens jetzt war es Fickels heilige Pflicht als Anwalt, seinen Mandanten von weiteren Volksreden abzuhalten. Immer noch ein bisschen benommen und wackelig auf den Beinen bewegte sich Diplomjurist Fickel auf den Kornhaß zu.

»Komm, Manfred, Feierabend«, sagte er. Der Kornhaß sah den Fickel aus wässrigen, blutunterlaufenen Augen an.

»Da ist ja schon mein Anwalt«, rief er aus. »Mein einziger Freund!«

Dass die Worte »Anwalt« und »Freund« in einem Satz ausgesprochen wurden, kam schon selten genug vor. Dem Fickel war es direkt ein bisschen unangenehm, derart im Mittelpunkt zu stehen. Er klopfte dem Sportkameraden beruhigend auf die Schulter.

»Warum bist du denn nicht rangegangen? Ich habe x-mal versucht, dich anzurufen«, brummte der Kornhaß. Aber der Fickel hatte sein Hightechhandy von vor acht Jahren natürlich vorhin in der Zelle der Kurklinik vergessen.

»Komm, Manfred, wir gehen«, schlug er vor. »Dann erzählst du mir alles in Ruhe.« Manfred Kornhaß wurde plötzlich zahm wie ein dressierter Gorilla und ließ sich vom Fickel widerstandslos aus der Panoramalounge führen. Ole Storandt, sein Anschieber Leyh und Svenja eilten ihnen hinterher.

»Wir bringen ihn mit meinem Wagen nach Hause«, erbot sich Ole Storandt. Als sie gemeinsam die Treppe hinabgingen, wandte er sich an den Fickel. »Sorry, dass ich vorhin so misstrauisch war. Wie du auf den Unterhuber los bist – alle Achtung.«

Und obwohl sich der Fickel an seine Heldentat partout nicht erinnern konnte, sah er im Moment keinen Anlass für übergroße Bescheidenheit und behielt für sich, dass er mitnichten vorgehabt hatte, auf irgendjemand loszugehen, schon gar nicht auf den bayrischen Terminator.

»Ich will nicht ins Gefängnis«, murmelte Kornhaß mit trunkener Weinerlichkeit, als ihn Storandt und Leyh ins Auto schoben.

Svenja blickte erschrocken zum Fickel. »Muss Manfred etwa ins Gefängnis?«

Der Fickel hatte nicht die leiseste Ahnung, was den Stand der Ermittlungen anbetraf, aber das hielt ihn nicht davon ab, eine kurze Expertise abzugeben: Was auch immer man dem Bahnchef im Zusammenhang mit dem Ableben vom Menzer vorwarf, es konnte sich praktisch ja höchstens um Fahrlässigkeit handeln, eine kleine Unaufmerksamkeit, strafbar nach Paragraf 222 StGB. Leicht zu merken, weil Schnapszahl. Mit einem Anflug von Selbstüberschätzung und/oder Größenwahn fügte Diplomjurist Fickel hinzu, er werde es schon zu verhindern wissen, dass sein ehemaliger Sportkamerad für so ein Kavaliersdelikt hinter schwedische Gardinen müsse.

Svenja lächelte erleichtert und Ole Storandt blickte den Fickel staunend an.

»Bist du echt Anwalt?«, fragte er ungläubig.

»Sozusagen«, erklärte der Fickel ausweichend.

»Siehst gar nicht so aus«, meinte Storandt und es klang aus seinem Mund fast wie ein Kompliment. »Falls du morgen Abend noch nichts Besseres vorhast, dann komm doch ins Kufenstübchen. Da treffen sich ein paar Leute und überlegen so rum, wie das hier alles weitergeht und so.«

Der Fickel verstand nur Bahnhof. »Wie *was* weitergeht?«

»Na, mit allem …«, erwiderte Ole Storandt und machte eine große Geste, die alles rundherum mit einschloss. Nur, der Fickel war immer noch nicht viel schlauer.

»Ich komme auch«, sagte die Rothaarige, und guck mal einer an: Da brauchte der Fickel keine Extraeinladung mehr.

»Okay, aber ohne Schlägerei, wenn's geht«, erklärte er nur scheinbar scherzhaft. Schließlich war er immer noch Pazifist.

Der Storandt lachte gutmütig. »Nichts für ungut!«

Zur Bekräftigung schlug er dem Fickel auf die Schulter, just auf dieselbe Stelle wie vor wenigen Stunden der Menzer, sodass der Fickel neben dem gequetschten Auge und dem angeknacksten Kiefer auch einen schmerzenden Oberarm davontrug und später, nachdem er sich gerade noch pünktlich in das Etagenbuch eingetragen hatte, in seiner Zelle nur auf der rechten Seite einschlafen konnte.

Seinen ersten Tag bei der Kur hatte er sich weiß Gott anders vorgestellt.

VI

Oberstaatsanwältin Gundelwein war heute noch früher in ihrem Büro erschienen als sonst. Sie hatte sich am Bahnhofskiosk, der schon oder noch geöffnet hatte, eine Zeitung besorgt und sich den stärksten Kaffee zubereitet, den die Maschine in der Gemeinschaftsküche hergab. Dann legte sie ihre rekordverdächtig langen Beine auf den Schreibtisch und blätterte gelangweilt in den Seiten des regionalen Boulevardblatts, das voller Berichte über den gestrigen Feiertag war.

Nach der überraschenden Begegnung mit Peter Kminikowski beim Einheits-Gottesdienst war die Gundelwein auf schnellstem Wege ins Hotel zurückgekehrt und hatte auf dem schmalen Schreibtisch ein paar liegen gebliebene Akten bearbeitet, die sie vorsorglich mitgenommen hatte. Leider hatte sie sich nicht wie gewohnt auf ihre Arbeit konzentrieren können. Die Unterredung mit ihrem Chef Siebenthaler und die Begegnung mit Kminikowski hatten sie mehr aufgewühlt, als sie selbst dachte. Zum Glück hatte sie ihren Badeanzug eingepackt.

Am späteren Nachmittag, wenn Familien mit Kindern und Jugendlichen erfahrungsgemäß langsam den Heimweg antraten, hatte sich die Gundelwein ein Ticket für die Roland-Matthes[19]-Schwimmhalle gekauft, um in dem großzügigen Fünfzig-Meter-Becken möglichst ungestört ihre zweitausend Meter abzuspulen. Sie fühlte sich gut in Form und hegte die unbestimmte Hoffnung auf ein Duell mit dem ehemaligen DHfK[20]-Schwimmer Kminikowski, doch der hatte am Feiertag offenbar andere Verpflichtungen.

Nachdem sie sich gründlich ausgepowert hatte, hatte sie sich – da sie sich schon einmal in einer Stadt mit einem eigenen Programm-Lichtspieltheater befand – den unbeschreiblichen Luxus gegönnt, eine Kinovorstellung zu besuchen, und einen amüsanten Film über die erste deutsche Bankräuberin gesehen, die die machistische Spießerwelt der Bundesrepublik in den Sechzigern aufgemischt hatte. Auch wenn die Straftaten im Film nicht ausdrücklich gutgeheißen wurden, kamen die Ermittlungsbehörden in der Geschichte mal wieder nicht besonders gut weg. Die Polizisten – alles Deppen. Aber da es sich ausschließlich um trottelige männliche Beamte handelte, die von einer sich emanzipierenden Frau vorgeführt wurden, hatte die Oberstaatsanwältin ausnahmsweise nicht das Geringste daran auszusetzen gehabt.

Nach dem Kino waren die Zuschauer wie auf Befehl in alle Richtungen auseinandergestoben, praktisch Massenflucht. Die Gundelwein hatte ihrerseits allerdings noch keine rechte Lust verspürt, in ihr winziges Hotelzimmer zurückzukehren. Immerhin: Wann hatte man schon mal die Auswahl zwischen mehreren Bars, die nach zweiundzwan-

19 Erfolgreichster Rückenschwimmer aller Zeiten vom SC Turbine Erfurt. Siebenmaliger DDR-Sportler des Jahres, erster Ossi in der »*Hall of Fame* des deutschen Sports«.

20 Deutsche Hochschule für Körperkultur in Leipzig, der angeschlossene Club gilt als erfolgreichster der Sportgeschichte, aber nur, weil in Oberhof überwiegend Wintersport betrieben wurde.

zig Uhr noch Getränke ausschenkten? In Meiningen wurden nach achtzehn Uhr die Bürgersteige hochgeklappt, dagegen schien Erfurt direkt zu flirren.

Andererseits wurde das Nachtleben zwischen Dom und Krämerbrücke überwiegend von Studenten dominiert, die zudem überwiegend paarweise unterwegs waren. Die Gundelwein hatte sich in eine gut besuchte Cocktailbar gesetzt und zwei Gläser Aperol Spritz getrunken. Am Vormittag hatte sie in einem Gespräch belauscht, dass dieser Laden ein beliebter Treffpunkt für Mitarbeiter der Staatskanzlei war. Doch davon war leider nicht viel zu spüren.

In der Bar saßen überwiegend Frauen in kleinen Grüppchen zusammen und giggelten, von bunten Getränken befeuert, lautstark und ordinär über ihre Freunde oder nicht anwesende Kolleginnen. Das veranlasste die Gundelwein, darüber zu sinnieren, was eigentlich mit den Thüringer Männern geschah, wenn sie dreißig wurden. Wahrscheinlich mutierten sie zu Würsten. Aber wenn es denn wenigstens Riesenrostbratwürste wären, wie sie auf dem Erfurter Domplatz angepriesen wurden, und nicht solche Partywürstchen, wie man sie im halben Dutzend auf den Teller bekam!

Die Gundelwein machte sich nichts vor. Die Aussichten, einen ledigen Mann, möglichst Akademiker, um die vierzig zu finden, der wenigstens annähernd so groß war wie sie, sprich: mindestens einen Meter neunzig, lieber noch ein paar Zentimeter mehr, waren im eher dünn besiedelten Südwestthüringen nicht besonders groß. Insgesamt war Meiningen für die Ambitionen der Gundelwein im wahrsten Sinne des Wortes einfach zu klein. Schon hier in Erfurt wehte eine andere Luft, fast großstädtisch. Die Oberstaatsanwältin brauchte dringend einen Fall, mit dem sie sich profilieren konnte, auf gut Deutsch: einen Karriere-Booster.

In der Nacht hatte sie noch lange wach gelegen, anscheinend hatte sich ihre Fantasie am Alkohol entzündet. Die Begegnung mit Peter Kminikowski spukte plötzlich wieder in ihrem Kopf herum. Eine erste Internetrecherche über das Logo »Oh 2030« war nicht sehr ergiebig ausgefallen. Auch auf der Onlinepräsenz des Innenministers tauchte der ehemalige Landrat noch nicht auf. Doch so selbstsicher, wie er sich ihr gegenüber aufgeführt hatte, war es so gut wie sicher, dass er längst im Verborgenen die Strippen zog. Woher nahm dieser Kerl bloß das Selbstbewusstsein hinsichtlich seiner Wirkung auf Frauen? Noch schlimmer, dass er diese Wirkung tatsächlich selbst bei ihr noch hervorrief, halbkriminelle Vergangenheit hin oder her.

Als die Müdigkeit sich endlich anschickte, sie zu übermannen, wurde die Oberstaatsanwältin durch explizite Geräuschemissionen vom Schlafen abgehalten. Ausgerechnet im Zimmer direkt über ihr hatte sich offenbar ein ebenso liebeshungriges wie extrovertiertes Paar eingemietet, Damentennis nichts dagegen.

Als die beiden endlich ausgestöhnt hatten und die Gundelwein eingeschlafen war, träumte sie davon, wie sie sich eine blonde Perücke und eine Sonnenbrille aufsetzte, mit gezogener Waffe in eine Bankfiliale eindrang und einen Mann im grauen Anzug am Schalter bedrohte, der verdächtige Ähnlichkeit mit Peter Kminikowski hatte. Als die Polizei anrückte, nahm sie ihn als Geisel mit auf die wilde Hatz.

Im Traum hatte sich der Gedanke irgendwo aufregend,

prickelnd, ja fast erregend angefühlt, aber als sie erwachte, erschien das Abenteuerliche als eine Verkettung mehrerer Straftaten: §250 StGB. Schwerer Raub, Freiheitsstrafe nicht unter drei Jahren, dazu Geiselnahme nach §239b StGB. Sollten andere ihren Spaß an Verbrechen haben, der Job der Gundelwein war es, ihnen dafür die Rechnung zu präsentieren. Um wieder in den Schlaf zu finden, griff die Oberstaatsanwältin nach einer Akte.

Gegen fünf Uhr in der Früh war auch das Paar in dem Zimmer über der Gundelwein wieder wach geworden und hatte sofort da angeknüpft, wo es vor wenigen Stunden aufgehört hatte, praktisch Wiedervereinigung.

An Schlaf war unter diesen Umständen ohnehin nicht mehr zu denken gewesen. Kurz entschlossen war die Oberstaatsanwältin aufgestanden, hatte ihre obligatorischen hundert morgendlichen Sit-ups erledigt, kalt geduscht und war einigermaßen erfrischt in ihren kleinen roten Flitzer gestiegen, um sich wieder auf den Rückweg Richtung Meiningen zu begeben.

Ausgerechnet als sie den Tunnel am Fuße Oberhofs passierte, brachten sie in den Nachrichten eine Meldung, dass am gestrigen Feiertag ein Bobtrainer in Oberhof auf tragische Weise tödlich verunglückt sei. Den Bruchteil einer Sekunde lang hatte die Gundelwein den Impuls gespürt, von der Autobahn abzubiegen und sich den Ort des Geschehens aus der Nähe anzusehen. Erst der Selbstmord des jungen Sportlers vor einigen Wochen und jetzt ein tödlicher Unfall in der Rodelbahn? Doch der Nachrichtensprecher hatte nichts von einer Beteiligung Dritter oder gar polizeilichen Ermittlungen erwähnt. Daher hatte sich die Oberstaatsanwältin entschlossen, einstweilen weiterzufahren, um sich erst ein Bild von der Sachlage zu verschaffen.

Auf dem Flur waren Schritte zu hören. Vorsichtshalber nahm die Gundelwein ihre Beine vom Schreibtisch. In der Lokalzeitung fand sie über den Unfall weitere, allerdings spärliche Informationen. Eine beteiligte Bobpilotin war ins Krankenhaus eingeliefert worden. Zugleich stand unter »Vermischtes«, dass es im Hotel Panorama bei einem Empfang des Bobverbands zu Tumulten zwischen einzelnen Landesverbänden gekommen war. Gundelweins durchtrainierter Bauch sagte ihr, dass es zwischen den beiden Vorfällen einen Zusammenhang gab.

Um Punkt neun Uhr griff sie zum Hörer und wählte die Nummer des Kriminalrats.

»Recknagel?«, meldete sich der andere. Man hörte deutlich das Geräusch des fahrenden Autos. Bürokernzeit galt bei der Kripo anscheinend nicht viel. Die übliche Schlamperei.

»Oberstaatsanwältin Gundelwein. Ich würde Sie gern sprechen. Sofort!«

Kriminalrat Recknagel war gerade auf dem Weg zur Arbeit, als ihn der Anruf der Oberstaatsanwältin erwischte wie eine Ohrfeige, die man nicht hat kommen sehen. Schon am Ton der Oberstaatsanwältin hörte er, dass sie unter Druck stand, gewissermaßen Ermittlungsdruck. Bevor er an ihre Tür klopfte, atmete er noch einmal tief durch. Diese Person hatte etwas an sich, das ihn irgendwie stresste. Er war fest gewillt, sich heute nicht stressen zu lassen.

»Schön, dass Sie *endlich* da sind«, begrüßte ihn die Gundelwein. Ein Blick auf die Uhr bezeugte: Es war zehn nach neun. Der Recknagel blieb ganz entspannt.

»Ich war gerade auf dem Weg zum Krankenhaus nach Dreißigacker«, flunkerte der Kriminalrat ruhig, denn streng genommen konnte ihm die Oberstaatsanwältin: gar nichts. »Die Bobfahrerin, die gestern ihren Trainer über den Haufen gefahren hat, ist jetzt vernehmungsfähig.«

»Sehr gut«, antwortete die Gundelwein. »Da komme ich doch gleich mit. Wie ist denn der Stand der Ermittlungen?«

Und schon war es passiert: Der Kriminalrat war gestresst. Er hätte jetzt gern eine Diskussion über die Kompetenzen und die Aufgabenverteilung innerhalb der Ermittlungsbehörden geführt, aber er wusste genau, dass er am kürzeren Hebel saß. Die Staatsanwaltschaft war gemäß Paragraf 161 Strafprozessordnung leider befugt, »von allen Behörden Auskunft zu verlangen und Ermittlungen jeder Art entweder selbst vorzunehmen oder durch die Behörden und Beamten des Polizeidienstes vornehmen zu lassen«. Genau aus diesem Grund nannte man sie eben auch die »Herrin des Ermittlungsverfahrens«. Und irgendwo passte die Bezeichnung auch auf die Gundelwein – mehr Herrin als Frau.

Mit wenigen Worten erläuterte Recknagel der Oberstaatsanwältin seine Feststellungen in der Rodelbahn. »Sie gehen also von einem Unfall aus?«, erkundigte sich die Gundelwein.

»Spricht alles dafür«, bestätigte der Recknagel. »Der Bahnchef hatte nur 0,8 Promille Alkohol im Blut.«

»Nur? Für eine Anklage wegen Fahrlässigkeit reicht das allemal.«

»Aber nur, wenn er den Unfall auch verursacht hat«,

schränkte der Kriminalrat ein. »Bis jetzt liegen uns noch keine Erkenntnisse oder Zeugenaussagen vor, die bestätigen, dass die Ampel am Start auf Grün war.«

»Das werden wir ja gleich sehen«, sagte die Oberstaatsanwältin. »Je nachdem, was die Zeugin zum Tatbestand aussagt …«

Der Kriminalrat nickte resigniert, während die Gundelwein ihr Büro abschloss.

»Haben Sie mal drüber nachgedacht, ob es einen Zusammenhang zwischen dem Fall Daniel Krech und dem Tod von Karl-Heinz Menzer geben könnte?«, fragte die Gundelwein auf dem Weg zum Parkplatz.

»Natürlich habe ich das in Erwägung gezogen«, erwiderte Recknagel zurückhaltend.

»Und?«

»Ich halte die Vorstellung, dass jemand gezielt Jagd auf Angehörige des Bobteams macht, ehrlich gesagt für ein wenig abwegig.«

»So?« Die Gundelwein musterte ihn streng. »Haben Sie wenigstens den Träger der verbliebenen DNA-Spur vom Fall Krech inzwischen gefunden?«

Der Kriminalrat verneinte seufzend. »Wir haben mehr als zweitausend männliche Personen getestet, praktisch das gesamte Sportlerteam, sämtliche Betreuer, Polizeischüler, Lehrkräfte und Angestellte, die Zugang zum Bildungszentrum haben. Leider war der Richtige noch nicht dabei.«

»Mysteriös, finden Sie nicht?«, erwiderte die Oberstaatsanwältin.

Vielleicht war es ja auch gar nicht so verkehrt, ein bisschen Verantwortung abzugeben, dachte der Kriminalrat bei sich, als er mit der Gundelwein auf dem Beifahrersitz in seinem übermotorisierten Dienstwagen die Henneberger Straße Richtung Dreißigackerer Hochebene hinaufkurvte. Dann musste man sich später wenigstens keine Ermittlungsfehler vorwerfen lassen.

»Können Sie das Gedudel nicht ausmachen?«, fragte die Oberstaatsanwältin genervt. In Thüringens Hitradio Nummer eins lief gerade Recknagels Lieblingslied: »Im Wagen vor mir fährt ein junges Mädchen …«

»Tut mir leid, in unserer Behörde sind wir angehalten, den Verkehrsfunk immer anzulassen«, erklärte der Kriminalrat mit Unschuldsmiene. Dass der Verkehrsfunk überwiegend Schlager und Volksmusik spielte, war schließlich nicht sein Problem.

»Rattan, rattan, radadadatan …« Ganz sachte trommelte Recknagel den Takt mit seinen Fingern auf dem Lenkrad mit. Die Gundelwein stöhnte und fuhr mit dem Sitz noch weiter zurück, streckte ihre langen Beine aus und schloss die Augen, wie um zu meditieren.

Als der Kriminalrat ein paar Minuten später vor dem Krankenhaus einparkte und den Motor abstellte, rührte sie sich immer noch nicht. Ihr Mund war leicht geöffnet, der Atem ging gleichmäßig. Wie hatte sie es nur geschafft, bei dem Lärm und in so kurzer Zeit einzuschlafen? Für einen Moment überlegte der Kriminalrat, die Oberstaatsanwältin im Wagen zurückzulassen und die Vernehmung allein durchzuführen. Doch er scheute die Konsequenzen.

Er rüttelte die Gundelwein leicht an der Schulter. Sie fuhr sofort hoch, wie von der Tarantel gestochen. »Was ist?«

»Sie waren kurz weggenickt«, erklärte er.

»Ich habe nur nachgedacht«, widersprach die Staatsanwältin. Der Recknagel konnte sich ein Grinsen nicht verkneifen.

Das Krankenhaus war ein Neubau aus den Neunzigerjahren, den man hier buchstäblich auf die grüne Wiese gesetzt hatte. Warum ihre Klinik so weit außerhalb lag, dazu noch auf einer Hochebene, hatten im Grunde die wenigsten Meininger verstanden. Spötter meinten, damit man die Schreie der Patienten in der Innenstadt nicht höre. Andere behaupteten, das Krankenhaus sei extra auf einem Berg errichtet worden, weil man es von dort nicht mehr so weit bis in den Himmel habe. Aber das waren natürlich alles nur Ammenmärchen.

Die Gundelwein fragte sich mit herrischem Tonfall bei den Schwestern durch, bis sie das Zimmer von Mandy Kornhaß gefunden hatten. Der Kriminalrat trottete ihr, wie es sich für einen Vertreter der nachgeordneten Ermittlungsbehörden gehörte, folgsam hinterher.

Bei Zimmer 2248 klopfte die Gundelwein kurz an und trat, ohne eine Antwort abzuwarten, ein. Im Bett saß eine überdurchschnittlich große Frau mit einer Halskrause und vertrieb sich die Zeit mit Sit-ups. Die Gundelwein stutzte bei dem Anblick.

»Mandy Kornhaß?«, fragte sie dann freundlich.

Die große Frau im Krankenhausbett bejahte und erhob sich trotz Verletzung überraschend behände von der Liegestatt. Die beiden Frauen waren fast gleich groß, praktisch auf Augenhöhe. Kriminalrat Recknagel kam sich mit einem Mal ziemlich klein vor, geradezu untersetzt. Dabei hatte er sich selbst immer als »normal« eingeschätzt. Oberstaatsanwältin Gundelwein stellte sich und den Recknagel kurz vor und erkundigte sich zunächst, wie es sich gehörte, nach dem Befinden.

»Geht schon wieder«, antwortete Mandy Kornhaß. »So leicht wirft mich nichts aus der Bahn.«

Doch der Recknagel bemerkte, dass ihre Hände leicht zitterten, vermutlich Nachwirkungen des Schocks. Die Gundelwein schaltete ein elektronisches Aufzeichnungsgerät ein und diktierte kurz die notwendigen Details fürs Protokoll, dann wandte sie sich an Mandy Kornhaß.

»Ich muss Sie fragen, ob Sie sich zu dem Unfall äußern wollen. Wir vernehmen Sie als Zeugin, aber es ist nicht ausgeschlossen, dass Sie sich durch eine Antwort als Unfallteilnehmerin selbst belasten. Dazu sind Sie nicht verpflichtet. Haben Sie das verstanden?«

»Na hören Sie mal! Wie kommen Sie eigentlich darauf, mir hier einfach was zu unterstellen? Ich bin doch das Opfer«, kam es von Mandy Kornhaß prompt zurück. Schüchtern war sie zumindest nicht.

»Okay, dann schildern Sie doch einfach mal das gestrige Geschehen in der Rodelbahn aus Ihrer Sicht.«

»Da gibt es nicht viel zu schildern. Ich hab vor dem Training noch kurz mit Karl Heinz gesprochen. Er wollte sich unten beim Kreisel hinstellen, weil ich in die vorletzte Kurve irgendwie immer zu flach reinfahre. Und dann haut's mich hinten aus der Spur. Das kostet jedes Mal mindestens fünf Hundertstel.«

»Und dann?«

»Dann bin ich zum Frauenstart und ganz normal losgefahren ...«

»Die Ampel stand also auf Grün?«, fragte die Oberstaatsanwältin.

Mandy Kornhaß zögerte einen Moment, was Kriminalrat Recknagel nicht entging.

»Ich bin doch nicht lebensmüde«, sagte sie dann.

»Das heißt, die Bahn war also offiziell freigegeben?«, hakte die Gundelwein nach.

Mandy Kornhaß nickte und fügte hinzu: »Manfred, also mein Mann, trinkt gerne mal einen, und dann vergisst er sich.«

»Ach, der Bahnchef ist also mit Ihnen verheiratet?«, wiederholte die Gundelwein und schickte einen strengen Blick in Richtung Recknagel. »Dieses Detail hatten Sie vergessen zu erwähnen.«

»Das bedeutet, dass Sie Ihren Mann auch nicht belasten müssen«, wandte der Kriminalrat mahnend ein.

»Da habe ich kein Problem mit«, erwiderte Mandy Kornhaß gelassen. »Normalerweise wären wir doch schon längst geschieden …«

»Sie sagten, Ihr Mann vergesse sich, wenn er Alkohol zu sich genommen hat«, fragte die Gundelwein nach. »Wollen Sie damit andeuten, dass Ihr Mann den Unfall mit Absicht herbeigeführt hat?«

Mandy Kornhaß nickte nach kurzem Zögern.

»Wieso um alles in der Welt sollte er das denn tun?«, erkundigte sich der Kriminalrat.

»Was weiß ich? Vielleicht einfach eine Kurzschlussreaktion, weil er dachte, dass ich und Ka-Ha …«

Auf den fragenden Blick der Oberstaatsanwältin ergänzte sie:

»Ich meine natürlich: Karl-Heinz.«

Die Gundelwein ahnte, worauf die andere hinauswollte. »Sie meinen, Sie und Ihr Trainer hatten eine Affäre?«

Mandy Kornhaß winkte ab. »Nix Ernstes ... Nur ab und zu 'n bisschen Sex.«

Die Gundelwein zog eine Augenbraue hoch.

»Nur?«

»Besonders vor wichtigen Wettkämpfen. Ka-Ha behauptete immer, das wäre leistungsfördernd.«

»Ich dachte, das Gegenteil wäre der Fall«, erwiderte der Kriminalrat.

»Bei Männern so, bei Frauen so«, erläuterte Mandy Kornhaß mit leichtem Lächeln und wandte sich an die Oberstaatsanwältin: »Deswegen rate ich Ihnen, nie was mit 'nem Spitzensportler anzufangen.«

»Verbindlichsten Dank für den Tipp«, parierte die Oberstaatsanwältin süßsauer. »Und Ihr Mann wusste von diesen ungewöhnlichen ... Trainingsmethoden?«

Mandy Kornhaß zuckte unbestimmt mit den Schultern, so gut es mit der Halskrause eben ging.

»Das war eigentlich ein offenes Geheimnis zwischen uns.«

»Und er hat es toleriert?«, erkundigte sich die Gundelwein ungläubig.

Mandy Kornhaß machte eine vage Geste. »Manfreds Prinzip war eigentlich immer: Was er nicht weiß, macht ihn nicht heiß, aber ...«

Sie ließ eine Pause.

»Aber?«

Mandy Kornhaß beugte sich vertraulich ein Stück vor. »Wie ich gehört habe, soll er gestern Abend bei so 'ner Veranstaltung rausposaunt haben, dass er jeden umbringen will, der sich an mich ranmacht«, erklärte sie dann. »Wenn Sie mich fragen: Der ist jetzt völlig durchgeknallt!«

»Das hat er doch bestimmt nicht ernst gemeint«, wandte der Kriminalrat ein, doch die Gundelwein intervenierte in strengem Tonfall: »*Ich* führe die Vernehmung, Sie halten sich bitte zurück.«

Der Recknagel verkrümelte sich fortan ins innere Exil, jenen Ort, an dem sich jeder Ostdeutsche seines Jahrgangs mehr oder weniger wie zu Hause fühlte, und lauschte der Vernehmung aus seiner passiven Rolle heraus. Als er mit der Oberstaatsanwältin alles gehört hatte, was sie hören wollte, und sie gemeinsam wieder aus dem Krankenhaus heraustraten, wusste er schon, was gleich kommen würde.

»Fahren Sie nach Oberhof und nehmen Sie Manfred Kornhaß fest. Ich besorge uns in der Zwischenzeit einen Haftbefehl.« Der Kriminalrat hatte so ein dumpfes Gefühl, dass sich die Dinge mal wieder schnurstracks in eine falsche Richtung entwickelten.

Der Fickel hatte die Nacht in seiner Zelle vergleichsweise gut geschlafen, was vielleicht auch an dem Gläschen Rhöntropfen gelegen haben mochte, das er nach der späten Ankunft in seiner Kurzelle noch als Schlummertrunk gekippt hatte. Justizwachtmeister Kummer sei Dank! Schwester Margret betrachtete am nächsten Morgen neugierig Fickels Matschauge, das inzwischen eine beunruhigende Gewitterfarbe angenommen hatte, kommentierte aber lediglich: »Na, netten Abend gehabt?«

Das Frühstück ähnelte auf frappierende Weise dem Abendessen. Graubrot und Aufschnitt, ergänzt durch ein umfangreiches Müsli-Angebot – Hafer, Dinkel und anderes Vogelfutter, aber auch Trockenfrüchte: Pflaumen, Aprikosen und nochmals Pflaumen. Die regen nämlich die Verdauung an, jedenfalls, wenn es etwas zu verdauen gibt. Der Kaffee erinnerte bestenfalls an Muckefuck, Geschmacksrichtung Ferienlager. Zum Glück konnte der Fickel eine große Portion Rührei mit Tomaten ergattern, weil er im Sprint zum Buffet gewisse Vorteile gegenüber den meisten anderen, überwiegend gehbehinderten Anwesenden hatte.

Die Kurgäste saßen einzeln an Tischen und versuchten, einander nach Kräften zu ignorieren. Und da konnte man mal sehen, wie schwierig es einen ankommt, mit Krücken ein Tablett vom Buffet zu seinem Tisch zu befördern. Jeder hatte da seine eigene, mehr oder weniger akrobatische Technik entwickelt. Aber ehe man sich der entwürdigenden Situation aussetzte, jemanden um Hilfe zu bitten oder sich gar gegenseitig beizustehen, würde man glatt lieber verhungern.

Nach dem Frühstück wurde der Fickel endlich dem Chefarzt Doktor Sauerbrey vorgestellt beziehungsweise im Behandlungszimmer vorgeführt. Der Chefarzt war ein blendend aussehender, schneidiger Mittfünfziger mit kräftigem Händedruck und deutlich sichtbaren Goldzähnen, außerdem früherer Mannschaftsarzt der Bobnationalmannschaft der DDR. Da der Fickel im engeren Sinne nie zum A-Kader gehört hatte, erkannte ihn der Doktor natürlich nicht. Dabei hätte der Fickel sich ganz gerne mit ihm über früher unterhalten und darüber, was das für kleine bunte Pillen gewesen waren, die er seinerzeit an ein paar Auserwählte verteilt hatte. Nach damaliger Lesart: Vitamine, Aufbaupräparate, damals also nichts Besonderes. Aus heutiger Sicht ein klarer Fall von Körperverletzung, aber natürlich längst verjährt.

Doktor Sauerbrey stellte kurz das Ergebnis der Anamnese vor. Und wirklich interessant, was der Fickel so auf seiner Agenda hatte: Cholesterin, Leber, Gewicht, Zucker – praktisch alle Werte zu hoch, nur Blutdruck zu niedrig. Vom medizinischen Standpunkt her war er im Grunde kurz vor scheintot. Wirklich erstaunlich, wie krank man als gesunder Mensch doch sein kann! Als erste Notmaßnahme wurde dem Fickel eine strenge Diät aufgebrummt. In Anbetracht der bisherigen Kantinen-Leistungen wäre die dem Fickel irgendwo gar nicht besonders schwergefallen, aber es kam noch ärger. Mit freundlichem Lächeln verordnete ihm Doktor Sauerbrey Schonkost, insbesondere wenig Fleisch, viel Gemüse, kaum Zucker, kein Alkohol. Rosskur nichts dagegen. Dem Fickel wurde fast schwindelig.

Trotzdem wagte er anzudeuten, dass er ja eigentlich wegen seines Rückens hergekommen war beziehungsweise wegen dieses vermaledeiten Burn-outs. Aber das machte die Sache nicht besser. Für den Rücken hatte Doktor Sauerbrey eine Bewegungstherapie mit Rückenschule, Aqua-Gymnastik, Ergo- und Elektrotherapie sowie diversen Yoga- und Fitnesseinheiten vorgesehen, nämlich verschärfte Spaziergänge an der frischen Oberhofer Luft, auf gut Deutsch: Walking. Langsam wurde dem Fickel wirklich ungemütlich.

Und wegen des von Doktor Pfannschmidt diagnostizierten Burn-outs verordnete ihm Sauerbrey zur Krönung eine Gruppen- und eine Einzelgesprächstherapie sowie abermals viel Sport. Schließlich sei das Burn-out nur eine mehr oder weniger harmlose Begleiterscheinung der Andropause, mit anderen Worten: des Klimakteriums für den Mann. Praktisch unheilbar.

Jetzt war der Fickel natürlich restlos bedient. Wäre er bloß nie zum Arzt gegangen! Immerhin wagte er anzufragen, ob er die Gesprächstherapien nicht eventuell gegen ein helleres Zimmer und/oder ein paar Massagen tauschen könne. Aber da musste er sich darüber belehren lassen, dass die Massagen leider zu den Premiumleistungen zählten, und die bekamen selbstredend auch nur Premiumzahler. Der Fickel kurte natürlich nur auf Normaltarif.

»Wir müssen Sie einfach mal gründlich reinigen und Ihre Lebensgeister aktivieren«, meinte Sauerbrey. »Dann wird das schon wieder. Wenn Sie hier rauskommen, sind Sie wieder so fit wie mit Ende zwanzig!«

»Ende dreißig würde auch genügen«, meinte der Fickel bescheiden.

Doktor Sauerbrey klopfte ihm aufmunternd auf die Schulter, leider genau auf die Stelle, wo sich das Hämatom befand, das der Fickel von den Sympathiebekundungen vom Menzer und von Ole Storandt davongetragen hatte.

Der Fickel zuckte vor Schmerz zusammen. Doktor Sauerbrey blickte verwundert. »Nanu? Von Gelenkarthrose stand gar nichts in Ihrer Krankenakte.« Er lachte meckernd. Typisch Ärztehumor.

»Was haben Sie eigentlich mit Ihrem Auge angestellt?«, erkundigte sich Sauerbrey noch beim Rausgehen. »Soll ich mir das vielleicht mal angucken?«

Doch der Fickel lehnte dankend ab. Wer weiß, was ihm sonst noch für Martern verschrieben worden wären, zum

Beispiel Fernsehverbot. Gründlich bedient und kränker als je zuvor verließ er das Chefarztzimmer und wurde draußen gleich von Schwester Margret in Empfang genommen. »Hier ist Ihr Wochenplan, junger Mann. Am besten, Sie holen sofort Ihre Badehose, und dann gleich ab in den Keller.« Sie lächelte aufmunternd – oder sadistisch. Je nach Blickwinkel.

Den Vormittag verbrachte der Fickel im Wesentlichen damit, mit einer Handvoll Frührentnern an eine Badenudel geklammert durch lauwarmes Chlorwasser zu strampeln. Danach hatte er bei der Gruppentherapie die Gelegenheit, ein paar Nachbarn von seinem Flur kennenzulernen: Herr Werner, ein Lehrer mit Burn-out, Frau Deitemeier, eine vollschlanke Endvierzigerin mit Bindungsängsten und Kinderwunsch, dazu je ein männliches und ein weibliches Mobbingopfer sowie zwei Depressive, die ständig miteinander tuschelten. Dr. Skrypzki, eine junge Psychologin, leitete die Sitzung, allerdings ohne etwas zu sagen, allein durch natürliche Autorität. Sie guckte denjenigen, der dran war, einfach auffordernd durch ihre etwas aus der Mode gekommene Brille an oder schüttelte missbilligend den Kopf, wenn jemand nicht ganz bei der Sache war.

Alle stellten sich nacheinander vor und erzählten ihre Leidensgeschichten. Schon nach der Hälfte war sich der Fickel sicher, dass er im Grunde ein sehr glückliches Leben führte, erstens weil er nicht verheiratet war und zweitens weil er als freiberufliche Terminhure keinen direkten Vorgesetzten hatte, der ihm das Leben vermieste. Das hielt ihn aber nicht davon ab, seine eigene Scheidung und insbesondere die Geschichte, wie seine alte Kollegin, ja im Grunde sogar Freundin, die ehemalige Amtsgerichtsdirektorin Driesel, ihn beinahe für immer aus dem Verkehr gezogen hätte, in den düstersten Farben auszumalen. Als er fertig war, blickten ihn alle betroffen an, insbesondere Dr. Skrypzki. Aber sie blieb sich treu und sagte nichts, außer: »Die Zeit ist für heute um.«

Nach all den physischen und psychischen Anstrengungen hatte sich der Fickel, wie er zumindest selber befand, eine Stärkung verdient, aber leider war die Küche bereits über seinen Status als Schonkostpatient informiert, und so fand er auf seinem Teller nur klebrigen Reis und etwas gedämpften Kohlrabi vor, ein sogenanntes »Zweikomponentenessen«. Immerhin durfte er sich entscheiden, ob er dazu einen kräftigen Kräutertee trinken wollte oder sauer schmeckendes Heilwasser, das so voller Mineralien war, dass man es quasi stapeln konnte.

In der Mittagspause zog sich der Fickel seinen alten Trainingsanzug an, Modell ASK, lieh sich in der Sportkammer zwei Stöcke aus und walkte direkt ins nächste Gasthaus in der Dr.-Theodor-Neubauer-Straße und bestellte endlich eine große Portion Bratkartoffeln und Thüringer Rostbrätel mit gedünsteten Zwiebelringen in Schwarzbiersud. Dazu orderte er ein Dingslebener, denn walken macht durstig.

Doch Überraschung: Direkt am Nebentisch saß ausgerechnet Frau Deitemeier, die vollschlanke Endvierzigerin mit Kinderwunsch aus der Therapiegruppe, die ein riesiges Stück Erdbeersahnetorte vor sich hatte. Dabei hätte der Fickel schwören können, dass sie in der Therapiesitzung noch über ihre Figurprobleme geklagt hatte und dass sie die Kur unbedingt zum Abnehmen nutzen wollte.

Irgendwo natürlich peinliche Situation, andererseits nur

allzu menschlich. Die Erbeersahnetortenliebhaberin zwinkerte dem Fickel verschwörerisch zu, der Fickel nickte eher distanziert als freundlich zurück. Doch auf geheimnisvolle Weise musste sie das irgendwie als Aufforderung verstanden haben. Jedenfalls saß sie drei Sekunden später an Fickels Tisch. »Ich bin die Gisela, du kannst gerne Du zu mir sagen.«

Während sie die Torte in sich hineinschaufelte, wobei sie jedoch interessanterweise den Tortenboden verschmähte, erfuhr der Fickel den neuesten Tratsch aus der Klinik, welcher Arzt mit welcher Schwester und so weiter. Und guck mal einer an, so dumm, wie sie aussah, war die Gisela gar nicht. Sie war nämlich weder geschieden noch hatte sie Bindungsängste, eher im Gegenteil. Schließlich war sie im festen Vorsatz zur Kur gefahren, sich einen Oberarzt zu angeln, mindestens. Gisela erklärte lächelnd, wenn man behauptete, man habe Bindungsängste, dann gingen einem die Männer schneller auf den Leim. Weibliche Logik par excellence.

»Was sind Sie eigentlich von Beruf?«, erkundigte sich Gisela interessiert. Irgendwie habe sie das bei der Vorstellung in der Gruppentherapie leider nicht richtig mitbekommen. Der Fickel erklärte ausweichend, er sei sozusagen Angehöriger der Zunft der Terminvertreter.

»Was is'n das?«, fragte sie verwundert und schob sich eine gute Portion Erdbeerglibber in den Mund. Der Fickel erklärte ihr das Wesen seiner Tätigkeit, allerdings ohne dabei allzu sehr ins Detail zu gehen. Schließlich war er der Letzte, der seine Anwaltszulassung an die große Glocke hängen würde. Das Amtsgericht erwähnte er erst gar nicht.

»Und was verdient man mit dieser Terminvertreterei?«, hakte Gisela mit erlahmendem Interesse nach.

Der Fickel winkte ab. »Nicht der Rede wert.« Und das war schließlich die blanke Wahrheit, leider.

»Und ich dachte, du bist bei den Bullen, Kripo mindestens«, meinte sie enttäuscht und schob sich das letzte Stück Erdbeersahnetorte in den Schlund, abgesehen vom Boden, schließlich war sie auf Diät. »Nach dem, was du vorhin in der Therapie erzählt hast …« Der Fickel atmete auf und nahm sich vor, in Zukunft vorsichtiger zu sein, was er andere über sich wissen ließ.

Gerade als der Kellner das wirklich äußerst appetitlich aussehende Rostbrätel mit den Bratkartoffeln servierte, rannte draußen plötzlich Svenja, die so überaus attraktive rothaarige Bobsportlerin, an der Schenke vorbei. Sie befragte Leute auf der Straße, eilte ins Nachbarrestaurant hinein, kam kurz darauf wieder heraus. Offenbar suchte sie jemanden.

Schließlich gelangte sie auch in das Lokal, in dem der Fickel gerade an seinem Rostbrätel schnupperte. »Das sind Sie ja! Ole und die Jungs suchen Sie schon überall«, rief die Rothaarige aus, als sie den Fickel erblickte. Auf Nachfrage, was die ganze Aufregung denn bedeute, antwortete sie: »Schnell, die wollen Manfred Kornhaß verhaften. Sie sind doch sein Anwalt!«

»Das muss wohl 'ne Verwechslung sein«, mischte sich Gisela ein und blickte die Rothaarige abschätzig an. »Der Mann ist leider nur Terminvertreter.«

Svenja blickte verwirrt zwischen Gisela und dem Fickel hin und her. Letzterer hielt es nicht für notwendig, das Missverständnis aufzuklären. Mit bedauerndem Blick auf das Rostbrätel erhob er sich von seinem Platz und legte einen Zwanni auf den Tisch. »Bitte fühl dich eingeladen«, rief er Gisela zu und eilte Svenja hinterher, die schon an der Tür war.

»Schnell!«, befahl Svenja und joggte locker los.

Das war leichter gesagt als getan. Denn bei dem Schritttempo, das so eine internationale Spitzenathletin hinlegt, da kommt ein Durchschnittskurgast mit Leber- und anderen Sorgen schnell aus der Puste. Der Fickel walkte, was seine Lunge hergab, und kam schon bald böse ins Schwitzen. So zeitlos und kleidsam die braunen ASK-Trainingsanzüge mit den schicken roten und gelben Streifen auch waren, leider war die Kunststoffmischung alles andere als atmungsaktiv, praktisch Neopren.

Dummerweise hatte es der Fickel in all den Jahren nicht für nötig befunden, sich einen neuen Trainingsanzug zuzulegen, wozu auch als Couch-Potato, und daher spannte die Jacke auch ein wenig über seinem kleinen Bauchansatz, was sicher nicht unbedingt sehr vorteilhaft aussah. Hingegen sah es äußerst vorteilhaft aus, wie sich bei Svenja der Trainingsanzug spannte. Es ist eben fast alles eine Frage des richtigen Materials.

Der eine oder andere Tourist wird sich angesichts des merkwürdigen Gespanns gefragt haben, ob die junge Frau und der keuchende Mittvierziger in dem altmodischen Trainingsanzug vielleicht Werbung für eine Aufführung von *Die Schöne und das Biest* im Meininger Theater machen wollten. Doch merkwürdigerweise verteilten sie überhaupt keine Flyer.

Kaum zwanzig Minuten später waren sie an der Rodelbahn angelangt. Der Fickel hätte im Grunde ein Sauerstoffzelt benötigt, so hechelte er. Schließlich befanden sie sich in Höhenlage – achthundert Meter mindestens.

An der Bahn standen Ole Storandt, sein Bremser Leyh, Dillinger Junior und sein Anschieber Unterhuber in ihren Rennanzügen um einen Bob herum und hielten Maulaffen feil.

»Zu spät!« Svenja wandte sich betroffen zum Fickel um. »Sie sind schon weg.«

Und Ole Storandt brachte die Misere auf den Punkt: »Erst der Trainer tot, dann der Bahnchef verhaftet, wie soll ein Mensch da vernünftig trainieren?«

Der Fickel beruhigte alle Anwesenden mit der juristisch korrekten Feststellung, dass Manfred Kornhaß im Falle, dass wegen eines Verbrechens gegen ihn ermittelt werde, einen fähigen Strafverteidiger an die Seite gestellt bekomme, zum Beispiel den Doktor Ehrmanntraut aus Schmalkalden. »Dann wird sich sicher alles schnell aufklären und unser Manni ist ratzfatz wieder draußen.«

Das war mal wieder reines Wunschdenken. Aber es erfüllte seinen Zweck, denn Svenja lächelte dem Fickel erleichtert und zugleich ein kleines bisschen bewundernd zu. Mehr konnte der Fickel für seine profane Auskunft wahrlich nicht verlangen.

VII

Oberstaatsanwältin Gundelwein stand im Beobachtungsraum des Meininger Polizeipräsidiums und trank eine Tasse Rotbuschtee. Sie verfolgte durch die verspiegelte Scheibe, wie sich Kriminalrat Recknagel pflichtbewusst mühte, aus dem verstockten Beschuldigten in seinem lächerlichen Trainingsanzug etwas Nützliches herauszuquetschen, zum Beispiel Informationen. Doch die Vernehmung drehte sich auf beinahe schwindelerregende Weise im Kreis. »Herr Kornhaß, warum haben Sie die Ampel am Damenstart auf Grün gestellt, obwohl Sie doch wussten, dass sich noch jemand in der Bahn aufhielt?«

»Hab ich gar nicht. Der Menzer hatte mir doch gesagt, dass er mit der Besichtigung fertig ist!«

»Und wie hat er Ihnen das mitgeteilt?«

»Er hat mich angerufen«, erklärte Kornhaß achselzuckend. Kriminalrat Recknagel nickte bestätigend. »Fürs Protokoll: Den Anruf haben wir auf dem Handy gefunden. Circa zehn Minuten vor dem Unfall.«

Dann wandte er sich wieder an den Beschuldigten. »Sie gingen also fest davon aus, dass niemand mehr in der Bahn war … «

»Das habe ich doch schon hundert Mal gesagt! Sonst hätte ich sie doch nie freigegeben!«

»Hmm …«

Die Gundelwein betrachtete den Beschuldigten und registrierte genau, wie er sich am Kopf kratzte und unruhig auf dem Stuhl hin und her rutschte. Kleine Dinge in der Körpersprache gaben oft mehr Auskunft als Worte. Die Oberstaatsanwältin war insgeheim eine Anhängerin amerikanischer Verhörstrategien, insbesondere der Reid-Methode[21], bei der das unbewusste Verhalten des Beschuldigten eine wesentliche Rolle spielt und ständig von den Ermittlern bewertet wird. In insgesamt neun Phasen kann so ein beliebiger Täter einer beliebigen Tat mittels eines ausgeklügelten Fragenkatalogs überführt werden. Die Befragungen sind für den Beschuldigten in den meisten Fällen nicht sehr angenehm und im Falle, dass es einen Unschuldigen erwischt, irgendwo fast menschenverachtend – aber in jedem Fall effizient. Ganz im Gegensatz zu dem philanthropischen Fragestil von Kriminalrat Recknagel.

»Haben Sie irgendeine Erklärung, was der Trainer in der Bahn verloren hatte?«, fragte der Kriminalrat gerade.

Wahrscheinlich unbewusst wiegte er den Beschuldigten in Sicherheit, baute Vertrauen auf, genau wie es in der ersten Phase, der Benehmensanalyse, von den Amerikanern empfohlen wurde.

»Woher soll ich das denn wissen?«, antwortete Kornhaß und rieb sich die Stirn.

»Sie waren schließlich dabei.«

»Aber nicht direkt.«

21 In den Vierzigerjahren von John E. Reid in Chicago entwickelte psychologisch ausgefeilte, markenrechtlich geschützte Verhörmethode, mit der das FBI bis heute selbst härteste Hunde knackt. In Deutschland nur in der Weichei-Variante zulässig.

Die Gundelwein hatte genug gehört und gesehen. Sie verließ den Beobachtungsraum und ging eilig rüber ins Vernehmungszimmer.

»So wird das nie was. Lassen Sie mich mal«, kommandierte sie. Der Recknagel rückte bereitwillig ein Stück beiseite. Die Oberstaatsanwaltschaft in persona Gundelwein setzte sich jedoch im Damenreitsitz auf die Tischkante und zeigte dem Beschuldigten ihr Knie. Manfred Kornhaß machte sie damit allerdings nicht nervös, er war an große Frauen mit großem Selbstbewusstsein gewöhnt.

»Warum soll ich Ihnen eigentlich glauben, dass Sie Ihre Frau *nicht* umbringen wollten, Herr Kornhaß?«, eröffnete die Gundelwein Phase zwei der Vernehmung: direkte Konfrontation.

»Was ist das denn für eine bescheuerte Frage?«, rief der Angesprochene empört. »Umgekehrt wird ein Schuh draus: Warum sollte ich sie denn umbringen wollen?«

»Sagen Sie's mir! Immerhin wollten Sie sich kürzlich doch noch scheiden lassen …«

»Sie wollte. Aber mein Anwalt hat gesagt, dass ich da überhaupt nicht zustimmen muss. Ich stehe nach wie vor fest zu meinem Eheversprechen«, erwiderte der Kornhaß trotzig.

»Wie haben Sie sich das eigentlich vorgestellt? Wollten Sie Ihre Frau etwa zu Hause anketten?«, fragte die Oberstaatsanwältin mit leisem Spott in der Stimme.

Der Beschuldigte schüttelte trotzig den Kopf. »Die Mandy wird schon noch merken, was sie an mir hat.«

»Jemand, der so treu zu seiner Frau hält, obwohl sie seit Langem ein Verhältnis mit dem eigenen Trainer hat, ist wirklich selten«, bemerkte die Gundelwein trocken. Sie konnte förmlich sehen, dass sie einen wunden Punkt getroffen hatte. Kornhaß schluckte schwer.

»Der Menzer hat doch alles angegrapscht, was nicht bei drei auf'm Baum war. Das wird Ihnen jeder in Oberhof bestätigen.«

»Ach! Und deshalb musste er sterben?«

»Quatsch«, brummte der Beschuldigte.

»Wollen Sie mich etwa für blöd verkaufen? Wir haben Beweise, dass Sie den Unfall vorsätzlich herbeigeführt haben.«

Der Recknagel gab ein merkwürdiges, überrascht klingendes Geräusch von sich. Offenbar kannte er sich mit den modernen Vernehmungstechniken nicht besonders aus. Bei den jüngeren Polizisten war das sicher anders. Obwohl die Rechtsprechung die Reid-Methode mehrfach für unzulässig erklärt hatte, wurde sie nach wie vor an vielen Polizeischulen gelehrt.

»Die Beweise will ich sehen«, brummte Kornhaß nach einer kurzen Besinnungspause.

»Kommen Sie!«, donnerte die Gundelwein. »Wen wollen Sie mit Ihren Lügen eigentlich reinlegen? Uns liegen Zeugenberichte vor, dass Sie sich bei einer Feier selbst gebrüstet haben, Ihren Widersacher umgebracht zu haben.«

Der Kornhaß schwieg einen Moment verdutzt.

Die Oberstaatsanwältin lächelte überlegen. »Tja, wir haben auch unsere Quellen«, sagte sie.

»An dem Abend war ich doch rund wie 'n Buslenker«, erwiderte Kornhaß. »Da wusste ich einfach nicht mehr, was ich sage!«

»Im Gegenteil. Sie wussten es genau!«

Die Gundelwein ließ eine Kunstpause. »Da haben Sie sich ja eine geradezu biblische Rache ausgedacht: Ihre Frau überfährt den eigenen Liebhaber.«

Kornhaß verschränkte jetzt seine Arme vor der Brust. »Ich sag jetzt gar nichts mehr«, erklärte er bockig. »Außerdem will ich meinen Anwalt sprechen.«

Der Recknagel atmete erleichtert auf. Der Beschuldigte hatte die Zauberformel gesprochen. Laut Strafprozessordnung durfte die Vernehmung nicht fortgesetzt werden, bis ein Rechtsbeistand hinzugezogen worden war.

»Na schön. Wie Sie wollen.« Die Oberstaatsanwältin seufzte theatralisch und stellte das Aufnahmegerät ab. »Das brauchen wir dann ja nicht mehr«, erklärte sie, und weiter: »Das tut mir aufrichtig leid für Sie.«

»Was?«, fragte Manfred Kornhaß misstrauisch.

Der Kriminalrat, der schon aufgestanden war, setzte sich mit leisem Erstaunen wieder auf seine vier Buchstaben, obwohl das Sitzen seit seinem Sturz in der Rodelbahn immer noch mit Schmerzen verbunden war.

»Wenn Sie nicht aussagen wollen, bleibt mir unter den gegebenen Umständen leider nichts anderes übrig, als auf lebenslänglich zu plädieren«, erklärte die Oberstaatsanwältin mit geheucheltem Bedauern. »Obwohl ich persönlich Ihre Wut sehr gut verstehen kann.«

»Lebenslänglich?«, wiederholte Manfred Kornhaß entsetzt. »Das können Sie doch nicht …«

Die Gundelwein atmete tief durch. »Sie lassen mir ja keine andere Wahl! Selbst wenn wir nicht vom Merkmal Heimtücke ausgehen. Bei der Vorgeschichte … Das verlangt geradezu nach einer Mordanklage!«

»Aber das ist total unfair!«, rief Kornhaß verzweifelt. »Ich wollte das alles doch gar nicht.«

Die Gundelwein ließ ihn ein Weilchen zappeln, bevor sie wieder in deutlich versöhnlicherem Tonfall das Wort ergriff. »Ich kann Sie besser verstehen, als Sie denken.«

Recknagel glaubte, sich verhört zu haben.

»Die Enttäuschung, wenn ein geliebter Mensch plötzlich sein wahres Gesicht zeigt …«, sinnierte die Oberstaatsanwältin. »Ich habe auch eine harte Scheidung hinter mir. Manchmal hätte ich am liebsten kurzen Prozess gemacht.«

»Wirklich?«, fragte Kornhaß ungläubig.

Die Gundelwein nickte. »Wenn ich so eine perfekte Gelegenheit gehabt hätte wie Sie, weiß ich auch nicht, ob ich mich da hätte beherrschen können.«

Der Kriminalrat zwickte sich in den Oberschenkel, wie um zu überprüfen, ob er das alles nicht nur träumte. Saß er in einem Vernehmungszimmer oder im Theater?

Manfred Kornhaß knabberte jetzt nervös auf einem Fingernagel herum.

»Klar kommen einem so Gedanken, aber … Ich bin doch kein Mörder!«

»Natürlich nicht«, bestätigte die Oberstaatsanwältin. »Ich mache Ihnen einen Vorschlag: Wenn Sie gestehen, dass Sie im Affekt und unter Alkoholeinfluss gehandelt haben, lasse ich die Mordanklage fallen und plädiere nur auf Totschlag. Was sagen Sie dazu?«

Kriminalrat Recknagel räusperte sich vernehmlich. »Ich glaube, der Beschuldigte hat hinreichend deutlich gemacht, dass er von seinem Schweigerecht Gebrauch machen will«, flüsterte er der Oberstaatsanwältin zu. »Außerdem hat er einen Anwalt verlangt. Ich denke, nach höchstrichterlicher Rechtsprechung sind wir verpflichtet …«

Weiter kam er nicht.

»Herr Recknagel! Ich kenne die höchstrichterliche Rechtsprechung wohl ein Stückchen besser als Sie«, brüllte die Herrin des Ermittlungsverfahrens mit einem Anflug von unverstellter Hysterie. »Wollen ausgerechnet Sie mir etwa die Strafprozessordnung erklären?«

Der Beschuldigte war über den Ausfall der Oberstaatsanwältin genauso erschrocken wie der Kriminalrat. Dass die Gundelwein derart die Contenance verlor, ließ tiefere Gründe vermuten. Der Kriminalrat Recknagel lag nicht mal ganz falsch, als er insgeheim annahm, ihre Laune könnte mal wieder etwas mit dem Thema »Männer« und/oder »Karriere« zu tun haben.

Tatsächlich fühlte sich die Oberstaatsanwältin nach der beinahe schlaflosen Nacht ein wenig unausgeglichen. Sie hatte mehrere Stunden versucht, die Spur des ehemaligen Landrats Kminikowski aufzunehmen, jedoch bislang mit mäßigem Erfolg. Weder im Polizeicomputer noch im Internet hatte sie etwas über das ominöse »Oh 2030«-Logo in Erfahrung gebracht. Doch ihr scharfes Auge hatte längst erspäht, dass Kornhaß just dasselbe Abzeichen auf dem Kragen seines Trainingsanzugs trug wie der ehemalige Landrat am Revers seines Jacketts.

»Überlegen Sie es sich gut«, wandte sich die Gundelwein wieder etwas freundlicher an den eingeschüchtert wirkenden Beschuldigten. »Als Laie denken Sie vielleicht, Mord und Totschlag seien dasselbe. Aber das kann im Einzelfall einen Unterschied von vielen Jahren Gefängnis ausmachen.«

Manfred Kornhaß war vom Ausbruch der Oberstaatsanwältin sichtlich eingeschüchtert.

»Wenn Sie meinen, dass es das Beste für mich ist …«, sagte er unschlüssig.

»Sehen Sie, ich habe hier eine Erklärung für Sie vorbereitet«, meinte die Gundelwein. »Lesen Sie sie gut durch!«

Kriminalrat Recknagel bewegte im Rücken der Oberstaatsanwältin ganz langsam seinen Kopf von links nach rechts und zurück, um dem Beschuldigten zu signalisieren, dass das Angebot möglicherweise vergiftet sein könnte. Doch Manfred Kornhaß beachtete ihn nicht weiter.

»Wo muss ich unterschreiben?«, fragte er.

»Sehr gut«, quittierte die Gundelwein zufrieden, als der Deal vollzogen war. »Das Geständnis wird Ihnen vom Gericht sicher zusätzlich strafmildernd angerechnet werden. Da bleiben Sie bestimmt deutlich unter der maximalen Strafandrohung.«

»Wie viel wäre das denn – so ungefähr?«, fragte Kornhaß kleinlaut. »In Jahren?«

Die Gundelwein lächelte in sich hinein. Jetzt den Sieg nur nicht mehr verschenken!

»Für Totschlag kommen Sie als unbescholtener und geständiger Ersttäter sicher unter zehn Jahren weg.«

»Zehn Jahre?!« Kornhaß rutschte unruhig auf seinem Stuhl hin und her.

»Das bedeutet, bei guter Führung sind Sie schon nach sechs oder sieben Jahren wieder draußen«, erläuterte sie.

»Sieben Jahre! Dann bin ich schon Mitte fünfzig«, rief der Beschuldigte verzweifelt aus. »Wie soll ich denn da noch mal auf die Beine kommen?«

Jetzt hatte ihn die Gundelwein exakt da, wo sie ihn hin haben wollte.

»Es gibt natürlich auch noch eine Möglichkeit, wie es deutlich besser für Sie laufen könnte«, sagte die Gundelwein jetzt betont langsam.

Kornhaß blickte sie eingeschüchtert an.

»Und welche?«

»Wenn Sie mir etwas über Ihr Abzeichen erzählen würden …«

»Was hat das denn damit zu tun?«, fragte Kornhaß erstaunt. Auch Recknagel, der der Vernehmung mit wachsendem Befremden gefolgt war, sah verblüfft zur Oberstaatsanwältin.

»Sie sind doch Angestellter der Oberhof Sport und Touristik Immobilien GmbH, richtig?«

»Das ist korrekt«, bestätigte Manfred Kornhaß.

»Sagt Ihnen vielleicht der Name Kminikowski etwas?«

Recknagel hustete vernehmlich.

»Wenn Sie Halsschmerzen haben, gehen Sie bitte in die Apotheke«, kanzelte ihn die Oberstaatsanwältin ab. Dann wandte sie sich wieder an den Beschuldigten. »Na?«

»Nein, nie gehört«, antwortete der.

In der Oberstaatsanwältin arbeitete es. Tat der Kerl nur so naiv oder war er wirklich so blöd?

»Ich könnte Sie natürlich auch nur wegen Körperverletzung mit Todesfolge anklagen, wenn Sie mir das eine oder andere Detail über die Strukturen Ihres Arbeitgebers erzählen«, lockte die Oberstaatsanwältin. »Dann würden Sie möglicherweise mit etwas Glück sogar mit einer Bewährungsstrafe davonkommen.«

In Manfred Kornhaß arbeitete es.

»Was wollen Sie denn da so wissen?«, erkundigte er sich misstrauisch.

Die Gundelwein blickte auf ihre Fingernägel. »Zum Beispiel, wo die zig Millionen versickert sind, die in den letzten zwanzig Jahren in den Umbau der Rodelbahn geflossen sind.«

Der Kornhaß zog fast unmerklich den Kopf ein, als wäre in der Nähe ein Silvesterböller hochgegangen.

»Davon habe ich keine Ahnung. Ich bin nur für die Technik verantwortlich.«

»Ich bitte Sie! Sie haben die Bauarbeiten doch mitbekommen«, insistierte die Oberstaatsanwältin.

Kornhaß zuckte die Achseln. »Ich kann doch keine Betriebsgeheimnisse von meinem eigenen Arbeitgeber preisgeben«, erklärte er. »Das können Sie nicht von mir verlangen!«

»Wie Sie wollen.« Die Gundelwein wartete noch einen Moment, ob er es sich noch anders überlegte, dann erhob sie sich brüsk. »Morgen ist Ihr Haftermin beim Untersuchungsgericht. Haben Sie einen Anwalt oder sollen wir Ihnen einen Pflichtverteidiger bestellen?«

Kornhaß riss erschrocken die Augen auf. »Hafttermin? Heißt das, ich muss ins Gefängnis?«

Die Oberstaatsanwältin lächelte amüsiert. »Was dachten Sie denn?«

Manfred Kornhaß war deutlich anzusehen, dass ihm die Vorstellung zu schaffen machte. »Und wer soll so lange die Rodelbahn in Oberhof betreuen? Da findet gerade ein wichtiger Auswahllehrgang statt.«

»Ihre Bobsportfreunde müssen sich sowieso nach einem Ersatz umsehen. Früher oder später. Oder glauben Sie, die warten so lange, bis Sie wieder aus dem Gefängnis raus sind?«

Erst jetzt schien dem Kornhaß die Tragweite seines Geständnisses zu dämmern. Seine Mundwinkel zuckten. Offenbar hatte er nahe am Wasser gebaut. Wenn die Gundelwein eins verabscheute, dann weinende Männer. Darauf reagierte sie ähnlich wie andere auf weiße Mäuse, Spinnen oder Schlangen.

»Was ist jetzt? Pflichtverteidiger, ja oder nein?«, fragte die Oberstaatsanwältin ungeduldig.

»Ich hab schon einen Anwalt«, erklärte Manfred Kornhaß mit zittriger Stimme. »Rechtsanwalt Fickel aus Meiningen.«

Da schien es plötzlich, als hätte ein Sonnenstrahl das zerfurchte Gesicht des Kriminalrats Recknagel verjüngt. Mit freundlicher Stimme wandte er sich an die Oberstaatsanwältin, die augenscheinlich nicht wusste, ob sie lachen oder weinen sollte. »Nur keine Umstände. Ich sage Ihrem Ex Bescheid.«

Der Fickel hatte sich ein Taxi zur Rodelbahn kommen lassen. Sein leerer Magen und die Speed-Walking-Einlage hatten dazu geführt, dass er sich nicht mehr in der Lage sah, auf eigenen Beinen in die Kurklinik zurückzukehren. Natürlich musste er sich einen bissigen Kommentar von Schwester Margret anhören: »Na, junger Mann, haben wir uns verlaufen?«

Immerhin kam der Fickel auf diese Weise noch pünktlich

zu seiner Ergotherapie, wobei im Grunde nicht klar war, was ihm im entgegengesetzten Falle entgangen wäre. Schließlich war er nach der Anstrengung für motorische Übungen kaum noch zu gebrauchen, sodass der Therapeut sogar befand, der Fickel sei ganz schön steif für sein Alter.

Als er endlich wieder in seiner Zelle war und gerade die Beine hochlegen wollte, um ein kleines Nickerchen – auf gut Deutsch: Powernapping – zu halten, klingelte prompt sein Hightechhandy von vor acht Jahren.

Am Apparat war Kriminalrat Recknagel, der den Fickel über die Umstände der Verhaftung von Manfred Kornhaß informierte und ihn darüber in Kenntnis setzte, dass er vom Beschuldigten als Verteidiger ausersehen worden sei, weshalb er morgen um soundso viel Uhr im Saal soundso des Amtsgerichts Meiningen erwartet werde. Der Fickel wandte ein, dass er zur Zeit leider zu einem längeren Kuraufenthalt gezwungen sei – ja, ja, die Gesundheit – und sich gar nicht in Meiningen aufhalte. Dabei suggerierte er bewusst eine größere Entfernung.

Der Kriminalrat wischte den Einwand beiseite und meinte, von Oberhof kurz rüberzukommen werde er wohl noch schaffen. Offenbar hatte der Kornhaß bereits geplaudert. Dem Recknagel schien es wirklich wichtig zu sein, dass der Fickel den Fall übernahm. Immerhin spürte der auch eine gewisse moralische Verpflichtung seinem alten Freund Manfred gegenüber. Aber ob es für den ehemaligen Sportkameraden wirklich das Beste war, von einem Winkeladvokaten wie ihm verteidigt zu werden?

Eigenartigerweise war der Recknagel überzeugt davon, dass ausgerechnet Diplomjurist Fickel der richtige Mann für diese Aufgabe sei, schließlich habe er ein Ass im Ärmel, mit dem man die Oberstaatsanwältin Gundelwein vor Gericht schön alt aussehen lassen konnte, wie vierzig mindestens. Der Fickel erkundigte sich, ob man da wirklich nichts falsch machen könne, juristisch gesehen, aber der Kriminalrat Recknagel wusste ihn auch in der Hinsicht zu beruhigen. Die Sache sei ein Selbstläufer, praktisch Grand mit Vieren.

Und wenn es noch eines Arguments bedurft hätte – spätestens mit der Aussicht auf ein ungleiches, ja unfaires und zugleich risikoloses Kräftemessen mit seiner Ex hatte Kriminalrat Recknagel den Diplomjuristen Fickel im Boot. Nicht, dass der Fickel nachtragend gewesen wäre, aber dass es die Oberstaatsanwältin nicht einmal für nötig befunden hatte, sich nach der Aufklärung der Kminikowski-Affäre für ihre falschen Verdächtigungen zu entschuldigen oder wenigstens zu bedanken, obwohl der Fickel die Hauptlast, vorübergehend sogar das Körpergewicht der Gundelwein, bei der Aufklärung getragen hatte, war ihm noch sehr präsent.

Am Nachmittag hatte der Fickel auf seinem Stundenplan nur einen einzigen Termin: Einzelgesprächstherapie mit Dr. Skrypzki. Aber interessant, was man unter Psychologen als Gespräch bezeichnet. Denn genau wie bei der Gruppensitzung blickte die Psychologin lediglich durch ihre aus der Mode gekommene Brille und ließ den Fickel palavern, wie ihm das Maul gewachsen war. Angesichts der aktuellen Entwicklungen drehte sich das »Gespräch« natürlich vorwiegend um die bevorstehende juristische Auseinandersetzung mit der Gundelwein. Und weil ihm keiner widersprach, redete sich der Fickel direkt in einen richtigen kleinen Rausch hinein und stellte interessante Parallelen zwischen seiner Exfrau und gewissen Phänomenen in der Fauna her. Fleischfressende Pflanzen sind schließlich auch oft rötlich gefärbt, verfügen über große Blütenblätter und sehen auf den ersten Blick vielleicht majestätisch und anbetungswürdig aus. Aber wenn man der äußeren Attraktivität auf den Leim geht, macht's einmal kurz Happs, und man ist erledigt. Als Fliege. Dann wird man von den ätzenden Säften aus dem Inneren der Hölle zersetzt.

So ähnlich schwafelte der Fickel daher, und man muss feststellen, dass er sich hinterher tatsächlich viel besser, irgendwo direkt erleichtert fühlte, ohne dass Doktor Skrypzki zu seinen Ausführungen inhaltlich etwas gesagt hätte. Im Prinzip ist der Beruf der Psychologin mit dem des Bobpiloten oder auch dem der Terminhure irgendwo verwandt. Den Dingen ihren Lauf lassen, Gefahren tapfer ignorieren und durch engagiertes Nichtstun ans Ziel gelangen – einziges Problem in allen drei Fällen: die Nerven zu behalten.

Das Abendessen in der Kantine ließ der Fickel ausfallen und machte sich stattdessen etwas früher vom Acker, nicht ohne seine Abwesenheit vorschriftsmäßig im Etagenbuch festzuhalten. Diesmal bewegte er sich vorsichtshalber ein Stückchen weiter von der Kurklinik fort, um unliebsame Begegnungen mit Mitpatienten und/oder Mitpatientinnen zu vermeiden.

Zum Glück hatte der Straßenverkaufsstand vor dem Einkaufszentrum noch geöffnet, und der Fickel bestellte rasch eine Rostbratwurst mit Senf auf die Hand. Angesichts der Tatsache, dass er nun seit fast vierundzwanzig Stunden nichts Festes mehr zu sich genommen hatte, schmeckte die Mahlzeit vorzüglich. Auch das eigentlich Verbotene daran verstärkte irgendwo den Genuss. Schließlich: Was so gut schmeckte, konnte unmöglich schädlich sein.

Auf dem Kamm des Rennsteigs hatte sich bereits der erste Abendnebel gebildet, der sich anschickte, den über den Tag immer durchlässiger gewordenen Morgennebel abzulösen. Ein paar Jugendliche standen um ein paar Mopeds und ein Sixpack herum, zeigten sich auf ihren Smartphones gegenseitig die neuesten YouTube-Videos und amüsierten sich lautstark über den »Penner«, der im Bushäuschen, das offenbar als sein Zuhause diente, auf einer Bank hockte und unzusammenhängendes Zeug vor sich hin brabbelte. Alle drei Minuten kroch ein Auto über die Hauptstraße. Irgendwann donnerte ein *Team-Germany*-Express auf Rollski vorbei.

Der Würstchenverkäufer erklärte, dass er jetzt auch mal langsam Feierabend machen wolle, und bot dem Fickel an, die letzten beiden Bratwürste, die auf dem Rost vor sich hin schrumpelten, zum halben Preis zu verkaufen. Und da der Fickel sowohl einen Sinn fürs Geschäft als auch ein Herz für Kleinunternehmer hatte, konnte er dieses einmalige Angebot natürlich nicht ausschlagen, Cholesterin- und sonstige Werte hin oder her.

Aber kaum dass der Fickel in seine Wurst gebissen hatte, schoss ihm auch schon der Satz durch den Kopf, den seine Mutter in solch einer Situation immer zu ihm gesagt hatte: »Allein essen macht dick.« Und da er im Prinzip ja ohnehin auf Kur, also praktisch auf Diät war, ging der Fickel schnurstracks zu dem Clochard in sein Bushäuschen, setzte sich neben ihn auf die Bank und reichte ihm eine seiner Schnäppchen-Thüringer. Die Jugendlichen gafften erwartungsvoll. Der Clochard blickte den Fickel fragend an.

»Guten Appetit«, wünschte der Fickel.

»Arschloch«, kam es prompt zurück.

Der Mann hatte tief in den Höhlen liegende Augen, als hätten sie sich mit Absicht in den Schädel zurückgezogen, um von der Umgebung nur noch das Nötigste sehen zu müssen. Außerdem trug er einen langen, eisgrauen Bart und roch ungepflegt. Der Fickel rückte ein Stückchen beiseite und biss beherzt in die andere Wurst. So leicht ließ er sich nicht den Appetit verderben. Der andere kapierte jetzt, was die Stunde geschlagen hatte. Er riss dem Fickel Wurst und Brötchen aus der Hand und schob sich beides im Grunde direkt in den Magen. Die Jugendlichen feixten.

Offenbar auf den Geschmack gekommen, griff der Bärtige auch gleich noch nach Fickels angebissenem Exemplar. So hatte der aber nicht gewettet. Es gab ein kurzes Tauziehen – praktisch um die Wurst –, das unentschieden endete. Jetzt beeilte sich der Fickel aber, den ihm verbliebenen Teil seines Schrumpelwürstchens in die eigenen Eingeweide zu befördern. Das war mal wieder typisch: Wenn man jemandem den kleinen Finger reicht …

»Danke, mein Sohn«, sagte der Clochard mit tränenden Augen und reichte dem Fickel seine Wodkaflasche. Der lehnte dankend ab. Schließlich immer noch beinahe nüchterner Magen.

»Mein Sohn … Peng«, berichtete der Bärtige und hielt sich den Zeigefinger an die Schläfe. Dann sackte er theatralisch in sich zusammen. Die Jugendlichen mokierten sich. »Krech, Krecher, Crash-Pilot!«, rief einer, die anderen lachten.

Jetzt dämmerte dem Fickel, mit wem er es zu tun hatte. Er

las schließlich Zeitung beziehungsweise zumindest das lokale Boulevardblatt.

»Dein Sohn – Daniel Krech?«, erkundigte sich der Fickel.

Der andere nickte aufgeregt. »Daniel. Großer Bobfahrer … Jetzt tot!«

Er nahm einen tiefen Schluck aus der Flasche. Offenbar ließen ihn seine eigenen Worte fast unberührt, Schmerz und Trauer schienen vom vielen Wiederholen, durch unzählige Schlucke aus tiefen Flaschen abgeschmirgelt.

Axel Krech war einst ein erfolgreicher Alleinunterhalter gewesen, hatte es irgendwie bis in die Chefetage des Hotels »Fritz Weineck«[22] geschafft, aber nach dessen Abriss nie wieder richtig Fuß gefasst. Der Selbstmord seines Sohnes hatte ihm anscheinend endgültig den Boden unter den Füßen weggezogen.

»Mein Sohn wusste zu viel. Deshalb musste er sterben«, flüsterte Krech im Brustton der Überzeugung. Er wirkte plötzlich überraschend klar. Die Jugendlichen sahen ein, dass von den beiden alten Säcken auf der Bank keine Show mehr zu erwarten war, und knatterten mit ihren Mopeds davon.

»Worüber?«, erkundigte sich der Fickel höflicherweise. »Den Bob?«

Doch Axel Krech schüttelte den Kopf. »Den Berg«, sagte er geheimnisvoll. »Den Riesenberg!« Er lachte wie irre, dann

22 Von einem Polizisten 1925 erschossener Hallenser Bürstenbinder und Hornist eines KPD-Spielmannszuges. Hymnisch verehrt durch das Lied vom »Kleinen Trompeter«.

trank er erneut. »Dafür haben die meinen Sohn getötet … Diese Schweine!«

Voller Wut warf er die leere Wodkaflasche auf die Straße, dass es klirrte. »Oberhof … Wird alles kaputt gemacht!« Dann, wie durch das Geräusch der berstenden Flasche gleichsam beruhigt, wickelte er sich in seinen Schlafsack, rollte sich auf der Bank zusammen und schlief vor sich hin murmelnd ein.

Der Fickel überlegte, was hier zu tun sei: Feuerwehr, Krankenwagen, Heilsarmee? Aber wie der alte Krech da auf seiner Bank lag, schien er nirgendwohin zu wollen. Mit dem Vorsatz, später noch einmal nach dem Rechten zu sehen, brach der Fickel auf. Inzwischen war es höchste Zeit, sich Richtung Kufenstübchen zu orientieren, wo der Fickel seine Verabredung mit Ole Storandt beziehungsweise mit dessen rothaariger Freundin hatte. Beschwingten Schrittes lief der Fickel durch den Ort. Die Luft roch feucht, harzig und gesund. Einige Sportler nutzten die Abendstunden für ein kleines Läufchen. In den Alpen lag schon vereinzelt Schnee. Die Saison rückte näher.

Keine zehn Minuten später stand der Fickel vor dem entsprechenden Etablissement, halb Finnhütte, halb Jausenstube, *made in GDR*, aber zünftig. Der Fickel öffnete die im Wesentlichen aus gelbem Glas bestehende Tür, an der »Zutritt erst ab 18 Jahren« stand, und prallte zurück. Offenbar hatte man in Oberhof vom Rauchverbot in Kneipen noch nichts gehört. Es wurde gepafft, inhaliert und gequalmt, dass der Amthor seine helle Freude gehabt hätte. Andererseits irgendwo auch wieder konsequent: Der Oberhofer mag's halt gern neblig.

Nach den anderthalb Bratwürsten hatte der Fickel einen hübschen Durst angespart. Also kämpfte er sich durch die herumstehenden Einheimischen und herumsitzenden Touristen zum Tresen vor und orderte bei der alterslosen Wirtin ein Dingslebener. Renate, wahrscheinlich die einzige Nicht- beziehungsweise Passivraucherin im Raum, stand seit fast dreißig Jahren hinter dem Tresen und hatte viele Generationen an Bob- und Schlittensportlern kommen und gehen sehen. Vor allem gehen.

Neben dem Schanktisch stand ein Trophäenschrank, in dem auch drei Goldmedaillen lagerten, die Renate als Rodlerin in den Siebzigerjahren bei internationalen Meisterschaften höchstselbst gewonnen hatte. Große Ehre, aber wirtschaftlich gesehen nicht der Rede wert. Für einen Olympiasieg gibt es heutzutage sage und schreibe fünfzigtausend Euro Prämie, damals nur fünfundzwanzigtausend Mark/Ost und obendrauf ein paar läppische Forumschecks[23], praktisch feuchter Händedruck bei der jahrelangen Schinderei.

Dann zur Wende plötzlich die bittere Erkenntnis: außer Rodeln nicht viel gelernt. Während andere Olympiasieger aus telegenen Sportarten wie Alpin oder Biathlon inzwischen auf den Terrassen ihrer Fincas auf Mallorca saßen und sich an ihren neuen Pools erfreuten, erfreute sich die Kufensportlerin Renate allenfalls an ihrem neuen Pool-Tisch. Denn Billard geht immer, bei Einheimischen wie Touristen.

23 Zahlungsmittel im Intershop, wo die Produkte des Klassenfeindes in seiner eigenen Währung feilgeboten wurden.

Dass der Fickel nach einem Vierteljahrhundert erstmals wieder im Kufenstübchen auftauchte, entlockte Renate immerhin den Kommentar: »Sieh an, der Fickel, lässt du dich auch mal wieder blicken.«

Nachdem er seinen Durst mit einem tiefen Schluck des heimatlichen Gebräus ertränkt hatte, erkundigte sich der Fickel, wo Ole Storandt und die Seinen sich aufhielten. Renate deutete mit dem Kopf Richtung einer Tür, an der ein Schild mit dem Hinweis »Kompetenzteam Oh 2030« hing, und erkundigte sich mit rauchiger Stimme: »Gehörst du etwa auch zu diesen Spinnern?« Natürlich hätte der Fickel gern gewusst, wen die Renate im engeren Sinne mit dieser Bezeichnung meinte, aber die war mit Ausschenken derart beschäftigt, dass er nicht wagte, nachzufragen.

Als der Fickel das Hinterzimmer mit den »Spinnern« betrat, ging es dort doch immerhin etwas ruhiger zu als im Schankraum, auch was den Nikotingehalt der Luft anging, gab man sich gemäßigter. Die Anordnung der Stuhlreihen erinnerte an FDJ- oder auch Parteisitzungen, die der Fickel aufgrund seiner damaligen Jugend und irgendwo auch mangels Klassenbewusstseins allerdings nie live miterlebt hatte. Insgesamt waren vielleicht fünfundzwanzig bis dreißig Personen anwesend. Allenthalben wurde konspirativ geflüstert, sodass den Fickel irgendwo schlagartig das Gefühl beschlich, in einer Geheimloge gelandet zu sein.

Die meisten Gesichter kannte der Fickel von früher, aus der kurzen Impression in der Starthalle oder wenigstens von der Saalschlacht in der Panoramalounge. Nur die Vertreter des sächsischen Verbandes fehlten, genauso wie die Bayern. Vorn war eine Tafel mit Tischdecken aufgebaut, an der Bürgermeister Bradschetl thronte. Ole Storandt saß zwischen seinem Bremser Leyh und Svenja in der Menge und winkte dem Fickel fröhlich zu. Etwas abseits saß Ronald Bradschetl und betrachtete die Versammlung, insbesondere seinen Vater, feindselig. Aus irgendeinem Grund hatte er ein Greenpeace-Basecap auf dem Kopf, das er auch nicht absetzte. Der Fickel steuerte auf die letzte Reihe zu, hinter den breiten Kreuzen der Bobsportler fühlte er sich unbeobachtet.

Bürgermeister Edwin Bradschetl ging an die Tür und rief: »Renate, bringst du noch 'ne Runde?« Wenig später kam Renate mit einem riesigen Tablett und verteilte unaufgefordert Biertulpen und kurze Klare. Alle Anwesenden bis auf die aktiven Sportler griffen beherzt zu. Gerade in dem Moment, als der Fickel aufstand und sich ein frisches Dingslebener vom Tablett angelte, blickte er mit einem Mal direkt in die Augen von Doktor Sauerbrey. Es folgte eine kleine Schrecksekunde beiderseits, aber ganz besonders beim Fickel, schließlich: die Leberwerte und das Alkoholverbot. Andererseits kann man irgendwo auch schlecht zu einer ärztlichen Philippika ansetzen, wenn man just einen Nordhäuser Doppelkorn in der einen Hand und ein Pils in der anderen hält.

»Guten Abend, Herr Professor«, wünschte der Fickel geistesgegenwärtig, und da konnte der Angesprochene nicht anders, als ebenso höflich zu erwidern: »Was machen *Sie* denn hier?«, bevor er sich, ohne die Antwort abzuwarten, in eine vordere Reihe verkrümelte.

»Die meisten von euch wissen ja schon, worum es geht«, begann Bürgermeister Bradschetl schließlich in verbindlichem, manche würden sagen: konspirativem Tonfall. »Bevor wir ins Detail gehen, möchte ich noch mal herzlich drum bitten, dass alles, was wir besprechen, hier innerhalb dieser vier Wände bleibt. Ihr wisst ja, wie die Leute von der Presse sind.«

Jetzt setzte ein zustimmendes Gemurmel ein. »Wer nachher Mitglied in unserem Verein ›Oh 2030‹ werden will, hier gibt es noch Antragsformulare. Irgendwelche Fragen?«

Ein älterer Mann meldete sich. »Wofür steht eigentlich dieses schwachsinnige ›Oh 2030‹«?, erkundigte er sich.

Ole Storandt ergriff das Wort: »Oberhof 2030 natürlich, du Dunselmann«, erklärte er.

»Das erinnert mich irgendwie an *Oh, frische Bohnen*[24]«, erwiderte der andere und erntete ein paar Lacher bei den Älteren im Saal.

Langsam dämmerte dem Fickel, was das Geheimtreffen bezweckte. Flink im Kopf nachgerechnet – kein Zweifel: 2030 fanden tatsächlich Olympische Winterspiele statt. Sollten die Oberhofer auf die größenwahnsinnige Idee gekommen sein … ?

»Wir wissen natürlich, dass wir bei der Olympiabewerbung nur Außenseiterchancen haben«, erklärte Bürgermeister Bradschetl gelassen. Sein Sohn lachte gehässig auf. Der Bürgermeister ignorierte ihn einfach. »Wer hätte damals mit Pyeongchang gerechnet? Oder dass Katar die Fußball-WM bekommt?«

24 Anspielung auf eine Werbeaktion, mit der ein skrupelloser Kaffeeröster im Jahre 1990 den Hang der Ostdeutschen zur Uniformierung schamlos ausnutzte und circa 98,9 Prozent der Trabbi- und Wartburgbesitzer zu Kaffeefahrern degradierte.

Zustimmendes Gemurmel allenthalben, Bradschetl setzte seine Rede fort. »Oberhof hat weltweit einen guten Klang unter Wintersportfreunden. Und jeder im IOC weiß, dass wir Deutsche gut im Organisieren sind. Wenn die Bayern nicht wollen, dann machen wir das eben. In Thüringen kommt jede Idee zur Blüte.«

Ein paar Leute im Raum applaudierten.

»Manchmal treiben in Thüringen die Ideen auch Blüten«, rief Ronald Bradschetl dazwischen.

»Deine schlauen Kommentare kannst du dir für die Uni sparen«, wies ihn sein Vater zurecht.

»Was soll die Bewerbung überhaupt kosten?«, hakte Ronald unbeeindruckt nach. »Ich dachte, die Kommune ist pleite.«

Edwin Bradschetl ließ sich von seinem streitlustigen Sohn nicht nervös machen. »Dazu wird uns gleich unser Gast aus Erfurt etwas sagen, wie ich sehe, kommt er gerade herein.«

Der Fickel blickte zur Tür, und das war bereits die dritte überraschende Begegnung an diesem Abend, denn der Gast aus Erfurt war niemand Geringeres als der ehemalige Landrat von Schmalkalden-Meiningen, Witwer und ehemaliger Spartakiade[25] Sieger im Brustschwimmen Peter Kminikowski. In seinem Businessanzug sah er genauso elegant aus wie eh und je.

Der Fickel rutschte hinter dem mächtigen Kreuz von Ole Storandt in Deckung. Zwar hatte er persönlich mit dem

25 DDR-interne Olympiade für Nachwuchssportler.

Landrat a.D. nie zu tun gehabt, andererseits hatten Fickels Recherchen hinsichtlich des gewaltsamen Todes seiner Frau einigermaßen unangenehme Folgen für Peter Kminikowski gezeitigt. Immerhin gut möglich, dass er Fickels Visage in der Zeitung gesehen hatte.

Kminikowski grüßte mit der gewinnenden Pose des gelernten Berufspolitikers in die Runde: »Guten Abend allerseits, entschuldigen Sie meine Verspätung, aber ich hatte noch einen Termin mit dem Innenminister, der, wie wir ja alle wissen, auch für den Sport zuständig ist.«

Damit hatte er gleich mal eine Wegmarke gesetzt: Ministerium, oha! Die Zuhörer hingen an seinen Lippen.

»Viele kennen mich ja noch als Landrat«, fuhr Kminikowski fort.

»Allerdings!«, rief Ronald Bradschetl erneut dazwischen. »Ich sag nur: SM-Club.« Ein paar der Anwesenden lachten, doch die meisten hatte er nicht auf seiner Seite.

»Inzwischen bin ich in der Landespolitik tätig und koordiniere fachübergreifende Projekte von verschiedenen Ministerien«, erläuterte Kminikowski, ohne auf den Störenfried einzugehen. »In dieser Eigenschaft wurde von Ihrem Bürgermeister Bradschetl die äußerst interessante Idee einer möglichen Olympiabewerbung der Stadt Oberhof an mich herangetragen.« Er lachte, was fast überhaupt nicht künstlich klang. »Ich war natürlich auch erst mal skeptisch wie die meisten, aber dann habe ich angefangen nachzudenken. Und je tiefer ich in die Materie eingestiegen bin, desto realistischer erschien mir das Vorhaben.«

Ronald Bradschetl lachte. Auch der Fickel glaubte, seinen Ohren nicht mehr trauen zu können. Aber wohin er auch blickte, niemand im Raum schien Kminikowskis Worte für einen Witz zu halten, selbst Dr. Sauerbrey, als Mediziner eigentlich dem Objektiven und Wahren verpflichtet, blickte interessiert nach vorn. Ole Storandt wirkte direkt begeistert, während Svenja nachdenklich eine rote Haarsträhne um den Zeigefinger wickelte.

»Besonders überzeugt hat mich an dem Konzept das PPP, das *Public Private Partnership*.«

Storandt blickte sich zum Fickel um. »Was heißt'n das? Als Anwalt musst du das doch wissen.«

Ein paar Leute ringsum blickten jetzt zum Fickel. Der stand mal wieder auf dem Schlauch und rutschte immer tiefer. Glücklicherweise hatte Bürgermeister Bradschetl die Unruhe bemerkt.

»*Public Private Partnership* ist nichts weiter als eine besondere Form des *Joint Venture*. Manche kennen das noch von früher. Die öffentliche Hand nimmt privatrechtlich Geld auf und beteiligt die Investoren dann am Gewinn.«

»Falls es einen gibt«, rief Ronald Bradschetl dazwischen. Damit erntete er zustimmendes Gemurmel im Saal.

»›Privat‹ bedeutet in dem Fall in erster Linie: große Unternehmen«, erklärte Bürgermeister Bradschetl beruhigend. »Jeder kann, niemand muss!« Es wurde wieder leise.

»Letzte Woche habe ich vom Minister den Auftrag bekommen, eine Machbarkeitsstudie für eine Bewerbung in Auftrag zu geben«, fuhr Kminikowski fort. »Wir haben auch schon über Details gesprochen. Der Minister war besonders angetan von der langfristigen Perspektive und den positiven wirtschaftlichen Impulsen, die eine Bewerbung für das gesamte Bundesland zweifellos mit sich bringen wird.«

Jetzt begann es in Fickels Oberstübchen wieder zu rattern. Der entthronte König von Meiningen und der Pate von Oberhof machten also gemeinsame Sache. Gut möglich, dass Karl-Heinz Menzer diese Allianz im Sinn hatte, als er kurz vor seinem Dahinscheiden davon sprach, in Oberhof stinke es zum Himmel. Wo Kminikowski auftauchte, da stank im Prinzip immer irgendwas.

»Aber was ist mit den Sportstätten?«, fragte ein einzelner Skeptiker. »Allein die ganzen Hallen … So viel Platz haben wir hier doch gar nicht.«

Der ehemalige Landrat nickte zustimmend. »Das ist ein berechtigter Einwand«, bestätigte er. »Deshalb planen wir eine Doppelbewerbung mit Erfurt. So wie Garmisch mit München. Nur dass bei uns die Wege viel kürzer sind.«

Das Gemurmel klang jetzt fast murrend. Bürgermeister Bradschetl sah sich genötigt, erklärend beizuspringen. »Liebe Freunde! In Erfurt werden nur die Eislaufveranstaltungen stattfinden. Die Infrastruktur ist da ja zum Teil schon vorhanden. Außerdem brauchen wir ja enorme Hotelkapazitäten … «

Kminikowski nickte. »Stellt euch nur mal vor, Leute: allein die ganze Weltpresse!«

Und damit auch dem Letzten im Raum klar wurde, um welche Größenordnung es sich bei dem Projekt handelte, fügte Bradschetl hinzu: »Das wird ein Riesen-Event für eine kleine Stadt wie Oberhof, für den gesamten Landkreis. Für ganz Thüringen. Gigantisch!«

Und Kminikowski bestätigte noch einmal: »Gigantisch.«

Jetzt herrschte ehrfürchtige Stille im Saal. Fast konnte man die Schaumbläschen in den Bierblumen platzen hören.

Der Fickel blickte hinüber zu Svenja, die andächtig an Kminikowskis Lippen hing. Edwin Bradschetl unterbrach das Schweigen und erklärte feierlich: »Wir alle haben die Chance, Teil von etwas Großem zu werden, etwas Einmaligem. Sie alle sind herzlich eingeladen, in unserem Kompetenzteam mitzuwirken.«

»Jawoll!«, rief Ole Storandt, und alle klatschten, außer dem Fickel und Ronald Bradschetl.

»Wenn ich das richtig verstanden habe, finden die Hallensportarten in Erfurt statt und die Nordischen Skiwettbewerbe bei uns …?«, fragte Letzterer.

»Ganz genau«, bestätigte Bradschetl Senior. »Biathlonstadion, Skisprungschanzen – das meiste steht ja schon …«

»Und wo soll der ganze Schnee herkommen? Der fällt ja nicht vom Himmel.« Bürgermeister Bradschetl war deutlich anzusehen, dass er seinem Filius am liebsten ins Gesicht gesprungen wäre.

»Dafür gibt es heutzutage Schneekanonen«, erwiderte er.

»Was ist mit der Bobbahn?«, rief Anschieber Leyh dazwischen. »Für Olympische Wettkämpfe fehlt da doch die Anschubstrecke.«

Kminikowski winkte ab. »Das ist das kleinste Problem. Das Land Thüringen hat erst mal fünfzig Millionen Euro aus dem Landeshaushalt bereitgestellt, die in den nächsten Jahren stufenweise ausgezahlt werden. Dazu kommen noch Bundesmittel, Lottostiftung und, und, und …«

»Nicht zu vergessen private Investoren«, ergänzte Edwin Bradschetl.

»Fünfzig Millionen«, staunte Storandt. »Dafür könnten wir ja eine völlig neue Bahn hinsetzen!«

Jetzt wurde kreuz und quer durch den Raum diskutiert, wie man die vielen Millionen von Euro zweckmäßig einzusetzen gedachte, ehe Bürgermeister Bradschetl noch hinzufügte: »Die aktuellen Umbaumaßnahmen im Stadtzentrum werden übrigens auch schon im Hinblick auf die Bewerbung geplant und durchgeführt.«

Kminikowski nickte. »Deshalb brauchen wir auch die Unterstützung der Umweltgruppen, insbesondere was die Windräder auf dem Kamm des Rennsteigs und die Pumpspeicherwerke angeht«, sagte er. »Schließlich wollen wir mit dem Slogan werben: ›Grüne Spiele im grünen Herzen Deutschlands!‹«

»Das glaubt ihr doch selbst nicht«, rief Ronald empört. »Allein der Flächenfraß!« Jetzt setzte ein eher dissonantes Gemurmel ein. Beim Thema Verschandelung des Thüringer Waldes war manch einer im Raum ein bisschen ambivalent.

»Kann man auch gegen die Pumpspeicherwerke sein und für Olympia?«, fragte ein einzelner Skeptiker.

»Das gehört irgendwo schon zusammen«, erklärte Kminikowski. »Entweder wir wecken Oberhof insgesamt aus dem Dornröschenschlaf oder alles bleibt, wie es ist.«

»Das Wasser aus den Pumpspeicherwerken können wir nämlich auch für die Schneekanonen verwenden«, erläuterte der Bürgermeister. »Die Energie für die Kühlung kommt dann aus den neuen Windkraftwerken. Grüner geht's wirklich nicht.«

Ronald Bradschetl sprang wütend auf. »Das ist der größte Blödsinn, den ich je gehört habe! Jahrelange Baustellen, Windräder auf dem Rennsteig … Und das verkauft ihr noch als Öko!«

Die Leute im Saal murmelten. Ganz falsch lag der junge Mann mit seinen Einwänden nicht, aber erstens geht man so nicht mit seinem Vater um und zweitens kann man's den Umweltschützern ja nie recht machen.

»Wenn du das alles für Blödsinn hältst, dann kannst du jetzt ja auch gehen«, erklärte Bürgermeister Bradschetl sichtlich genervt.

»Du schmeißt mich raus?«, fragte Bradschetls Sohn.

»Du lässt mir ja keine Wahl. Wir versuchen hier, gemeinsam etwas voranzubringen. Und deine Brüllerei ist nicht sehr konstruktiv.«

»Ich hab sowieso genug gehört. Schönen Abend allerseits.« Ronald Bradschetl erhob sich extra geräuschvoll und schlurfte nach draußen.

»Tja, Olympia gibt es eben nicht zum Nulltarif«, sagte Kminikowski und lächelte einnehmend.

»Mein Sohn wird das auch noch kapieren«, erklärte der Bürgermeister, aber da hätte der Fickel nicht drauf gewettet.

»Ich denke, insgesamt werden die Nachteile durch die Vorteile mehr als aufgewogen«, ergänzte der Kminikowski. »Wenn ich nur daran erinnern darf, was für einen Hickhack es um die A71 gegeben hat. Und jetzt? Die Leute küssen uns Politikern die Füße, die das damals durchgesetzt haben.«

Als sich die allgemeine Aufregung wieder ein bisschen gelegt hatte, meldete sich ein neuer Querulant zu Wort: »Das ist ja alles gut und schön. Aber: Wo um Gottes willen wollt ihr die Alpinwettbewerbe stattfinden lassen?«

Da sahen sich alle erst mal verdutzt an, denn in Oberhof denkt beim Wort »Winterolympiade« im Grunde niemand an Abfahrt, Slalom oder Super-G, geschweige denn an Trickski, Snowboard und den ganzen neumodischen Schnickschnack. Da war man im besten Sinne konservativ.

»Ist doch sonnenklar: Die Alpinen bekommen den Fallbachhang«, rief einer dazwischen und erntete einen riesigen Lacherfolg im Raum. Jeder wusste, dass man am Fallbach höchstens Skilernkurse für Anfänger ausrichten konnte, aber gewiss keine olympischen Wettbewerbe in Speed-Disziplinen.

Daraufhin wurde kontrovers über die Tauglichkeit verschiedener Hänge diskutiert: am Kanzlersgrund, am Großen Beerberg, sogar eine Verwendung des nahen Schneekopfes wurde angedacht, obwohl der streng genommen gar nicht mehr zur Oberhofer Gemarkung zählte. Aber letztlich wirkte kein Standort wirklich überzeugend. Was nicht weiter verwunderte: Denn für den Alpinen Skisport fehlte es dem Thüringer Wald einfach an Format.

Der Fickel dachte, damit wäre die Diskussion eigentlich beendet und alles würde sich in Wohlgefallen und einer weiteren Runde Dingslebener auflösen. Schnapsidee eben, und fertig. Aber weit gefehlt!

»Wir haben bereits eine konkrete Lösung im Auge«, erklärte Kminikowski geheimnisvoll. »Aber die wollen wir der Öffentlichkeit erst präsentieren, wenn die letzten Details geklärt sind.«

Leider musste der Landrat a.D. dann auch gleich weiter, jedoch nicht ohne den Hinweis, dass er die nächsten Tage in Oberhof verbringen werde, um weiter die Lage zu sondieren und Gespräche zu führen. Schon war Kminikowski wieder verschwunden. Auch Doktor Sauerbrey machte sich unauffällig vom Acker.

»Tja, dann beginnt jetzt der gemütliche Teil«, bilanzierte Bürgermeister Bradschetl und klatschte in die Hände. »Jeder, der einen Anstecker trägt, trinkt auf Kosten des Hauses!« Und da applaudierte das Publikum in ungeteilter Zustimmung. Was ein richtiger Vollblutpolitiker ist, der weiß eben, wie man die Leute hinter sich versammelt.

Als der Fickel zwei weitere Dingslebener und einen doppelten Rennsteigtropfen später aus dem Kufenstübchen trat und fröhlich vor sich hin pfeifend den Heimweg zur Kurklinik antreten wollte, wurde er ungewollt Zeuge einer Auseinandersetzung zwischen Svenja und Ole Storandt, die am Parkplatz unter einer Laterne standen und diskutierten.

»Mensch Mädel! Morgen ist wieder Selektion. Wenn das der Dillinger mitkriegt, dass ich bis in die Puppen feiern gehe, kann ich den Weltcup haken«, erklärte Storandt gerade. »Da wartet der doch nur drauf, dass ich ’nen Fehler mache!«

Die Rothaarige sagte etwas, was der Fickel nicht verstand.

»Ich bin aber nicht Denni«, erwiderte Ole Storandt sauer. »Du kannst ja noch um die Häuser ziehen, ich hau mich aufs Ohr.« Kurz darauf war er im Nebel verschwunden.

»Langweiler«, schickte ihm die Rothaarige hinterher. Der Fickel wollte sich nicht aufdrängen, deswegen ging er einfach weiter. Außerdem fehlte ihm irgendwo auch ein intelligenter Einstiegssatz.

»Hey! Soll ich dich mitnehmen?«, rief Svenja zu ihm rüber. »Ich bin mit dem Auto da.« Kurz darauf saß der Fickel in einem vom TÜV begnadigten ehemals weißen R4 und hatte das vertraute Gefühl, er säße wieder in einem Bob, praktisch mitten im Rennen. Die Rothaarige heizte mit ihrer Kiste wie der Henker über die Serpentinen von Oberhof. Es ruckelte nach links, es zog ihn nach rechts – einfach herrlich, diese Fliehkräfte. Aus den Boxen klang ein Lärm, der von jungen Leuten als »Elektro« bezeichnet wurde, wie der Fickel auf Nachfrage erfuhr.

Während sie das Lenkrad fest umklammert hielt, schimpfte Svenja leidenschaftlich auf Ole Storandt. »Ich wollte nur noch auf 'nen Sprung zu der Party in Waltershausen. Aber dieser Typ denkt nur an seine Karriere. Als ob es nichts anderes im Leben gibt als immer nur Training. Das ödet mich so was von an!«

Vor Wut drückte sie weiter aufs Gas, obwohl der Fickel hätte schwören können, dass an der Stelle nur dreißig Kilometer in der Stunde erlaubt waren. Mit dem Alter wird man auch ängstlicher.

Sie rasten am Bushäuschen vorbei, doch der alte Krech war verschwunden.

Während er sich in einer Haarnadelkurve am Haltegriff festklammerte, dass der fast aus der Verankerung riss, erkundigte sich der Fickel mit flauem Magen, auf wen Ole Storandts Bemerkung auf dem Parkplatz gemünzt gewesen war, er sei schließlich nicht Denni. Natürlich hatte er schon so eine Ahnung.

»Das bezog sich auf meinen Ex-Freund: Daniel Krech. Hat sich im Sommer leider das Leben genommen«, erklärte Svenja. »Der war ganz anders drauf als Ole. Nicht so ehrgeizig … Für Denni gab es auch noch was anderes als seinen Bob.«

Von der Seite konnte Fickel erkennen, dass Svenja bei der

Erinnerung an Daniel Krech die Augen feucht geworden waren. »Es tut mir so leid um ihn«, sagte sie mit belegter Stimme. »Wir hätten uns noch so viel zu sagen gehabt.«

Der Fickel wartete ab, bis Svenja sich wieder ein bisschen gefangen hatte. »Ist Ole jetzt dein neuer Freund?«, erkundigte er sich in der ihn auszeichnenden Sensibilität, ganz ohne Hintergedanken natürlich.

»Du kannst vielleicht Fragen stellen!« Svenja lachte kurz auf, aber dann wurde sie nachdenklich. »Ole ist ein guter Kumpel«, erklärte sie nach einer kurzen Pause.

Ob Storandt das auch so sah, sei mal dahingestellt. Ohne Vorankündigung bog Svenja plötzlich scharf nach rechts ab, obwohl der Fickel hätte schwören können, dass es zur Kurklinik nach links ging. Als er seine Chauffeurin darauf aufmerksam machte, erklärte Svenja: »Ich fahr nur noch kurz bei der Party vorbei – auf 'nen kleinen Absacker.«

Der Fickel sprang fast von seinem Sitz. »Etwa nach Waltershausen?«

»Genau«, bestätigte Svenja. »Ist schließlich nur 'n Katzensprung.«

Der Fickel merkte an, dass die Katze dann aber Weitspringerin sein müsste, Luftlinie dreißig Kilometer über den Thüringer Wald hinweg, sogar noch hinter Tabarz. Aber da lachte Svenja nur. »Doch nicht *das* Waltershausen.«

Schon hatte sie den Blinker gesetzt und war nach links in den finsteren Wald abgebogen. Eine Millisekunde dachte der Fickel … Man las ja so allerhand in der Zeitung. Sittlichkeitsverbrechen et cetera pp. Aber natürlich komplett falsche Rollenverteilung.

Nach wenigen Metern durch den Nebelwald ahnte der

Fickel endlich, wohin die Reise ging. »Waltershausen« wurde von den Einheimischen nämlich früher auch scherzhaft das Gästehaus des einstigen Staatsratsvorsitzenden Ulbricht in Anlehnung an dessen Vornamen genannt, obwohl nicht er persönlich, sondern vielmehr seine Frau Lotte den Standort ausgesucht haben soll. Die wirklich wichtigen Dinge wurden auch in der DDR von den Frauen entschieden.

In den Sechzigern, auf dem Höhepunkt seiner Macht, hatte der große Freund und Gönner Oberhofs eine Luxusherberge am Fuße des Schützenberges geplant beziehungsweise planen lassen, im Prinzip Neuschwanstein auf sozialistisch: mit original Lauscha-Glas-Elementen[26], Fußbodenheizung, Klimaanlage und versenkbaren Heizwänden – sowie einem exklusiven Zugang zum etwas höher gelegenen Rennsteig, mit besten Jagdaussichten. Nach der Wende war der einstige Plattenpalast nach und nach verfallen und zum Investitionsobjekt für Spekulanten verkommen.

Doch als Svenja am Nebengebäude für die Wachmannschaften und Bediensteten vorbeigefahren war, gaben die Bäume den Blick auf ein hell illuminiertes dreistöckiges Gebäude frei, innen fast vollständig entkernt, aber rundherum eingerüstet und mit einem zusätzlichen Dachgeschoss versehen. Von allen Seiten waren Scheinwerfer auf die Baustelle gerichtet, über dem neu gezimmerten Dachstuhl schwebte, von einem Kran gehalten, die Richtkrone.

»Nü, däs häddest de jetzt nüsch erwarded, 'ne?«, sächselte Svenja scherzhaft im unvergessenen Ulbricht-Singsang, wo

26 Lampen.

auch immer sie den aufgegriffen hatte. Und dem Fickel fiel keine bessere Erwiderung ein als: »Ei verbibscht.«[27]

Svenja parkte den R4 selbstbewusst zwischen den Nobelkarossen, die kreuz und quer im Wald abgestellt waren. Nur der Oligarchen-Ferrari parkte natürlich direkt im Scheinwerferkegel. Typisch Schwanzverlängerung.

»Ups!« Svenja war beim Gehen über eine Wurzel gestolpert und klammerte sich an Fickels Arm fest.

»Sorry«, entschuldigte sie sich, »ich bin fast nachtblind.«

»Kein Problem«, versicherte der Fickel, dessen Nervenenden bei der Berührung vibrierten wie die Borsten einer elektrischen Zahnbürste.

Das sich den Ankömmlingen bietende Bild aus in Nebel und Licht schwimmenden Gestalten vor der Bauruine wirkte insgesamt ziemlich gespenstisch, praktisch Vampirtreffen. Ein Streichquartett saß in einem Partyzelt und spielte Rondò Veneziano. Livrierte Diener verteilten Champagnergläser unter den Anwesenden, die überwiegend in Abendgarderobe in kleinen Grüppchen herumstanden. Das mit Abstand größte Grüppchen hatte sich um den mit Abstand kleinsten Mann gebildet: Sergej Nasirow, mittlerweile ohne Fellmütze, dafür mit einer Art Cowboyhut. Neben ihm erkannte der Fickel GmbH-Chef Alexander Panhans sowie den ehemaligen Landrat Kminikowski. Leibbremser Frolow stand ein paar Meter entfernt. Wie er bei den Lichtverhältnissen mit Sonnenbrille auf seinen Chef aufpassen wollte, blieb sein Geheimnis.

27 Praktisch nicht übersetzbarer sächsischer Ausdruck maßvollen Erstaunens.

»Mann, ist das öde hier«, befand Svenja, nachdem sie sich ein wenig umgesehen hatte. »Ich besorge uns erst mal was zu trinken!«

Sie ließ Fickels Arm fahren, drängte sich beherzt durch die Menge – und war fürs Erste verschwunden. Glücklicherweise steuerte kurz darauf zufällig ein livrierter Diener mit einem Tablett voller Champagnergläser den Fickel an. Eigentlich hätte der natürlich ein frisches Dingslebener vorgezogen, aber das hatten sie leider nicht im Angebot.

Plötzlich erschallte eine Stimme aus dem Lautsprecher, die um Ruhe bat. GmbH-Chef Alexander Panhans hielt eine kleine Ansprache. »Meine Damen und Herren, dürfte ich kurz um Ihre Aufmerksamkeit bitten?«

Die Leute versammelten sich um Panhans, der im Scheinwerferlicht wie ein Conférencier der alten Schule wirkte, praktisch O.F. Weidling[28]. Der Fickel nutzte die Gelegenheit, seine Bekanntschaft mit dem Champagner-Service aufzufrischen.

»Wir feiern heute ja das Richtfest des ersten Fünfsterne-Superior-Hotels in der Geschichte des Ortes Oberhof«, fuhr GmbH-Chef Panhans fort. »Und wie ich gerade vom Bauleiter erfahren habe, fehlt im Dachstuhl leider noch ein Nagel! So eine Schlamperei aber auch!« Er lachte grunzend ins Mikrofon. »Darf ich unseren Freund und künftigen Hotelchef, Herrn Sergej Nasirow, bitten, dem Zimmermann behilflich zu sein und diesen letzten Nagel einzuschlagen?«

28 In Thüringen geborener, äußerst beliebter Entertainer, unter anderem *Treff mit O.F.*, wurde wegen seines losen Mundwerks vom DDR-Fernsehen abgesägt, woraufhin nicht wenige Bürger zu Hause ihr DDR-Fernsehen absägten.

»*Kaneschna.* Ich meine: natürrrlich. Es ist mirrr eine Ährre«, schnarrte Nasirow und nahm unter dem warmen Applaus der Anwesenden einen Zimmermannshammer von Panhans in Empfang. Das Ganze wirkte überhaupt nicht inszeniert.

Jetzt konnten alle Anwesenden verfolgen, wie Nasirow behände das Gerüst hinaufkletterte, die Streicher spielten Spannungsmusik dazu. Etwas abseits von der Menge stand Ronald Bradschetl, der geniale Bobkonstrukteur, rauchte eine selbstgedrehte Zigarette und beobachtete die Szenerie mit argwöhnischen Blicken. Der Fickel schlenderte zu ihm.

»Auch hier?«, begrüßte ihn Ronald Bradschetl fast feindselig. »Bei diesem Wichtigtuertreffen?«

Der Fickel beeilte sich klarzustellen, dass er nur zufällig hier gelandet war, praktisch Entführung. Inzwischen war Nasirow auf dem Dach angekommen und schwang den Hammer. Die Leute zählten die Schläge mit: »Eins, zwei, drei …« Als er den Nagel versenkt hatte, rief GmbH-Chef Alexander Panhans: »Es ist vollbracht!«

Nasirow hob die Arme und winkte den Leuten mit dem Hammer zu. Plötzlich gab es einen entsetzten Aufschrei unter den Anwesenden. Nasirow hatte offenbar zu heftig gewinkt und dabei das Gleichgewicht verloren. Er taumelte, ruderte verzweifelt mit den Armen, um sich auf den Füßen zu halten, doch schließlich musste er sich den Gesetzen der Schwerkraft beugen. Begleitet von einem vielstimmigen Chor des Entsetzens rauschte er kopfüber in die Tiefe. Nur Frolow blieb unbewegt stehen. Vielleicht hatte er den Unfall seines Chefs mit der Sonnenbrille noch gar nicht richtig mitbekommen.

Auch dem Fickel rutschte kurzfristig das Herz in die Hose. Erstens die eigene Höhenangst, zweitens der arme Kerl! Zwei Tote in so kurzer Zeit, so was schlägt schon aufs Gemüt. – Doch was war das? Mitten im Sturz schien sich die Fallgeschwindigkeit Nasirows auf rätselhafte Weise zu verringern. Plötzlich breitete er die Arme aus, als hätte er einen Wingsuit an, und schwebte gleichsam wie Batman persönlich über die Versammelten hinweg. In Oberhof war man ja an Wunder gewöhnt, aber so etwas hatte man noch nicht gesehen, nicht mal bei den Skispringern!

»Meine Damen und Herren, der Herr der Lüfte: Sergej Nasirow!«, rief Alexander Panhans begeistert ins Mikrofon.

Ronald Bradschetl lachte boshaft. »Geile Show.«

Der Schreck wich nur langsam allgemeiner Erleichterung. Nasirow wurde von einem Sicherungsseil, das am Kran befestigt war und das man zuvor in der Dunkelheit nicht gesehen hatte, zur Erde niedergelassen. Langsam setzte Applaus ein, in der Menge raunte es: »So ein verrückter Kerl aber auch!«

In dem ganzen Trubel fiel niemandem außer dem Fickel auf, wie sich der alte Krech im Schatten der Bäume näherte und unbemerkt mit einem Schlafsack im ehemaligen Gästehaus verschwand. Offenbar nutzte der Clochard das zukünftige Fünfsterne-Superior-Hotel als Schlafstätte.

»Diese Idioten glauben wirklich, sie haben einen fetten Fisch an der Angel«, sagte Ronald Bradschetl mit Blick auf Nasirow. »Haben sie auch, aber …« Er ließ eine Kunstpause, um seine Worte richtig wirken zu lassen. »Es ist der Weiße Hai.« Er warf seine Zigarette weg und fing sofort an, sich eine neue zu drehen.

»Wieso?«, erkundigte sich der Fickel. Dass jemand ausgerechnet in Oberhof ein Fünfsterne-Superior-Hotel errichtete, war zwar erstaunlich, aber vielleicht steckte ja ein Plan dahinter. Immerhin hatte Oberhof auch den Reichen einiges zu bieten: beste Luft, ein fantastisches Freizeitangebot und immerhin Deutschlands einzigen denkmalgeschützten Golfclub.

»Der Geldsack hat schon zwei traditionsreiche Skiorte in der Schweiz und einen in Südtirol plattgemacht«, erklärte Ronald Bradschetl. »Erst investiert er, bis die ganze Infrastruktur auf ihn zugeschnitten ist, und wenn er das Monopol hat, erpresst er die Orte mit seiner wirtschaftlichen Macht. Der kann da bauen und die Leute abzocken, wie er will.«

»Und warum gerade Oberhof – und nicht, sagen wir mal: Berchtesgaden?«, wandte der Fickel ein. »Da ist doch viel mehr zu holen!«

»Ganz einfach: Die Bayern haben ihn nicht reingelassen. Die sind eben schlau, im Gegensatz zu meinem Alten …« Er zündete sich die neue Zigarette an. »Aber ich halt lieber mein Maul, ich will ja nicht enden wie der Menzer.«

Jetzt war der Fickel natürlich innerlich im Modus: Stillgestanden. »Ich dachte, das war ein Unfall?«, fragte er.

»Pfff«, machte der junge Industriedesigner. »In den Orten, in denen Nasirow investiert, hat es in den letzten Jahren dreimal so viele tödliche Unfälle gegeben wie zuvor.«

Der Fickel blickte aus dem Augenwinkel zu Nasirow hinüber, der von seinem mächtigen Leibbremser Frolow auf der Erde aufgefangen wurde wie ein kurz in die Luft geworfenes Baby.

»Aber so einen Unfall zu simulieren … Wäre das nicht ein bisschen kompliziert?«

»Die Ampelanlage kann doch jeder manipulieren, der einen Schraubendreher halten kann«, erklärte der junge Industriedesigner nüchtern. »Dafür muss man nicht studiert haben.«

Der Fickel war sich inzwischen ziemlich sicher, es mit einem Verschwörungstheoretiker zu tun zu haben. Typisch Intellektueller eben.

»Aber … warum sollte das jemand tun?«

»Der Menzer hat kein Blatt vor den Mund genommen. Der und Daniel Krech waren die Einzigen, die mal Klartext geredet haben, wie das hier alles läuft. Beide sind jetzt tot. Komisch, oder?«

Nasirow badete noch im Applaus der Anwesenden und ließ sich von seinem Leibbremser eine Magnum-Flasche Champagner reichen.

»Wir schreiten jetzt zum Höhepunkt des Abends«, verkündete Alexander Panhans. »Zur Hoteltaufe!«

»Chalt! Dafurrr brrrauchen wirrr eine Frrrau!«, rief Nasirow. »Ein Mann brrringt Ungluck!«

Die kühle Blonde, die der Fickel schon als Nasirows Begleiterin in der Trainingshalle gesehen hatte, stellte sich bereits in Positur, doch Nasirows Blick war auf Svenja gefallen.

»Wurrrden Sie uns diesen kleinen Gefallen errrweisen?«, fragte er galant.

»Klaro«, antwortete Svenja ohne falsche Scheu, nahm Nasirow die Magnum aus der Hand und warf sie locker, als sei es eine leere Bierflasche, gegen die Wand des einstigen SED-Gästehauses und künftigen Fünfsterne-Superior-Hotels. Die

Flasche explodierte mit einem satten Knall. Die Scherben flogen durch die Luft, ein paar Damen kreischten grundlos.

»Ich taufe dich auf den Namen …«, rief Svenja unbeeindruckt und wandte sich Hilfe suchend nach Nasirow um.

»Chotel Awrrrorrra!«, rief der unter dem Beifall der Leute.

»Aurora, die Göttin der Morgenröte!«, sagte Alexander Panhans ins Mikrofon. »Als Symbol, dass eine neue Zeit in Oberhof angebrochen ist.« Einige der Anwesenden dachten bei dem Namen an diesem speziellen Ort sicher auch an den russischen Panzerkreuzer, der 1917 mit einem Kanonenschuss den Sturm auf das Winterpalais des Zaren und somit die Große Sozialistische Oktoberrevolution eingeleitet hatte.

Tatsächlich gab es kurz nach der Explosion der Champagnerflasche einen zweiten Donnerknall, und zugleich schien plötzlich das ganze Haus in Flammen zu stehen. Doch es handelte sich lediglich um ein Feuerwerk. Nasirow hatte sich nicht lumpen lassen. Minutenlang regnete es vom Dach goldene und silberne Funken. Die Leute riefen »Ah« und »Oh« und die Streicher strichen dazu. Wenn das der Walter noch erlebt hätte!

Durch das Feuerwerk konnte der Fickel erkennen, wie Nasirow sich bei Svenja mit einem Blumenstrauß und Küsschen bedankte. Da wollte auch der ehemalige Landrat Kmikowski nicht zurückstehen und näherte sich, ganz offensichtlich im Flirtmodus. Wer würde es ihm verdenken – als Witwer? Trotzdem war dem Fickel dieser Anblick ungefähr so angenehm wie ein Naturfilm, in dem ein Krokodil ein trinkendes Antilopenbaby verschlingt. Dann schon lieber dem Storandt beim Süßholzraspeln zusehen, aber der schlief wahrscheinlich schon tief und fest und träumte eher von den Kurven der Rodelbahn als von Svenjas. Ein guter Kumpel eben.

Da fiel dem Fickel auf, dass er nicht der Einzige war, der in Richtung Svenja linste, die lauthals lachte. Einen Moment lang glaubte der Fickel sogar, einen Funken Eifersucht in den Augen des jungen Mannes zu erkennen.

»Die ist sich auch für nichts zu schade«, kommentierte Ronald Bradschetl, dann drückte er die Zigarette am nächsten Baumstamm aus und verschwand ohne weitere Erklärungen im Dunkel.

Inzwischen war es merklich leerer auf der Veranstaltung geworden. Die Streicher hatten den Betrieb eingestellt und der Getränkenachschub stockte. Langsam wurde es direkt ungemütlich. Der Fickel blickte auf die Uhr – und Schock: schon kurz vor zehn, für den Kurgast also praktisch fünf vor zwölf! Und Svenja stand immer noch in der Einflugschneise von Kminikowskis Charme.

Der Fickel ging kurz in den Wald, wo im Nebel nur noch wenige Karossen parkten. Vor einem großen BMW mit Erfurter Kennzeichen blieb er stehen und ruckelte ein wenig an der Tür. Nichts. Er hob ein kleines Ästchen vom Boden auf und steckte es ins Türschloss. Jetzt endlich reagierte die Alarmanlage. Der Wagen vollführte ein infernalisches Hupkonzert, die Blinker riefen um Hilfe.

Während Kminikowski und ein paar andere ängstliche Luxuswagenbesitzer in den Wald stürmten, ging der Fickel in die entgegengesetzte Richtung zu Svenja.

»Da bist du ja«, begrüßte ihn die Rothaarige. »Ich hab dich

schon überall gesucht!« Natürlich logen schöne Frauen auch schöner als andere.

Der Fickel erklärte, dass für ihn jetzt langsam Zapfenstreich war. Svenja schmollte. »Och menno!« Dann fügte sie den mittelmäßig schmeichelhaften Satz hinzu: »Und ich dachte, du bist noch ganz locker für dein Alter.«

Da hatte sie natürlich irgendwo nicht ganz unrecht, andererseits hatte man ab einem gewissen Alter auch Verpflichtungen, insbesondere sich selbst gegenüber.

»Warum kommst du nicht mit ins Panorama?«, schlug Svenja vor. »Sergej lädt uns alle ein!«

Sie blickte ihn verführerisch an, oder einfach nur so – aber der Erfolg war der gleiche. Der Fickel war hin- und hergerissen. Man will ja kein Spießer sein, doch irgendwo zog es ihn plötzlich auch mit Macht in seine gemütliche Zelle. Schließlich hatte er morgen volles Programm – kuristisch und juristisch gesehen. Klar, wenn man jünger wäre … Aber so: Andropause.

Trotz bester Vorsätze trug sich der Fickel weder ganz pünktlich noch ganz nüchtern in das Etagenbuch ein. Dabei war er derart in Gedanken versunken, dass er nicht einmal merkte, wie Schwester Margret, die gerade ihren wohlverdienten Feierabend antrat, pikiert die Nase rümpfte.

VIII

Als am nächsten Morgen zu nachtschlafender Zeit Fickels Wecker klingelte, dachte er im ersten Moment, er hätte alles geträumt: die merkwürdige Begegnung mit Axel Krech, die nicht weniger merkwürdige Veranstaltung im Kufenstübchen, die rasante Fahrt in Svenjas R4 und schließlich den Champagnerempfang in Ulbrichts Gästehaus. Doch ein lästiges Katergefühl in den Schläfen sorgte für einen gewissen Authentizitätsbeweis der Erinnerungen.

Laut seines Wochenplanes musste der Fickel noch vor dem Frühstück zum gemeinsamen Frühsport antreten, um den Kreislauf zu aktivieren. Nun war der Fickel alles andere als ein Turner, war es im Grunde auch nie gewesen, sondern von der Veranlagung her eher Leicht- beziehungsweise inzwischen Schwerathlet. Trotzdem quälte er sich in seinen braunen ASK-Trainingsanzug und fand sich in halbwegs repräsentablem Zustand beim Treffpunkt ein.

»Gemeinsam« war beim Frühsport allerdings relativ zu verstehen, denn Männlein und Weiblein turnten natürlich getrennt wie früher in der Polytechnischen Oberschule. Beim Sport hörte die Gleichheit der Geschlechter auf – oder besser gesagt: ab einem gewissen Alter fing sie da erst richtig an. Und damit es nicht so auffiel, blieben Männer und Frauen aus guten Gründen jeweils lieber unter sich.

Der Fickel kam beim Sport irgendwie nicht so richtig in die Gänge, was vielleicht mit seinem Konsumverhalten am

Vorabend zu tun hatte, einerseits die Durst verursachenden Würste, andererseits die Löschbiere. Da er aber mit Abstand der Jüngste und irgendwo auch noch der Mobilste in seiner Gruppe war, fiel er als Antigymnastiker nicht weiter negativ auf. Dennoch nahm sich der Fickel, nachdem ihm schon beim zehnten Liegestütz die Puste ausgegangen war, vor, die Kur jetzt tatsächlich ein wenig ernster zu nehmen und ab sofort mehr auf sich respektive seine sterbliche Hülle zu achten. Denn, wie eine medizinische Binsenweisheit besagt: Wer sich früher gehen lässt, der geht auch früher.

Mit dem festen Vorsatz, der gesunden Ernährung eine Chance zu geben, marschierte der Fickel in die Kantine. Doch als er vor der Auswahl an Körnern stand, von Dinkel bis Hafer, und sich nebenan die anderen Kurgäste, die nur wegen Lappalien wie Kreuzband oder neuer Hüfte in der Klinik waren, ihre Teller mit Konfitüre, Honig und Nudossi[29] überschwemmten, schmolz seine Willenskraft dahin wie die Butter auf dem frischen Toast.

Der Kompromiss, den er sich schließlich gestattete, bestand darin, dass er sich zwei Vollkornbrötchen schnappte und die statt mit Butter mit Margarine und statt mit Konfitüre mit Diät-Pflaumenmus bestrich, praktisch Reformhaus. Das Ergebnis war an sich nicht schlecht: Es schmeckte ungefähr halb so gut wie sonst, dafür hatte man auch nur ein halbes schlechtes Gewissen.

Als der Fickel es sich gerade an seinem Tisch bequem gemacht hatte, wanzte sich Gisela heran. »Ist hier noch frei?«

29 Wie der Name schon sagt: »Nudella« für Ossis.

Eigentlich hätte der Fickel gern mit »Nein« geantwortet, aber selbst als Anwalt hat man nicht in jeder Situation die erforderliche Geistesgegenwart. Außerdem hatte Gisela den ganzen Teller mit Speck-Rührei beladen, was den Fickel ein wenig von seinem Diät-Pflaumenmus ablenkte.

»Willst du auch 'nen Happen?«, fragte sie einladend, als sie sich hinsetzte, und fügte augenzwinkernd hinzu: »Kleine Revanche für das Rostbrätel gestern.«

Standhaft verwies der Fickel auf seine gesunde Ernährung, aber interessant: Gisela ernährte sich auch gesund, nur dass sie dabei nach Herzenslust Rostbrätel und Rührei aß und zur Not auch Erdbeersahnetorte ohne Boden. »Nennt sich *Low Carb*. Kommt aus Amerika«, erklärte sie, den Mund voller Rührei. Dafür verschmähte sie Bratkartoffeln und die Brötchen. »Eiweiß ist gut, Kohlenhydrate sind Gift«, deklamierte sie. »Wissenschaftlich erwiesen.«

Da waren alle guten Vorsätze Makulatur, und der Fickel übernahm gern einen Teil von Giselas Rührei. Und guck mal einer an: Irgendwo schmeckte ihm die *Low Carb*-Geschichte viel besser als seine eigene Reformhaus-Kur, praktisch Wurstdiät. Da hätte man auch selbst drauf kommen können.

»Warum hast du nicht gleich gesagt, dass du Anwalt bist?«, erkundigte sich Gisela und fügte verschmitzt hinzu: »Hast wohl Angst, dass die Weiber nur an dein Geld wollen, gell?«

Sie lächelte verschwörerisch. »Touché«, antwortete der Fickel, um einer längeren Erklärung aus dem Weg zu gehen. Denn erfahrungsgemäß ist es so: Je mehr man bestreitet, über ein Vermögen zu verfügen, desto weniger wird es einem geglaubt, vor allem als Anwalt. Dass es auch arme Juristen gibt, kommt in der offiziellen Weltordnung heiratswilliger Frauen genauso wenig vor wie zum Beispiel hässliche Filmschauspieler.

»Schade, ich steh leider nur auf Ärzte«, erklärte Gisela, und dem Fickel fiel es nicht sonderlich schwer, Bedauern zu heucheln. »Aber wenn es mit dem Sauerbrey nicht klappt, komme ich auf dich zurück«, ergänzte sie mit selbstgewissem Lächeln. Da hatte es der Fickel mit dem Heucheln vielleicht ein wenig übertrieben.

Nach dem Frühstück quälte er sich geschlagene zwei Stunden in der Rückenschule und anschließend beim Yoga. Dann wurde es langsam Zeit, sich auf den Weg Richtung Meiningen zu machen, schließlich wollte er seinen Mandanten nicht warten lassen. Das gestaltete sich jedoch schwieriger, als er es sich vorgestellt hatte. Denn gerade als er sich diskret durch den Hintereingang empfehlen wollte, hörte er eine bereits vertraute Stimme: »Wo wollen wir denn hin, junger Mann?«

Schwester Margret kam gerade zur Arbeit und hatte ihre Schwesterntracht noch nicht angelegt, weshalb sie der Fickel glatt übersehen hatte. Notgedrungen log er drauflos, er müsse mal kurz nach Meiningen zu seinem Zahnarzt, weil er sich am Öko-Müsli einen Zahn abgesplittert habe, verdammtes Pech aber auch. Schwester Margret ließ jedoch nicht mit sich verhandeln. »Das besprechen wir mit Doktor Sauerbrey«, befahl sie in strengem Tonfall. »Solange ich hier arbeite, gibt es an dieser Klinik keine Extratouren, nicht mal für Anwälte!«

Der Fickel zog kurz in Erwägung, die Flucht nach vorn anzutreten, aber da sah er, dass sein beige-brauner Wartburg 353 Tourist ohnehin so ungünstig zugeparkt war, sodass er weder vor noch zurück konnte – und zwar von einem bestens bekannten knallroten italienischen Sportwagen. Diese Milliardäre glauben wirklich, sie können parken, wie sie wollen. Nervös blickte der Fickel auf seine Uhr, Modell VEB Ruhla analog: Noch eine knappe Stunde, dann wurde er vor Gericht erwartet. Und vorher musste er noch vom Recknagel die Informationen einholen, wie er seinen Mandanten aus der Untersuchungshaft rausboxen konnte. Wenn nicht gleich etwas passierte, konnte das direkt in Stress ausarten …

Oberstaatsanwältin Gundelwein zog im kleinen, aber feinen Meininger Hallenbad ihre Bahnen, leider mehr zickzack als geradeaus, weil sie ständig langsameren Schwimmern ausweichen musste. Früher am Morgen hatten bereits die zweiten und dritten Klassen Schwimmunterricht genossen, und die Gundelwein hatte das unbestimmte Gefühl, durch reinen Kinder-Urin zu kraulen. Nach tausend Metern hatte sie genug. Die Oberstaatsanwältin stemmte sich aus dem Wasser und machte am Beckenrand zum nicht geringen Erstaunen der anderen Badegäste noch fünfzig Liegestütze, bevor sie zu den Duschen ging und sich kalt abbrauste.

Erfrischt und belebt setzte sie sich in ihren kleinen roten Flitzer und fuhr auf schnellstem Wege in die Rechtsmedizin, um mit Doktor Haselhoff die Ergebnisse der Obduktion zu besprechen. Kriminalrat Recknagel hatte sich den Vormittag freigenommen. Umso besser, dachte die Gundelwein bei sich, denn insgeheim verdächtigte sie den Kriminalrat, mit ihrem Exmann gemeinsame Sache zu machen.

Wie wäre er sonst seinerzeit in den Besitz des illegalen Filmchens gelangt, in dem Gundelweins Exmann ihren mehr oder weniger unfreiwilligen Striptease im Hotelzimmer von Peter Kminikowski festgehalten hatte?

Dass ihr Exmann die Szene vom Balkon aus beobachtet hatte, war demütigend genug. Dass dieser verwackelte, aber leider nicht genug verwackelte Film durch die Rechner der Polizei kursierte und womöglich noch ins Internet gelangte, war eine absolute Horrorvorstellung und hatte der Gundelwein anfangs schlaflose Nächte beschert. Jede Woche kontrollierte sie mindestens zwei Mal die einschlägigen Seiten im Internet, wo anonyme Schmuddelfilmchen zur Schau gestellt wurden: durch Schlüssellöcher fotografierte Umkleidekabinen oder private Videos von Frauen, deren Exmänner oder -freunde sich an ihnen rächen wollten. Zurschaustellung als ultimative Demütigung. Man konnte gar nicht so perfide denken, wie manche Männer handelten, wenn es um ihre gekränkte Eitelkeit ging.

Was in Rechtsmediziner Haselhoffs Kopf herumging, wenn er sich an weiblichen Leichen zu schaffen machte, wollte die Oberstaatsanwältin lieber nicht wissen. Aber in diesem konkreten Fall handelte es sich zweifelsfrei um eine männliche Leiche, soweit das noch zu erkennen war. Die Oberstaatsanwältin musste ihre gesamte Willenskraft aufbieten, um beim Anblick des zerschundenen Torsos von Karl-Heinz Menzer ihren Brechreiz zu unterdrücken.

»Sie müssen den Bahnchef sofort freilassen«, erklärte der Rechtsmediziner nach der kurzen Begrüßung aufgeregt.

»Seit wann haben Sie das zu entscheiden – sind Sie etwa Richter?«, konterte die Gundelwein gelassen. Doktor Haselhoff grummelte irgendetwas in sich hinein. Wie die meisten Wissenschaftler glaubte er, mit seinem Ausschnitt der Wirklichkeit die gesamte Welt erklären zu können. In seinem Fall überwiegend anhand von Leichen.

»Ich konnte es selbst kaum glauben, aber: Karl-Heinz Menzer ist *nicht* durch den Zusammenstoß mit dem Bob gestorben«, erklärte Doktor Haselhoff mit Sensationsmiene.

»Wie ein natürlicher Tod sieht mir das aber auch nicht aus«, erwiderte die Oberstaatsanwältin mit Blick auf den Leichnam, der mit zerfleischtem Abdomen und eingedrücktem Brustkorb sowie von den Kufen fast abgetrennten muskulösen Armen kaum noch an den hoch aufgeschossenen, kräftigen Mann erinnerte, den die Oberstaatsanwältin auf dem Foto eines Nachrufs in der Zeitung gesehen hatte: Olympiasieger, Weltmeister, erfolgreicher Trainer – und jetzt nur noch ein Klumpen aus Knochenmasse und Gekröse. Egal, wie gut man in Form ist, so sieht es am Ende aus, dachte die Oberstaatsanwältin, aber sie wehrte sich gegen den Gedanken, ihren eigenen durchtrainierten Körper in irgendeine Verbindung dazu zu setzen.

»Die Verletzungen im Bereich von Brust und Abdomen sind sehr eindrucksvoll«, erklärte Doktor Haselhoff. »Aber sie sind eindeutig post mortem zugefügt worden.«

»Da heißt, er war schon tot, als er vom Bob überfahren wurde?«, fragte die Gundelwein.

»Genau so ist es«, bestätigte der Rechtsmediziner. »Gestorben ist er kurz vorher durch einen schweren Schlag gegen den Kopf mit einem stumpfen Gegenstand. Ein Stück vom Schädelknochen hat sich ins Hirn gebohrt. Gute Nacht. Das war's.«

»Das können Sie so genau feststellen?«, erkundigte sich die Oberstaatsanwältin skeptisch.

»Mit neunundneunzigprozentiger Sicherheit ist es so passiert«, erklärte Doktor Haselhoff. »Jemand hat ihn erschlagen und dann in die Bahn geworfen, um den Mord zu kaschieren. Aber nicht mit mir, Leute!«

Am liebsten hätte die Oberstaatsanwältin dem Rechtsmediziner eine Schelle direkt in seine selbstzufriedene Visage verpasst. Wie immer nahm sie es geradezu persönlich, wenn die Tatsachen nicht mit ihrer Tathypothese übereinstimmen wollten. Bis jetzt hatte in dem Fall alles gepasst. Die Vorgeschichte mit der gescheiterten Ehe, ein eifersüchtiger Mann, der sich Mut antrinkt und eine Kurzschlusshandlung begeht – alles schien wie aus dem Kriminalistik-Lehrbuch.

»Neunundneunzig Prozent, sagen Sie?«, meinte die Gundelwein nach einer kurzen Pause. »Gratulation. Dann haben Sie diesmal wohl den schwarzen Schwan entdeckt.«

»Wie bitte?«, erwiderte Doktor Haselhoff irritiert.

»Der Beschuldigte hat bereits gestanden«, erklärte die Oberstaatsanwältin nüchtern. »Die Tat ist damit aufgeklärt.«

»Aber …«, haspelte der Rechtsmediziner ungläubig. »Das kann nicht sein!«

»Ich erwarte Ihren schriftlichen Bericht«, erklärte die Gundelwein geschäftsmäßig. »Bis dahin wird nach Aktenlage entschieden.«

Schon rauschte sie nach draußen. Doktor Haselhoff blickte ihr kopfschüttelnd hinterher. Etwas Vergleichbares war ihm in zwanzig Dienstjahren noch nicht passiert.

Der Fickel saß wie auf glühenden Kohlen vor dem Behandlungszimmer von Doktor Sauerbrey, scharf bewacht von Schwester Margret. »Ich muss da jetzt rein«, erklärte der Fickel mit all ihm zur Verfügung stehendem Nachdruck.

»Sie bleiben schön hier, bis Doktor Sauerbrey Sie zu sich hereinbittet, junger Mann«, bremste ihn Schwester Margret. Leider konnte der Fickel so lange nicht warten. Als seine Bewacherin für einen Moment abgelenkt war, stand er kurz entschlossen auf, ging schnurstracks zur Tür des Chefarztzimmers, an der »Zutritt erst nach Aufforderung« stand, und öffnete sie beherzt, ohne zu klopfen.

»Halt, stehen bleiben!«, donnerte es hinter ihm, aber der Fickel war ohnehin erstarrt. Auf einer Behandlungsliege saß Jetset-Oligarch Nasirow mit einer Infusionsnadel im Arm. Frolow saß, jetzt ohne Sonnenbrille, dafür aber auch mit einer Infusion, neben ihm. Nasirows Leibbremser war obenrum unbekleidet, sodass man einen direkten Blick auf seine wohlbehaarten Muskelberge hatte, King Kong nix dagegen. Mit leichtem Grausen erinnerte sich der Fickel an Ronald Bradschetls Anspielung vom gestrigen Abend, die ungeklärten Todesfälle in Nasirows Investitionsumfeld betreffend. Aber man will ja niemandem was unterstellen, nur weil er vielleicht mehr Kilopond in seinen Muskeln hat als Kilobyte in seinem Zentralrechner.

Im angrenzenden Physiotherapiebereich hockten Ole Storandt, sein Anschieber Leyh sowie zwei weitere Athleten, die der Fickel im Panorama gesehen hatte, auf Ergometern und strampelten um die Wette.

»Was zum Teufel …?«, fluchte Doktor Sauerbrey.

»Der ist okay«, rief Ole Storandt herüber und winkte dem

Fickel freundlich zu. »Willst du auch 'nen Laktattest machen?«, fragte er scherzhaft und deutete auf ein freies Ergometer, doch der Fickel lehnte dankend ab.

»Ich habe ihm ausdrücklich verboten, die Tür zu öffnen«, schimpfte Schwester Margret. »Außerdem ist der Herr Fickel gestern erst kurz vor zehn zurückgekommen und hat gestunken wie ein Brauereipferd«, petzte sie weiter. »Und eben wollte er schon wieder ausbüchsen!«

»Schon gut«, meinte Doktor Sauerbrey beruhigt, nachdem er den Fickel erkannt hatte. »Ich kümmere mich drum.«

»Wirklich?«, fragte Schwester Margret ungläubig. Sauerbrey bestätigte mit einem Kopfnicken. »Danke. Sie können uns jetzt allein lassen.«

Mit einem ungläubigen Blick auf ihren Chef und einem strengen Blick Richtung Fickel zog sich Schwester Margret zurück. Der Fickel blickte auf die herumliegenden Infusionsbeutel, rein interessehalber.

»Das sind nur Elektrolyte, nicht dass Sie sich sonst was einbilden«, erklärte Sauerbrey in dem gleichen Tonfall, in dem er früher die bunten Vitaminpillen für harmlose Nahrungsergänzungsmittel erklärt hatte. Doch der Fickel hatte ohnehin keine Zeit, über eventuelle Gesetzeslücken in der Dopingliste zu spekulieren. In aller gebotenen Eile erklärte er, warum er dringend nach Meiningen musste und sich daher weder von brünetten Krankenschwestern noch von roten Sportflitzern aufhalten lassen durfte.

»Soso, Sie wollen also zur Arbeit«, kommentierte Doktor Sauerbrey lakonisch. »Ich dachte, Sie hätten ein Burn-out.«

Als der Fickel jetzt aber erwähnte, weshalb er dieses eine Mandat ausnahmsweise während der Kur angenommen hatte, dass er nämlich lediglich vorhatte, den Chef der Rodelbahn, Manfred Kornhaß, aus dem Gefängnis zu befreien, da war der letzte Funke Misstrauen im Nu verflogen und der Freigang im Eilverfahren genehmigt. Jetzt gab es nur noch ein Problem. Wie sollte der Fickel mit seinem Wagen aus der Parklücke kommen?

»Das chübsche brrraune Awto, das gechörrrt dirrr, Towarrrischtsch?«, erkundigte sich Nasirow in fast akzentfreiem Deutsch. Der Fickel bejahte. Da reichte ihm Nasirow seinen Autoschlüssel. »Nix Problem, wirrr tauschen einfach. Ich bin lange nicht mehrrr so eine chübsche kleine Awto gefahrrren.«

Genauso gut hätte Captain Kirk dem Fickel sein Raumschiff überlassen können. Letzterer merkte an, dass es theoretisch – und sogar auch praktisch – schon genügen würde, wenn der Genosse Nasirow seinen Wagen einen halben Meter weiter vorn parken würde. Aber Nasirow deutete auf den Infusionsständer.

»Ich kann grrrad nicht weg chier. Und wenn du eilig chast, mit meine Awto bist du vielleicht ein bisschen schnellerrr, *prrravilno*?«

Er lachte lauthals los und die meisten Anwesenden fielen ein. Frolow und der Fickel lachten nicht. Frolow, weil er kein Deutsch verstand, und der Fickel, weil er im Geiste mögliche finanzielle Folgen dieses Wagentauschs überschlug. Seine Haftpflichtversicherung belief sich auf eine Deckungssumme von fünfzig Millionen Euro. Das sollte fürs Erste eigentlich genügen. Außerdem wollte er sich vor den versammelten Rennfahrern auch keine Blöße geben.

Und so wanderten die Autoschlüssel zwischen dem Oligarchen und der Terminhure hin und her, obwohl dem Fickel die Trennung von seinem Eisenacher Fabrikat nicht direkt leicht fiel. Immerhin tröstete er sich damit, dass es schließlich nur vorübergehend war. Nachdem er sich von allen verabschiedet und die besten Wünsche für »den Prozess« mit auf den Weg bekommen hatte, nahm er die Beine unter die Arme und hetzte zum Parkplatz. Aber da wartete gleich das nächste Problem auf ihn: Wie kommt man in so ein Raumschiff überhaupt hinein? Nachdem der Fickel auf gut Glück sämtliche Knöpfe der Fernbedienung gedrückt hatte, ließ sich die Fahrertür immerhin öffnen, und der Fickel nahm auf dem schalenartigen Rennsitz Platz. Leichter gesagt als getan, denn Nasirow maß vielleicht eins fünfundsechzig, der Fickel hingegen knapp zwei Meter – Knie praktisch an den Ohren. Der Fickel fühlte sich wie ein Wiener Schnitzel in einer Suppentasse. Aber wie verstellt man jetzt noch mal einen Sitz im Ferrari? Das hatten sie ihm damals in der Fahrschule nicht beigebracht.

Noch bevor er überhaupt den Motor angelassen hatte, war er schon nass geschwitzt. Überall befanden sich Monitore, Touchscreens und Knöpfe mit teils bekannten, teils rätselhaften Funktionen, unter anderem auch das wichtigste Bedienelement für echte Ferraristi: die Lichthupe. Der Fickel vergeudete mindestens eine weitere kostbare Minute damit, nach dem Zündschloss zu suchen, bevor er links am Lenkrad den Startknopf entdeckte. Wobei das Lenkrad eher wie eine futuristische Spielkonsole wirkte, auf gut Deutsch: Volant.

Beherzt drückte der Fickel auf den Startknopf. Der Schreck, als die zwölf Zylinder zu arbeiten begannen, fuhr ihm spontan in alle Glieder. Das Geräusch unter der Motorhaube war schon mal ein beachtlicher Teilerfolg, jetzt musste man das Ganze nur noch irgendwie ins Rollen bringen. Sehnsüchtig blickte der Fickel hinüber zu seinem getreuen beige-braunen Wartburg 353 Tourist mit guter alter Lenkradschaltung.

Irgendwie gelang es ihm mithilfe der italienischen Bedienungsanleitung, auf einem »Manettino« genannten Bedienelement die Fahrmodi einzustellen. Für den Anfang entschied er sich sicherheitshalber für die mittlere Einstellung SPORT und drückte ganz behutsam mit dem Fuß auf das rechte Alupedal. Schwups! – Um ein Haar hätte er die alte Fichte gefällt, die fünfzig Meter weiter neben der Klinikausfahrt stand. Von null auf hundert in 3,1 Sekunden, Warp-Antrieb nix dagegen.

Einem sonst eher trägen Menschen wie dem Fickel war solch eine Beschleunigung natürlich komplett wesensfremd. Am liebsten wäre er gleich wieder ausgestiegen. Doch nach dem ersten Schreck hatte er immerhin so viel Gewalt über den Wagen gewonnen, dass er sich auf der Straße gefahrlos in den fließenden Verkehr einordnen konnte. Schließlich brauchte er nicht auf eine Lücke zu warten, in die er wie üblich mit Vollgas hineinbeschleunigen konnte. Die anderen krochen scheinbar im Schneckentempo über den Asphalt und ließen den Millionär mit seinem Ferrari anstandslos einscheren. Interessant, wie stark der einem im Straßenverkehr entgegengebrachte Respekt von den Pferdestärken abhängt, die man unter der Haube hat, ob wie gewohnt fünfzig oder wie aktuell eher um die siebenhundert, grob geschätzt.

Majestätisch glitt der Fickel mit seinem roten Schlitten

über die baufälligen Oberhofer Straßen und machte zum ersten Mal in seinem Leben die erstaunliche Erfahrung, Adressat von Sozialneid zu sein, zum Glück aber mit getönten Scheiben. Außerdem musste er höllisch aufpassen wegen der Schlaglöcher, denn so ein Bolide war im Prinzip wie ein geworfenes rohes Ei – das Problem war das Einfangen. Merke: Als Oligarch hat man's auch nicht leicht.

Kaum hatte er das Ortsausgangsschild hinter sich gelassen, überholte der Fickel probeweise einen Lkw, dann etwas mutiger geworden einen Škoda Superb und schließlich sogar einen BMW. Endlich war die Piste frei, und der Fickel cruiste ganz gemächlich die Serpentinen Richtung Autobahn hinab. Als er zwischen den unzähligen Armaturen endlich den Tacho gefunden hatte, wunderte sich der Fickel dann doch. Schließlich: So ein teures Auto, und dann ist der Tacho kaputt! Oder wie kann man sich sonst erklären, dass man mit fast hundert Sachen in eine scharfe Kurve hineinfährt, ohne es zu merken?

Beim Tritt auf die Bremse hob es ihn beinahe aus dem Sitz, denn die Beschleunigung funktionierte auch in umgekehrter Richtung mehr als eindrucksvoll. So hatte sich der Fickel das mit der Entschleunigung bei der Kur eigentlich nicht vorgestellt. Nach dieser Erfahrung kroch der Fickel mit vorschriftsmäßigen achtzig Stundenkilometern endlich auf die Lebens- oder, wie manche behaupten, die Krampfader Thüringens, die A71, die wie immer leer und verlassen vor ihm lag.

Aber da er es tatsächlich ein kleines bisschen eilig hatte, zu seinem juristischen Termin zu kommen, erwachte beim ehemaligen Anschieber des Bobs Oberhof II das Rennfahrerherz – und fast ein bisschen übermütig stellte er rechts am Manettino den Fahrmodus auf RACE. Wenn schon, denn schon!

Doch merkwürdigerweise kam der Wagen plötzlich überhaupt nicht mehr auf Touren, obwohl der Motor weiter röhrte wie ein brünftiger Hirsch zur Paarungszeit. Infernalisch. Offenbar erwartete das Getriebe vom Fahrer, dass er in einen anderen Gang wechselte, zum Beispiel in den zweiten, doch der Fahrer wusste einfach nicht, wie. Denn offenbar hatten die italienischen Ingenieure vergessen, ein Kupplungspedal einzubauen.

Der Drehzahlmesser näherte sich verdächtig der Achttausender-Marke, ohne dass die Geschwindigkeit erheblich zunahm. Inzwischen qualmte es auch aus den riesigen Auspuffrohren wie bei einem Zweitaktmotor, nur etwas dunkler. Sobald der Fickel seinen Fuß einen Millimeter vom Gas nahm, verlangsamte der giftige Sportwagen sofort, im Prinzip Vollbremsung. Ein Mercedesfahrer, der offensichtlich im Windschatten des Ferrari Sprit sparen oder auch nur unerkannt durch die Blitzanlagen schlüpfen wollte und dem Fickel um ein Haar hinten reingedonnert wäre, zog schimpfend und Vogel zeigend vorbei. Bei gewissen Menschen ist es eben egal, ob sie in einem Wartburg oder einem Ferrari unterwegs sind, sie sind qua Geburt dazu verurteilt, ein Verkehrshindernis zu bilden.

Wenig später überholten bereits die ersten Familienväter mit ihren Opels und VWs und lachten sich kaputt. Sogar ein Sechzehntonnen-Brummi zog hupend vorbei, und das beschämenderweise auch noch bergauf. Der Fickel versank immer tiefer in seinem Schalensitz, denn wenn man derart langsam und ruckelnd mit so einer Angeberkarre unterwegs ist, dann wirkt selbst ein Ferrari nicht unbedingt als Schwanzverlängerung, sondern eher -verkürzung.

Aber irgendwo musste der Fickel dann am Lenkrad wogegen gekommen sein, denn plötzlich vollführte der Wagen einen Satz nach vorn – ähnlich wie beim Start an der Klinik raketenartig beschleunigend, entfesselte er knapp siebenhundert Newtonmeter Drehmoment wie aus dem Nichts. Die eher beschauliche, von Tempolimits geprägte A71 verwandelte sich mit einem Schlag in eine Rennstrecke, praktisch Nürburgring. Im Tiefflug sauste der Fickel an den Familiendroschken, die ihn eben noch überholt hatten, huldvoll grüßend vorbei. Welch ein majestätisches Gefühl, solch eine Höllenmaschine zu beherrschen! Bei zweihundert Stundenkilometer setzte eine Art Geschwindigkeitsrausch ein. Denn so schnell war der Fickel in seinem ganzen Leben noch nicht unterwegs gewesen, nicht einmal im Bob Oberhof II.

Dann aber musste er schon wieder irgendwo am Lenkrad wogegen gekommen sein, denn so plötzlich er losgeschossen war, so akut bremste der Wagen mit lautem Motorengedröhne wieder runter. Peinliche Geschichte im Grunde. Denn jetzt kamen die Familienväter in ihren Kombis und Vans wieder auf ihre Kosten. Inzwischen lachten auch die Frauen auf den Beifahrersitzen und die Kinder in ihren Raumkapsel-Sitzen auf den Rückbänken. Sogar ein Schäferhund im Fond eines schrottreifen Volvo schien den Pseudomilliardär in seinem italienischen Dolce-Vita-Schlitten mit gebleckten Zähnen auszulachen.

Glücklicherweise hatte der Ferrari durch seinen kurzen, aber rasanten Zwischensprint bereits so viele Kilometer gefressen, dass die Ausfahrt Meiningen-Nord bereits in Sichtweite war. Ohne den Blinker zu setzen, fuhr der Fickel mit flatternden Nerven von der Autobahn ab. Mit dröhnenden Zylindern heizte er durch das Waldgebiet, am ehemaligen Flugplatz entlang, der inzwischen in ein Gewerbegebiet transformiert worden war, das von der Weltwirtschaft bislang immer noch links liegen gelassen wurde. Rühmliche Ausnahme: die Tierauffangstation. Naturnahe Verhältnisse findet man in Meiningen sogar im Gewerbegebiet.

Anschließend ging es röhrend den Rohrer Berg hinunter, an einem verblassten Hinweisschild der mittlerweile leider geschlossenen Gaststätte Helenenhöhe an der Donopskuppe vorbei, immer weiter hinab Richtung Zentrum, den Friedhof passierend, auf dem die Richterin Kminikowski ebenso ruhte wie der junge Sportpolizist Daniel Krech sowie viele andere prominente und weniger prominente Meininger.

Mit einem Ferrari nach Meiningen hineinzufahren ist im Grunde gleichbedeutend mit einem Szenario, in dem Helene Fischer singend auf einem weißen Schimmel durchs Stadttor reitet, natürlich Spektakel pur. Männer gafften, Kinder winkten, Mütter hielten sich die Ohren zu. Ausgerechnet im Bahnhofstunnel erwischte einer der Zylinder eine Fehlzündung, sodass der Fickel glaubte, ein Erdbeben ausgelöst zu haben.

Normalerweise ist der Meininger ein toleranter Zeitgenosse und gönnt jedem Gast seinen eigenen Spleen. Durch die überregionale Bedeutung des Theaters und seines Orchesters hatte in der einstigen Herzogstadt bisweilen schon der eine oder andere Promi vorbeigeschaut, so wie der Dichter Jean Paul oder berühmte Musiker wie Johannes Brahms, Richard Strauss, Max Reger oder Gunther Emmerlich. Der angehende Mittvierziger, der im ersten Gang mit einem über dreihunderttausend Euro teuren ausländischen Sportwagen ins Justizzentrum einbog, musste allerdings selbst für hiesige Verhältnisse unter einer ganz speziellen Profilneurose leiden. Von den Damen und Herren Anwälten war man in der Hinsicht ja einiges gewohnt, aber anscheinend gab es immer noch eine Steigerung.

Dem Justizwachtmeister Rainer Kummer fielen jedenfalls fast die Augen aus dem Kopf, als er den italienischen Schlitten vor seinem Amtsgericht einparken sah. Und als auch noch sein alter Kumpel, Zech-, Sauf- und Skatbruder, Diplomjurist und Terminhure in Personalunion Fickel ausstieg, glaubte er, er habe es mit einer Fata Morgana zu tun, und das am helllichten Tage mitten in Meiningen.

Der Fickel hatte allerdings nicht viel Zeit für Erklärungen. Nach einer kurzen Begrüßung hetzte er direkt in die Geschäftsstelle des Amtsgerichts, wo ihn die Geschäftsstellen-Serviceeinheit Therese verwundert empfing. Kriminalrat Recknagel hatte versprochen, im Gericht etwas zu hinterlegen, das dem Fickel beim Haftprüfungstermin von Nutzen sein könnte. Stichwort: Grand mit Vieren.

Die Therese fand zwar, der Fickel sehe schon viel besser aus, abgesehen von dem blauen Auge, aber von Kriminalrat Recknagel hatte sie weder etwas gehört noch etwas bekommen. Jetzt war guter Rat teuer, praktisch unbezahlbar. Und da zeigte sich einmal mehr die Überlegenheit des weiblichen Gehirns in Stresssituationen, denn die Therese fragte lapidar und vielleicht sogar ein bisschen zickig, weil der Fickel in der Eile nicht geschafft hatte, ihr Pralinen mitzubringen, warum der »Herr Strafverteidiger« nicht einfach mal in sein Fach gucke. Darauf wäre der Fickel ja nie gekommen, weil er in seiner gesamten Karriere praktisch nie etwas in seinem Fach gehabt hatte.

Also rannte er hinüber zum Anwaltszimmer, riss die Tür auf und ging zum Regal hinüber. Da jedoch fand er nur gähnende Leere vor. Langsam wurde dem Fickel richtig ungemütlich. Ohne die Schützenhilfe vom Kriminalrat würde der bevorstehende Haftprüfungstermin von einem Grand mit Vieren rasch zu einem Null Ouvert. Allerdings mit vier Assen auf der Hand. Die Aussichten für Bahnchef Manfred Kornhaß, weiterhin gesiebte Luft zu atmen, standen nach menschlichem Ermessen mehr als gut.

Der Fickel presste einen Fluch zwischen den Zähnen hervor, der der Würde seines Berufes und des Ortes spottete. Rechtsanwalt Amthor blickte neugierig hinter seiner Zeitung hervor. »Sieh mal einer an, der liebe Kollege Fickel! Ich dachte, Sie sind auf Kur.«

Dem Amthor jetzt alle Zusammenhänge im Einzelnen zu erklären, hätte vermutlich Stunden, vielleicht sogar Tage gedauert. Aber der Haftprüfungstermin musste jede Sekunde beginnen, deshalb fragte der Fickel nur, ob für ihn etwas abgegeben worden sei, zum Beispiel vom Kriminalrat Recknagel. Da machte der Amthor ein schlaues Gesicht und wühlte mit den Worten »Wollen wir mal sehen« eine gefühlte halbe Stunde in seiner praktisch völlig leeren Aktentasche rum, die er zur Tarnung immer bei sich führte und die ansonsten nur einem Zwecke diente, und zwar der Aufbewahrung einer zweiten Krawatte, falls der Amthor seine beim Mittagessen versehentlich in die Soße tunkte. Schließlich zog er langsam, wie in Zeitlupe, einen Brief aus der Tasche. »Das könnte womöglich an Sie gerichtet sein«, erklärte er, obwohl selbst ein Blinder schon aus hundert Metern Entfernung »Rechtsanwalt Fickel – vertraulich« auf der Vorderseite lesen konnte. Der Fickel wollte dem Amthor den Brief am liebsten sofort aus den Pranken reißen, aber der ließ ihn hinter seinem mächtigen Rücken verschwinden.

»Was haben denn ausgerechnet Sie mit Beweisverwertungsproblemen zu schaffen?«, erkundigte er sich und fingerte eine Zigarette aus seinem Etui heraus.

»Sie lesen meine Post?«, erkundigte sich der Fickel baff.

»Selbstverständlich. Ich bin schließlich Ihre Kurlaubsvertretung«, erwiderte der Amthor und zündete sich genüsslich eine an. »Schon vergessen?« Der Fickel hatte weder Lust noch Zeit, über die Feinheiten des Briefgeheimnisses zu diskutieren, und forderte ultimativ das an ihn adressierte Schreiben. Obwohl er sich juristisch damit auf ganz dünnes Eis begab, verweigerte sich der Amthor mit den Worten: »Sie haben meine Frage noch nicht beantwortet.«

Wenn der Fickel jetzt nicht eins seiner unverwüstlichen Welton[30]-Hemden aus Original Meininger Qualitätsproduktion getragen hätte, wäre ihm vermutlich der Kragen geplatzt. Doch der Südthüringer Elasthanstoff hielt einiges aus. Deshalb setzte er dem Amthor in immer noch freund-

30 VEB Welton Meiningen: Hersteller zeitlos eleganter Herrenhemden, praktisch nur im Exquisit (auch »Bonzen-Boutiquen« genannt) erhältlich, überlebte die DDR immerhin um ein ganzes Jahr, in Fickels Kleiderschrank sogar um über zwei Jahrzehnte.

lichen, aber bestimmten Worten auseinander, dass im Saal des Amtsgerichts ein Unschuldiger darauf warte, von ihm aus dem Untersuchungsgefängnis erlöst zu werden, Eile geboten.

»Das wäre dann ja eigentlich mein Job, dem Mann zu helfen«, erwiderte der Amthor. »Als Ihre Vertretung …«

Jetzt hatte der Fickel aber so was von genug. »Wenn Sie sich das zutrauen, ohne jede Kenntnis des Falles, sehr gerne«, knallte er dem Amthor an den Kopf. »Aber dann erklären Sie auch dem Mandanten, warum er wieder nach Untermaßfeld muss.«

Da sieht man mal wieder, dass man manchmal hoch pokern muss, um niedrige Gefühle zu überwinden. Ein Stück weit kleinlaut geworden, allerdings nach wie vor uneinsichtig, um nicht zu sagen: verstockt, ließ der Amthor den Briefumschlag zum Fickel rüberwandern. In dem Couvert steckte lediglich eine Fotokopie mit einem Artikel aus einer juristischen Fachzeitschrift, die der Fickel natürlich noch nie gelesen hatte: »Beweisverwertungsverbote bei fehlerhafter Vernehmung des Beschuldigten«.

Eilig überflog er den mit Paragrafen und Fachausdrücken gespickten Text. Daraus sollte einer schlau werden! Was hatte das denn bitteschön mit Manfred Kornhaß zu tun?

»War das alles? Mehr war nicht drin in dem Brief?«, erkundigte sich der Fickel.

»Hatten Sie etwa mehr erwartet?«, antwortete der Amthor hämisch grinsend.

»Okay, wenn Sie sich unbedingt profilieren wollen … Ich trete den Fall an Sie ab«, erklärte der Fickel gönnerhaft. Doch der Amthor sog nur genüsslich an seiner KARO-Zigarette. »Ich will Ihnen ja die Show nicht verderben, wo Sie sich extra den weiten Weg von Oberhof herbemüht haben«, wehrte er das freundliche Angebot ab. »Aber ich hätte da noch ein paar Fragen hinsichtlich der Akten, die Sie mir freundlicherweise überlassen haben«, fuhr der Amthor fort und kratzte sich am Kopf. »Das sind ja zum Teil richtig komplizierte Sachverhalte.« Aber da konnte ihm der Fickel nun wirklich nicht helfen, schließlich hatte er nicht umsonst ein Burn-out. Außerdem konnte der Amthor auch mal etwas tun für sein Geld!

Ohne weiter kostbare Zeit zu verlieren, begab sich der Fickel in das Verhandlungszimmer des Amtsgerichts, wo er bereits von seinem Mandanten ungeduldig, der Oberstaatsanwältin Gundelwein genervt sowie von Richter Leonhard amüsiert erwartet wurde. Mit einem kurzen »'tschuldigung« quetschte er sich neben Manfred Kornhaß auf die Anklagebank. Sein alter Sportkamerad wirkte nach der ersten Nacht im Knast noch älter und noch niedergeschlagener als bei seiner Scheidung. Wenn er nicht seinen obligatorischen Trainingsanzug angehabt hätte, hätte ihn der Fickel kaum noch erkannt.

»Dass wir uns alle hier so schnell wiedersehen, hätte ich auch nicht gedacht«, erklärte Amtsgerichtsdirektor Leonhard fröhlich zur Begrüßung. Strafrecht war sein ureigenstes Fachgebiet, weshalb er bei diesem Termin ungleich besser gelaunt war als bei einem Zivil- oder gar Familienrechtsstreit. Gegen die kriminellen Energien, die bei manchen Scheidungen im Raum waren, war Strafrecht zwischenmenschlich gesehen geradezu erholsam.

Leutselig wandte sich der Leonhard gleich an Manfred

Kornhaß: »Weil Ihnen Ihr Anwalt die Scheidung vermasselt hat, dachten Sie sich wohl, Sie regeln das auf die elegante Tour, was?« Er lachte schallend, doch niemand im Saal lachte mit.

»Bei allem Respekt: In Anbetracht der Tatsache, dass durch die Unbeherrschtheit des Beschuldigten ein Mensch zu Tode gekommen ist und seine eigene Frau immer noch im Krankenhaus liegt, erscheint Ihre Bemerkung vielleicht ein wenig unpassend«, erklärte die Oberstaatsanwältin missbilligend.

»Wird zu Protokoll genommen«, erwiderte der Leonhard gelangweilt. »Staatsanwaltschaft missbilligt den Humor des Gerichts. Können wir jetzt anfangen?«

Er blickte fragend in die Runde. Der Fickel räusperte sich. Zunächst hatte es ihm beim Anblick seiner Exfrau wie immer kurz die Sprache verschlagen. Einerseits atemberaubend, so eine stolze, hochgewachsene rothaarige Frau, andererseits vom Charakter her fleischfressende Pflanze. Doch dank der stillschweigenden Therapie von Doktor Skrypzki war der Fickel psychisch perfekt aufgestellt. Praktisch fleischfressende Fliege.

»Ich bitte um die Gelegenheit, mich kurz mit meinem Mandanten zu verständigen«, brachte er immerhin ohne zu stottern heraus.

»Das ist ja die Höhe«, kam es von der Seite der Staatsanwaltschaft zurück. »Erst lässt uns der Verteidiger hier alle warten, und jetzt verlangt er auch noch eine Unterbrechung!«

»Streng genommen haben wir ja noch nicht angefangen«, erklärte Richter Leonhard seelenruhig und wandte sich an den Fickel: »Ich gebe Ihnen drei Minuten. Exakt so lange, wie ich zum Pinkeln brauche.«

Ohne einen weiteren Kommentar stand er auf und schlurfte gemütlich raus. Dabei lüftete er bereits seine Robe und man konnte deutlich sehen, dass Amtsgerichtsdirektor Leonhard heute unter seiner schneeweißen Hemdattrappe immerhin einen Pullover trug, wenn auch einen äußerst farbenfrohen. Schließlich war es herbstlich kühl und es zog auf den Fluren des Amtsgerichts wie Hechtsuppe.

Die Oberstaatsanwältin blickte erst verstört aus ihrer Robe, als könne sie nicht fassen, was sie gerade erlebt hatte, dann zischte sie etwas, das sich anhörte wie »Das ist ja die Höhe« und weitere Schimpftiraden, in denen die Worte »Chauvinismus« und »Provinzgericht« vorkamen. Dann verließ auch sie wütend den Saal, und der Fickel blieb mit seinem Mandanten allein zurück, abgesehen vom Justizwachtmeister, der an der Tür stand und die unverhoffte Pause nutzte, um irgendwas mit seinem Handy anzustellen.

»Jetzt erzähl doch mal: Wie ist denn das um Himmels willen passiert, Manfred?«, begann der Fickel und versuchte dabei so mitfühlend zu gucken wie Doktor Skrypzki bei der Gruppentherapie. Da löste sich beim Kornhaß der Knoten, und er begann weitschweifig zu berichten, wie sich seine Ehe seit der geplatzten Scheidung entwickelt hatte. Zuletzt hatte es sogar den Anschein gehabt, als sei wieder eine gewisse Verständigung möglich. Von Mann zu Frau und Mensch zu Mensch.

»Ich will nur wissen: Hast du was mit dem Tod vom Menzer zu tun?«, unterbrach der Fickel ungeduldig. Schließlich hatten sie nicht ewig Zeit.

»Glaubst du etwa auch, dass ich zu so was fähig wäre?«

Die Frage hatte sich der Fickel insgeheim auch schon gestellt. Irgendwo steckte schließlich in jedem von uns ein Mörder – die Frage war nur, wie man diese Seite auslebte: ob Ballerspiel am Computer, blutiges Steak oder *Tatort* im Fernsehen … Mit anderen Worten: Dafür musste man sich nicht schämen, das kam in den besten Familien vor. Der Fickel hatte seinem Mandanten eine schöne Brücke für ein Geständnis gebaut, aber der wollte partout nicht drübergehen.

»Ich habe den Menzer nicht umgebracht, ich schwör's«, sagte er und blickte den Fickel aus seinen Teddybäraugen derart treuherzig an, dass der eher ein Katzenbaby ersäuft hätte, als seinem alten Kumpel an der Stelle zu misstrauen.

Trotzdem konnte er als Freund und Anwalt nicht umhin, seinen alten Weggefährten mit gewissen für ihn vielleicht unangenehmen Gerüchten zu konfrontieren, Manfreds Frau Mandy und den Menzer betreffend. Der voraussichtlichen Logik der Staatsanwaltschaft zufolge wäre Eifersucht natürlich *das* perfekte Mordmotiv überhaupt. Aber der Kornhaß schwor Stein und Bein, dass er auf den Menzer überhaupt nicht die Spur eifersüchtig gewesen sei. Da konnten sich andere ruhig ihre Mäuler zerreißen.

Jetzt stellte sich für den Fickel natürlich die Frage, wieso der Kornhaß die Ampel für seine Frau ausgerechnet auf Grün gestellt hatte, als der Menzer in der Bahn unterwegs war. Unter dem Krimiaspekt sah das natürlich ziemlich blöd für ihn aus, küchenpsychologisch betrachtet. Da pustete der Kornhaß durch und erklärte mit fester Stimme: »Ich hab die Ampel ja gar nicht auf Grün gestellt.«

Als der Fickel nachhakte, wie sich denn aus seiner Sicht alles abgespielt hatte, antwortete Kornhaß: »Das ist 'ne längere Geschichte.«

Aber als er gerade mit seiner Schilderung anfangen wollte, war schon die Stimme von Richter Leonhard im Flur zu hören, der der Gundelwein fröhlich zurief: »Alles gut verlaufen. Wir können anfangen.«

Für den Fickel war das natürlich eine gewohnte Situation, im Grunde Heimspiel. Schließlich kannte er als Terminhure praktisch nie den Sachverhalt, der zur Verhandlung stand, im Voraus. Doch während die Vertreter der Justiz sich näherten, wandte sich der Kornhaß ein bisschen kleinlaut an seinen Anwalt, dass ihm womöglich ein klitzekleiner Fehler unterlaufen sei, oder eigentlich gar kein richtiger Fehler, sondern eher nur ein kleiner Versprecher. Weiter kam er nicht, denn der Leonhard betrat erleichtert den Saal, gefolgt von der Oberstaatsanwältin, die die Pause genutzt hatte, auf dem Flur eine Entspannungsübung zu machen. Ihrer Miene nach zu urteilen ganz und gar vergeblich.

Richter Leonhard eröffnete den Termin mit mahnendem Blick Richtung Fickel, dass es diesmal hoffentlich etwas schneller ginge als beim letzten Mal, und wenn möglich ohne Blaulichteinsatz. Denn was den dringenden Tatverdacht anginge, sei eine weitere Prüfung ja obsolet. Der Fickel kannte sich mit Fremdworten nicht so aus und guckte ein bisschen blöd aus der Wäsche.

»Was glotzen Sie denn so, Herr Verteidiger? Immerhin hat der Beschuldigte die Tat ja bereits vollumfänglich gestanden, net wahr?« Richter Leonhard blickte zufrieden in die Runde.

Die Gundelwein nickte triumphierend.

»Wie bitte?«, fragte der Fickel verdutzt.

»Laut polizeilichem Vernehmungsprotokoll vom gestrigen Tage, Blatt siebenunddreißig der Akte«, bestätigte die Oberstaatsanwältin triumphierend. »Ich zitiere: … habe ich aus Wut und Enttäuschung im Affekt die Ampelanlage auf Grün geschaltet, obwohl ich wusste, dass sich der Trainer Karl-Heinz Menzer noch in der Rodelbahn aufhielt, und somit in Kauf genommen, dass er von meiner Frau mit dem Bob überfahren und erheblich verletzt wird.«

So ähnlich wie der Fickel in diesem Moment muss sich Julius Cäsar gefühlt haben, als er die Klinge von Brutus zu schmecken bekam.

»Das kann nur ein Irrtum sein«, rief der Fickel konsterniert dazwischen.

»Mitnichten«, entgegnete die Oberstaatsanwältin mit eisiger Schärfe, und Richter Leonhard hielt ein Dokument in die Höhe: »Das ist doch Ihre Unterschrift, Herr Kornhaß, net wahr?«

Manfred Kornhaß nickte eingeschüchtert und blickte den Fickel aus treuen Augen an.

»Das ist nicht dein Ernst?«, erkundigte sich der Fickel flüsternd.

»Ich hab dir doch gesagt, dass ich 'ne Dummheit gemacht hab«, erwiderte der Kornhaß leise.

»Aber eben hast du mir doch noch geschworen, dass du unschuldig bist.«

»Das bin ich ja auch«, zischte Manfred Kornhaß zurück. »Die haben mich reingelegt.«

Die Gundelwein meldete sich zu Wort. »Der Verteidiger

hatte ausreichend Gelegenheit, sich mit seinem Mandanten zu besprechen. Jetzt ist aber auch mal genug!«

Leonhard blickte vom Richtertisch zum Fickel herunter, zumindest bildlich gesprochen, denn eigentlich handelte es sich nur um einen handelsüblichen Schreibtisch mit durchschnittlicher Beinlänge. Es war eine besondere Kunst, die sich Untersuchungsrichter Leonhard in langjähriger Praxis erworben hatte, auf Delinquenten und deren Anwälte aus allen Positionen qua Amt herunterzugucken.

»Ich muss schon sagen, so langsam geht mir Ihr Querulantentum auf die Nerven«, erklärte er. »Erst will Ihr Mandant sich scheiden lassen, dann wieder nicht – bei der Vernehmung gesteht er eine Tat, und jetzt will er es plötzlich nicht mehr gewesen sein … Ja, was denn nun?«

»Die Glaubwürdigkeit des Beschuldigten ist in der Tat nicht sehr hoch einzustufen«, bestätigte die Gundelwein. »Offenbar weiß er selbst nicht, was er will.«

»Den Eindruck habe ich auch«, bestätigte Leonhard und wandte sich mit strengem Blick an den Fickel: »Entweder Sie bringen etwas substanziell Neues vor oder ich interpretiere die Einlassung des Beschuldigten hier als reine Schutzbehauptung.«

In Fickels Oberstübchen ratterte es. Doch wo Topjuristen wie die Gundelwein oder auch der Leonhard moderne Hochleistungsrechner hatten und mit Gesetzen und Paragrafen in Lichtgeschwindigkeit jonglierten, arbeitete der Fickel gewissermaßen noch mit Lochstreifen. Denn im Strafprozessrecht war er eine fachliche Null, auf gut Deutsch: *Low Performer*.

Da befand er sich natürlich mal wieder mitten in einer

saublöden Situation: Dank des Hinweises von Kriminalrat Recknagel wusste er, dass er einen Grand mit Vieren auf der Hand hatte, doch er hatte nicht die blasseste Ahnung, welche Karte er – verdammt noch mal – ausspielen sollte. Jetzt mal rein logisch: Wenn der Kornhaß als Täter alles zugegeben hatte, was nutzte es da noch, wenn er als sein Verteidiger alles leugnete? Er war schließlich nicht dabei gewesen.

Andererseits: Obwohl die Oberstaatsanwältin sich während der Verhandlung äußerlich selbstsicher und zuversichtlich gerierte, spielte sie mit ihrer linken Hand verdächtig oft an ihrem Ohrläppchen herum. Immerhin kannte der Fickel seine Exfrau gut genug, um zu wissen, dass sie offensichtlich nervös war.

»Das Stichwort lautet Beweisverwertungsverbot«, erklärte der Fickel ins Blaue hinein, indem er auf gut Glück ein besonders prägnantes Wort aus dem Artikel herausfischte, den ihm der Recknagel zugespielt hatte. Am erschrockenen Gesichtsausdruck der Gundelwein erkannte er sofort, dass er einen Treffer gelandet hatte.

»Bitte?«, fragte Richter Leonhard nach. »Welchen Beweis wollen Sie denn für unzulässig erklären lassen?«

Das wusste der Fickel leider auch nicht. Zum Glück kam ihm die Gegenseite zur Hilfe.

»Das ist doch lächerlich«, höhnte die Gundelwein, aber ihr Spott klang nicht ganz echt. »Der Beschuldigte wurde ordnungsgemäß belehrt und hat bei der Vernehmung selbst auf einen Anwalt verzichtet.«

»Das stimmt so auch wieder nicht«, brummte der Kornhaß. »Ich hab mindestens zwei Mal gesagt, dass ich mit meinem Anwalt sprechen möchte.«

»Das ist eine infame Lüge!«, donnerte die Oberstaatsanwältin.

»Das zu beurteilen ist wohl eher mein Job«, intervenierte Richter Leonhard und nickte dem Beschuldigten aufmunternd zu: »Sprechen Sie bitte weiter!«

Manfred Kornhaß hob die Schultern. »Mehr kann ich dazu auch nicht sagen«, erklärte er. »Nur, dass mir die Frau Staatsanwältin lebenslänglich angedroht hat, wenn ich nicht zugebe, dass ich den Menzer mit Absicht umgebracht habe.«

Jetzt herrschte eine fast beunruhigende Stille im Saal, bevor der Leonhard wieder zu sprechen anhob. »War bei der Situation denn außer Ihnen und der Oberstaatsanwältin noch jemand dabei?«

»Klar, der Inspektor«, antwortete Kornhaß unschuldig. »Recknagel heißt der, genau wie der Skispringer.«

Der strenge Blick des Untersuchungsrichters Leonhard wanderte zur Gundelwein hinüber. »Bleiben Sie dabei, dass der Beschuldigte sich diese Geschichte nur ausgedacht hat?«

Die Oberstaatsanwältin zögerte, dann schüttelte sie kaum merklich den Kopf. Daraufhin stieß Amtsgerichtsdirektor Leonhard einen tiefen Seufzer aus. »Liebe Kollegin Gundelwein, ich schätze Ihr Engagement und Ihre fachliche Kompetenz wirklich sehr, aber in diesem Fall sind Sie wohl ein Stückchen übers Ziel hinausgeschossen. Was hat Sie da bloß geritten?«

Die Gundelwein blickte trotzig geradeaus, als ginge sie das alles nichts an. Der Fickel triumphierte innerlich, doch falls er eine Sekunde gedacht haben sollte, dass die Schlacht schon gewonnen sei, hatte er sich gründlich geschnitten.

»Fürs Protokoll: Das Gericht betrachtet die geständige

Einlassung des Beschuldigten wegen Verletzung seines Rechts auf einen Verteidiger im Ermittlungsverfahren als gegenstandslos«, resümierte Richter Leonhard und wandte sich wieder an die Oberstaatsanwältin. »Was haben Sie denn sonst noch vorzubringen?«

In der Zwischenzeit hatte sich die Gundelwein einen Plan B zurechtgelegt. B wie Bestrafung. »Die Anklage geht bei summarischer Prüfung weiter vom Vorliegen eines dringenden Tatverdachts bezüglich eines vorsätzlichen Tötungsverbrechens aus«, schwurbelte sie, um momentane Lücken in ihrer Argumentation mit verbalem Füllmaterial auszustopfen.

»Dann schießen Sie mal los«, meinte der Leonhard und lehnte sich gemütlich zurück.

»Der Beschuldigte lebt mit seiner Frau in Scheidung und ist nur noch formal mit ihr verheiratet«, holte die Gundelwein aus.

»Dass in der Ehe des Beschuldigten nicht alles zum Besten stand, dürfen Sie als gerichtsbekannt voraussetzen«, erklärte Richter Leonhard mäßig interessiert. »Und weiter?«

»Da eine Scheidung unangenehme finanzielle Folgen für ihn gehabt hätte, hat er den Plan gefasst, seine Frau umzubringen. Schließlich könnte er im Falle des vorzeitigen Todes seiner Frau allein über das gesamte Ehevermögen verfügen. Insofern ist auch das Mordmerkmal Habgier erfüllt.«

Manfred Kornhaß blickte erschrocken zu seinem Anwalt. Die Oberstaatsanwältin ging jetzt aufs Ganze.

»Wenn so eine Ausgangslage immer gleich zu Mord und Totschlag führen würde, wäre es in diesem Raum wahrscheinlich ziemlich leer«, kommentierte der Fickel trocken.

»Das ist allerdings richtig«, bestätigte der Leonhard, der monatlich immer noch horrende Summen aus seinem gar nicht mal so üppigen Richtersold an seine Exfrau nach Niederbayern überwies. »Das allein ist noch kein Indiz für einen Mord, auch wenn ich persönlich in der Situation hin und wieder mit dem Gedanken gespielt habe.«

Der Oberstaatsanwältin lag eine Entgegnung auf der Zunge, aber sie schluckte, nein, sie *würgte* sie hinunter.

»Eifersucht ist aber ebenfalls ein starkes Motiv«, sagte sie, äußerlich die Ruhe selbst. »Vor allem in der konkreten Dreiecks-Konstellation.«

»Vermuten Sie das alles nur oder können Sie es auch beweisen?«, hakte Richter Leonhard nach und musterte die Gundelwein skeptisch.

»Was wollen Sie denn noch? Wir haben eine geschlossene Indizienkette vorliegen und ein klares Motiv«, erklärte die Oberstaatsanwältin. »Die Zeugin Mandy Kornhaß hat ausgesagt, dass sie mit ihrem verstorbenen Trainer eine Liebesbeziehung geführt und eine gemeinsame Zukunft geplant hat! Der Beschuldigte befand sich daher bei seiner Tat in einem emotionalen Ausnahmezustand.«

»Woher wollen Sie denn wissen, wie ich mich fühle?«, brüllte der Kornhaß empört dazwischen. »Wissen Sie denn überhaupt, was Liebe ist?«

Der Fickel bremste ihn flüsternd. »Das ist jetzt nicht so wichtig.«

»Dass Herr Kornhaß als Bahnchef die Ampel am Damenstart vorsätzlich auf Grün stellte, obwohl sich sein Nebenbuhler in der Bahn aufhielt, das will ja wohl niemand bestreiten«, fuhr die Gundelwein unbeirrt fort.

»Allerdings«, antwortete der Fickel. »Mein Mandant ging davon aus, dass Herr Menzer sich nicht mehr in der Bahn befand.«

»Das ist eine reine Schutzbehauptung«, konterte die Oberstaatsanwältin. »Vielmehr hatte der Beschuldigte Herrn Menzer durchs Fenster oder über die Monitore die ganze Zeit im Blick. Mithin hat er zumindest billigend in Kauf genommen, dass es zu einem tödlichen Zusammenstoß kommen würde, als er die Bahn zu diesem Zeitpunkt freigab.«

»Die lügt ja wie gedruckt!«, rief der Kornhaß dazwischen.

»Sie sind jetzt mal still«, fuhr ihm Richter Leonhard salopp, wie es nun mal seine Art war, über den Mund und wandte sich freundlich an die Oberstaatsanwältin: »Jetzt mal dahingestellt, was da im Einzelnen passiert ist – Sie wissen doch, dass die Rechtsprechung seit jeher beim Tötungsvorsatz besonders hohe Maßstäbe anlegt. Gemeinhin wird doch von einer gewissen Hemmschwelle ausgegangen, jemanden vom Leben zum Tode zu befördern.« Er blickte schmunzelnd in die Runde. »Das gilt sogar bei untreuen Ehefrauen, net wahr?«

»Grundsätzlich schon«, pflichtete die Oberstaatsanwältin in kühlem Tonfall bei und fügte hinzu: »Das dürfte aber im vorliegenden Fall nicht von Bedeutung sein, weil diese Hemmschwelle beim Beschuldigten durch seinen exzessiven Alkoholkonsum deutlich abgesenkt war.«

Richter Leonhard blätterte in der Akte. »Laut polizeilichem Protokoll hatte der Beschuldigte eine Blutalkoholkonzentration von 0,8 Promille. Das ist nicht gerade die Welt«, stellte er fest. »Bis vor Kurzem durfte man damit sogar noch Auto fahren.«

»Bei der zweiten Untersuchung wurden aber sogar 1,1 Promille Blutalkoholkonzentration festgestellt«, erwiderte die Oberstaatsanwältin streng. »Anerkanntermaßen sind in diesem Bereich Steuerungsfähigkeit und Affektkontrolle bereits stark eingeschränkt.«

»Was soll denn diese Diskussion überhaupt?«, rief der Kornhaß in den Saal. »Ich habe doch schon der Polizei gesagt, dass ich die Rennsteigtropfen erst *nach* dem Unfall geext habe. Ist doch normal, auf den Schreck!«

»Nur allzu menschlich«, pflichtete ihm der Fickel bei.

»Rennsteigtropfen – ist das ein Beruhigungsmittel?«, erkundigte sich Amtsgerichtsdirektor Leonhard interessiert.

»Das ist ein Kräuterschnaps, so ähnlich wie Rhöntropfen«, erklärte der Fickel, froh, auch mal wieder etwas Sachdienliches beitragen zu können. »Schön würzig.«

»Hm. Muss ich mal probieren«, murmelte der Leonhard. Die Gundelwein zog angesichts der Abschweifungen ein saures Gesicht, dessen pH-Wert sogar noch weiter absackte, als Richter Leonhard jetzt ausführte: »Sie wissen selbst, geschätzte Kollegin, dass es nach dem Alkoholgenuss eine Resorptionsphase gibt. Ich will dem Sachverständigen nicht vorgreifen, aber dass die BAK zwischen den beiden Untersuchungen angestiegen ist, spricht eher für die Version des Beschuldigten.«

»Das kommt niemals hin! Laut Widmark[31]-Formel kann

31 Bedeutender schwedischer Chemiker (1889–1945) und Spaßverderber, erforschte die Wirkung des Alkohols im menschlichen Körper und warnte vor karzinogenen Effekten gebratener Speisen. Könnte heute in der Dr.-Theodor-Neubauer-Straße Feldforschung betreiben.

man haargenau ausrechnen, dass der Beschuldigte bei einem geschätzten Körpergewicht von hundert Kilogramm fast die ganze Flasche von diesem Fusel getrunken haben müsste …«

Der Kornhaß zuckte mit den Schultern. »Das habe ich ja nie bestritten. Aber das ist kein Fusel, sondern ein ganz edler Kräuterbitter.«

»Das hatten wir ja gerade«, rief die Oberstaatsanwältin genervt. »Es geht hier nicht um die Qualität, sondern um die Quantität.«

»Beziehungsweise den Zeitpunkt«, ergänzte der Fickel der Vollständigkeit halber.

Richter Leonhard winkte müde ab. »Das können Sie später alles im Hauptprozess bis ins kleinste Detail klären. Nach gegenwärtigem Erkenntnisstand kann das Gericht keinen dringenden Tatverdacht für ein Vorsatzdelikt erkennen.« Er wandte sich an den Kornhaß: »Aber machen Sie sich auf eine Anklage wegen fahrlässiger Tötung gefasst. Schließlich wäre es Ihr Job gewesen, besser aufzupassen.«

Der Kornhaß wollte etwas erwidern, aber der Fickel trat ihm nachdrücklich auf den Fuß. Die Gundelwein straffte sich.

»Unbeschadet, ob es sich nun um Vorsatz oder Fahrlässigkeit handelt – die Anklage bleibt dennoch bei ihrem Haftantrag«, verkündete sie. Der Juristenberuf brachte es offenbar mit sich, dass man von sich selbst gern in der dritten Person sprach, zumindest wenn es offiziell wurde.

»Was sehen Sie denn bitte als Haftgrund an?«, fragte *das Gericht* skeptisch. »Verdunkelungsgefahr können wir wohl ausschließen. Fluchtgefahr sehe ich ehrlich gesagt auch nicht.

Herr Kornhaß hat schließlich ein Eigenheim und würde seine Rodelbahn wohl kaum im Stich lassen, oder?«

Manfred Kornhaß und sein Anwalt schüttelten unisono die Köpfe.

»Es besteht eindeutig Wiederholungsgefahr«, tönte die Oberstaatsanwältin. »Herr Kornhaß trachtet seiner Ehefrau immer noch nach dem Leben. Es ist anzunehmen, dass er erneut versuchen wird …«

»Also, jetzt enttäuschen Sie mich aber«, fuhr ihr Untersuchungsrichter Leonhard in die Parade. »Ich habe doch gerade eben lang und breit erklärt, dass das Gericht allenfalls von fahrlässiger Tötung ausgeht.«

»Ja …?«, nickte *die Anklage* verdattert. In der Sekunde fiel ihr selbst ihr katastrophaler Denkfehler auf.

»Wie soll denn der arme Beschuldigte versuchen, seine Frau fahrlässig umzubringen? Das müssen Sie mir aber mal erklären!«, sagte Richter Leonhard und lachte onkelhaft. Der Fickel verstand zwar fachlich nur die Hälfte, lachte aber aus purer Höflichkeit gerne mit.

Das Gesicht der Gundelwein lief erst himbeer-, dann knupperkirschenrot an. Ein derartiger Fauxpas war ihr vor Gericht seit vielen Jahren nicht mehr passiert. Sie ärgerte sich über sich selbst und fühlte sich düpiert – und das ausgerechnet vor ihrem juristisch unterbelichteten Exmann. Das konnte nur ein Albtraum sein. Warum nur wachte sie dann nicht auf?

»Also, machen wir den Deckel drauf«, erklärte Richter Leonhard. »Der Haftantrag wird zurückgewiesen. Der Beschuldigte ist mit sofortiger Wirkung auf freien Fuß zu setzen. Beschlossen und verkündet!«, schloss der Amtsgerichtsdirektor die Verhandlung und verabschiedete sich mit einem versöhnlichen »Mahlzeit allerseits«.

Oberstaatsanwältin Gundelwein machte auf dem Absatz kehrt und verließ ohne ein weiteres Wort den Schauplatz ihres Scheiterns. War sie aufgrund der geständigen Einlassung des Beschuldigten einfach zu leichtsinnig gewesen? Normalerweise war ein Haftbefehl bei solch einer Sachlage ein Selbstläufer. Nie im Leben hätte sie geglaubt, dass ihr im Strafrecht völlig unbeleckter Exmann in der Lage wäre, einen prozessualen Kniff wie das Beweisverwertungsverbot aus dem Ärmel zu schütteln. Der wusste nicht mal, dass es so etwas in der Strafprozessordnung überhaupt gab. Irgendjemand musste ihm einen Tipp gegeben haben.

Die Gundelwein eilte mit großen Schritten hinüber ins Polizeipräsidium. Die Robe flog hinter ihr her wie ein dunkler Schweif, praktisch Darth Vader. Die Oberstaatsanwältin schritt direkt durch zum Büro des Kriminalrats und trat nach einem kurzen, alibihaften Klopfen ein. Der Recknagel saß an seinem Platz und spitzte in aller Ruhe einen Bleistift an.

»Es gibt eine neue Sachlage«, erklärte die Oberstaatsanwältin ohne Einleitung. »Dieses chauvinistische Arschloch von Untersuchungsrichter hat den Haftantrag gegen den Beschuldigten abgewiesen.«

»Trotz des Geständnisses?«, fragte Recknagel scheinbar erstaunt, ohne mit der Wimper zu zucken.

»Irgendjemand muss der Verteidigung gesteckt haben, dass wir bei der Vernehmung ein bisschen am Rande der Legalität gearbeitet haben«, erklärte die Gundelwein und blickte den Recknagel forschend an.

»Das gibt's ja nicht«, erwiderte der Kriminalrat treuherzig. »Also, für meine Mitarbeiter lege ich meine Hand ins Feuer.«

War das ein Grinsen in seinem Gesicht oder lächelte er einfach nur freundlich? Oberstaatsanwältin Gundelweins Menschenkenntnis – oder besser gesagt: Männerkenntnis – sagte ihr, dass sie auf der Hut sein müsse.

»Um Ihre Hand ist mir nicht bange«, konterte sie. »Ich hoffe nur, Sie verbrennen sich nicht die Zunge.«

Sie beugte sich so weit zum Recknagel herunter, dass der gar nicht wusste, wo er hingucken sollte. Schließlich haben auch Roben einen Ausschnitt.

»Falls ich Sie beim Sabotieren meiner Ermittlungen erwische, leite ich ein Disziplinarverfahren gegen Sie ein. Ist das klar?«, zischte sie.

Kriminalrat Recknagel hielt dem drohenden Blick stand. »Ich mache nur meine Arbeit«, erklärte er unbeeindruckt. »Genau wie Sie.«

»Na schön«, erwiderte die Gundelwein und kehrte zum normalen dienstlich-distanzierten Tonfall zurück: »Ist der Bericht von der Rechtsmedizin schon da?«

»Doktor Haselhoff meinte, er habe Sie schon über seine Erkenntnisse informiert. Er wirkte irgendwie … fast möchte ich sagen: beleidigt, als ich ihn deswegen belästigt habe.«

Die Oberstaatsanwältin überlegte kurz. War hier eine Verschwörung gegen sie im Gange? Hatten sich der Kriminalrat und Doktor Haselhoff gegen sie verbündet? Na, und wenn schon! Sie war schon mit ganz anderen Kalibern fertiggeworden.

»Schnappen Sie sich eine Hundertschaft und suchen Sie

mit Ihren Leuten das komplette Gelände neben der Rodelbahn ab.«

»Darf ich auch erfahren, wonach wir suchen?«

»Nach einem stumpfen Gegenstand. Einem Stock, einer Eisenstange, was weiß ich!«

»Ich dachte, Karl-Heinz Menzer sei durch den Bobunfall zu Tode gekommen«, erwiderte der Recknagel mit einem Anflug von künstlicher Naivität in der Stimme.

»Möglicherweise haben wir uns da eben geirrt«, erwiderte die Gundelwein spitz.

»Dann gehen *wir* jetzt also davon aus, dass er mit einem stumpfen Gegenstand erschlagen wurde?«, fragte der Kriminalrat. Jetzt sah die Gundelwein eindeutig Ironie in seinen Augen aufblitzen. Es war so gut wie sicher, dass er längst mit Doktor Haselhoff gesprochen hatte und sie jetzt ins offene Messer laufen ließ.

»Mir erscheint inzwischen folgender Tatablauf am wahrscheinlichsten«, erklärte die Gundelwein in neutralem Tonfall. »Manfred Kornhaß war bei der Begehung der Rodelbahn durch Herrn Menzer zunächst dabei …«

»Nicht von der Hand zu weisen, dass der Bahnchef bei der Abnahme durch den Trainer mit von der Partie ist«, bestätigte Recknagel. »Und dann?«

»Dann hat Kornhaß einen günstigen Moment abgewartet und Menzer hinterrücks erschlagen.«

»Ja, aber warum?«

»Aus Eifersucht natürlich. Oder um Mauscheleien mit dieser Oberhof-GmbH zu vertuschen … Ist ja auch egal! Jedenfalls hat er hinterher versucht, es wie einen Unfall aussehen zu lassen, und den Leichnam in die Bahn geworfen.«

»Hm«, machte der Recknagel wie immer, wenn er einen Gedanken für verführerisch, aber nicht ganz ausgereift hielt. »Hätte ja auch fast geklappt.«

»Alles, was wir brauchen, ist das Mordinstrument. Ich wette, daran finden wir noch Spuren von seiner DNA. Wir dürfen keine Zeit verlieren. Nicht, dass dieser Kornhaß uns noch zuvorkommt!«

»Wo soll ich denn jetzt so schnell die Leute für die Suche herkriegen?«, erkundigte sich der Recknagel, scheinbar überfordert.

»Das ist nicht mein Problem«, erklärte die Gundelwein. »Wir treffen uns heute Abend vor Ort zur Lagebesprechung. Bis dahin erwarte ich Ergebnisse von Ihnen.«

Damit rauschte sie raus. Einen Moment lang wartete Kriminalrat Recknagel ab, dann griff er schmunzelnd zum Telefon und drückte eine Kurzwahltaste. »Recknagel hier. Die Staatsanwaltschaft hat sich wie erwartet bei Richter Leonhard eine blutige Nase geholt. Das heißt, Sie können jetzt offiziell loslegen. Sie wissen ja, wonach Sie suchen müssen.«

»Alles klar. Wir sind schon bei der Arbeit«, antwortete Christian am anderen Ende. Er stand inmitten einer Schar Uniformierter, die in engen Abständen zueinander den Boden um die Oberhofer Rodelbahn absuchten.

»Eine Frage noch, Chef!«

»Ja?«

»Woher wussten Sie eigentlich, dass Manfred Kornhaß freigelassen wird?«

»Langjährige Erfahrung«, erwiderte der Recknagel ausweichend und legte auf. Dann öffnete er eine Schublade am Schreibtisch und zog mit nachdenklichem Lächeln den Obduktionsbericht von Doktor Haselhoff heraus. Es wunderte ihn fast so sehr, wie es ihn auch beruhigte, dass der Rechtsstaat irgendwie fast immer funktionierte – auch wenn ein Einzelteil mitunter versagte.

Kriminalrat Recknagel war fest entschlossen, sich den wahren Mörder von Daniel Krech und Karl-Heinz Menzer endlich zu schnappen, Herrin des Ermittlungsverfahrens hin oder her.

IX

Nach dem Termin hatte sich der Fickel mit Manfred Kornhaß direkt zum Parkplatz begeben, und manch ein Topjurist wunderte sich bei dem Anblick, wie ein stämmiger Endvierziger im Trainingsanzug sowie ein angehender Mittvierziger mit modisch rückwärtsgewandtem Welton-Hemd lachend und scherzend in einen Ferrari einstiegen. Die Serviceeinheit Therese, die die Szene vom Fenster der Geschäftsstelle des Amtsgerichts aus kopfschüttelnd verfolgte, fand sogar, der Fickel sei jetzt komplett durchgeknallt. »Manchen Leuten steigt ihr beruflicher Erfolg einfach zu Kopf«, ätzte sie. Und der Amthor beschwerte sich: »Mir überlässt er die schwierigen Fälle, und er lässt's krachen.«

Wo feiert man in passendem Ambiente seine Freilassung aus der Untersuchungshaft? Natürlich im Knast, genauer gesagt: im Knasthaus Fronveste am Bleichgraben, direkt an der Peripherie der Meininger City. Im Gegensatz zur Justizvollzugsanstalt in Untermaßfeld handelte es sich bei dieser Einrichtung jedoch nur um ein ehemaliges, als solches nicht mehr genutztes Gefängnis. Statt Sträflingen übernachteten in den luxuriös ausgebauten Zellen heutzutage Touristen, die mal so ein echtes Knacki-Feeling hautnah erleben wollten. Die, die besonders masochistisch gesonnen waren, ließen sich vorher noch im Theater mit einer mindestens vierstündigen Oper foltern, zum Beispiel Wagner, Puccini oder Csárdásfürstin.

Manfred Kornhaß hatte von Zellen erst einmal die Schnauze voll, aber aus Anlass seiner Freilassung lud er den Fickel in das M. Christo – Skyline-Restaurant ein, das auf dem Dach des Nebengelasses der neugotischen Veste untergebracht war. Die Wirtsstube erreichte man bequem in einer gläsernen Aufzugskabine, praktisch New York. Obwohl es für die Jahreszeit noch angenehm warm war, setzten sie sich auf Initiative vom Fickel drinnen direkt ans Fenster und nicht, wie Manfred Kornhaß vorschlug, auf die spektakuläre rundum verlaufende Außenterrasse. Schließlich war der Fickel nach wie vor noch nicht schwindelfrei. Durch die Zwischenräume der Bodenbretter konnte man nämlich in die Tiefe, und zwar direkt auf die reißenden Fluten des Bleichgrabens gucken. Nichts für schwache Nerven.

Aber auch im Inneren des Restaurants hatte man einen fantastischen Blick über die mit Jugendstil-Villen verzierten sanften Hänge des Werratals und beinahe das gesamte Stadtzentrum mit seinen historischen Fachwerkbauten nebst den aktuellen Bausünden beziehungsweise Nichtbau-Sünden, zum Beispiel das Rathaus, für das man eigens die praktische Büdchenzeile abgerissen hatte – bis heute: Luftschloss.

Neben allen anderen Vorzügen konnte man im Knasthaus auch hervorragende internationale Kost genießen, zum Beispiel vegetarische, aber zum Glück auch thüringische. Da der Fickel wegen seiner Kur fast genauso hungrig war wie sein im Gefängnis ausgemergelter Mandant, bestellte er natürlich »Männinger Hüt's«[32] mit Rotkohl und Schweinebra-

32 Vom Meininger Dichter Rudolf Baumbach durch Product-Placement bekannt gemachte lokale Kartoffelkloßspezialität.

ten und zum Nachtisch einen warmen Apfelstrudel mit Vanilleeis und Sahne.

Als sie jetzt endlich die Zeit hatten, mal ungestört miteinander zu reden, fragte der Fickel auch mal kritisch nach, wie es überhaupt zu dem falschen Geständnis gekommen sei. Manfred Kornhaß druckste eine Weile herum, bevor er endlich mit der Sprache rausrückte. Natürlich wusste er, dass er eine Riesendummheit begangen hatte, und schämte sich sogar ein bisschen für seine Torheit. Andererseits kannte der Fickel den Psychodruck, den die Oberstaatsanwältin in Vier-Augen-Situationen aufzubauen verstand, aus eigener Anschauung nur zu gut.

Jedenfalls wollte der Fickel jetzt endlich erfahren, wie sich die Geschichte wirklich zugetragen hatte, schließlich war die Kuh juristisch gesehen noch nicht vom Eis. Nur weil er aus der Untersuchungshaft entlassen war, konnte der Kornhaß in der Hauptverhandlung immer noch verknackt werden, ungünstigstenfalls sogar wegen Mordes – und das hieß nicht weniger als lebenslänglich. So, wie man die Oberstaatsanwältin kannte, würde sie sich mit der eben erlittenen Niederlage wohl kaum zufriedengeben und bereits Rachepläne schmieden.

Wie meistens, wenn man sich überhaupt keinen Reim auf etwas machen konnte, war die Wahrheit vergleichsweise banal: Manfred Kornhaß hatte, wie er nun berichtete, an besagtem Unglückstag einen kleinen Frühschoppen im Kufenstübchen bestritten, schließlich war ja Feiertag gewesen, wenn auch nur der 3. Oktober[33]. Aber dann hatte der Menzer angerufen und sonst was für einen Aufstand gemacht, von wegen fehlender Arbeitsmoral. »Der hat sich vielleicht wichtig gemacht, dass er als Cheftrainer die Bahn abnehmen muss.«

Dabei steht ja außer Frage, dass, wenn ein Mensch in Oberhof sich mit Eismachen auskennt, dieser Mensch Manfred Kornhaß ist. Und das hatte der Bahnchef dem Menzer am Telefon auch gesagt, und außerdem bei der Gelegenheit deutlich gemacht, was er von Menzers Trainingsmethoden hielt, nämlich nicht besonders viel. Daraufhin war ihm der Menzer am Telefon komisch gekommen und hatte etwas Despektierliches über Kornhaß' Ehe gesagt, sodass dem die Hutschnur geplatzt war.

Kurz darauf war der Bahnchef im Kufenstübchen mit einer Flasche Rennsteigtropfen und dem festen Vorsatz aufgebrochen, dem Menzer mal zu zeigen, wo der Hammer hängt. Doch als er etwas später an der Rodelbahn ankam, konnte er ihm gar nichts mehr zeigen. Da thronte der Menzer nämlich bereits auf dem Olymp, gewissermaßen.

»Wenn du mich fragst: Der Kerl hat es verdient«, erklärte der Kornhaß mit einer gewissen inneren Befriedigung. Seine innere Befriedigung nahm derweil noch weiter zu, weil der Knastwärter, sprich: Kellner, just das Essen vorbeibrachte – und das roch immerhin um einiges vielversprechender als der Fraß in Obermaßfeld. Doch als der Fickel die Klöße sah, erinnerte er sich wieder an die Worte von Gisela: »Kohlenhydrate sind Gift.«

Unterdessen wunderte sich der Fickel, wie es überhaupt

33 Gerüchten zufolge wird in abgelegenen Gebieten des Thüringer Waldes immer noch am 7. Oktober der »Tag der Republik« gefeiert.

so weit hatte kommen können, dass der Kornhaß wegen des Unfalls festgenommen worden war. Schließlich war Kriminalrat Recknagel nicht gerade für voreilige Schlüsse bekannt. Der Bahnchef wartete ab, bis der Kellner das Essen fertig serviert hatte, und erklärte dann vertraulich, dass er anfangs lieber die Klappe gehalten habe, weil es ihm irgendwo unangenehm gewesen sei, zu spät zur Arbeit erschienen zu sein. Dann natürlich auch die Sache mit den Rennsteigtropfen.

»Und später hätte mir die Version sowieso niemand mehr geglaubt«, behauptete der Kornhaß. »Du etwa?«

Der Fickel zuckte mit den Achseln. »Bei der Juristerei kommt es nicht unbedingt aufs Glauben an«, erklärte er aus eigener, manchmal schmerzhafter Erfahrung – und bot dem Kornhaß nach einem Blick auf den Teller schweren Herzens seine »Hütes« im Tausch gegen dessen Rotkohlschüsselchen an. Der Kornhaß hatte zwar noch nie von *Low Carb* oder Wurstdiät gehört, aber er war derart ausgehungert, dass er dem Geschäft fröhlich zustimmte und den ersten Kloß im Grunde inhalierte.

»Außerdem: Wenn ich gesagt hätte, dass ich die Ampel gar nicht angeschaltet hatte, wäre ja gleich die Mandy in Verdacht geraten«, fuhr Manfred Kornhaß in seinem Bericht fort, nachdem er wieder Luft geholt hatte. »Schließlich weiß sie ja, wo ich den Schlüssel für die Technik versteckt habe.«

Der Fickel würgte einen halben Rotkohlstrunk hinunter.

»Denkst du etwa, deine Frau hat den Menzer absichtlich überfahren?«, fragte er erstaunt.

Manfred Kornhaß nickte, als sei es das Selbstverständlichste der Welt.

»Aber wieso …?«

»Der Menzer wollte sie abservieren. Hab ich aus sicherer Quelle.«

»Sportlich oder privat?«

»Na, beides natürlich«, erklärte der Kornhaß. »Mit vierzig wird's halt schwierig. Aber Mandy wollte das einfach nicht akzeptieren.«

Was genau mit vierzig schwierig wurde, führte Manfred Kornhaß nicht weiter aus. Dennoch hatte der Fickel Grund genug, sich über seinen alten Sportkameraden zu wundern.

»Warum hast du deinen Verdacht denn nicht der Polizei erzählt«, fragte er baff, »dass deine Frau den Menzer mit Absicht überfahren hat?«

Der Kornhaß zuckte schweigend die Achseln. »Als ich in diesem verdammten Nebel rumgestapft bin und Mandys Schrei gehört habe, da hatte ich plötzlich so eine wahnsinnige Angst, dass ihr was passiert sein könnte. Verstehst du?«

Er blickte ihn mit verträumten Augen an. Dem Fickel blieb beinahe das Schwein im Hals stecken, als er endlich begriff, worauf Manfred Kornhaß hinauswollte.

»Heißt das, du wärst für deine Frau ins Kittchen gegangen?«, erkundigte er sich irritiert beziehungsweise sogar direkt befremdet. Schließlich wäre ihm selbst an Kornhaß' Stelle solch eine an Absurdität kaum zu überbietende Idee niemals gekommen. Sich für seine künftige Exfrau aufzuopfern taten nur unheilbare Romantiker, sprich: Idioten. Aber sein Mandant schob sich ungerührt den nächsten Kloß, den er diesmal sorgfältig in Soße gequetscht hatte, in den Mund und blickte den Fickel treuherzig an.

»Ich hab die Mandy eben einfach gern, da kann man nichts machen.«

Sosehr er sich bemühte, der Fickel konnte diesen Spleen seines Sportfreundes beim besten Willen nicht nachvollziehen, insbesondere wenn er an die bis unter die Gürtellinie geführten Kontroversen beim Scheidungstermin zurückdachte. Aber der Kornhaß war von der fixen Idee, jetzt, wo der Menzer tot sei, könne es mit seiner Ehe womöglich doch noch mal bergauf gehen, überhaupt nicht abzubringen. Praktisch Paralleluniversum.

Andererseits, wenn der Fickel an seine junge Bekanntschaft mit der rothaarigen Bobfahrerin dachte, fiel sein Urteil sofort drei Schärfegrade milder aus. In gewissen zwischenmenschlichen Konstellationen war Vernunft eben keine vernünftige Kategorie, und irgendwo ist ein Jurist auch nur ein Mensch aus Fleisch und Blut. Wer würde es dem Fickel da verübeln, dass er von seinem alten Weggefährten ganz nebenbei ein paar Kleinigkeiten über diese junge rothaarige Athletin in Erfahrung zu bringen versuchte? Aber obwohl der Kornhaß in Bobkreisen bestens vernetzt war, wusste er leider nicht viel Neues über sie zu berichten, außer dass die junge Polizeianwärterin erst vor knapp zwei Jahren im Leistungszentrum in Oberhof aufgetaucht war und zeitgleich mit dem Bobsport angefangen und direkt alle Rekorde gebrochen hatte – gewissermaßen Senkrechtstarterin.

Kornhaß hatte mit seinem Kennerblick natürlich sofort das Potenzial der Neuen erkannt und seiner Frau Mandy dringend empfohlen, die junge Nachwuchshoffnung als Anschieberin in ihren Schlitten zu holen. Aber Mandy hatte ein bisschen zu lange überlegt, und als sie fertig war mit Überlegen, hatte sich Svenja schon an ihr vorbeigeschoben und selbst auf Pilotin umgeschult. Zu allem Überfluss hatte sie

Mandy zudem ihre Anschieberin abgeworben, sodass jene vorübergehend mit dem Monobob trainieren musste.

»Seit wann interessierst du dich eigentlich für Frauenbob?«, erkundigte sich der Kornhaß, als er mit seinen Ausführungen fertig war. Und da dem Fickel in dem Moment gerade keine passende Replik einfiel und er um ein Haar errötet wäre wie ein Teenager, der bei der Schuldisco zum Tanzen aufgefordert wird, schnalzte der Kornhaß mit der Zunge, die zufällig gerade frei war, und meinte: »Eins muss man Svenja lassen: Das Mädchen hat einfach perfekte Hebel.«

»Und ’ne Menge Gefühl im Hintern«, zitierte der Fickel, was er in der Halle gehört hatte, und biss versonnen in das letzte Stück Schweinebraten.

Während er mit Kauen beschäftigt war, fragte sich der Fickel natürlich, naiv, wie er war, wieso so eine zarte und mit allen physischen Anlagen gesegnete junge Frau sich nicht lieber einer Trendsportart widmete, zum Beispiel Tennis oder Triathlon oder auch Catwalk, sondern ausgerechnet Bob.

Auch wenn es nur hinter vorgehaltener Hand ausgesprochen wurde: Bob war im Grunde doch eher die Sportart für den zweiten Bildungsweg, für eine kleine Elite von Verrückten, die bei anderen, im allgemeinen Interesse vielleicht höher angesehenen Disziplinen durchs Raster gefallen waren, genau wie seinerzeit der Fickel. Welcher Junge, der nicht ausgerechnet in Oberhof aufwuchs, träumte schon davon, Bobpilot oder sogar -anschieber zu werden? Schwer vorstellbar, dass die Quote bei den Mädchen sehr viel besser war.

Kornhaß quetschte das letzte Stückchen Kloß in die restliche Soße. »Merkwürdig. Wenn du Svenja nicht angesprochen hättest, hätte ich das völlig vergessen.«

»Was?«, fragte der Fickel.

»Dass ich sie an der Bahn gesehen hab, kurz nach dem Unfall«, sprach der Kornhaß malmend. »Ich hab mich noch gewundert, weil sie eigentlich nicht zum Training eingeteilt war.«

Jetzt ratterte es in Fickels Oberstübchen wie Schlittenkufen auf dem Eis. Er dachte an seine eigene Begegnung an jenem Tag zurück, wie ein Sportler – oder eine Sportlerin – ihn beim Anstieg zum Parkplatz im dichten Nebel überholt hatte.

»Hatte sie vielleicht so einen von diesen *Team-Germany*-Trainingsanzügen an?«, erkundigte er sich bei seinem Mandanten.

Kornhaß überlegte. »Ich hab da zwar nicht so drauf geachtet, aber … doch, könnte sein. Warum fragst du?«

»Nur so.«

Dabei hatte der Fickel noch sehr genau vor Augen, wie die rothaarige Athletin nach der beeindruckenden Vorstellung in der Anschubhalle im Nebel verschwunden war. Erst war sie vor ihm aufgebrochen, dann hatte sie ihn offenbar wieder überholt. Was hatte sie in der Zwischenzeit getrieben? Hatte sie etwas von dem Unfall mitbekommen? Wenn ja, warum hatte sie davon nichts erzählt? Wollte sie vielleicht jemanden schützen?

Der Fickel kam gar nicht dazu, den Gedanken weiter zu vertiefen, denn jetzt wurde der Nachtisch serviert. Während der Fickel die köstliche, wenn auch nicht ganz kohlenhydratfreie Apfelmasse vom Blätterteig befreite, wie er es sich von

Gisela abgeschaut hatte, berichtete er von der geheimen Zusammenkunft im Kufenstübchen, deren Zeuge er geworden war, und musste erneut herzlich lachen, als er von der obskuren, an Absurdität kaum zu überbietenden Planung Olympischer Winterspiele am Rennsteig erzählte.

Aber merkwürdig, der Kornhaß lachte gar nicht, sondern löffelte mit heiligem Ernst den Apfelstrudel in sich hinein, als müsste er Gewicht machen, wie früher vor dem Wettkampf. Und jetzt sah endlich auch der Fickel, dass sein alter Sportkamerad genauso eine Anstecknadel am Kragen hatte wie die Olympiaaktivisten: »Oh 2030«. Waren denn jetzt wirklich alle durchgeknallt? Oberdoof in Oberhof, wie der Volksmund zu Ulbrichts Zeiten lästerte …

Der Kornhaß hörte sich Fickels Zweifel geduldig an, gab aber zu bedenken, dass man manchmal einfach in größeren Dimensionen denken müsse. Und wenn man den Niedergang des Herzstücks deutscher Wintersportgeschichte in den letzten zwanzig Jahren aus nächster Nähe miterlebt habe, dann müsse man förmlich zu dem Schluss kommen: »Da muss endlich mal was passieren!«

Schon seit Jahren hatte es in Oberhof kein FIS-Weltcup-Skispringen mehr gegeben, keinen Bob-Wettkampf, und selbst für Biathlon und Skilanglauf reichte der Schnee kaum noch aus, trotz Schneekanonen und Lagerhallen. Ein einziges Trauerspiel.

Der Fickel wagte einzuwenden, wenn man einmal mit dem Rücken zur Wand stehe, dann komme man auch nicht mehr so leicht mit dem Kopf hindurch. Anatomisch gesehen, aber irgendwo auch sinnbildlich. Doch so sehr der Fickel sich auch Mühe gab, er schaffte es genauso wenig,

Sportsfreund Kornhaß von der Olympiaidee abzubringen wie von seiner Ehe. Schließlich sah er in der Olympiabewerbung so etwas wie die letzte Chance für seinen Heimatort, wenn dieser nicht weiter in die sportliche und touristische Bedeutungslosigkeit abrutschen wollte.

»Von den Nasen in Berchtesgaden haben wir keine Hilfe zu erwarten«, erklärte Manfred Kornhaß mit bitterem Unterton, »die lassen uns am ausgestreckten Arm verhungern.«

Wenn man bedachte, wie viele Athleten, Trainer und Betreuer in den letzten Jahren in alle Himmelsrichtungen abgewandert waren, konnte einem um die Zukunft des Thüringer Wintersports schon angst und bange werden. Der reinste Ausverkauf – auf gut Deutsch: Braindrain[34].

Letztlich war es ein offenes Geheimnis, dass im Bundesverband einige noch eine Rechnung mit den Thüringern offen hatten, weil sie in ihrer aktiven Zeit vielleicht zu oft nur deren Hinterkufen gesehen hatten. Dillinger Senior wurde nicht umsonst selbst von guten Freunden nach der dritten Maß »Silber-« oder gar »Vize-Dilli« genannt. Eingefleischten Oberhofern stank es natürlich gewaltig, dass bei der letzten Trainerrochade wieder der Lokalmatador mit Wohnsitz am Königssee zum Bundestrainer ernannt worden war, obwohl der Menzer viel mehr Edelmetall auf die Waage gebracht hatte.

Was dem Wintersportzentrum Oberhof letztlich am meisten fehlte, war eine Perspektive, und das nicht nur wegen des Nebels. Erst war der Schnee ausgeblieben, dann der

34 In diesem Fall auch Muscledrain.

sportliche Erfolg oder umgekehrt – beziehungsweise zugleich, im Grunde angewandte Dialektik. Aber das wollten sich die eingefleischten Oberhofer nicht länger gefallen lassen. Gleich nachdem die Olympiabewerbung von München und Garmisch-Partenkirchen am Widerstand der dortigen Bevölkerung gescheitert war, hatte man am Rennsteig Morgenluft gewittert. Stadt, Landkreis und Bundesland stellten ein Kompetenzteam unter Leitung von Bürgermeister Bradschetl und dem bestens vernetzten Landrat a. D. Peter Kminikowski zusammen, das die Chancen ausloten, Sponsoren gewinnen und die Bevölkerung für die erste Phase der Bewerbung angemessen euphorisieren sollte.

Die Rechnung war ziemlich einfach: Nach den halbherzigen Kampagnen für Berlin im Jahr 2000, später Leipzig und München, sollte die nächste Bewerbung mit breiter gesellschaftlicher Unterstützung angegangen werden, damit der Eingeborenenfaktor nicht wieder einen Strich durch die Rechnung machte. Die Frage war nur, welche Region von den bereitgestellten Mitteln profitieren durfte. Manfred Kornhaß verstieg sich sogar zu der Behauptung, die Olympiabewerbung sei vielleicht die letzte Chance für den Standort Oberhof. Denn selbst die beste Luft und die schönste Landschaft genügten auf Dauer nicht, zahlungskräftige Touristen anzulocken. Dafür brauche es schon das Flair des Wintersports, die Zugkraft der Rodelrecken, den Glamour der Biathlonsternchen, die Aura der Langlaufasse.

Jetzt musste der Fickel natürlich gleich wieder Wasser in den Wein gießen und nachfragen, wie man Olympia ohne einen halbwegs vernünftigen alpinen Skihang veranstalten solle. Wenn man mal einige berühmte Olympiaabfahrten zum Vergleich heranziehe, allein welche Höhenunterschiede dort überwunden worden seien: Garmisch/Kreuzeck 959 Meter, Cortina d'Ampezzo 902 Meter oder Innsbruck/Patscherkofel immerhin noch 870 Meter – dagegen Oberhof/Fallbach: 115 Meter. Praktisch ebenerdig.

Zahlen sind im Auge des Idealisten natürlich nur arithmetisches Blendwerk. Aber zu den geologischen Fakten konnte oder wollte der Kornhaß sich nicht äußern. Er sei schließlich nur Rodelbahn- und Bobexperte. Da habe man naturgemäß mit den Alpinen nicht so viel am Hut. Andererseits hatte der Fickel nicht zum ersten Mal den Eindruck, dass sein alter Bobfreund ihm nicht alles sagte, was er wusste. Im Grunde wurde das langsam zu einer Gewohnheit.

Nach dem schweren Essen hatte der Fickel aber auch keine Lust mehr auf schwere Diskussionen. Er fühlte sich ein bisschen müde und hätte im Grunde am liebsten ein kleines Nickerchen gehalten, zur Not sogar in einer Zelle vom Knasthaus, ein schwerer Fall von Schnitzelkoma. Doch just als er gerade im gläsernen Aufzug dem Meininger Pflaster entgegenschwebte, wurde er auf den Boden der Tatsachen zurückgeholt.

Denn plötzlich surrte Fickels Hightechhandy von vor acht Jahren und eine aufgebrachte Schwester Margret schimpfte, dass der »junge Mann« seine Rückenschule vergessen habe. Wenn der Fickel in zwanzig Minuten nicht zur Gruppentherapie antrete, dann habe er »ernsthafte Konsequenzen« zu fürchten. Zum Beispiel, dass Schwester Margret ihn bei der Krankenkasse verpetzte. Das wollte der Fickel wahrlich nicht riskieren. Deshalb überließ er das Steuer im Ferrari sicherheitshalber seinem alten Vordermann und machte es sich auf dem Beifahrersitz bequem. Spätestens am Ortsausgangsschild gab Manfred Kornhaß den Gäulen ordentlich Hafer.

Und als der Fickel mit knapp zweihundertfünfzig Sachen über die A71 fegte beziehungsweise gefegt wurde, da wurde ihm auch schlagartig klar, warum er es in seiner Sportkarriere nur zum Anschieber gebracht hatte. Denn guck mal einer an: Die Wippschaltung am Lenkrad konnte wirklich nur ein Zweitakt-Automobilist wie der Fickel übersehen: rechts up, links down – ganz einfach im Grunde. Wenn man's weiß.

Kriminalrat Recknagel stand derweil am Starthäuschen der Oberhofer Rodelbahn und verströmte schlechte Laune. Die Hundertschaft hatte das gesamte Gelände der Rodelbahn vergeblich abgesucht. Der stumpfe Gegenstand, mit dem Karl-Heinz Menzer vom Leben zum Tode befördert worden war, blieb verschwunden. Wahrscheinlich hatte der Täter sein Mordinstrument mitgenommen und anderweitig entsorgt. Zu allem Überfluss schnüffelte ein besonders eifriger Bluthund mit seiner feuchten Nase aufgeregt an seinen neuen Slippers herum, wahrscheinlich war die blutige Blase am Hacken endlich aufgeplatzt.

Die meist jungen Männer und einige Frauen der Polizeibereitschaft saßen und standen in kleinen Grüppchen herum. Eigentlich nicht schlecht so ein kleiner Ausflug ins Grüne, jedenfalls besser, als stundenlang in Rippershausen den Verkehr zu regeln, aber langsam wurde es selbst hier langweilig.

»Was machen wir jetzt, Chef?«, fragte Christian.

»Weitersuchen, was sonst?«, antwortete der Kriminalrat ungehalten. »Und nehmen Sie mal diesen verdammten Köter hier weg!«

»Aus, Pinky, aus!«, rief der Hundeführer.

»Der Hund heißt Pinky?«

»Wie *Detektiv Pinky*[35]«, erklärte der Hundeführer. »War früher mein Lieblingsbuch als Kind. Kennen Sie das?«

Recknagel nickte abwesend.

»Wir können ja schlecht den ganzen Thüringer Wald durchkämmen«, wandte Christoph ein, der eine Spur intelligenter war als sein gleichaltriger Kollege. Oder hatte der Kriminalrat die beiden etwa schon wieder verwechselt?

»Was is-d denn chirrer los?«

Hinter dem Recknagel stand plötzlich ein untersetzter Mann in einem eng anliegenden Rennanzug, ganz offensichtlich Linksträger. Hinter ihm stand ein Hüne mit eckigem Haarschnitt und Sportsonnenbrille im gleichen Outfit, allerdings Rechtsträger.

»Sie können jetzt nicht trainieren«, erklärte Christoph. »Hier findet ein Polizeieinsatz statt.«

»Ich zahle jeden Tag viele, viele Dollarrr, damit ich kann nutzen die Rrrodelbahn. Das ich chabe mit Cherrrn Brrradschetl abgemacht.«

»Der hat hier im Moment nichts zu sagen«, erwiderte der Kriminalrat.

35 Kinderkrimi von Gert Prokop, in dem junge sozialistische Leser in die fiktive US-amerikanische Stadt Kittsburgh entführt wurden. Manch einer wäre am liebsten dageblieben.

»Gut, ich chabe Vorrrschlag: Du kannst chier einfach deine Arbeit machen, Towarischtsch, ich nix störrren!«

»Sie stören nicht, weil Sie jetzt bitte sofort gehen«, befahl der Recknagel in freundlichem, aber nachdrücklichem Tonfall.

»Job twoju mat![36]« fluchte Nasirow, wandte sich auf dem Absatz seiner teuren Sportschuhe um und öffnete die Heckklappe eines beige-braunen Wartburg 353 Tourist, um den Helm hineinzuwerfen. Sein großer Begleiter bewegte sich Richtung Beifahrertür.

Zu Nasirows Leidwesen war der Recknagel als langjähriges Mitglied der DSF, der Gesellschaft für Deutsch-Sowjetische Freundschaft, des Russischen durchaus mächtig.

»Stoi, Durak[37]«, rief der Recknagel. Nasirow wandte sich verdattert um.

»Tut mirrr leid, ich chabe nicht Sie gemeint«, haspelte er. »Sonderrrn meine Kollege.« Er deutete mit dem Kopf auf seinen kantigen Begleiter. Doch der schien kein Deutsch zu verstehen.

»Ist das Ihr Auto?«, fragte der Recknagel misstrauisch. Der Bluthund, der eben noch an seinen Socken geschnüffelt hatte, interessierte sich allem Anschein nach sehr für das Heck des Wartburgs.

»*Njet.* Das gechörrrt einem Frrreund. Er cheißt … irrrgendwas mit Fi…«

»Fickel?«, riet der Kriminalrat.

36 Russisch – Nasirow fordert den Kriminalrat auf, ein echter *Motherfucker* zu werden.

37 Russisch: Halt, Dummkopf!

»Genau. So cheißt errr«, bestätigte Nasirow und blickte fast ein bisschen ängstlich auf den Schäferhund, der sich winselnd gerierte und offenbar in den Wagen hineinwollte.

»Komm, Pinky, da gibt's nichts zu schnüffeln für dich«, schimpfte der Hundeführer.

»Lassen Sie ihn mal machen«, intervenierte der Recknagel. »Der Köter hat 'n feines Näschen.«

Pinky bellte aufgeregt und schnüffelte wie verrückt an einem unförmigen dunklen Etwas herum, das er im Heck des Wagens gefunden hatte. »Was hat er denn da?«, erkundigte sich der Recknagel.

Der Hundeführer sah genauer hin. »Sieht aus wie ... Rotwurst!«

»Rotwurst?«

»Ja, Barchfelder. Die kaufe ich auch immer«, erklärte der Hundeführer. »Das ist zu hundert Prozent ein Wurstzipfel.«

»Bravo, Pinky«, brummte der Recknagel amüsiert. »Typisch Fickel.«

Doch der Hund hatte längst ein neues Objekt seines Interesses gefunden. Wieder schlug er an. Der Schwanz wedelte aufgeregt. Der Hüne wurde langsam nervös. Offenbar litt er unter einer Hundephobie.

»Was hat er denn jetzt schon wieder?«

»Keine Ahnung«, meinte der Hundeführer. »Sieht aus wie ein ganz normaler Stock ... oder ein Knüppel.«

»Nicht anfassen!«, rief der Kriminalrat und zog sich ein Paar Einweghandschuhe über. Vorsichtig zog er den Stock, der ein beachtliches Gewicht aufwies, aus dem Heck des Wartburgs heraus und betrachtete ihn aufmerksam von allen Seiten.

»Was haben wir denn da?«, fragte er und zeigte Christoph – oder Christian? – eine bestimmte Stelle.

»Das könnte eine minimale Blutspur sein.«

»Braver Hund«, sagte der Recknagel zufrieden und reichte dem Hund zur Belohnung das Rotwurstende.

»Aber die gehört Ihnen doch gar nicht«, protestierte der Hundeführer.

»Das kann ich verantworten«, erwiderte der Recknagel und reichte den Stock an Christoph weiter. »Wickeln Sie das ein und bringen Sie es zu Doktor Haselhoff zur DNA-Spurenanalyse!«

»Heute noch?«

»Sperren Sie ihn zur Not in der Rechtsmedizin ein. Das ist mein voller Ernst. Ich brauche die Ergebnisse sofort.«

»Okay, Chef.«

Er zog mit dem Knüppel ab und rief den wartenden Polizisten zu: »Feierabend, Leute!«

Die Beamten trotteten gleichgültig zu den Mannschaftswagen. Kriminalrat Recknagel wandte sich an Nasirow und seinen Begleiter.

»Und nun zu euch zwei Hübschen«, knurrte er.

Die Oberstaatsanwältin schraubte sich in wahnwitzigem Tempo durch das Wasser des neuen Oberhofer Spaßtempels, euphemistisch »Erlebnisbad« genannt. In dem für ihren Geschmack etwas zu kalten und viel zu chlorhaltigen Wasser waren schon etliche Millionen Euro an Steuergeldern versenkt worden. Für ein Sportbecken, das den Namen verdient hätte, hatte es dennoch nicht gereicht. Der Gundelwein wurde langsam beinahe schwindelig vom Wenden.

Hinter der Baugeschichte des Bades erkannte die Gundelwein mit dem geübten Blick der Strafrechtlerin ein kriminelles, wenn auch schwer durchschaubares System: Mit viel Getöse vonseiten der Politik und noch mehr durch dieses Getöse lockergemachten öffentlichen Mitteln wurde zunächst ein Projekt angeschoben, das zu vielen privaten Bau- und Sub-Aufträgen führte, deren Gewinne wiederum auf verschlungenen Pfaden in die Taschen der Protagonisten einer GmbH zurückflossen. Bildhaft ausgedrückt: Man besorgte sich irgendwoher die Zutaten, backte daraus einen möglichst großen Kuchen und zerteilte ihn dann in sehr viele kleine Krümel, von denen man hinterher nicht mehr sagen konnte, auf welchem Teller sie gelandet waren. Ob irgendwo hinterm Kaukasus, in Süditalien oder hier in Oberhof, stets und überall war es das gleiche Konzept.

Die Oberstaatsanwältin spürte, wie neben ihr ein Schwimmer mit blau-weiß gestreifter Badekappe recht zügig zu ihr aufschloss. Auf den letzten Bahnen hatte sie, ermüdet von den vielen Wechseln, das Tempo ein wenig verschleppt. Angespornt durch den unbekannten Schwimmer legte sie wieder ein paar Briketts drauf. Schließlich wollte man sich ja nicht in einem Erlebnisbad von einem Freizeitschwimmer überholen lassen. Wo kämen wir denn da hin?

Doch merkwürdig, obwohl die Gundelwein ihre Schlagzahl erhöht hatte, war der Unbekannte beim Wechsel nahezu gleichauf mit ihr. Die Oberstaatsanwältin wechselte und atmete nun nach links, um ihren Konkurrenten im Blick zu haben, der weiter Boden gewann. Zunächst dachte sie, sich verguckt zu haben. War das etwa ein Bikini-Oberteil? Wenn etwas der Weltsicht der Gundelwein widersprach, dann die bislang in Südthüringen nur theoretische Möglichkeit, von einer Frau in einem Schwimmbad überholt zu werden.

Doch so sehr sie sich auch dagegen stemmte, sie konnte das Tempo der anderen nicht mitgehen. Die Hoffnung der Gundelwein war nun, es mit einer Kurzstreckensprinterin zu tun zu haben. Mal eben hundert Meter in Höchstgeschwindigkeit abspulen, um sich danach entkräftet am Beckenrand festzuhalten, das taten zuweilen junge Mädchen, die für die Sportprüfung trainierten oder einen jungen Mann beeindrucken wollten.

Als das Tempo auch nach zweihundert Metern nicht nachließ, wurde die Gundelwein langsam nervös. Sie versuchte jetzt, technischer und somit kräftesparender zu schwimmen, um zumindest auf längere Sicht die Oberhand zu behalten. Doch weitere zweihundert Meter später musste sie sich eingestehen, dass sie kurz davor stand, von der unbekannten Schwimmerin überrundet zu werden. Das konnte sie sich nicht bieten lassen. Mit letzter Kraft stemmte sie sich noch weitere zwei Bahnen gegen diese ultimative Demütigung. Dann stoppte sie und hielt sich am Beckenrand fest, bis das Überholmanöver vollendet war. Unbeeindruckt setzte die Schwimmerin ihr Pensum fort.

Geschlagen und irritiert kletterte die Gundelwein aus dem Becken. Sie beobachtete noch eine Weile, wie die junge Frau durch das Becken glitt. Ihre Technik war nicht einmal ganz ausgereift, aber ihre Muskeln schienen keine Müdigkeit zu kennen. Zum ersten Mal fühlte sie sich nicht mehr entscheidend jünger, als es ihrem biologischen Alter entsprach, nicht Anfang bis Mitte dreißig, sondern am Ende.

Die Gundelwein setzte sich in einen Plastikstuhl und zählte die Bahnen mit, die die junge Schwimmerin mit beängstigender Konstanz abspulte. Erst nach weiteren tausend Metern stieg die Nereide aus dem Wasser und nahm ihre Badekappe ab. Und nicht nur im Schwimmen war sie der Gundelwein voraus, auch ihre Haare schienen in einem natürlichen Rot, dessen Ton man mit künstlichen Farben nie erreichte.

Die Unbekannte nahm ihr Handtuch und ein Kosmetiktäschchen, das sie am Beckenrand deponiert hatte, und ging mit dynamischen Schritten Richtung Dusche. Die Gundelwein wartete einen Moment ab, dann folgte sie ihr neugierig. Schon am Eingang hörte sie das Rauschen der Dusche. An einem Haken hing der knappe Bikini, das Handtuch lag sorgfältig gefaltet auf der Ablage.

Die Gundelwein war an sich nicht besonders schamhaft veranlagt, trotzdem mochte sie es nicht, mit anderen Frauen gemeinsam nackt auf engstem Raum herumzuturnen. Sie schritt im Badeanzug durch den warmen Nebel und blieb mit einem Male wie angewurzelt stehen. Gegenüber stand die Rothaarige nackt mit dem Rücken zu ihr und ließ das heiße Wasser über ihre beneidenswert gewellten Haare laufen. Offenbar hatte sie die Anwesenheit einer weiteren Person nicht bemerkt.

Die Oberstaatsanwältin hielt einen Moment inne. Noch nie hatte sie einen derart ästhetischen, perfekt gebauten weiblichen Körper gesehen, vielleicht abgesehen von ihrem eigenen, damals, kurz nach dem Abitur: sportlich, aber dabei ungewöhnlich grazil, durchaus weiblich, doch ohne die üblichen kleinen Schwächen des Gewebes.

Die Gundelwein stellte das Wasser an und blickte fasziniert auf den muskulösen Rücken, der von einer schmalen Taille in kräftige, aber dennoch feminin geschwungene Schultern mündete. Das Wasser hatte die Rothaarige so heiß gestellt, dass sich die Haut an ihrem schmalen Nacken langsam rötete. Sie stellte das Wasser noch wärmer und drehte sich im Wasserdampf langsam um.

»Hi«, sagte sie mit kindlicher Unschuld, als sie die Gundelwein gegenüber erblickte.

»Ha… hallo«, stotterte die Oberstaatsanwältin. Sie schämte sich dafür, im Badeanzug dazustehen, zugleich schämte sie sich noch mehr, ihn vor der anderen abzustreifen. Dumme Situation, das. Wo war ihr Selbstbewusstsein? Was war nur mit ihr los?

Die Gundelwein ertappte sich zum ersten Mal in ihrem Leben dabei, dass sie eine andere Frau attraktiv fand, ja, sie praktisch mit den Augen eines Mannes betrachtete. Eine zutiefst irritierende Erfahrung. Sie stellte das Wasser etwas kälter und lüftete außerdem leicht ihren Badeanzug.

Sie versuchte, woanders hinzusehen, aber sie konnte sich kaum von dem spektakulären Anblick der Nereide losreißen. Offenbar kannte sie die Schrecken, die andere Frauen vor dem Spiegel auszustehen hatten, nicht. Selbst in puncto Körperbehaarung war sie wie alle echten Rothaarigen gesegnet. Wenn die Gundelwein ihre Augen nicht trogen, dann musste sie sich nicht einmal die Beine rasieren.

Beinahe erleichtert stellte sie fest, dass wenigstens zwei winzige Schönheitsfehler die Perfektion trübten, zwei kleine dunkle Striche in der Leistengegend, offenbar Operationsnarben, möglicherweise Sportverletzungen oder ein Hinweis darauf, dass sich dieses zarte Geschöpf einmal verhoben hatte.

»Darf ich fragen, wo Sie so gut schwimmen gelernt haben?«, fragte die Gundelwein. Die Rothaarige blickte sie erstaunt an.

»Ganz normal in der Schule. Ich mache das nur aus Fun«, erklärte sie. Die Oberstaatsanwältin schluckte. War sie von einer Freizeitsportlerin abgekocht worden? Niemals!

»Aber Sie wirken sehr … austrainiert.«

»Ich mache auch viel Sport«, erklärte die Rothaarige zu Gundelweins Erleichterung. »Sogar Leistungssport.«

»Darf ich fragen, welchen?«, hakte sie nach.

»Bob«, erklärte die Nereide. »Ich weiß, das ist nicht besonders sexy.«

Sie lachte fröhlich und ein wenig selbstironisch. Gewissermaßen entwaffnend. Offenbar war sie sich der eigenen Wirkung auf andere nicht bewusst oder dieser Umstand bedeutete ihr nichts. Die Oberstaatsanwältin hatte zu dieser Sportart spätestens seit ihrer Ehe mit einem antriebslosen früheren Anschieber ein eher angespanntes Verhältnis. Außerdem vertrat sie hier ausnahmsweise den total unfeministischen Gedanken, gewisse Dinge könne frau auch getrost den Männern überlassen. Die Überlegenheit des weiblichen Geschlechts manifestierte sich nach ihrer Vorstellung eher darin, gerade nicht jeden Blödsinn nachzumachen, zu dem die Evolution den Mann angetrieben hatte. Dazu gehörte unter anderem, mit einer phallischen Kunststoffkonstruktion in einer engen Eisröhre einen Berg hinunterzurasen.

»Das kann ich mir bei Ihnen gar nicht vorstellen«, sagte die Gundelwein.

»Ich weiß, ich hab nicht die passende Figur«, entgegnete die andere. »Aber ich bin kräftiger, als ich aussehe.«

»Allerdings«, bestätigte die Oberstaatsanwältin mit Blick auf Bizeps und Trizeps. Selbst ihre Brüste schienen aus Muskeln zu bestehen. Die Gundelwein kämpfte energisch gegen den inneren Drang, sie berühren zu wollen, an. Die Rothaarige stellte die Dusche ab, ging auf Zehenspitzen zum Handtuch und wickelte es sich zu Gundelweins Erleichterung und gleichzeitigem Bedauern um den Körper.

»Wenn Sie wollen, nehme ich Sie mal mit«, sagte sie.

»Wohin?«, fragte die Oberstaatsanwältin verdattert.

»Na, mit dem Bob«, lachte die Rothaarige.

Die Gundelwein hob abwehrend die Hände. »Nein danke, das ist wirklich nichts für mich.«

»Schade! So wie Sie gebaut sind, würden Sie eine gute Anschieberin abgeben«, erklärte die Bobpilotin und musterte die langen und starken Beine der Oberstaatsanwältin anerkennend.

Die Gundelwein spürte, dass sie errötete. Sie empfand die Bemerkung zugleich als verstörend und unpassend, obwohl sie zweifellos schmeichelnd gemeint war. »Ich denke, daraus wird nichts«, erwiderte sie mit leicht gekünsteltem Lachen.

»Okay, wenn Sie sich's anders überlegen, Sie finden mich an der Rodelbahn. Fragen Sie einfach nach Svenja.«

Sie nickte der Gundelwein freundlich zu und ging. Die Blicke der Oberstaatsanwältin folgten der Rothaarigen, bis sie zwischen den Umkleidekabinen verschwunden war. Dann zog sie sich eilig den Badeanzug aus und stellte das Wasser so kalt ein, wie es nur möglich war.

Der Fickel hatte es dank der überlegenen Fahrkünste seines ehemaligen Bobpiloten gerade noch pünktlich in die Gruppentherapie geschafft beziehungsweise nur ein kleines bisschen zu spät, auf gut Deutsch: cum tempore.

Doktor Skrypzki blickte noch etwas strenger durch ihre Brille als sonst, ohne deswegen gleich verbal zu werden. Aber als der Fickel schließlich berichtete, dass er sich seinem Trauma, sprich: der fleischfressenden Pflanze, gestellt habe und als juristischer und irgendwo auch moralischer Sieger aus der Begegnung hervorgegangen war, und zwar allein dank ihrer Therapie, da lächelte sie beschwichtigt.

Im Grunde war der Fickel von der Völlerei im Knasthaus noch ziemlich satt, weshalb er sich beim Abendessen unter den strengen Blicken von Schwester Margret nur am Salatbuffet bediente. Kaum hatte er Platz genommen, wanzte sich Gisela mit einem Atkins[38]-Teller voller Aufschnitt an ihn ran. »Ist hier noch frei?«

Selbst wenn der Fickel die drei Musketiere erwartet hätte, hätte er die Gisela kaum von seinem Tisch fernhalten können, schließlich platzte sie beinahe vor Neugier, was das wohl für ein Wahnsinns-Auto war, mit dem sie ihn heute Vormittag vom Klinikgelände hatte fahren sehen. Gisela hegte inzwischen den schlimmen Verdacht, der Fickel sei eigentlich ein millionenschwerer Promi-Anwalt, der hier nur inkognito kurte.

»Hab ich recht oder hab ich recht?«, fragte sie und schob sich eine Gabel mit Käse und Wurst in den Mund. Aber der

38 Leider viel zu früh verstorbener Pionier der *Low Carb*-Ernährung.

Fickel konnte leugnen, so viel er wollte, es wurde ihm nur als Understatement ausgelegt. Deswegen hielt er die Klappe und verzehrte vorschriftsmäßig seine Salatblätter. Aber jemand, der nur Salat isst, ist natürlich noch verdächtiger, zur Oberschicht zu gehören. Es war höchste Zeit, Gisela an ihre Bindungsängste zu erinnern. Aber da trat Schwester Margret mit finsterer Miene an den Tisch.

»Herr Fickel, da ist jemand von der Polizei, der Sie zu sprechen wünscht«, flüsterte sie und zeigte mit dem Kopf Richtung Tür, wo der Recknagel stand und winkte.

Kurz darauf saß der Kriminalrat mit am Tisch, aber Gisela machte keinerlei Anstalten aufzustehen, obwohl ihr Teller bereits leer war. Das war schließlich spannender als Tischtennis!

»War gar nicht so leicht, Sie hier aufzustöbern«, meinte Recknagel zur Begrüßung.

»Er ist nur inkognito hier«, erklärte Gisela.

Der Kriminalrat blickte fragend zum Fickel, aber der hob bloß die Schultern.

»Ich hab schon gehört, dass Ihr Gerichtstermin ein durchschlagender Erfolg war«, sagte Recknagel mit einem leichten Grinsen zwischen den Falten.

»Was denn für ein Gerichtstermin?«, wollte Gisela wissen.

»Anwaltsgeheimnis«, intervenierte der Fickel schnell und wandte sich an den Kriminalrat: »Ich muss mich wirklich bei Ihnen bedanken, auch im Namen meines Mandanten.«

»In der Tat«, bestätigte der Kriminalrat. »Vermissen Sie übrigens etwas?«

Der Fickel überlegte angestrengt, aber bis auf seine Ruhe fiel ihm auf die Schnelle nichts ein.

»Wir haben Ihr Auto sichergestellt«, erklärte der Kriminalrat stolz.

»Den Rennschlitten?«, rief Gisela aufgeregt dazwischen.

Jetzt war es wieder am Recknagel, sich zu wundern. »Na ja, als Rennschlitten würde ich den Wagen jetzt nicht bezeichnen«, sinnierte er. »Eher als Oldtimer. Jedenfalls war das Fahrzeug im Besitz eines professionellen Autoknackers, offenbar spezialisiert auf Liebhaberobjekte. Konnte sich nicht ausweisen, jedenfalls Osteuropäer.«

»Typisch!«, erklärte Gisela empört.

Aber der Fickel erläuterte dem verblüfften Recknagel nun, dass es sich bei dem vermeintlichen Autoknacker um den Hotelier und Oligarchen Nasirow handelte, einen Selfmade-Milliardär und Autonarr, mit dem er nur vorübergehend die Wagen getauscht hatte.

»Mist, dann hat der Kerl ja doch die Wahrheit erzählt«, grummelte der Recknagel und griff zum Telefon, um seinen Mitarbeiter Christian und/oder Christoph anzuweisen, den Verdächtigen sofort auf freien Fuß zu setzen.

»Sie kennen Milliardäre?«, erkundigte sich Gisela interessiert beim Fickel.

»Können wir uns irgendwo unter vier Augen unterhalten?«, fragte der Kriminalrat leicht genervt, nachdem er sein Telefonat beendet hatte. Der Fickel erklärte, dass er sowieso gerade seine Sport-Runde antreten wollte, und lud den Recknagel ein, ihn zu begleiten.

Wenige Minuten später steckte der Fickel in seinem ASK-Trainingsanzug und walkte mit beiden Stöcken weit ausholend drauflos, sodass der Recknagel Mühe hatte, ihm zu folgen.

»Sie wollen doch nicht wirklich trainieren?«, erkundigte sich der Kriminalrat vorsichtshalber.

»Warten Sie's ab«, erwiderte der Fickel und machte ordentlich Tempo.

Fünf Minuten später saßen sie im Kufenstübchen, wo Renate ihnen zwei Dingslebener servierte.

»Auf Ihr Wohl«, erklärte der Fickel und hob sein Glas. Der Kriminalrat ließ es klirren.

»Kurschatten?«, erkundigte sich der Recknagel in Bezug auf Gisela.

»Wo viel Licht, da viel Schatten«, erwiderte der Fickel ausweichend. Aber eigentlich war der Kriminalrat auch überhaupt nicht an einer ernsthaften Antwort interessiert. Vielmehr ging es ihm um seinen Fall.

»Jetzt erklären Sie mir mal: Wie um alles in der Welt kommt die Mordwaffe in Ihr Auto?«, erkundigte sich der Recknagel nach einem tiefen Schluck aus seinem Bierglas, begleitet von einem »Ahhhh«. Dass Polizisten stets »nicht im Dienst« sagen, wenn sie Alkohol angeboten bekommen, ist nämlich eine schändliche Fernsehlegende.

Jetzt war beim Fickel natürlich die Verwirrung komplett. »Welche Mordwaffe?«, fragte er.

Und als der Kriminalrat jetzt von den neuesten Erkenntnissen berichtete, dass der Menzer nämlich bereits tot war, als er von dem Bob erwischt wurde, da ratterte es nur so in Fickels Lochstreifen-Zentrale, sprich: Gehirn.

Das bedeutete nicht nur, dass der Kornhaß dadurch von allen Tatvorwürfen befreit war, sondern auch, dass die Theorie, seine Frau habe ihren Trainer mit voller Absicht überfahren, nicht griff.

»Interessante Überlegung«, hakte Recknagel ein. »Aber dass die damit nichts zu tun hat, wusste ich auch schon vorher.« Schließlich sprachen die Bremsspuren in der Bahn dafür, dass sie alles dafür getan hatte, den Unfall zu verhindern.

Erst jetzt wurde dem Fickel bewusst, dass er offenbar Ohrenzeuge eines kaltblütigen Mordes geworden war, als er kürzlich an der Rodelbahn durch den Nebel irrte. Selbstredend packte er jetzt vor dem Recknagel alles aus, was er wusste, berichtete von seiner Begegnung mit dem Menzer und dessen rätselhafter Anspielung, dass in Oberhof etwas zum Himmel stinke, von den merkwürdigen Geräuschen an der Bahn und schließlich dem gefundenen Knüppel, mit dem er beim Anstieg zum Parkplatz seinen Rücken entlastet habe. Dass dem Menzer damit kurz zuvor der Schädel eingeschlagen worden war und es sich somit um ein kostbares Beweisstück handelte, konnte ja kein Mensch ahnen.

Nun kam er auf ein weiteres Detail seiner Beobachtungen zu sprechen, nämlich den Unbekannten oder vielmehr die Unbekannte im Trainingsanzug. Und als er dem Recknagel seine Vermutung mitteilte, um wen es sich dabei handelte, kratzte der sich ausgiebig am Kinn.

»Sie meinen, die kleine Rothaarige hat den Menzer umgelegt?«

Dem Fickel lag es natürlich fern, jemanden persönlich verdächtigen zu wollen, aber der Aussage seines Mandanten und seiner eigenen Beobachtungen zufolge lag es zumindest nahe, dass sich Svenja zum fraglichen Zeitpunkt in der Nähe des Tatorts aufgehalten hatte. Auch wenn das natürlich irgendwo bedauerlich wäre, wenn ausgerechnet Svenja den

Menzer auf dem Gewissen hätte, aber es wäre auch nicht das erste Mal, dass das Böse in einer überaus liebreizenden Gestalt daherkommt.

»Alles schön und gut«, meinte der Recknagel. »Aber warum, bitte schön, sollte sie ihren eigenen Trainer ermorden?«

»Vielleicht, weil er aus naheliegenden Gründen Mandy Kornhaß bevorzugt hat«, erklärte der Fickel. »Eine Frau, die sich zurückgesetzt fühlt, ist zu einigem fähig.«

Der Recknagel nickte nachdenklich. »Schon möglich«, bestätigte er. »Aber leider kommt die kleine Krabbe als Täterin nicht infrage.«

»Ach«, meinte der Fickel. »Und darf man auch erfahren, warum nicht?«

»Weil wir nach einem männlichen Täter suchen. Die DNA-Spuren an der Tatwaffe sind da absolut eindeutig.«

Da war der Fickel direkt ein bisschen erleichtert, denn im Grunde seines Herzens hatte er der ebenso sympathischen wie attraktiven Svenja solch eine abscheuliche Tat natürlich nicht zugetraut. Aber die Erleichterung hielt nur so lange an, bis der Kriminalrat weiterredete: »Der Schnelltest hat ergeben, dass genau zwei Personen verdächtig sind, und eine davon sitzt mir gerade gegenüber.«

Denn natürlich: Doktor Haselhoff hatte an der Mordwaffe Fickels DNA gefunden. Kein Wunder, so wie er sich auf seinen Spazierstock gestützt hatte. Schöne Bescherung.

»Woher haben Sie eigentlich meine Daten?«, erkundigte sich der Fickel, weniger, um sich zu verteidigen, als aus purem kriminalistischem Interesse.

»Erinnern Sie sich noch an die Reihenuntersuchung nach dem Tod der Richterin Kminikowski?«

»Ich dachte, die Daten würden nach der Ermittlung des Täters gelöscht«, wandte der Fickel erstaunt ein, schließlich Rechtsstaat.

Da grinste der Kriminalrat nur. »Der Computer vergisst nichts«, erklärte er, »schon gar nicht der Polizeicomputer.«

Der Fickel schluckte schwer. »Und … wer ist der andere Verdächtige?«, erkundigte er sich. »Doch nicht etwa … Kornhaß?«

Kriminalrat Recknagel schüttelte den Kopf. »Das ist das Problem. Wir wissen es nicht. Die Spur an dem Knüppel ist jedenfalls identisch mit einer ungeklärten DNA-Spur, die wir im Zusammenhang mit dem Tod von Daniel Krech gefunden haben«, erklärte Recknagel.

Diplomjurist Fickel merkte auf. »Ich dachte, der hat Selbstmord begangen?«

»Wir glauben inzwischen, jemand wollte nur, dass es so aussieht«, meinte der Kriminalrat.

Der Fickel rechnete im Kopf rasch eins und eins zusammen. »Dann haben wir es also mit einem Doppelmörder zu tun«, verkündete er das Ergebnis seiner Berechnungen.

Der Recknagel nickte und fügte hinzu: »Die Frage lautet: Wer hätte ein Motiv, erst den Krech und dann den Menzer umzubringen? Jemand, dessen Anwesenheit im Sportbildungszentrum niemandem aufgefallen ist.«

»Ole Storandt«, schoss es spontan aus Fickels Mund. Und das hatte rein gar nichts damit zu tun, dass er Svenja schöne Augen machte, Kumpel hin oder her. »Daniel Krech war ein sportlicher Konkurrent für ihn. Wenn er damals die Pläne für den Bob an den kanadischen Hersteller geliefert hat, um ihn anzuschwärzen …«

»Und Menzer ist ihm auf die Spur gekommen«, spann der Kriminalrat den Faden weiter. »Außerdem hat er sich, wenn mich meine Augen nicht getäuscht haben, ziemlich stark für Krechs Freundin interessiert.«

Der Fickel nickte nachdenklich. »Ole Storandt war auch am Tatort. Ich hatte eine Begegnung mit ihm im Geräteschuppen. Der wäre fast handgreiflich geworden, weil ich mir seinen Bob angeguckt habe ...«

Der Recknagel strich sich wieder übers Kinn. »Einen Haken hat die Sache allerdings. Storandts DNA war zwar in der Nähe von Krechs Leiche, aber nicht an dem Knüppel, mit dem der Menzer erschlagen wurde.«

»Vielleicht hat er Handschuhe getragen.«

»Hm«, machte der Kriminalrat skeptisch. »Ich wüsste trotzdem zu gern, wer hinter dieser verdammten DNA steckt.«

»Haben Sie eigentlich auch mal Ronald Bradschetl überprüft?«, erkundigte sich der Fickel, einer plötzlichen Eingebung folgend.

Recknagel zog eine Augenbraue hoch. »Wen?«

»Den Sohn vom Bürgermeister. Krechs Anschieber. Er hat den Bob maßgeblich mit entwickelt«, erklärte der Fickel. »Außerdem hat er auch ein Auge auf die Rothaarige geworfen.«

Recknagel winkte ab. »Wer eigentlich nicht? Wir haben sicherheitshalber alle männlichen Wesen, die im Sportbildungszentrum rumlaufen, untersucht«, erklärte der Kriminalrat. »Außer dem Rüden in der Hundestaffel.«

»Ronald Bradschetl ist aber nicht bei der Polizei, der ist Student an der Technischen Universität in Ilmenau«, warf der Fickel ein. »Und weil er Krechs Anschieber ist, ist seine Anwesenheit im Bildungszentrum auch niemandem besonders aufgefallen.«

Einige Sekunden lang sagte der Kriminalrat gar nichts. Dann leerte er sein Glas in einem Zug.

»Verdammt«, brummte er dann. »Wenn man sich nicht um alles selber kümmert!« Er wischte sich den Schaum aus den Mundwinkeln. »Was hätte dieser Ronald Bradschetl denn für ein Motiv?«

Der Fickel klatschte sich gegen die Stirn. »Vielleicht hat *er* ja die Pläne von dem Bob heimlich an die Kanadier verkauft und gar nicht der Krech«, mutmaßte er. »Oder die beiden haben sich wegen der Kohle gestritten.«

»Und dann hat der Trainer davon Wind bekommen – und deshalb musste der auch noch gleich sterben«, vollendete der Kriminalrat.

»Der Junge hat mich im Geräteschuppen davor gerettet, dass Storandt mich mit einer Schlittenkufe erdolcht. Zumindest hat er sich auch in der Nähe des Tatorts aufgehalten.«

Der Recknagel überlegte einen Moment, dann stand er auf.

»Ich werde Ihrem Hinweis mal nachgehen.«

Am liebsten wäre der Fickel mitgegangen, aber er hatte leider andere Verpflichtungen.

»Ach, ehe ich's vergesse: Hier ist der Schlüssel für Ihr rollendes Museumsstück«, sagte der Recknagel zum Abschied. »Der Wagen parkt noch an der Rodelbahn.«

Der Fickel nahm den Schlüssel dankend in Empfang. Dann beeilte er sich, zurück in die Klinik zu kommen, um sich umzuziehen. Denn er hatte noch einen wichtigen Termin an diesem schier endlosen Tag. Und den wollte, ja *musste* er unbedingt wahrnehmen.

X

Für den Abend war vom Thüringer Bobverband, dem Bundesverband der Bobathleten sowie insbesondere dem Olympiazentrum der Stadt Oberhof eine gemeinsame Trauerfeier für den unsterblichen Bobhelden, Ritter des Eiskanals, den ewigen Nonkonformisten und Oberhofer Lokalpatrioten Karl-Heinz – genannt Ka-Ha – Menzer angesetzt worden.

Zu diesem Zweck hatte man den hochverehrten Toten, der weder über eine Konfession noch über eine nennenswerte familiäre Bindung verfügt hatte, in der Starthalle am Fuße seiner einstigen Wirkungsstätte, der Rodelbahn, aufgebahrt. Denn aus irgendeinem historischen und/oder geologischen Grund verfügt Oberhof in seinem Stadtgebiet nicht über einen eigenen Friedhof; diese Aufgabe fällt der Nachbargemeinde Zella-Mehlis zu, die ohnehin etwas im Schatten des Oberhofer Bergmassivs liegt.

Die Starthalle bot jedoch nicht nur thematische Anknüpfungspunkte zu Leben und Wirken des Verstorbenen, dort herrschte praktischerweise auch die für eine Leiche passende Temperaturumgebung, im Grunde Kühlschrank.

Manch einer hatte im Vorfeld geunkt, dass es auf zarter besaitete Gemüter möglicherweise ein wenig pietätlos wirken könnte, dass der Menzer ausgerechnet in einem Viererbob aufgebahrt worden war. Aber selbst die Kritiker mussten sich überzeugen lassen, dass das gesamte Arrangement sehr stimmungsvoll wirkte.

Für den besonderen Zweck hatte man eigens das himmelblaue Modell DDR I aus den frühen Achtzigerjahren herbeigeschafft, in dem der Menzer einst seine größten sportlichen Triumphe gefeiert hatte. Wegen der Kopfverletzung hatte man der Leiche eine ASK-Mütze aufgesetzt. Rechtsmediziner Haselhoff hatte den zerstörten Torso des Ermordeten wieder so hinbekommen, dass er in seinem Trainingsanzug fast wie ein Schlafender wirkte. Nur die, die den Menzer wirklich sehr gut gekannt hatten, vermissten vielleicht ein paar Zentimeter Brustumfang.

Den Bob hatte man mit allen Pokalen und Medaillen geschmückt, die der Menzer in seiner langen Karriere als Bremser, Pilot und Trainer gewonnen hatte. Außen herum stapelten sich die offiziellen Kränze und die privaten Blumensträuße und Trauerkarten. Die Floristen und der Schreibwarenhändler hatten das Geschäft des Jahres gemacht. Ganz Oberhof schien auf den Beinen, um dem Menzer das letzte Geleit zu geben. Da mussten die Touristen eben mal ein Stündchen ohne Rostbrätel und Bratkartoffeln auskommen.

Als der Fickel endlich in seinem repräsentativen Cordsakko die Starthalle betrat, konnte man dort kaum noch einen Fuß vor den anderen setzen. Die Menschen strömten durch den Eingang und scharten sich um die Kondolenzlisten, am größten war das Gedränge allerdings direkt um den Bob mit dem über alle Maßen geschätzten Toten herum, Leninmausoleum nichts dagegen.

Alle, alle waren sie gekommen: Bürgermeister Bradschetl wetteiferte mit Peter Kminikowski um den staatstragenderen Auftritt, Chefarzt Sauerbrey stand mit einer Abordnung der Kurklinik und einigen interessierten Patienten zusammen, die den Menzer noch aus dem Fernsehen kannten – und einst auf dem Sofa bei zahllosen Rennen mitgefiebert, Hundertstelsekunden gezählt und schließlich auf die von Heinz Florian Oertel[39] besungenen Triumphe bei Olympia mit Nordhäuser Doppelkorn oder Wilthener Goldkrone sportlich angestoßen hatten. Das waren noch Zeiten.

Sogar Nasirow hatte sich mit seiner Entourage in der Starthalle eingefunden, um dem Menzer die Ehre zu erweisen. Von dem Oligarchen sah man nur die Fellmütze, von seiner Begleiterin immerhin die Frisur, während Frolows Schädel über der Menge zu schweben schien wie ein vom Wind getriebener Wasserball auf den Wellen des Meeres. Der Fickel ging Nasirow wohlweislich ein bisschen aus dem Weg, schließlich peinliche Sache das, mit dem Mordinstrument in seinem Auto. Außerdem hatte er glatt vergessen, den Ferrari aufzutanken beziehungsweise nicht direkt vergessen … Es traf ja keinen Armen.

Die Bobnationalmannschaft hatte vor dem Bob eine Art Ehrenspalier gebildet, vorn die Bayern mit Bundestrainer Dillinger Senior nebst Sohn und Anschieber Unterhuber, gefolgt vom sächsischen Landestrainer Pätzug mit seinen Mannen, den Sauerländern und, direkt vorn beim Verstorbenen, die Thüringer Riege mit Storandt, Leyh und dem Rest der Vierercrew.

Svenja zog trotz eines schlichten schwarzen Kleides wieder einmal viele Blicke auf sich. Die anderen Bobfahrerin-

39 Besonders eloquenter Sportreporter des DDR-Fernsehens; man konnte ihn lieben oder den Ton abstellen.

nen hielten sich eher im Hintergrund. Zu aller Überraschung hatte sich auch Mandy Kornhaß eingefunden, die sich selbst aus dem Krankenhaus entlassen hatte und nun mit Halskrause neben dem Bob kniete und Menzers wachsfarbene Hand in ihren Pranken hielt.

Wegen des kürzlich geschehenen Eklats in der Panoramalounge, bei dem alle versammelten deutschen Bobvölker aufeinander losgegangen waren, war man übereingekommen, diesmal lieber nichts zu riskieren und auf tendenziöse Gedenkreden zu verzichten und dafür vor allem die Musik sprechen zu lassen. Aus diesem Grund hatte sich der Chor des Oberhofer Sportgymnasiums im Halbkreis um Menzers sterbliche Hülle aufgebaut. Leise und andächtig intonierten sie nun ein besinnliches Lied, dessen Text ein unbekannter Poet für den gegebenen Anlass leicht abgewandelt hatte.

»Von all unseren Kame-heraden
War keiner so lieb und so gut
Wie unser Karl-Heinz Me-henzer,
Ein lustiges Bobfahrerblut …«

Der Fickel wusste mal wieder nicht, ob er lachen oder weinen sollte. Ausgerechnet dem Riesen Menzer das Lied vom »Kleinen Trompeter« auf den Leib zu dichten, darauf musste man erst mal kommen! Außerdem hatte das von der Konkurrenz gefürchtete Sportgymnasium vielleicht andere Stärken als ausgerechnet die Stimmbildung. Trotzdem hallte der Gesang in der Starthalle feierlich wie in einer echten romanischen Kapelle nach.

Als das Lied vollbracht war, hörte man vereinzeltes

Schluchzen im Raum, vor allem aus den Mündern einiger ehemaliger Kufensportlerinnen, die in den Genuss von Menzers unkonventionellen Trainingsmethoden gekommen waren. Besonders Mandy Kornhaß kämpfte mit den Tränen. Aber wer hätte das gedacht? Direkt neben dem Fickel stand Manfred Kornhaß, sein Mandant und früherer Sportkamerad, in einem feierlichen schwarzen Trainingsanzug und heulte wie ein Schlosshund. Nun hatte der Fickel ja bereits bei früheren Gelegenheiten mitbekommen, dass der Kornhaß nah am Wasser gebaut hatte, aber dass ein gehörnter Ehemann Rotz und Wasser heult, weil es seinen Nebenbuhler erwischt hatte, das kam sogar dem Fickel ein klein wenig übertrieben vor, küchenpsychologisch betrachtet.

Danach stimmte der Chor des Sportgymnasiums *»Bella Ciao«* an, ein trauriges italienisches Partisanenlied, für das das Tongeschlecht »Moll« praktisch erfunden wurde.

Dazu muss man wissen, dass der Menzer immer eine besondere Affinität zu Italien gepflegt hatte. Schließlich hatte er seine Karriere irgendwo auch ein wenig dem Erfindungsgeist der Italiener zu verdanken gehabt. Als nämlich seinerzeit, vielleicht in den späten Siebziger- oder frühen Achtzigerjahren, die Meisterschaften in Cortina d'Ampezzo stattfanden, hatten die Gastgeber aus purer Freundlichkeit und vielleicht auch mit dem einen oder anderen Hintergedanken den sportlich und technologisch überlegenen Bobsportlern aus der DDR als kleines Willkommensgeschenk Skipässe für ihren Haushang ausgehändigt, inklusive schwarzer Piste.

Nun waren die Bobfahrer der DDR zwar, was Körperkraft und -beherrschung anging, absolute Weltspitze, doch auf Brettern machten sie schon eine etwas weniger souveräne Figur, insbesondere die Oberhofer, die das Skilaufen auf der Golfwiese erlernt hatten und sich nun zum ersten Mal in ihrem Leben einen alpinen Hang hinabstürzten, fünfundneunzig Kilo Lebendgewicht im freien Fall, da hilft auch der gekonnteste Schneepflug nichts. Im Ergebnis brachte die Freundlichkeit der Italiener die halbe DDR-Bobnationalmannschaft ins Krankenhaus. Plötzlich stand der amtierende Olympiasieger ohne Anschieber da. Das war der große Moment des damaligen Ersatzmannes Karl-Heinz Menzer, der sich über Nacht in seinem Dacia von Oberhof bei dickstem Schneefall über die Alpenpässe durch Feindesland bis nach Italien durchkämpfte, pünktlich zum Rennen erschien und den Bob DDR I zu einem neuen Bahnrekord anschob.

Das war der Beginn der Legende vom Menzer gewesen, dem später noch einige Kapitel folgen sollten. Hinterher hatten ihn natürlich einige gefragt, ob er nicht einen Gedanken ans Abhauen verschwendet hatte, als er so allein in seinem Dacia in den Alpen unterwegs gewesen war – eine derart günstige Gelegenheit kam schließlich nie wieder. Aber der Menzer hatte nur geantwortet: »Dann wäre ich ja nie Weltmeister geworden.«

Das Lied vom sterbenden italienischen Partisanen trieb nun wirklich auch dem Letzten im Raum die Tränen in die Augen, außer Frolow. Was hinter dessen Sonnenbrille vorging, blieb ein Geheimnis. Der ehemalige Landrat griff feierlich nach dem Mikrofon und forderte alle Anwesenden zu einer Schweigeminute auf.

Während die Trauergäste mit ihren Gefühlen oder doch

zumindest dem Vortäuschen von Gefühlen beschäftigt waren, beobachtete der Fickel etwas, das ihm zu denken gab: Denn vorn am Bob, im Zentrum des Geschehens, war der junge Student Ronald Bradschetl aufgetaucht. Svenja hatte sich inzwischen an ihn gelehnt und ihren Kopf auf seine Schulter gebettet. Ole Storandt guckte ein wenig verstört aus der Wäsche, aber die Gelegenheit war nicht gerade günstig, Hahnenkämpfe auszutragen.

Die Gundelwein saß mit dem Kriminalrat Recknagel in Cortina d'Ampezzo. Zumindest nannte sich das Restaurant an der Dr.-Theodor-Neubauer-Straße so. Es handelte sich mitnichten um einen 0815-Italiener zur Touristenabspeisung, das Angebot hob sich wohltuend von der Wurst- und Bratenkultur ringsum ab, fand jedenfalls die Gundelwein. Der Recknagel hätte vielleicht lieber gegenüber ein Rostbrätel vom Steinbach-Hallenbergschen Landschwein in Schwarzbierzwiebelsud probiert, aber eine Pizza tat es für ihn auch. Die Oberstaatsanwältin hatte sich einen Salat bestellt. Nach der sportlichen Demütigung im Schwimmbad durch die junge Bobathletin hatte sie sich als erste Maßnahme einstweilen auf Diät gesetzt, zweite Maßnahme: Erhöhung der täglichen Trainingsintensität – Sit-ups, Yoga, Pilates … Je älter man wurde, desto mehr Zeit musste man für die Instandhaltung des Körpers aufbringen. Aber so wie die junge Rothaarige würde man trotzdem nicht mehr aussehen.

Sie waren fast allein im Restaurant und konnten sich beim Essen ungestört unterhalten. Der Recknagel hatte vom Fund des Knüppels berichtet, jedoch bei seiner Erzählung den Fundort wohlweislich unterschlagen.

»Ich habe Ihnen doch gleich gesagt, dass an dem Selbstmord von dem jungen Krech was faul ist«, sagte die Oberstaatsanwältin triumphierend und schob sich eine Olive in den Mund. »Und jetzt finden wir die DNA an beiden Tatorten. Verrückt!«

»Ihr kriminalistischer Instinkt hat sich mal wieder bewährt«, konzedierte der Kriminalrat und säbelte an seiner Pizza herum.

»Das hat nichts mit Instinkt zu tun. Das Geheimnis heißt: genaue Faktenanalyse.«

»Hmm«, machte der Recknagel, erstens, weil man mit vollem Mund nicht sprechen soll, und zweitens: Was hätte er dazu sagen sollen? Analysen machte er auch, aber bei ihm sprachen die Fakten meistens eine andere Sprache.

»Wie sind Sie eigentlich auf den jungen Bradschetl als Verdächtigen gekommen?«, erkundigte sich die Gundelwein.

»Faktenanalyse«, erklärte der Kriminalrat. Die Oberstaatsanwältin blickte ihn entgeistert an.

»Ich meine, ich bin einfach alle Möglichkeiten durchgegangen, bis nur noch er übrig blieb – nach der Ausschlussmethode«, schob der Kriminalrat eilig nach. Die erste Antwort war ihm irgendwie rausgerutscht. Er hatte nicht das geringste Interesse, mit der Gundelwein ein Psychoduell anzufangen.

Beruhigt nahm die Gundelwein einen Schluck aus ihrem Glas, Marke Acqua Panna.

Recknagels Handy brummte. »Das werden sie sein«, sagte der Kriminalrat und ging ran.

»Christoph?«

»Ich bin's, Christian.«

Verdammt, ärgerte sich der Recknagel, er hatte die beiden sogar falsch herum in seinem Handy gespeichert. War denn das die Möglichkeit?

»Wir haben die halbe Uni auf den Kopf gestellt«, berichtete Christian. »Dazu das Studentenheim. Hier ist er jedenfalls nicht.«

»Haben Sie sich sonst mal in Ilmenau umgesehen?«

»Klar, Chef. Wir haben einen Kommilitonen von ihm getroffen. Der meinte, Ronald Bradschetl fährt jeden Tag nach den Seminaren zurück nach Oberhof.«

»Aber hier war er auch nicht. Weder im Haus seines Vaters noch im Bobschuppen.«

»Vielleicht ist er ja getürmt?«

»Okay, dann gebe ich gleich eine Fahndung raus.«

»Chef?«

»Ja …?«

»Brauchen Sie uns noch?«

»Nein. Machen Sie ruhig Feierabend. Grüßen Sie Chris… Ihren Kollegen von mir. Bis morgen.«

Er legte auf. Die Oberstaatsanwältin hatte interessiert mitgehört.

»Wo kann der Kerl denn nur stecken?«, rätselte sie.

Der Recknagel zuckte mit den Schultern. »Junge Leute sind doch wie Flipperkugeln. Vielleicht ist irgendwo ein Rockkonzert oder er hat jemanden kennengelernt.«

»Was ist hier eigentlich los?« Die Gundelwein blickte sich um. »Auf den Straßen ist niemand, hier drin ist auch keiner …«

»Bei dem Nebel geht keiner gerne raus«, mutmaßte der Recknagel.

»Die Fenster sind auch dunkel!«

Der Recknagel blickte nach draußen. Tatsächlich.

»Das ist wegen der Trauerfeier für irgend so einen Bobfuzzi«, erklärte die Kellnerin, die von auswärts stammte und die Unterhaltung mitgehört hatte. »Da sind doch alle hingegangen. Sogar unser Koch.«

»Wo findet diese Trauerfeier denn statt?«, erkundigte sich die Oberstaatsanwältin.

»In der Halle bei der Rodelbahn.«

Die Gundelwein stand bereits. »Sie zahlen!«, befahl sie.

Der Recknagel schob sich eilig ein möglichst großes Stück Pizza in den Mund, reichte der Kellnerin einen Schein und kassierte das Wechselgeld.

»Sie schulden mir dreizehn Euro«, erklärte er der Gundelwein beim Rausgehen. »Ich wollte es nur gesagt haben. Nicht, dass Sie mich später wegen Beamtenbestechung drankriegen.«

Doch die Gundelwein hatte im Moment noch weniger Sinn für Humor als sonst, praktisch unterhalb der Nachweisgrenze.

Der Recknagel wollte, was er sonst nie tat, die Alarmleuchte auf das Dach seines übermotorisierten Dienstwagens montieren, aber die Oberstaatsanwältin hielt ihn zurück. »Hier ist sowieso kein Verkehr, außerdem machen wir den Verdächtigen damit nur auf uns aufmerksam.«

Dennoch fuhr der Kriminalrat etwas flotter als sonst Richtung Rodelbahn. Aus dem Radio tönte Schlagermusik, die selbst dem Recknagel zu schmalzig war. Kommentarlos stellte der Kriminalrat es ab. Die Gundelwein bedankte sich mit einem Lächeln.

Keine fünf Minuten später waren sie vor der Starthalle angelangt. So viele Autos hatte man in Oberhof seit dem letzten Auftritt von Jens Weißflog auf der Skisprungschanze nicht mehr auf so engem Raum gesehen. Der Recknagel parkte ohne Rücksicht auf eine angemessene Rangierfläche für andere Wagenbesitzer.

»Haben wir ein Foto des Verdächtigen?«, erkundigte sich die Gundelwein.

Der Recknagel zeigte der Oberstaatsanwältin Bilder von Ronald Bradschetl, die ihm seine Mitarbeiter aufs Handy geschickt hatten.

»Wenigstens sieht er sehr charakteristisch aus – es dürfte kein Problem sein, ihn zu identifizieren«, konstatierte die Oberstaatsanwältin. »Wir halten uns da drin erst mal zurück.«

Der Recknagel nickte und öffnete die Tür. Die Menschen fielen ihm beinahe entgegen. Er selbst hätte sich jetzt an der Tür postiert und abgewartet, bis der Menschenstrom nach draußen drängte, aber die Gundelwein tankte sich durch die Masse, bis sie einen Platz gefunden hatte, von dem man einigermaßen Überblick hatte, zumindest wenn man über Gardemaß verfügte. Der Kriminalrat, der der Herrin des Ermittlungsverfahrens gefolgt war und von der Menge nun gegen ihren Rücken gepresst wurde, sah hingegen nichts.

»Ist das geschmacklos«, flüsterte die Oberstaatsanwältin fassungslos, als sie den Bob mit dem Inhalt entdeckt hatte. Offenbar stand die Veranstaltung kurz vor dem Ende.

Bürgermeister Bradschetl hatte das Mikrofon in der Hand. »Karl-Heinz Menzer tritt nun seine letzte Reise an. Die Stadt Oberhof hat sich dazu entschlossen, die Kosten für ein Ehrengrab auf dem Waldfriedhof in Zella-Mehlis zu übernehmen. Spenden sind natürlich immer willkommen …«

Langsam wurde es unruhig in der Starthalle. Die Leute schickten sich an zu gehen.

»Wenn ich dann die Sargträger bitten dürfte …«, sagte der Bürgermeister.

Bundestrainer Dillinger Senior, Ole Storandt, sein Anschieber Leyh sowie Svenja traten neben den Bob, bereit, ihn hochzustemmen. Doch da geschah etwas Unvorhergesehenes. Ronald Bradschetl trat plötzlich vor und riss seinem Vater das Mikrofon förmlich aus dessen verstümmelter Hand.

»Moment, Leute, einen Augenblick noch.«

Die, die im Begriff gewesen waren, die Halle zu verlassen, blieben stehen.

»Na bitte, da ist ja unsere Zielperson!« Der Kriminalrat wollte sich nach vorn drängen, die Oberstaatsanwältin hielt ihn zurück. »Moment noch, der entkommt uns nicht mehr.«

Der Recknagel rollte genervt die Augen. Dachte diese Person denn nie an Feierabend?

Ronald Bradschetl wartete einen Moment, bis ihm die Aufmerksamkeit der Masse sicher war, dann sprach er mit fester Stimme: »Wenn wir heute Karl-Heinz Menzer das letzte Geleit geben, dann gedenken wir nicht nur einem tadellosen Sportsmann, sondern auch einem unbequemen Bürger, der den Mächtigen immer wieder den Spiegel vorgehalten hat und der sich niemals hat kompromittieren lassen.«

Auch der Fickel verfolgte in der Menge die Ansprache mit Interesse. Edwin Bradschetl versuchte, wieder an das Mikro zu gelangen, aber überraschenderweise vertrat ihm Mandy Kornhaß den Weg.

»Was soll denn der Quatsch jetzt?«, beschwerte sich Ole Storandt.

»Lass ihn ausreden!«, wies ihn Svenja zurecht.

»Wir alle wissen, was Ka-Ha von den Umgestaltungen in Oberhof gehalten hat«, fuhr Ronald Bradschetl fort. »Und dass er sich gegen die größenwahnsinnigen Projekte von manchen Politikern hier im Ort gestellt hat. Ich sage nur: Olympiabewerbung!«

Jetzt gab es ein Raunen im Saal. Die Meinungen waren geteilt.

»Das ist wohl kaum der Anlass, um seine politischen Meinungen unters Volk zu bringen«, rief der ehemalige Landrat Kminikowski, so laut er konnte. Denn an Mandy Kornhaß und Svenja kam auch er nicht vorbei.

»Es geht hier um das Vermächtnis von Karl-Heinz Menzer«, rief Ronald Bradschetl in das anschwellende kontroverse Gemurmel hinein. »Und darum, dass Oberhof das bleibt, was es ist: die Perle Thüringens – und nicht irgendein lächerlicher Klon eines Alpendorfes!«

Der junge Student hatte sich direkt in Rage geredet. Ein paar Leute klatschten, andere aus der Olympiabefürworterecke buhten.

»Ich schlage vor, wir singen zum Abschluss alle gemeinsam ein Lied, das dem Leben und Wirken unseres Freundes Menzer gerecht wird wie kein zweites. Dazu reiche ich das Mikro an jemanden weiter, der kürzlich auch einen schweren Verlust erlitten hat.«

Jetzt herrschte gespannte Stille im Saal. Vorn bildete sich

eine kleine Gasse in der Menge. Durch das Spalier trat ein älterer Mann mit langen grauen Haaren, geröteten Augen und Tränensäcken, trotz frischer Rasur und feinem Anzug irgendwo immer noch verwahrlost wirkend.

»Hallo, mein Name ist Axel Krech«, begann er, »manche kennen mich, manche nicht. Ich habe früher im Weineck gearbeitet. Zuletzt hatte ich ein paar Probleme …«

Er stockte. Ronald Bradschetl nickte ihm aufmunternd zu, und Krech fuhr fort: »Ich singe jetzt das Lied ›Mich zwingt keiner auf die Knie‹ von der Gruppe Karat[40] für meinen Sohn Daniel und für meinen alten Freund Karl-Heinz.«

Und schon fing er mit leiser, von Alkohol und Zigaretten geprägter Reibeisenstimme an zu singen, praktisch ein Thüringer Rod Steward oder sogar Achim Mentzel.

»Man kann mich haun, ich werd nicht schrein,
Betrügen auch mit Glanz und Schein.
Ich kann verliern, das, was mir gehört,
Mich zwingt keiner auf die Knie,
Keiner auf die Knie.«

Der Fickel wunderte sich, welche Verwandlung der alte Krech seit ihrer letzten Begegnung durchgemacht hatte. Auch wenn seine Hand zitterte und die Stimme brüchiger wurde, sang er zwar nicht so schön, aber fast genauso hingebungsvoll wie einst der unvergessene Herbert Dreilich. Die Menge wusste noch nicht recht, wie sie mit dem Ständ-

40 Durch die Zensur gerutschte DDR-Nonkonformistenhymne (Swillms/Dreilich, Kaiser) von der LP *Die sieben Wunder der Welt* (1984).

chen umgehen sollte. Immerhin trat Mandy Kornhaß nun zu Krech ans Mikro und unterstützte seinen Gesang mehr schlecht als recht, aber mit viel innerer Überzeugung.

»Verbieten, dass man lacht und weint,
Zerbrechen, was uns einmal vereint,
Gewalt und Hass nehm ich in Kauf.
Mich zwingt keiner auf die Knie,
Keiner auf die Knie.«

Bürgermeister Edwin Bradschetl startete einen erneuten Anlauf, um in den Besitz des Mikros zu gelangen, wurde aber inzwischen auch von einigen aus der Menge abgehalten, den Frisuren nach Karatfans. Nun beteiligten sich auch Ronald Bradschetl und schließlich auch Svenja am Gesang.

»Ich möchte wissen, wer meine Freunde sind,
Ich möchte wissen, wer hinter mir und vor mir geht.
Ich möchte wissen, wer an meinem Schicksal dreht,
Denn mich zwingt keiner auf die Knie.
Mich zwingt keiner auf die Knie – yeah!«

Inzwischen gab es in der Masse kein Halten mehr. Der Gesang schwoll mehr und mehr an. Auch wenn nicht alle Anwesenden derselben Meinung waren, der Song war einfach gut, Politik hin oder her. Das sahen auch die Bayern und Sauerländer so, die Sachsen sowieso. Wer den Text nicht kannte, klatschte im Takt, praktisch *Musikantenstadl*. Sogar der Fickel summte jetzt mit, zumindest im Geiste.

»Ein Wort von dir, das mich verletzt,
Wirft mich nicht um, auch wenn es schmerzt.
Ich geb nicht auf – und sing mein Lied,
Mich zwingt keiner auf die Knie.«

Die erste Strophe wurde noch einmal im Chor wiederholt, und als abschließenden Höhepunkt rief Axel Krech, so laut er konnte, durch das Mikro in die Welt hinaus:

»Denn *noch* zwingt mich keiner auf die Knie!«

Die Menge tobte und applaudierte, Svenja und Ronald Bradschetl lagen sich in den Armen. Mandy Kornhaß wurde von ihrem Noch-Ehemann gestützt, wobei nicht ganz klar wurde, wer eigentlich wen stützte. Sogar der Recknagel war irgendwo tief drinnen von der Darbietung berührt.

»Zugriff!«, befahl die Oberstaatsanwältin und steuerte auf die Bühne zu. Der Kriminalrat hasste in diesem Moment mal wieder seinen Job, aber ihm blieb nichts anderes übrig, als der Herrin des Ermittlungsverfahrens zu folgen, die die Menge teilte wie Moses das Rote Meer.

Die Sarg- beziehungsweise Bobträger hatten den Schlitten mit dem Menzer inzwischen angehoben und trugen ihn unter der Anteilnahme der Menge Richtung Tür. Davor wartete ein geschmückter Tieflader auf seine besondere Fracht. Kurz bevor der Tross mit dem Bob die Tür erreichte, fing die Oberstaatsanwältin ihn ab.

»Herr Bradschetl? Ich bin Oberstaatsanwältin Gundelwein. Das ist mein Kollege, Kriminalrat Recknagel. Würden Sie die Freundlichkeit besitzen, uns ein paar Fragen zu beantworten?«, säuselte sie mit gestellter Freundlichkeit. Bürgermeister Edwin Bradschetl, der dem Sarg gefolgt war, zuckte bei der Nennung seines Familiennamens sichtlich zusammen.

»Nicht Sie«, klärte ihn die Gundelwein auf und fügte maliziös hinzu: »Haben Sie noch ein bisschen Geduld! Diesmal geht es noch um Ihren Sohn.«

»Darf ich fragen, was man mir vorwirft?«, erkundigte sich Ronald Bradschetl, der schlagartig blass geworden war.

»Eigentlich wollten wir Ihnen das nach Ihren eindrucksvollen Worten eben ersparen, aber wenn Sie so fragen: Wir ermitteln gegen Sie wegen des Verdachts des zweifachen Mordes an Daniel Krech und Karl-Heinz Menzer.«

Einige Umstehende schrien überrascht auf, per stiller Post wurden die unerhörten Neuigkeiten tsunamiartig in der Menge verbreitet.

»Das … kann nicht sein!«, stotterte Axel Krech. »Ronald hat doch nie und nimmer Daniel umgebracht! Die beiden waren seit dem Kindergarten die besten Freunde!«

»Und Konkurrenten«, erwiderte die Oberstaatsanwältin und musterte die Rothaarige, die die Hand von Ronald Bradschetl umklammert hielt. »Tut mir leid«, sagte sie. Aber Svenja beachtete sie kaum.

»Sie schießen mal wieder übers Ziel hinaus, Frau Staatsanwältin«, schimpfte der ehemalige Landrat Kminikowski, der sich bis zur Gundelwein vorgekämpft hatte. »Mussten Sie denn unbedingt die Trauerveranstaltung stören?«

»Im Gegensatz zu Ihnen halte ich mich nur an das Gesetz«, erwiderte die Gundelwein, »lieber *cand. iur.*[41] Kminikowski.«

Der Landrat a.D. zog ein saures Gesicht. »Wenn Sie mir dieses Mal wieder in die Quere kommen, werden Sie es bereuen! Das verspreche ich Ihnen«, warnte er.

»Kommt darauf an, was mir der Sohn des Bürgermeisters alles erzählen wird«, erwiderte die Oberstaatsanwältin trocken.

»Gibt es irgendwo einen Ort, wo wir uns ungestört unterhalten können?«, fragte Recknagel, um die Sache ein wenig zu forcieren.

Ronald Bradschetl nickte. »Da vorn, im Bobschuppen vielleicht.«

»Also gut: nach Ihnen«, befahl die Gundelwein.

Verfolgt von vielen Hundert Augenpaaren wurde Ronald Bradschetl von der Oberstaatsanwältin und Kriminalrat Recknagel abgeführt.

»Diese Riesennatter kostet mich noch die letzten Nerven«, zischte Kminikowski Richtung Edwin Bradschetl. »Ich hoffe, dein Sohn hält dicht!«

Der Bürgermeister wiegte sein Haupt. »So viel Einblick, wie er immer tut, hat er gar nicht«, erklärte er dann.

»Wo steckt eigentlich unser Freund Nasirow?«, erkundigte sich GmbH-Chef Alexander Panhans. Doch der hatte sich beim Auftauchen der Staatsmacht schon längst unsichtbar gemacht.

»Das ist natürlich Gift für unsere Kampagne«, stellte Kminikowski nüchtern fest. Aber Edwin Bradschetl blick-

41 Technisch korrekte, aber im konkreten Fall leicht herabsetzende Bezeichnung für einen Jurastudenten, der das Erste Juristische Staatsexamen noch vor sich hat.

te nur besorgt seinem Sohn hinterher. »Hoffentlich hat der Junge keinen Mist gebaut!«

Der Fickel hatte den Auftritt seiner Exfrau aus sicherer Entfernung verfolgt. Irgendwo hatte er ein klitzekleines schlechtes Gewissen, weil er selbst den entscheidenden Hinweis auf den Studenten Ronald Bradschetl geliefert hatte.

»Heißt das, ich bin jetzt nicht mehr verdächtig?«, erkundigte sich Manfred Kornhaß bei ihm.

Der Fickel nickte. »Deine DNA war nicht am Mordwerkzeug. Das Verfahren wird wahrscheinlich bald eingestellt.«

Da kamen dem Kornhaß vor Freude fast schon wieder die Tränen. »Das muss gefeiert werden«, erklärte er. »Kommst du noch mit ins Kufenstübchen?«

»Geht schon mal vor, ich komme gleich nach«, sagte der Fickel, denn die tränenaufgelöste Svenja steuerte auf ihn zu.

»Sie haben Ronald eben verhaftet. Wie kann das denn sein?«, rief sie dem Fickel schon von Weitem entgegen. »Tu doch irgendwas!«, sagte sie. »Manfred hast du doch auch rausgeholt.« Aber da musste sie der Fickel enttäuschen. Schließlich kann ein Anwalt nicht zwei Beschuldigte gegen einen Vorwurf verteidigen. Denn das wäre ja ein schöner Interessenkonflikt: Das, was den einen Mandanten entlastet, bringt den anderen Mandanten in den Knast.

»Aber … Was soll ich denn jetzt machen?«, rief Svenja verzweifelt.

Der Fickel erklärte, ohne recht daran zu glauben, dass es sich bei der Festnahme sicher nur um eine reine Routineüberprüfung handele. Aber für alle Fälle gab er Svenja die Telefonnummer von Doktor Ehrmanntraut aus Schmalkalden, einer wahren Koryphäe des Strafrechts und einem Schrecken der Staatsanwaltschaft. »Am besten, du meldest dich schnellstmöglich bei ihm in dieser Sache«, sagte er.

Svenja bedankte sich und fiel dem Fickel stürmisch um den Hals, praktisch stellvertretend für Ronald, der im Moment nicht greifbar war. Einige Männer, die noch in der Nähe herumlungerten, bedachten den Fickel mit neidischen Blicken. Das war dem Fickel auf Dauer nicht ganz geheuer, Midlife-Crisis hin oder her, und er löste sich aus der Umarmung.

»Du liebst Ronald, habe ich recht?«

»Ich habe alle *beide* geliebt, Denni und ihn«, antwortete Svenja leise.

»Und den Menzer auch?«, erkundigte sich der Fickel, weil er schon mal dabei war, Detektiv zu spielen. Aber Svenja blickte ihn empört an.

»Jetzt gehen aber die Gäule mit dir durch, oder was?«

Der Fickel wagte eine kleine Anspielung auf die Trainingsmethoden vom Menzer, aber Svenja schüttelte den Kopf. »Älter als dreißig kommt mir nicht in die Tüte!«, erklärte sie. »Ich bin ja nicht nekrophil!«

Nun, da auch das geklärt war, stand einem Besuch im Kufenstübchen nichts mehr im Wege. Und guck mal einer an: Als der Fickel den Gastraum betrat, war halb Oberhof versammelt, halb Gedenkfeier für den Menzer, halb Freudenfest über Kornhaß' Freilassung. Renate kam mit dem Ausschenken kaum noch hinterher.

»Da ist ja mein Retter, endlich!«, rief Kornhaß, als er den Fickel erblickte, und der ganze Saal applaudierte. Der eine oder andere Schulterklopfer traf wieder Fickels gerade im

Heilen begriffenen wunden Punkt, aber das nahm er jetzt gern in Kauf. Ehe er auch nur »Piep« sagen konnte, hatte er auch schon ein Dingslebener in der einen und ein Glas Rennsteigtropfen in der anderen Hand.

Irgendwann hatte er sich bis zum Tisch vom Kornhaß durchgekämpft. Manfred thronte glücklich neben seiner Noch-Ehefrau Mandy, die selbst in dieser rauchigen Atmosphäre einen Farbtupfer abgab.

»Wo warst du denn noch so lange?«, erkundigte sich der Kornhaß.

Fickel winkte ab. »Jurakram.«

Mandy Kornhaß blickte den Fickel mit treuem Hundeblick an. »Tut mir leid wegen der Scheidungsgeschichte neulich, ich war da vielleicht ein bisschen … rabiat.«

Fickel winkte ab und erkundigte sich vorsichtig, wie es um die weiteren Scheidungspläne bestellt war. Da lächelte der Kornhaß genüsslich.

»Die liegen erst mal auf Eis«, erklärte er dann.

»Und mit Eis kennt Manni sich aus«, bestätigte Mandy lächelnd. »Stimmt es eigentlich, dass dieser liebenswerte Trottel beinahe in den Knast gegangen wäre, damit ich nicht in Verdacht gerate?«

Das konnte der Fickel allerdings nur bestätigen. Da schüttelte Mandy Kornhaß den Kopf und gab ihrem Noch-länger-Ehemann einen Kuss, dass der um ein Haar erstickt wäre. Also, falls der Kornhaß den Menzer tatsächlich gemeuchelt hätte, hätte er jetzt sein Ziel erreicht. Da soll noch einer sagen: Verbrechen lohnt sich nicht!

Trotz aller Friede-Freude-Eierkuchen-Stimmung wollte der Fickel aus reiner Neugierde doch noch zu gerne wissen, was dem Menzer vor seinem Tod so zum Himmel gestunken hatte und was das für Umgestaltungspläne waren, von denen Ronald Bradschetl gesprochen hatte. Manfred Kornhaß machte ein geheimnisvolles Gesicht.

»Wenn du willst, zeig ich dir mal was«, bot er an. »So was hast du in deinem ganzen Leben noch nicht gesehen!« Nach der Ankündigung war der Fickel tatsächlich ein klitzekleines bisschen neugierig.

Die Gundelwein befand sich auf feindlichem Territorium. Um sie herum nichts als Bobs: alte, neue, kaputte, kleine und große.

»Das ist unser neuer Schlitten«, erklärte Ronald Bradschetl und zeigte auf ein besonders monströses Ungetüm.

»Sie und Daniel Krech waren ein Team?«, erkundigte sich die Oberstaatsanwältin. Sie befand sich noch in der ersten Phase der Vernehmung: Vertrauensbildung. Dazu gehörte, dass man ein bisschen Interesse für den Beschuldigten heuchelte.

Bradschetl nickte. »Wir kannten uns seit dem Kindergarten. Daniel hätte sicher einen besseren Anschieber als mich finden können, aber er meinte immer, entweder wir schaffen es zusammen oder gar nicht.«

»War das loyal oder bescheuert?«, fragte der Kriminalrat. Bradschetl zuckte mit den Schultern. »Wer weiß, wo wir heute stehen würden, wenn das mit dem Bob nicht passiert wäre? Trotz meiner Kraftwerte …«

»Warum hat Krech den Bob denn an diese Firma verkauft?«, wollte Recknagel wissen. »Damit hat er sich doch ins eigene Fleisch geschnitten!«

Bradschetl schüttelte den Kopf. »Wir wussten, dass wir mit den Erfahrungen aus dem ersten einen noch viel schnelleren Schlitten bauen können. Der Verkauf an die Kanadier hat uns so viel Kohle gebracht, dass wir den neuen Prototypen entwickeln konnten.«

»Sieht ganz schnittig aus«, konzedierte der Recknagel.

»Sie können sich gerne mal reinsetzen«, bot Bradschetl an. Recknagel winkte dankend ab. Nicht mit seinem sturzgeplagten Gesäß.

»Haben Sie Daniel Krech deswegen umgebracht?«, fragte die Gundelwein mit tückischer Freundlichkeit. »Damit Sie die Lorbeeren für den Entwurf alleine ernten?«

»Auf die Idee wäre ich nie und nimmer gekommen.«

Die Oberstaatsanwältin verschärfte jetzt die Gangart. »Und Ihr Trainer musste sterben, weil er Ihre genialen Ideen nicht richtig gewürdigt hat!«

»Sind Sie blind?!«, schrie Bradschetl plötzlich. »Sehen Sie denn nicht, was hier los ist?«

Die Oberstaatsanwältin schwieg verblüfft. Eine wütende Reaktion sprach eher dafür, dass sich der Beschuldigte unschuldig fühlte. Aber der junge Mann war anscheinend recht intelligent. Wenn er der Täter war, woran die Gundelwein im Grunde keine Zweifel hegte, hatte er sich eventuell darauf vorbereitet, sich in einer Vernehmung richtig darzustellen. Heutzutage war es ein Kinderspiel, im Internet die gängigen Polizeistrategien zu recherchieren.

»Sie müssen sich zu den Vorwürfen nicht äußern und können jederzeit einen Anwalt hinzuziehen«, erklärte der Recknagel und wandte sich an die Gundelwein: »Wir wollen ja nicht zwei Mal denselben Fehler machen, oder?«

Das war im Prinzip ein Geständnis, dass er wie vermutet die Information der Verteidigung gesteckt hatte. Die Gundelwein wäre dem Kriminalrat am liebsten an die Gurgel gegangen, verschob das aber auf später.

»Was ist, wollen Sie oder nicht?«

»Ich brauche keinen Anwalt«, sagte Bradschetl, »ich habe mir ja nichts vorzuwerfen.«

»Sehr gut«, erwiderte die Gundelwein erfreut. »Dann machen wir weiter. Sie sprachen vorhin bei Ihrer Rede von einer Olympiabewerbung. Und dass es Bestrebungen gibt, aus Oberhof ein geklontes Alpendorf zu machen. Was meinten Sie damit genau?«

»Mein Vater und ein paar andere Leute hier versuchen schon seit ein paar Jahren, ein großes Ding zu drehen. Sagt Ihnen der Name OSTI GmbH was?«

Die Gundelwein musste sich beherrschen, um nicht die Faust zu ballen.

»Nein«, sagte sie zum Erstaunen des Kriminalrats. »Was ist das?«

»Eine gemeinnützige GmbH, die von einigen Leuten eigennützig benutzt wird, um ihre Interessen durchzusetzen.«

»Interessant«, erklärte die Gundelwein nur scheinbar desinteressiert. »Und weiter?«

»Jedenfalls ist jemand auf die Idee gekommen, alte Kontakte aufzuwärmen und sich einen Investor an Land zu ziehen, der die ganzen Strukturen hier wieder auf Vordermann bringt.«

»Sie meinen doch nicht etwa diesen Alpenkönig? Wie heißt der noch mal? Nasiri?«

»Sergej Nasirow«, bestätigte Bradschetl.

Recknagel erstarrte. »Etwa so ein Kleiner, Älterer, der auf Bobpilot macht mit so einem großen Begleiter?«, fragte er.

Ronald Bradschetl nickte. »Frolow. Der beste Anschieber der Welt. Und nebenbei ein ziemlich eindrucksvoller Bodyguard.«

Während der Recknagel darüber nachgrübelte, wie das Zusammentreffen an der Rodelbahn und das Auffinden des Mordinstruments in Nasirows beziehungsweise Fickels Wagen in Zusammenhang standen, setzte die Oberstaatsanwältin die Vernehmung fort.

»Nasirow investiert natürlich nur, wenn er passende Rahmenbedingungen vorfindet«, erklärte Ronald Bradschetl. Die Gundelwein konnte ihr Glück kaum fassen. Der Junge redete ja wie ein Wasserfall!

»Das ist dann so gelaufen, dass die OSTI GmbH einigen Leuten die Grundstücke weggenommen hat, um sie günstig an Nasirow weiterzuveräußern.«

»Na, na, na«, machte die Gundelwein. »So leicht geht das ja nicht in einem Rechtsstaat.«

»Kommt drauf an, wie man's anfängt«, erwiderte Bradschetl. »Zum Beispiel wie bei Axel Krech. Dem hat nämlich mal das ganze Grundstück von Ulbrichts altem Gästehaus gehört.«

»Waltershausen?«, erkundigte sich Recknagel. Bradschetl nickte.

»Und was ist dann passiert?«, drängte die Oberstaatsanwältin ungeduldig.

»Axel hatte sich ein bisschen übernommen. Das Teil war ja eine Ruine. Irgendwann hat die Gemeinde, also mein alter Herr, ihm Briefe geschickt mit Auflagen: Bausicherungsmaßnahmen, Bodenproben, Erschließungskosten und so weiter.«

»Verstehe«, meinte die Gundelwein. »Das war teuer.«

»Mehrere zehntausend Euro. Die hatte Axel natürlich nicht.«

»Lassen Sie mich raten«, hakte die Gundelwein ein. »Und dann ist die OSTI GmbH aufgetaucht und hat ein faires Angebot gemacht.«

»Einen einzigen Euro haben die an Axel gezahlt – und das Grundstück dann gleich an Nasirow weitergereicht. Auf dass goldene Zeiten in Oberhof anbrechen.« Er lachte bitter. »Als Daniel das erfahren hat, wie man seinen Alten verarscht hat … Mann, war der sauer!«

»Kann ich mir vorstellen«, sagte die Oberstaatsanwältin.

»Aber bei der Polizei hat man ihm gesagt, dass alles ganz legal gelaufen ist.«

Die Gundelwein nickte. »Das ist leider ein trauriges Kapitel. Ich habe damals auch kurz mit Daniel Krech gesprochen. Aber nicht alles, was moralisch verwerflich ist, ist auch strafrechtlich relevant.«

»Daniel hat das total fertiggemacht. Er hat sogar überlegt, nach Berchtesgaden zu wechseln deswegen. Aber da hätte ich nicht mitgemacht.«

Recknagel nickte. »Ich kann Ihren Groll verstehen, aber in der Politik weht nun mal ein rauer Wind. Und was ist dagegen zu sagen, dass ein bisschen frisches Geld in den Ort kommt?«

»Aber was für Geld? Das stammt doch aus den übelsten Geschäften! Dem Kerl geht es doch gar nicht um Oberhof, dem geht es nur um seine Schatulle. – Warten Sie mal!«

Ronald Bradschetl kletterte auf ein Regal und griff mit der Hand in den Bug eines uralten Bobs. »Vielleicht überzeugt Sie das hier.«

Er warf der Gundelwein einen Stapel Papiere vor die Füße.

»Was ist das?«, fragte sie mit einer gewissen Vorahnung.

»Das sind Papiere von der OSTI GmbH, die ich bei meinem Alten kopiert habe. Ich wette, wenn Sie das durchgehen, finden Sie nicht nur moralische Schnitzer.« Bradschetl grinste.

»Ich sehe, was ich tun kann«, erklärte die Oberstaatsanwältin mit großer Selbstbeherrschung, denn innerlich jubilierte sie. Schon beim ersten Blättern war ihr der Name Kminikowski in die Augen gesprungen. Wenn es Unregelmäßigkeiten gab, dann war er als Aufsichtsrat der Landesregierung dafür mitverantwortlich.

»Trotzdem gibt es Hinweise, dass Sie hinter den beiden ungeklärten Todesfällen stecken«, brachte sich der Kriminalrat wieder in das Gespräch ein. Das hatte die Gundelwein über den interessanten Neuigkeiten über OSTI beinahe vergessen: Es ging ja noch um Mord!

»Ich bringe Sie jetzt in die Rechtsmedizin, wo Sie eine DNA-Probe abgeben. Die Nacht verbringen Sie in Polizeigewahrsam. Morgen sehen wir weiter.«

»Tun Sie, was Sie nicht lassen können«, erklärte Bradschetl lapidar. Entweder hatte er schizoide Züge oder er war sich seiner Sache sehr sicher.

»Hauptsache, Sie gucken sich auch mal die Unterlagen an!«, sagte Bradschetl, als er vom Recknagel abgeführt wurde.

»Da können Sie ganz beruhigt sein«, rief die Gundelwein, und das meinte sie auch so.

Der Kornhaß hatte den Fickel in die Kurverwaltung geführt. Als Bahnchef genoss er gewisse Privilegien und verfügte über einen dicken Schlüsselbund. »Unbefugten ist der Zutritt streng verboten«, erklärte er. »Aber du bist ja einer von uns!«

Da war sich der Fickel nach allem, was er in den letzten Tagen hier erlebt hatte, nicht mehr ganz so sicher. Sie gingen bis hinunter in den Keller, eine Art Bunker oder Hochsicherheitstrakt. Der Kornhaß öffnete eine Tür, auf der »Privat« stand. In dem fensterlosen Raum war es stockdunkel. Kornhaß schaltete das Licht ein.

Im ersten Moment war der Fickel geblendet, aber auch als sich seine Augen an die Helligkeit gewöhnt hatten, dachte er immer noch, irgendwas an den Sehnerven zu haben. An den Wänden des überraschend großen Raumes hingen Zeichnungen und Illustrationen von riesigen, zum Teil futuristischen Gebäuden und/oder Sportanlagen, Sotschi nichts dagegen.

»Das soll hier alles mal gebaut werden«, erklärte der Kornhaß mit glänzenden Augen. »Sogar eine völlig neue Bobbahn ist vorgesehen. Die modernste der Welt!«

Im ersten Moment glaubte der Fickel noch, sein alter Sportkamerad sei des Wahnsinns fette Beute geworden, doch Manfred Kornhaß' Begeisterung war echt. »Fünf neue Hotels will Nasirow bauen. Bald hat Oberhof wieder die Bettenkapazität wie früher.«

»Und wer soll da drin alles wohnen?«

»Na, die Touristen!«, erwiderte der Kornhaß verständnislos. »Wenn der Berg erst mal fertig ist, rennen die uns doch die Bude ein!«

»Was denn für ein Berg?«

Kornhaß zog ein triumphierendes Gesicht und lenkte Fickels Aufmerksamkeit auf die Mitte des Raumes, in der ein riesiges Modell stand, das der Fickel zunächst für eine Spielzeugeisenbahnlandschaft gehalten hatte und das offenbar nicht weniger als das zukünftige Oberhof darstellen sollte. Doch vom eigentlichen Ort war im Grunde nicht mehr viel zu sehen. Das Hotel Panorama war nicht länger das größte Gebäude, andere Bauten überragten es bei Weitem, unter anderem eine neue Skiflugschanze, kritischer Punkt bei vierhundert Metern, grob geschätzt. Der Ortskern war komplett umgestaltet und ähnelte nun tatsächlich auf frappierende Weise dem von Kitzbühel oder Sankt Moritz. Das, was den Gesamteindruck jedoch am meisten änderte, war ein gigantischer Koloss, der sich hinter Ulbrichts ehemaligem Gästehaus in den Himmel reckte. Dort, wo seit Menschengedenken der eher unscheinbare Schützenberg ein friedliches Mittelgebirgsdasein fristete, erhob sich in dem Modell nunmehr ein alpin anmutendes Bergmassiv mit weißer Spitze.

»Was ist denn das für ein Ungetüm?«, fragte der Fickel.

»Darf ich vorstellen: Oberhofs neuer Hausberg. Der Mont Bradschetl. Klingt fast wie ein Berg in Mexiko, oder?« Er lachte.

Der Fickel blickte ungläubig auf das künstliche Gebirgsmodell, neben dem Thüringens bislang höchster Erhebung, dem immerhin knapp tausend Meter hohen Großen Beerberg, ein kümmerliches Schattendasein blühte.

»Wie hoch soll der denn werden?«, erkundigte er sich.

»Es gibt zwei Möglichkeiten: eine Sparvariante mit eintausendvierhundertfünfzig Metern und dann noch die Premiumversion über zweitausend Meter!«

Den Fickel haute es fast aus den Socken. Jetzt war klar, wie die selbsternannten »Olympioniken« um Bürgermeister Bradschetl und den ehemaligen Landrat Kminikowski die fehlenden siebenhundert Meter Höhenunterschied für die Alpin- und Snowboardwettbewerbe aufzufüllen gedachten – und warum sie daraus so ein Geheimnis machten. Das konnte unmöglich ihr Ernst sein!

»Das Projekt klingt verrückt, aber es hat Hand und Fuß«, erklärte der Kornhaß mit der nicht hinterfragenden Überzeugung des Lokalpatrioten und zeigte auf Pumpspeicherbecken und Windräder, die in dem Modell eingearbeitet waren. »Keine Energiesorgen mehr, absolute Schneesicherheit … Es ist an alles gedacht«, schwärmte er.

Langsam kam sich der Fickel vor wie bei den Schildbürgern oder in einem Film von Werner Herzog.

»Wo soll der Berg denn herkommen?«, erkundigte er sich, darum bemüht, ernst zu bleiben. »Ich wusste gar nicht, dass es hier vulkanische Aktivität gibt.«

Der Kornhaß blickte den Fickel leicht beleidigt an. »Es gibt da schon Berechnungen«, führte er aus. »Immerhin ist die Basis ja schon da. Unser Schützenberg misst schließlich allein schon neunhundert Meter. Dann haben wir das Material von den Tunneln der A71 – und dann erst der ganze Abraum aus dem Kalibergbau!«

»Das wird also ein Salzberg?«, scherzte der Fickel, aber Kornhaß fand das gar nicht komisch.

»Wer keine Visionen hat, der wird nie was erreichen«, brummte er. »Sogar die Holländer wollten schon einen Zweitausender bauen – im Wattenmeer! Da haben wir hier doch viel bessere Voraussetzungen.«

»Und was soll das kosten?«, fragte der Fickel vorsichtig.

»Zwei, drei Milliarden, was weiß denn ich. Nasirow wird sich schon was dabei denken, wo er seine Kohle investiert. Immerhin ist Oberhof dann für hundert Millionen Menschen das am nächsten liegende alpine Skigebiet! Ganz Norddeutschland, Südskandinavien, Teile Polens, die Beneluxländer ... Ein Riesenmarkt!«

Seine Augen glänzten. Je mehr der Fickel begriff, wie ernst die Pläne gemeint waren, desto mehr tat es ihm schon jetzt um das vielleicht etwas in die Jahre gekommene, aber charmante Oberhof, das ehemalige Kitzbühel und kommende Sotschi Thüringens leid: um die Würstchenbude am Oberen Hof, das Kufenstübchen, die Rostbrätelbratereien an der Dr.-Theodor-Neubauer-Straße und natürlich besonders um die unwiederbringliche Natur des geliebten Thüringer Waldes mit all seinen kleinen und großen Bewohnern. Aber derartige Bedenken fochten einen Propheten der neuen Zeit nicht an.

»Das Beste ist: Nasirow hat von seinen Architekten alles exakt auf der Basis von Walter Ulbrichts Umgestaltungsplänen aus den Sechzigern entwerfen lassen.«

»Das war damals schon größenwahnsinnig, und das ist es immer noch«, kommentierte der Fickel humorlos.

»Du hörst dich ja fast an wie der Menzer«, reagierte der Kornhaß beleidigt. »Der hat mit seinem rückwärtsgewandten Gequatsche allen die Köpfe verdreht.«

»Vielleicht hat ihn ja doch nicht der junge Bradschetl auf dem Gewissen, sondern einer von denen, die hier was dran verdienen wollen«, sinnierte der Fickel.

»Langsam glaub ich, du bist übergeschnappt«, sagte Kornhaß. »Komm, wir gehen!« Beinahe grob packte er seinen ehemaligen Anschieber am Arm und zog ihn nach draußen. Die Verabschiedung fiel ziemlich kurz und gar nicht mehr so herzlich aus. »Man sieht sich«, knurrte der Kornhaß und tauchte zwischen zwei Nebelschwaden in die Dunkelheit ab.

Auf dem Nachhauseweg hatte der Fickel über so vieles nachzudenken, dass er komplett die Zeit vergaß. Es ging bereits auf Mitternacht, bis er in der Kurklinik eingetroffen war. Als er auf seinen Flur einbog, donnerte hinter ihm der weibliche Bariton: »Wo kommen wir denn jetzt her, junger Mann?«

Und je mehr der Fickel sich in Erklärungen verstrickte, desto finsterer wurde die Miene von Schwester Margret. »Sie haben ja eine tüchtige Fahne«, konstatierte sie. »Wozu machen Sie eigentlich eine Kur?«

Aber die Frage konnte ihr der Fickel beim besten Willen nicht beantworten.

Die Oberstaatsanwältin Gundelwein hatte beschlossen, die Nacht in Oberhof zu verbringen, um auf Entwicklungen in den Mordfällen, vor allem aber in Bezug auf die OSTI GmbH schnell reagieren zu können. Sie hatte sich ein Zimmer im Panorama gebucht, sich an den Schreibtisch gesetzt und bei einem herrlichen Blick über die Wälder die Papiere, die ihr der Beschuldigte Ronald Bradschetl überlassen hatte, durchgearbeitet.

Leider waren die Ergebnisse bei Weitem nicht so ergiebig, wie sie gehofft hatte. Geschäftsführer Panhans bewegte sich zwar ständig mit gewissen Bilanztrickserereien in den Grauzonen des Rechts, aber eine Anklage wegen Untreue daraus zu konstruieren war nicht einfach. Dafür bräuchte man noch eine Kronzeugenaussage, am besten aus dem innersten Zirkel.

Die Gundelwein war nach dem langen und arbeitsreichen Tag müde genug, um sofort ins Bett zu gehen, aber ein kurzes Aufflackern von jahrelang unterdrückter Unternehmungslust führte dazu, dass sie sich noch einmal kurz die Lippen nachzog und mit dem Fahrstuhl hinunter in die Panoramalounge fuhr, um noch einen Drink zu nehmen. In so einem Hotel logierten viele Menschen, auch Alleinreisende, vielleicht sogar hochgewachsene Männer mit Abitur um die vierzig – Teilnehmer eines Ärztekongresses zum Beispiel. Hauptsache, weder Zahnarzt noch Gynäkologe.

Schon beim Eintreten erkannte die Gundelwein die roten Haare der Nereide, die sie heute im Schwimmbad bewundert hatte. Sie trug immer noch das schwarze Kleid von der Trauerfeier, saß aber betont lässig auf einem erhöhten Schemel an der Bar, sodass der Saum des Kleides absichtlich oder unabsichtlich etwas nach oben gerutscht war. In ihrer Begleitung befand sich ein untersetzter Herr in einem teuren, aber geschmacklosen italienischen Anzug und ein sehr großer Mann mit Sonnenbrille. Leider sah er nicht so aus, als hätte er Abitur.

Die Gundelwein zögerte einen Moment und überlegte, wieder in ihr Zimmer zurückzukehren. Aber die Neugier siegte. Sie setzte sich an einen kleinen Tisch, bestellte sich einen Martini *extra dry* und beobachtete das Treiben an der Bar. Der Kleine, der dem Benehmen der Kellner nach offenbar weit oben in der Hierarchie stand, flirtete offensiv. Die Rothaarige schien sich sehr zu amüsieren, obwohl die Oberstaatsanwältin bei der Trauerfeier bemerkt hatte, dass ihr Herz eigentlich dem Beschuldigten Ronald Bradschetl zugehörig war. Und während dieser wegen Mordverdachts in einer Polizeizelle ausharrte, ließ diese junge Frau sich von älteren, offenbar äußerst wohlhabenden Herren ausführen?

Eine Sekunde lang dachte die Oberstaatsanwältin … Aber nein, die Rothaarige war keine Professionelle. Ihr ganzes Verhalten wirkte natürlich, Kleidung und Make-up tendierten eher Richtung Understatement. Als die Gundelwein ihr Glas halb geleert hatte, erschien eine Blondine auf der Bildfläche, leicht *overdressed* in einem Abendkleid, und fing einen lauten Streit mit dem kleinen Flirtwunder an, dem die Gundelwein den Arbeitstitel »Louis« gab, in Anlehnung an einen französischen Komiker.

Doch die Sprachfetzen, die von dem Streit zu ihr herüberdrangen, waren mitnichten französischen, sondern vielmehr slawischen Ursprungs. Der Streit endete damit, dass der große Mensch mit der Sonnenbrille die Frau in einen Polizeigriff nahm und spielend leicht hochhob, offenbar, um sie vom Ort des Geschehens davonzutragen. Die Oberstaatsanwältin kippte den Rest ihres Drinks hinunter, zog sich die Bluse straff und schritt zur Bar.

»Lassen Sie sofort die Dame los«, forderte sie den Riesen auf.

»Bitte, das chier gät Sie nix an«, sagte Louis.

Die Gundelwein blickte zu der Blonden hinüber.

»Wünschen Sie, von diesem Mann getragen zu werden?«

»Njet«, rief die Blonde verzweifelt und wütend.

»Lassen Sie sie sofort runter, oder ich muss das Zwangsmittel Gewalt anwenden«, drohte die Oberstaatsanwältin seelenruhig. Der Große gaffte nur durch seine Sonnenbrille.

»Er nix deutsch«, sagte der Untersetzte grinsend.

Aber das war für den Moment das Letzte, was er sagen konnte, denn die Gundelwein hatte ihn mit einer blitzschnellen Bewegung von seinem Barhocker gepflückt und hielt ihn nun in der Luft, genau wie der Riese die Blonde. Louis zappelte hilflos mit den Beinen. Er schimpfte wie ein Rohrspatz. Sein großer Begleiter war von der Situation augenscheinlich überfordert.

»Ich schlage einen Gefangenentausch vor«, sagte die Gundelwein zu dem Riesen. »Sie lassen die Frau frei, dann gebe ich Ihnen Ihren kleinen Freund zurück.«

Der Kleine zischte einen Befehl auf Russisch, zögernd setzte der Riese sein Opfer auf den Boden und trat einen Schritt zurück. Die Oberstaatsanwältin gab ihren Gefangenen ebenfalls frei. Der zog sich augenblicklich in den Windschatten seines Leibwächters zurück. »Das werrrden Sie berrreuen«, rief er zornig. »Ich werrrde meine Anwälte auf Sie chetzen!«

»Es wird mir ein Vergnügen sein«, erwiderte die Gundelwein freundlich.

»Tut mir sehrrr leid, dass derrr Abend so endet«, sagte Louis zu der Rothaarigen, die die Szene ohne Regung beobachtet hatte, und verabschiedete sich formvollendet mit einem Handkuss. »Bis sehrrr bald, choffentlich«, sagte er noch, dann griff er die Blonde am Handgelenk und verließ, gefolgt von seinem Schutzpatron, den Saal.

Kaum war er draußen, prustete die Rothaarige los. »Wie haben Sie Nasirow eben genannt? Ihren ›kleinen Freund‹?« Sie kriegte sich fast nicht mehr ein vor Lachen. Einen Wimpernschlag lang war die Gundelwein erschrocken. Sie hatte Sergej Nasirow, einen der reichsten und einflussreichsten Investoren der Welt, nicht erkannt. Der beschäftigte eine Heerschar von Anwälten und konnte für eine Menge Scherereien sorgen. Aber mit den Unterlagen, die Ronald Bradschetl ihr überlassen hatte, konnte sie ihm mindestens genauso große machen.

»Mich hat er an diesen Komiker erinnert«, sagte die Gundelwein cool. »Louis de …«

»… de Funès, genau. Mich auch«, wieherte die Rothaarige.

»Stört es Sie, wenn ich mich kurz zu Ihnen setze?«, fragte die Gundelwein. »Svenja, nicht wahr?« Die Rothaarige nickte und deutete auf den Platz neben sich.

»Darf ich fragen, was Sie in der Begleitung dieses Herrn verloren hatten?«, erkundigte sich die Gundelwein.

»Nichts«, erwiderte Svenja. Dann kam sie vertraulich dicht an die Oberstaatsanwältin heran. »Es geht nur um Sponsoring. Ich soll das Gesicht für sein Oberhof-Engagement werden.«

»Ich kann mir schon denken, was er sich als Gegenleistung vorstellt«, erwiderte die Gundelwein und orderte noch zwei Drinks: Martini *extra dry*. Svenja hatte sie nach ihrer letzten Bemerkung erschrocken angesehen. War sie wirklich so naiv oder kannte sie ihre Wirkung auf Männer tatsächlich nicht?

»Was sagt denn Ihr Freund Ronald dazu, dass Sie sich vor Nasirows Karren spannen lassen?«, hakte die Oberstaatsanwältin nach.

»Soll das ein Verhör werden?«, fragte die Rothaarige misstrauisch zurück.

Der Kellner servierte die Drinks. »Ach was«, erwiderte die Gundelwein, »ich hab mich nur gerade gefragt, wie das heutzutage so läuft in einer Beziehung. Zu meiner Zeit waren die Männer noch ziemlich eifersüchtig.«

»So alt sind Sie ja nun auch wieder nicht«, erwiderte Svenja, »höchstens Anfang dreißig, oder?«

Die Gundelwein kassierte das Kompliment, ohne mit der Wimper zu zucken, gerade weil es nicht als solches gemeint war, und nippte an ihrem Martini.

»Bei uns gibt es Athletinnen, die sind noch viel älter, Mandy zum Beispiel.«

»Kenn ich«, sagte die Gundelwein und zwang sich, den Martini nicht gleich komplett hinunterzukippen. So natürlich lasziv, wie ihre Gesprächspartnerin auf ihrem Hocker saß und ihren Kopf mit der flachen Hand abstützte, bedauerte sie es zum ersten Mal nicht nur unter Karrieregesichtspunkten, kein Mann zu sein. Lag es am Alkohol – oder woher kam das Gefühl, dass auch die Rothaarige sie wohlgefällig betrachtete?

»Wie Sie Nasirow vorhin hochgestemmt haben, nicht schlecht!«, konstatierte Svenja. »Darf ich mal?«

Ohne die Antwort abzuwarten, unterzog Svenja Bi- und Trizeps der Gundelwein einer eingehenden Prüfung. Die

Gundelwein versuchte, die jeweilige Muskelpartie anzuspannen, ohne ihr lockeres Lächeln einzubüßen. Jetzt tatschte diese Person tatsächlich auch noch an ihren Bauchmuskeln herum. Zum Glück hatte sie ihr Sit-up-Pensum wie immer erledigt.

»Steinhart«, stellte die Rothaarige fest. »Sind Sie sicher, dass Sie es nicht mal als Anschieberin probieren wollen?«

Die Oberstaatsanwältin lachte laut. »Sie machen mir vielleicht Spaß!«

»Es ist gar nicht so leicht, eine Frau zu finden, die die richtigen Hebel hat, gut austrainiert ist und die sich freiwillig mit mir in den Bob setzt. Den meisten ist das irgendwie peinlich.«

»Haben Sie wirklich gar keine Ahnung, wieso?«, fragte die Gundelwein amüsiert. »Ich schon.«

»Sie meinen, wegen der engen Anzüge? Da steht man doch drüber.«

»Sie vielleicht«, sagte die Gundelwein. »Bei Ihren Proportionen …«

»Danke für das Kompliment«, sagte Svenja und errötete leicht, was bei ihren roten Haaren besonders reizend aussah. Der Barkeeper linste schon herüber, ringsum waren Augen auf sie gerichtet, ohne dass sie es wahrzunehmen schien.

»Sagen Sie mal: Merken Sie eigentlich nicht, wie Sie allen Männern den Kopf verdrehen?«, fragte die Gundelwein fassungslos. »Solche Stielaugen wie um Sie herum habe ich in meinem ganzen Leben noch nicht gesehen.«

Svenja seufzte. »Kann man nichts machen. Für mich gab es immer nur Daniel und Ronald.«

»Den meisten Frauen genügen zwei Männer«, stellte die

Gundelwein nüchtern fest und orderte nochmals einen Martini, diesmal war er *super dry*. So profitierte die Oberstaatsanwältin immerhin auch ein wenig von der attraktiven Gesellschaft, in der sie sich aufhielt.

»Ich bin überhaupt nicht so«, sagte Svenja empört. »Ich war mit Daniel zusammen, und Ronald hat das akzeptiert. Schließlich waren die beiden ja auch befreundet!«

»Vielleicht hat er es nicht ganz so gut akzeptiert, wie Sie denken«, erwiderte die Gundelwein. Sie spürte, dass sie langsam mit dem Trinken aufhören sollte. Ihre Zunge lockerte sich bedenklich.

»Sie glauben wirklich, Ronald hat Denni meinetwegen umgebracht?«

Die Oberstaatsanwältin zuckte mit den Achseln. »Die Weltliteratur ist voll mit solchen Beispielen. Die Trivialliteratur übrigens auch.«

Svenja blickte nachdenklich in ihr Glas.

»Wenn Sie Ihren Martini nicht mögen, dann nehme ich ihn«, bot die Gundelwein an. Svenja schob ihr das Glas rüber.

»Ich nehm noch ein Pils«, sagte sie zum Barkeeper. Keine zehn Sekunden später stand eine Flasche Köstritzer vor ihr.

»Sie trinken Bier?«, fragte die Gundelwein.

»Berufskrankheit«, antwortete Svenja.

»Sie trinken Bier, schwimmen wie eine Kaulquappe und machen den Männern in ihrer ureigensten Sportart Konkurrenz – Sie haben wirklich beneidenswerte Anlagen«, konstatierte die Gundelwein und schüttelte den Kopf.

»Ich trainiere auch viel«, erklärte die Rothaarige, als wäre damit schon alles gesagt.

»Haben Sie eine Idee, wer Ihren Freund Daniel und Ihren Trainer umgebracht haben könnte, wenn es nicht Ronald Bradschetl war?«

»Darüber zerbreche ich mir schon die ganze Zeit den Kopf«, sagte Svenja. »Aber mir fällt wirklich niemand ein, der zu so was fähig wäre.«

»Nasirows Bodyguard …?«

Die Rothaarige zuckte die Achseln. »Ein bisschen brutal sieht er ja aus.«

»Er sieht nicht nur so aus, so wie er die Blonde behandelt hat.«

Svenja lachte und blickte auf die Uhr. »Langsam muss ich mal in die Federn. Morgen habe ich Wettkampftraining.«

»Ich halte Sie nicht auf«, erklärte die Gundelwein. »Die Rechnung geht auf mich.«

Nachdem sie gezahlt hatte, gingen sie gemeinsam Richtung Rezeption. Plötzlich stoppte Svenja. »Mist, schon wieder dieser Pattex-Typ!«

»Wer?«

»Ole Storandt, ein Kollege aus dem Männerteam. Ich glaube fast, der stalkt mich!«

Die Gundelwein erblickte in einem Sessel einen gut gebauten jungen Mann, der in einer Zeitschrift blätterte. Nicht direkt hässlich, aber gegen Ronald Bradschetl zog er den Kürzeren, zumindest optisch.

»Na los! Zusammen werden wir mit dem schon fertig«, scherzte die Oberstaatsanwältin abenteuerlustig. Die Martinis taten in ihrem Hirn inzwischen ihre Arbeit.

»Gibt es hier denn keinen Hinterausgang?«, fragte Svenja unentschlossen.

»Ich fürchte, die sind um diese Zeit bereits geschlossen.«

Svenja schnaubte genervt. »Dann muss ich da wohl durch.«

»Sie können natürlich auch bei mir übernachten«, sagte die Gundelwein leichthin. »Ich hab ein Doppelzimmer.«

XI

Der Fickel hatte eine unruhige Nacht voller Albträume hinter sich, Marke Verfolgung. Er war durch eine apokalyptische Welt geirrt, in der ständig neue Berge und andere Hindernisse aus dem Boden wuchsen. Doktor Skrypzki hätte gewiss ihre Freude an ihm gehabt. Aber heute stand keine Therapie auf dem Wochenplan.

Bevor er zum Frühsport durfte, der zur Abwechslung mal wieder aus Walken bestand, musste er zwecks Einlaufs beim Chefarzt vorsprechen. So wollte es die Hausordnung und so wollte es vor allem Schwester Margret. »So einen Kandidaten wie Sie haben wir hier schon lange nicht mehr gehabt. Sie gehören wahrscheinlich eher in eine Entzugsklinik!«

Zum Glück für den Fickel sah Chefarzt Doktor Sauerbrey die Affäre etwas gelassener. Schließlich wähnte er im Fickel einen Verbündeten in den hochfliegenden Oberhofer Olympiaplänen. Und wie das eben so ist: Sympathie ist der halbe Arzterfolg. Trotzdem musste der Sauerbrey dem Fickel offiziell eine Rüge erteilen wegen »den Kurerfolg gefährdenden Verhaltens«. Inoffiziell aber beglückwünschte er den Fickel zu seinem großartigen juristischen Triumph.

»Und das mit der Andropause nehme ich bei Ihnen auch wieder zurück«, sagte der Chefarzt augenzwinkernd. »So innig, wie ich Sie gestern mit unserer Svenja gesehen habe!«

Der Fickel beeilte sich natürlich klarzustellen, dass bei der Umarmung alles rein platonisch abgelaufen sei, auch gedanklich. Lügendetektor mal außen vor. Da lachte Chefarzt Sauerbrey fast ein bisschen unangemessen fröhlich und meinte: »Das will ich Ihnen auch geraten haben. Die Svenja ist nämlich nichts für Sie.«

Und der Fickel winkte ab, klar, der Altersunterschied, die Kleine ist ja nicht nekrophil. Da erklärte der Sauerbrey: »Svenja ist auch manches andere nicht, was man so denkt.«

Als der Fickel nachfragte, was Doktor Sauerbrey damit meinte, mal konkret gesprochen, verwies der auf das Arztgeheimnis und meinte, das sei ja sowieso alles nicht so wichtig, solange der Fickel eben nicht Midlife-Crisis-Gefühle für Svenja hege, wovor er nur warnen könne. »Ich sage nur einen Namen: Iolanda Balaş.«

Mit diesem spärlichen Hinweis entließ Doktor Sauerbrey den Fickel zu seinem Frühsport, sprich: einem verschärften Spaziergang. Und wie er so durch Oberhof walkte, ratterte es in seinem Hirn wie in einem Kuckucksuhrwerk. Was sollte dieser Hinweis auf eine gewisse Iolanda Balaş? Was hatte seine Midlife-Crisis, respektive Andropause, mit dieser Frau zu tun? Während der Fickel so vor sich hin walkte, ging er alle Möglichkeiten in Gedanken durch, aber er wurde einfach nicht schlau aus der Sache. Aber für solche Probleme gab es ja heutzutage ein Internet. Und er wusste auch, wo er da hineinkommen konnte. Entschlossen, dem Rätsel auf den Grund zu gehen, lenkte er seine Schritte Richtung Grenzadler.

Bei der Oberstaatsanwältin klingelte das Handy. Sie hob ihren schweren Kopf aus dem Kissen. Neben ihr lag ein spärlich bekleidetes Fabelwesen, oder profan ausgedrückt: eine überdurchschnittlich attraktive rothaarige junge Frau. Was war hier los?

Die Gundelwein fischte auf dem Nachttisch nach ihrem Handy und ging ran.

»Ja?«

»Recknagel hier. Ich komme gerade von Doktor Haselhoff.«

»Und?«

»Fehlanzeige. Die DNA an beiden Tatorten und an der Tatwaffe stammt hundertprozentig nicht von Ronald Bradschetl.«

»Verdammt.«

»Ich lasse ihn umgehend auf freien Fuß setzen.«

»Was anderes bleibt uns ja nicht übrig«, konzedierte die Oberstaatsanwältin.

»Das war die heißeste Spur. Jetzt müssen wir den Fall völlig neu aufrollen.«

Recknagel klang für seine Verhältnisse fast niedergeschlagen. Die Gundelwein versuchte, Ordnung in das Chaos in ihrem Kopf zu bringen. Wieso hatte sie eigentlich kein T-Shirt an?

»Bleiben Sie ruhig. Sobald ich mir ein Bild von der neuen Lage gemacht habe, melde ich mich wieder bei Ihnen.«

Der Kriminalrat wollte noch etwas sagen, aber die Gundelwein würgte ihn ab.

»Wiederhören!« Sie legte auf.

Während sie im Bad ihre Sit-ups und nebenher das Zähneputzen erledigte, ging sie im Geiste den gestrigen Abend durch. Das Letzte, woran sie sich erinnerte, war, dass sie einigermaßen betankt ins Bett gefallen war. In letzter Zeit häuften sich die Fälle, in denen ihr nach drei Drinks bereits die Kontrolle entglitt. Da musste sie in Zukunft vorsichtiger sein. Die Oberstaatsanwältin duschte und zog sich eilig an.

Als sie damit fertig war, stand plötzlich Svenja hinter ihr, nur leicht bekleidet. »Du bist gestern eingeschlafen wie ein kleines Baby«, sagte sie lächelnd, als erriete sie die Gedanken der Gundelwein. »Ich habe dir wenigstens noch deine Sachen ausgezogen.«

»Besten Dank«, erwiderte die Gundelwein. Ganz wohl war ihr bei dem Gedanken nicht. Schließlich blickte sie auf eine bislang eindeutig heterosexuell geprägte Vergangenheit zurück, selbst wenn sie schon etwas länger zurücklag. Andererseits, wenn man die junge, durchtrainierte, rothaarige Frau so betrachtete, konnte man sich beinahe fragen …

»Was dagegen, wenn ich dusche, während du dich stylst?«, fragte Svenja. Statt die Antwort abzuwarten, streifte sie ohne jede Scham ihren Slip von den Hüften und kletterte in die Badewanne.

»Gute Nachrichten«, sagte die Oberstaatsanwältin und bemühte sich, woanders hinzusehen. »Dein Freund wurde wieder auf freien Fuß gesetzt.«

»Echt? Super!«, kam es zurück.

Svenja wirkte nicht sehr überrascht. Sie duschte natürlich kalt, eiskalt. Dann stieg sie aus der Wanne, trocknete sich flüchtig ab und machte nicht etwa Sit-ups, sondern Liegestütze. Die Oberstaatsanwältin verlängerte das Auftragen des Eyeliners und beobachtete über den Spiegel das Spiel von Svenjas Rückenmuskeln. Bindegewebe Fehlanzeige. Offenbar tat das Bobfahren der weiblichen Figur in jeder Hinsicht gut.

»Ich muss los, arbeiten«, sagte die Gundelwein. »Mein Wagen steht noch unten an der Rodelbahn.«

»Ich kann dich ja mitnehmen«, sagte Svenja. »Ich muss sowieso zum Training.«

Die Gundelwein blickte auf den muskulösen, aber dennoch femininen Körper, der sich vor ihr kraftvoll hoch- und wieder niederstützte, und sagte: »Wenn's dir nichts ausmacht, gerne.«

Manfred Kornhaß saß bestens gelaunt in einem neuen Trainingsanzug am Tisch und tippte auf seinem Smartphone herum. »Wie war der Name noch mal?«, erkundigte er sich. »Balasz?«

»Iolanda Balaş«, korrigierte der Fickel ungeduldig.

Kornhaß hörte auf zu tippen und zu wischen und dachte angestrengt nach.

»War das nicht diese rumänische Hochspringerin?«

Der Fickel zuckte mit den Achseln. Er stand komplett auf dem Schlauch. Hochspringen war nie seine Domäne gewesen.

»Doch, doch! Dafür brauche ich kein Internet. Das war die Frau, die eigentlich 'n Kerl war«, sagte der Kornhaß. »Äußerlich eine Frau, mit allem drum und dran, aber genetisch …«

Wenn der Fickel nicht schon gesessen hätte, dann wäre das der Moment gewesen, wo er sich hätte hinsetzen müssen. Svenja, die hübscheste Frau, die je einen Bob angeschoben hatte, das holde Wesen, das allen Männern den Kopf verdrehte – sollte ausgerechnet *sie* am Ende selbst ein Mann sein?

»Geht das denn überhaupt ... als Sportlerin?«, erkundigte sich der Fickel. Kornhaß nickte eifrig. »In den Siebzigern haben ein paar mit uns befreundete Länder wie Polen und die Sowjetunion gezielt Pseudohermaphroditen bei Wettkämpfen eingesetzt.«

Jetzt erinnerte sich auch der Fickel daran, schon einmal davon gehört zu haben, dass einige der erfolgreichen DDR-Athletinnen einen »bebo sher«[42] in ihrem Koffer zu den Wettkämpfen mitgeführt hatten. Aber Svenja hatte nun rein gar nichts von der maskulinen Ausstrahlung einstiger Sportikonen des Sozialismus.

»Das Besondere an den Pseudohermaphroditen ist, dass man die äußerlich überhaupt nicht von einer richtigen Frau unterscheiden kann«, erklärte der Kornhaß. »Die sehen aus wie Models. Aber die Muskelfasern sind männlich, also besser trainierbar. Echt verrückt.«

In Fickels Oberstübchen ratterten die Lochstreifen jetzt nur so durch. Immerhin ließen sich auf die Weise auch einige Merkwürdigkeiten erklären: Svenjas beinahe unheimliche Körperkräfte, ihr nüchterner Umgang mit der eigenen weiblichen Attraktivität und ihre Vorliebe für Männerdomänen – sowie auch die Tatsache, dass Kriminalrat Recknagel bislang vergeblich nach dem Träger der DNA in der Herrentoilette, in der Daniel Krech gestorben war, und an der Mordwaffe fahndete: Er suchte schließlich nach einem Mann und nicht nach einem weiblichen Supermodel. Aber

42 Berüchtigter, vom VEB Bergmann-Borsig hergestellter Rasierapparat, geschmäht als Epilierer, konnte zur Not auch mithilfe einer Trabi-Batterie betrieben werden.

letztlich war Svenja an beiden Tatorten zugegen gewesen – und mit der Urkraft, mit der sie den Fickel bei der Saalschlacht in der Panoramalounge aus dem Gewühl getragen hatte, traute er ihr locker zu, einen Riesen wie den Menzer zu erschlagen und anschließend ohne fremde Hilfe in die Bahn zu wuchten.

»Warum willst du das überhaupt wissen?«, erkundigte sich der Kornhaß leicht irritiert, aber der Fickel hatte es plötzlich sehr eilig.

»Komm doch mal bei uns vorbei. Mandy und ich kochen was Schönes«, rief ihm der Kornhaß zum Abschied hinterher. »Wir müssen ja nicht über Politik reden.«

Es war inzwischen fast wieder genauso neblig geworden wie neulich, als der Fickel ein paar Meter weiter den Mord mitgehört hatte. Als der Fickel sein Hightechhandy von vor acht Jahren rauskramte, um schnellstens den Recknagel anzurufen, fiel sein Blick auf einen alten, vormals weißen R4.

Die Oberstaatsanwältin stand mit ihrer neuen Bekanntschaft am Damenstart vor einem Bob. »Ich steige in das Ding nicht ein«, sagte sie.

»Dein Auto steht unten bei der Stadthalle, ich habe doch gesagt, ich fahre dich hin«, lockte Svenja.

Die Gundelwein schüttelte lächelnd den Kopf. Die Beharrlichkeit der anderen war irgendwo auch schmeichelhaft. Und solange es niemand sah …

»Ist das dein Telefon?«

Die Gundelwein hätte um ein Haar ihr Handy überhört. Sie ging ran und hörte sogleich die aufgeregte Stimme des Kriminalrats.

»Es gibt eine neue Entwicklung, es ist … unglaublich.«

»Jetzt beruhigen Sie sich erst mal. Worum geht's?«

Als der Recknagel sie mit vielen, wenn auch ungeschickten Worten ins Bild setzte und der Oberstaatsanwältin immer klarer wurde, neben wem sie die letzte Nacht verbracht hatte, zog es ihr beinahe den Boden unter den Füßen weg. Zunächst verweigerte sich ihr Hirn noch der Erkenntnis, doch dann obsiegte der Verstand. Wenn man bedachte, wie Svenja sie beim Schwimmen abgehängt hatte – und dann die kleinen Narben in der Leistengegend! Die Oberstaatsanwältin erinnerte sich, mal gelesen zu haben, dass Pseudohermaphroditen zuweilen über innenliegende Hoden verfügten, die manchmal operativ entfernt wurden. »Der Fluch der Gracias!« hatte der Artikel geheißen – über Männer, die durch eine genetische Besonderheit gegen männliche Hormone resistent waren und daher ein besonders weibliches Erscheinungsbild ausprägten. Zumindest in ihrer Heterosexualität sah sich die Oberstaatsanwältin durch die Neuigkeit bestätigt, aber das war im Moment auch so ziemlich das Einzige.

»Sie soll sich irgendwo bei der Bobbahn aufhalten«, sagte der Kriminalrat eifrig.

»Ich weiß«, erwiderte die Gundelwein. »Kommen Sie, so schnell es geht.«

Ehe der Recknagel nachfragen konnte, legte die Gundelwein auf.

»Was ist?«, erkundigte sich Svenja. »Du guckst so komisch.«

»Wieso hast du das getan?«, fragte die Gundelwein beinahe traurig.

»Was getan?«

»Deinen Freund umgebracht – und deinen Trainer.«

Svenja verharrte einen Moment.

»Ist es geschehen, weil sie von deinem wahren Geschlecht erfahren haben?«, hakte die Oberstaatsanwältin nach.

Svenja seufzte schwer und setzte sich auf den Bob.

»Daniel hat es rausgefunden«, sagte sie und/oder er nach längerem Zögern. »Und als ich mich in Ronald verliebt habe, hat Daniel damit gedroht, es allen zu erzählen, wenn ich ihn verlasse …«

»Das war nicht sehr anständig von ihm«, kommentierte die Gundelwein.

»Ich hätte alles verloren … meine Titel, meine Karriere, meine Sponsoren, mein ganzes Leben!«

Die Oberstaatsanwältin nickte beinahe verständnisvoll. »Du hast den Abschiedsbrief verfasst und ihn auf die Toilette gelockt …?«

Svenja widersprach nicht. »Ich hatte gehofft, dass es danach vorbei ist. Aber Ka-Ha wollte plötzlich, dass ich so einen Gentest mache. Irgendwas ist ihm an meinen Leistungen komisch vorgekommen. Dabei habe ich mich schon extra zurückgehalten!«

Die Oberstaatsanwältin nickte. Zum ersten Mal spürte sie so etwas wie Mitleid mit einem Täter. Von oben hörte man bereits die Polizeisirenen. Doch plötzlich ging ein Ruck durch die Rothaarige. Sie sprang auf und wuchtete den Bob auf die Bahn.

»Wo willst du hin?«, fragte die Oberstaatsanwältin.

»Wenn du nicht mit mir Bob fahren willst, fahre ich halt allein!«

»Das kann ich leider nicht zulassen, du bist festgenommen«, erwiderte die Gundelwein. Doch Svenja ließ das anscheinend kalt. Völlig unbeeindruckt setzte sie sich ihren Helm auf und bereitete sich auf den Start vor.

Obwohl sie wusste, dass sie keine Chance hatte, griff die Gundelwein, wie es ihre Pflicht war, die Rothaarige von hinten an und versuchte, ihren Arm in einen Polizeigriff zu nehmen, der es erlaubte, auch wesentlich stärkere Personen zu arretieren. Doch keine Sekunde später fand sie sich selbst auf dem Boden wieder, ihr Gesicht aufs Eis gedrückt. Svenja kniete auf ihrem Rücken. Die Oberstaatsanwältin fühlte Panik in sich aufsteigen. Einer geständigen Mörderin körperlich derart ausgeliefert zu sein – Horror! Alle Selbstverteidigungskurse, Muskeltraining, alle Vorlesungen über Täterpsychologie waren umsonst gewesen.

»Mach keine Dummheiten, die Kollegen sind schon unterwegs hierher«, keuchte sie. Doch bei Lichte betrachtet hatte die Rothaarige nichts mehr zu verlieren. Zwei Morde oder drei, darauf kam es strafrechtlich nicht mehr so an, höchstens später bei den Hafterleichterungen …

»Wenn du mich … umbringst, erkennt das Gericht … eine besondere Schwere … der Schuld«, stammelte die Oberstaatsanwältin. »Dann kommst du … nie mehr … raus.«

Jetzt, wie sie wehrlos auf dem Eis lag, erschien der Gundelwein ihr Leben in Meiningen, das sie immer für zu langweilig und zu unbedeutend für eine Frau mit ihren Fähigkeiten gehalten hatte, plötzlich höchst lebenswert. Zu viel von dem, was sie sich vorgenommen hatte, lag noch vor ihr, als dass sie darauf verzichten konnte. Viele gute Jahre, vielleicht die eine oder andere Beförderung. Die Gundelwein spürte

Angst – jawohl, nackte, kalte Angst! Die Luft wurde knapp. Jetzt wird's ernst, dachte sie.

Plötzlich spürte sie, wie der Druck nachließ. Sie sah im Augenwinkel, wie ihre Bedrängerin neben ihr mit einem Wimmern hart auf dem Eis aufschlug, offenbar von einem Schlag gegen die Schulter getroffen. Als die Oberstaatsanwältin sich umdrehte, um sich bei ihrem Retter zu bedanken, erlebte sie eine böse Überraschung.

»Was um alles in der Welt machst du denn hier?«, fragte sie mit der letzten Luft in ihren Lungen.

»Frühsport«, erklärte der Fickel und stützte sich auf einen dicken Knüppel.

Epilog

Oberhof durchlebte mal wieder unruhige Zeiten. Kaum dass die lokale Boulevardpresse die Geschichte vom Bobmörder in allen Aspekten, insbesondere den schlüpfrigen und unappetitlichen, beleuchtet hatte, wurden auch schon Gerüchte über Ermittlungen im Zusammenhang mit unsauberen Grundstücksgeschäften der OSTI GmbH laut, in deren Folge sich ein namhafter osteuropäischer Investor aus der Stadt zurückzog. Sein Geld und den Traum von Olympia nahm er leider mit. Die architektonischen und geologischen Visionen zum Glück auch.

Bei den folgenden Weltmeisterschaften im Dezember sollte der Bob Deutschland I in der Besetzung Storandt/Leyh mit sagenhaften acht Zehnteln Vorsprung ins Ziel kommen. Die Fachleute würden mal wieder von einem neuen Wunderbob sprechen. Der Bayer Dillinger Junior sollte stolzer Zweiter werden und sich damit anschicken, seinem Vater den Spitznamen »Silber-Dilli« streitig zu machen. Mandy Kornhaß aber würde sich nach der Saison in die Babypause verabschieden, spätere Rückkehr in den Leistungssport nicht ausgeschlossen.

Diplomjurist Fickel indes beschloss, sich erst mal eine Pause von seiner Andropause zu nehmen, denn mit Pausen kannte er sich im Allgemeinen ganz gut aus. Dazu brauchte er weder Ärzte noch Therapeuten, weder Frühsport noch Diät. Was er dazu wirklich brauchte: seine Ruhe.

Also packte er in der Kurzelle seine sieben Sachen zusammen, informierte Frau Schmidtkonz über seine baldige Rückkehr und verabschiedete sich von Schwester Margret, Professor Sauerbrey und von Gisela, die ihm noch schnell ihre Telefonnummer zusteckte – sowie natürlich von Doktor Skrypzki, die ihm zwar keine Träne nachweinte, aber auch kein böses Wort hinterherschickte.

Schon am Abend konnte man den Fickel wieder in der Goetzhöhlenbaude antreffen, wo er mit den üblichen Verdächtigen gemütlich beisammensaß und seine Rückkehr feierte. Lediglich der Amthor ließ sich entschuldigen, er habe gerade einen mörderischen Stress mit »seinen« Mandanten.

Als Justizwachtmeister Rainer Kummer den Fickel nach seinen Erlebnissen während der Kur befragte, da winkte der nur müde ab und erklärte in einem Anflug tiefer Erkenntnis: »In Oberhof wachsen die Berge auch nicht in den Himmel, Freunde!«

RECHTLICHER HINWEIS:

Alle handelnden Figuren und Institutionen sind natürlich frei erfunden, ebenso die Behauptung, dass es in Oberhof überdurchschnittlich oft neblig ist. Ähnlichkeiten zu natürlichen und juristischen Personen oder Nebeln sind rein zufällig und nicht beabsichtigt.